Dittker Slark

ERNTE und EINKEHR

Ein Sammelband

Elisabeth Linnig Verlag
Kunst + Literatur

Darmstadt 2005

Das Sehnen nach Liebe

ist selber Liebe

(Jean Paul)

Ein Tag der Gunst
ist wie ein Tag der Ernte:
Man muß geschäftig sein,
sobald sie reift.

(J.W.von Goethe)

Die fruchtbarste Einkehr
ist die bei sich selbst.

(D.S.)

Ernte und Einkehr

Ernte und Einkehr. Beide Worte sind in diesen Geschichten und Erzählungen, Betrachtungen und Reisefeuilletons im doppelten Sinn gemeint.
Die Ernte, auf die sich jeder Gärtner, Bauer und Winzer freut, wenn er nach Fleiß und Mühe, Pflege und Sorge, Beeren und Früchte, Körner und Wurzeln, aber auch Pflanzenblätter und -triebe nach Hause in Küche, Keller und Scheune einbringen kann. Gedacht ist hier aber auch an die Ernte des Lebens, indem der Mensch zurückschaut auf Werke, die er im Laufe vieler Jahrzehnte geschaffen hat, in frohen und schweren Zeiten.
Die Einkehr, die wir uns gönnen, an einem Sonntag in ein rustikales Gasthaus, in ein gemütliches Café, anläßlich eines Festes, das wir mit Verwandten und Freunden feiern möchten oder einfach aus einer glücklichen Stimmung heraus. Auch Einkehr in eine schöne Landschaft, eine alte Stadt, bedeuten oft Freude und inneren Gewinn.
Doch gedenken wir auch der Einkehr bei uns selbst, indem wir uns wie "von außen" betrachten und darüber nachsinnen: Welcher Weg ist der richtige? Was haben wir erreicht? Was könnten wir besser tun? Welche Fehler haben wir begangen? Welche Pläne und Ziele sind künftig erstrebenswert?
Die fruchtbarste Einkehr ist die bei sich selbst!

Salvia

Herbst in der Schwäbischen Alb

Am Bahnhof traf ich Salvia. Sie war allein gekommen. Keiner der Freunde gesellte sich zu uns. War es Zufall, war es Bestimmung? Ich dachte nicht darüber nach. Dankbar nahm ich das Geschenk der mir heute wohlgesinnten Aphrodite entgegen. Nicht in kühnen Hoffnungen hätte ich zu glauben gewagt, mein Wunsch: mit dem geliebten Mädchen allein sein zu dürfen, würde in Erfüllung gehen. Aber es gibt solche Gnadentage. Glück und Seligkeit!
Die Eisenbahn brachte uns nach Schwäbisch Gmünd, ehemalige freie Reichsstadt, berühmt durch Gold- und Silberschmiedekunst.
"Weißt du, daß in Schwäbisch Gmünd Hans Baldung Grien geboren wurde? fragte ich Salvia. "O ja", antwortete sie. "Er war Albrecht Dürers begabtester Schüler. Vor seinem herrlichen Hochaltar in Freiburg habe ich oft gestanden. Aber auch Jörg Ratgeb, ein Maler der Spätgotik, nennt Gmünd seine Heimatstadt."
"Ich weiß", rief ich. "Er war Revolutionär und wurde im Bauernkrieg als Anführer aufrührerischer Bauern zu Pforzheim gevierteilt!" - "Welch grausamer Tod! - Mir sind seine Wandgemälde im Frankfurter Karmeliterkloster wohlbekannt." - "Ich bewunderte vor Jahren die Ausmalung im Kloster Maulbronn."
So sprachen wir miteinander, als wir durch Altstadtgassen mit buckligen Häusern und stattlichen Fachwerkbauten, mit malerischen

Brunnen und romantischen Türmen gingen
und stellten begeistert fest, daß wir
beide Freunde der Kunst und Historik sind.
Wir kamen zum Heiligkreuzmünster, eine
Hallenkirche des 14.Jhs, Meisterstück
gotischer Baukunst, vermutlich nach Plänen
von Heinrich und Johann Parler erbaut.
Als wir den hochschwingenden Saal betraten,
waren die mit feinster Glasmalerei geschmückten Fenster von Sonnenstrahlen
erhellt. Wir standen ehrfürchtig schauend
und lauschten den Klängen der Orgel. "Ist
dieses Netzgewölbe nicht wunderschön?"
fragte Salvia leise. "Ja, es ist ein Werk
des Meisters Alberlin Jörg."
Das feingliedrige Gmündner Münster mit
kunstvollen Altären und den Chor umrunden-
den Kapellen ist neben der Reutlinger
Marienkirche der bedeutendste hochgotische
Bau Niederschwabens, zugleich Süddeutsch-
lands älteste Hallenkirche. Da die Zwillingstürme Ende des 15.Jhs einstürzten,
wird sie heute nur von einem schlichten
Reiterlein gekrönt. Wenig weiter fanden
wir die aus dem frühen Mittelalter stammende Johanneskirche, eine der ältesten und
schönsten Kirchen im Schwabenland. Breit
und fest steht sie da, ein Prachtbau deutscher Architektur. Staunend betrachteten
wir die kostbaren Fresken an den Wänden
der dreischiffigen Basilika, die winzigen
Fenster in der Apsis und die merkwürdigen
phantasiesprühenden Reliefs, mit Blättern
und Tierbildern verziert. Durch enge Spalten drangen Lichtstreifen in den dunklen
Raum und spiegelten farbigen Glanz an
die gekalkten Mauern.Wir wandelten seelisch
tief ergriffen durch die Kirche, blickten

uns in die Augen, nickten einander zu und verstanden uns wortlos.
Salvia schwärmt für Romanik und empfand die Johanneskirche als besonders sehenswert. So umschritten wir den Bau und blieben vor dem seltsamen Turm aus der Übergangszeit zur Gotik stehen.
"Siehst du den eingemeißelten Ring dort oben?" fragte das Mädchen. "Was mag er wohl bedeuten?" - "Der Ring erinnert an eine Sage",antwortete ich. "Herzogin Agnes, Gemahlin Friedrich des Staufers und Tochter Kaiser Heinrich IV., soll einst auf einer Jagd ihren Trauring verloren haben. Später fand ein junger Jäger das Goldreiflein am Geweih eines erlegten Hirsches. Aus Dankbarkeit habe Agnes an jener Stelle die Basilika gestiftet. - Weiter erzählt man, habe Gmünd deshalb zuerst "Kaisersgreut" geheißen."
Wir verließen die Stadt im Südosten,folgten der Landstraße nach Weiler in den Bergen am Bertringer Bach entlang, bogen bald ins Waldstetter Tal ein und wanderten frohgemut in den sonnigen Herbstmorgen hinein der Schwäbischen Alb zu. Wie Riesenmaulwurfshügel auf einer schier endlosen Wiese erhoben sich in der Ferne aus der Landschaft die drei Kaiserberge: der waldreiche Stuifen, der burgengekrönte Rechberg und am Horizont der einst die Stammburg der Staufer tragende Hohenstaufen.
Die Fluren waren reifbeglänzt. Ringsum breitete sich herbstbuntes Land aus. Halme und Gräser schmiegten sich an den Boden, sommermüde, vergilbt. Die Kräuter am Wege waren mit flammenden Blättern geschmückt. In den Obstplantagen erröteten Äpfel und

Birnen wie junge Mädchen, unschuldig lieblich und doch neugierig blinzelnd. Manchmal ließ ein Windstoß Früchte polternd von einem Zweig zur Erde fallen, und ich dachte an Friedrich Hebbels Gedicht: "Dies ist ein Herbsttag, wie ich keinen sah. Die Luft ist still, als atmete man kaum. Und dennoch fallen raschelnd fern und nah die schönsten Früchte ab von jedem Baum..."
Jubelnd sammelten wir die Gaben des Herbstes. Köstlich mundete ein von der Oktobersonne erwärmter, kernreif vom Baum gepflückter Apfel. Es war mir Genuß und Freude, Salvia zuzusehen, wie sie mit ihren blanken Zähnen in die Frucht biß. Ich lächelte vergnügt; da stimmte sie lachend ein.
Die Felder schienen mir an jenem Sonntag endlos zu sein. Und alles in diesen Wanderstunden war neu und schön, wie ich es noch nie erlebt hatte. Tief atmeten wir die klare Herbstluft ein, die uns die rauhe Alb schenkte. Der Himmel entfaltete sein Glockenblumentuch über Höhen und Matten. Wir fühlten uns frei und zeitlos. Wie himmlisch ist doch die Erde, wenn man liebt. Mir war, als beginne das Leben erst jetzt, als ertöne eine Domorgel mit sämtlichen Registern, mit hunderten Pfeifen und Pfeifchen. Der jahrelange Traum: ein anmutiges Mädchen zärtlich lieben zu dürfen und ebenso innig wiedergeliebt zu werden, sollte er nun Wahrheit werden? Jener Wunschtraum, der im Unterbewußtsein jedes Menschen von Kind an schlummert und sehnsüchtig auf das Erwecken zur Wirklichkeit durch eine noch unbekannte Seele wartet.

Wir spürten es beide in unseren Herzen. Salvia sah und erlebte in allen Dingen das Schöne und Vollkommene. Sie war vom Wesensgrund auf gut und rein. Ich wurde seltsam davon berührt. Ein niegekanntes Glücksgefühl erfüllte meine Brust. Wir sprachen einander dem geliebten Gefährten vorweg, was dieser augenblicks sah, erlausche, dachte. Es war ein Gedankenraten, engstes Mitfühlen mit dem anderen Ich. Verzaubert strebten unsere Seelen sich zu um zu verschmelzen. Beglückt schauten wir uns immer wieder zärtlich in die Augen. Sehnsucht und Traurigkeit, Hoffnung und Seligkeit, wortlose Liebe tastete sich von Blick zu Blick, denn Funke will zu Funken, damit die Flamme hoch und heilig brennen kann.
"Sieh nur, sieh," rief Salvia, "wie ringsum das Land farbtrunken schwelgt. Der Herbst liebt die Erde. Mit vollen Händen streut er Farben und Segen aus. Sieh dort; der Nebelschleier über der Wiese: er wandert wie wir. - Und da; der riesige Raubvogel, wohl ein Bussard, über dem Acker." Ich freute mich mit ihr an den Freuden und Wundern in der Natur, freute mich, daß ich diesem engelhaften Mädchen begegnen durfte, daß wir uns herzlich liebten, verbunden fühlten wie Blüte und Schmetterling.
Purpurn glühten Kirschbäume hinter verwitterten Zäunen. Braungelb flatterten Birkenblätter im Winde. Der dunkelgrüne Fichtenpelz des Stuifen war von rostbraunen Kastanien und goldgelben Buchen herbstfestlich verbrämt.
Wir trennten uns vom Stoffelbach, schrit-

ten an der burgartigen Pfarrkirche St.Laurentius vorüber und stiegen zum Lederberg und zum Uhrengarten hinan, bewaldete Hügel, dem Stuifen vorgelagert, und genossen den Talblick auf den Erholungsort Waldstetten mit der Burgruine darüber auf dem Eichhölzle.
Wir rasteten auf einem Weideflecken. Violette Kelche der Herbstzeitlosen reckten sich ins Mittagslicht; letzte Gänseblümchen, verstreut und winzig.Wir schwiegen. Zaghaft legte ich meinen Arm um Salvias Schultern, zärtliche Geste junger Liebe, Vertrauen suchend. Sie ließ es leicht bebend geschehen. Kaum wagte ich das Mädchen anzusehen, noch weniger, mich zu bewegen, fürchtete ich doch einen wundersamen Traum leichtfertig zu zerstören. Salvia wendete sich mir zu. Ihren Mund umspielte ein feines Lächeln. In ihren Augen strahlte ein mir noch unbekannter dunkler Glanz. Tiefe, aber reine Waldgebirgsseen, dachte ich, und glaubte darin das Geheimnis ihrer Seele zu finden.
- O, wie ich dich liebe! - Hatte Salvia meine Gedanken erraten? Sie schüttelte sanft meinen Arm ab, sprang auf, sah mich schelmisch an, rannte in die Wiesen hinein, mit wehenden Blondlocken. Flink eilte ich hinterdrein. Lustiges Fangspiel, dem gestrigen ähnlich, aber glühender, selig erregter und verliebt, bis ich das Mädchen am Zaun erwischte. Kätzchenhaft turnte es darüber, wartete aber artig am Wege auf mich.
Selten störte eine Spur den einsamen Waldpfad durch den Uhrengarten zum Stuifen-Gipfel. Wir fühlten uns als einziges

Menschenpaar im Herbstreich. Nie vorher lebten wir so lebenstrunken bewußt ganz in der Gegenwart, aber für uns in einer zeitlosen Gegenwart, in der Stille und im Glück des Beisammenseins. Minutenlang gingen wir schweigsam.Warme Luft umschmeichelte uns. Die Schuhe knirschten auf dem Kalkgestein. Doch immer wieder sahen wir einander in die leuchtenden Augen. Silberklingendes Lachen Salvias. Sonntagsläuten ferner Kirchenglocken. Längst hatten unsere Seelen sich gefunden, in nie gekannter Harmonie verbunden. Silberdisteln wuchsen abseits am Grat. Bergaugen, Sterne der Alm. Und indem ich niederkniete, um eine besonders schöne Blüte abzubrechen, und sie der Liebsten in die zierliche Hand gab, kamen mir Georg von der Vrings Verse in den Sinn. Und ich sprach sie halblaut dem Mädchen vor:

> "Ich will die rauhe Alb dir malen,
> auch ihre Disteln sollst du sehn,
> wie sie als volle Silberschalen
> an sandverwehten Äckern stehn...
> blüht eine Distel,hart wie Eisen
> und blank wie Silber, Monde schon...
> Wer Disteln streift,der streift sie
> zart.
> Um ihre Schalen zu berühren,
> ist deine Hand von rechter Art..."

Salvia sah mich zärtlich an, dankte herzlich, ließ meine Hand eine Weile in ihrer ruhen und ich streichelte sie in Glückseligkeit.
Der Wald wich zurück, ein dichter dunkler Vorhang, der plötzlich auseinandergezogen

wird und das sonnige Fenster freigibt. Der Blick in die Welt öffnete sich. Wie durch ein mächtiges Tor traten wir ins Freie auf eine vorgelagerte Albplatte. Reiche Aussicht vom Fels, der uns Ruhestätte bot. Enzian blühten auf kargem Boden, blaue bayerische Enzian, Kelche wie aus Meißner Porzellan geformt.Greifbar nahe taumelten Wolken vorüber über Mulden und Rücken des Gebirges; schwer beladene rastlose Wanderer. Spielzeuggleich auf der Terrasse darunter das bunte Spätjahrsland.
Noch vor rund neunzig Jahren galt der Stuifen (757m) als ein "unwirtlicher Koloß: nicht gerade einladend, nur Dornen, Disteln und Steine trägt er". Doch lobte Julius Wais, der Verfasser des"Albführers" auch 1914 schon die prächtige Aussicht. Deshalb "sei ein Aufstieg lohnend..." Rasch sind wir dem Stuifen, dem Zauberer der Alb, entwichen. Ein schwarzes Tier, sprungbereit auf Beute lauernd, so ragte er hinter uns auf.
Hinab zur Ziegelhütte, Wasserscheide zwischen Fils- und Remstal, über Felder und gemähte Wiesen, vor uns das "Rehgebirge", das auch dem Rechberg seinen Namen gab.
Wir stiegen zur Wallfahrtskirche "St. Maria" auf dem Gipfel, die Valerian Brenner Ende des 17.Jhs anstelle der um 1400 durch Ulrich Graf von Rechberg gestifteten Kapelle errichtete. Schon im 11.Jh. soll hier oben eine Gnadenstätte bekannt gewesen sein.
Leider tummelten sich zahllose Sonntagsbummler vor der Höhenschenke bei Bier,

Limonade und mitgebrachten Butterbroten,
schwatzten oder lärmten auf den Wiesen
und bevölkerten das "Botanische Gärtchen".
Wir verweilten nicht lang, tranken Apfel-
saft auf einer Bank unter der Linde und
sahen hinab ins Tal, nach Lorch, wo Friedrich Schiller einige Kindheitsjahre erlebte und bei Pastor Moser lesen und schreiben lernte. Nahebei das von Friedrich
Herzog von Hohenstaufen gegründete Kloster
Lorch auf dem Marienberg, benachbart
die Albberge: Stuifen, Rosenstein und
Staufen, und ferner schon blaugraue Hügel
des Schwarzwaldes und des Schwäbischen
Waldes.
Da unten am Hang im Dörfchen Rechberg
wurde 1819 der durch seine "Deutsche
Kultur- und Sittengeschichte" berühmt
gewordene Historiker Johannes Scherr
geboren. Im Westen die Burgruine Hohen-
rechberg, eine der schönsten in Schwaben,
maßgeblich von den Herren von Rechberg
im 15.Jh. erbaut, überdauerte alle Kriegs-
stürme und wurde an einem friedlichen
Wintertag des Jahres 1865 durch Blitz-
schlag zerstört.
Gustav Schwab singt uns in seinem Gedicht
über die Alb schöne Verse über die schwäbischen Burgen der Hohenstauferzeit:
      "Ich lieg' auf weichem Bette,
      auf moos'gem Eichengrund,
      und vor mir Kett' auf Kette
      du fester Alpenrund...
      Ich sing: ich darf es wagen,
      es muß ein Lied entsteh'n,
      ich brauche nur zu sagen,
      was ich ringsum geseh'n...."

Schweigsam standen wir und lugten hinüber
zu den beiden Burgen der Kaiserberge.
Doch besuchten wir die geschichtsträchti-
gen Stätten an jenem Tage nicht mehr.
Wandermüde und des Menschenknäuels über-
drüssig nach den Stunden erwachender
Liebe in der Einsamkeit unseres Zauberber-
ges gingen wir einander vertrauend Hand
in Hand durch den Abendfrieden Schwäbisch
Gmünd zu. Und Eduard Mörikes Worte:
    "In allen deutschen Landen
      mögen wohl herrlicheres nicht
       zu finden sein als dies Gebirg,
        zur Sommerzeit, und diese
         weite gesegnete Gegend,"
drückten im tieferen Sinn das aus, was
uns nach den Erlebnissen in der Schwäbischen Alb an jenem Sonntag bewegte.

Einsamer Spaziergang

Ein Brief

Meine liebe Freundin,

Regen und Wind trotzend, ging ich heute
"unseren Spazierweg", von der Fasanerie
zum Teich im Walde und weiter zum Schloß
Kranichstein, denn er ist mein Lieblings-
weg, seitdem wir beide ihn im Herbst
gegangen sind und dabei so glücklich
waren. Freilich sah jetzt im Lenz alles
anders aus als damals zur Zeit der rot
und golden flammenden Wälder. Aber die
Stimmung war ähnlich. Ich fühlte Dich
nah an meiner Seite, rief manchmal leise
Deinen Namen. Vielleicht hast Du mich
in Gedanken begleitet, nachdem ich Dir
heute morgen am Telefon verriet, daß
ich zum See und zum Schloß gehen will.
Bald dürfen wir wieder zusammen sein.
Ich freue mich auf das gemeinsame Schreiten durch Natur und Landschaft. Das miteinander Sehen, Hören und Erleben zählt
zum Schönsten, was Menschen sich schenken
können. Neben dem Glauben und der Kunst
gehörte der Natur seit Kindheit an meine
besondere Liebe, vielleicht weil die
Natur eine "Ur-Patin" der Kunst ist und
das Göttliche in der Natur uns Menschen
am sichtbarsten erscheint. Schmückten
damals verglühende abschiednehmende Blätter als wundersame Farbsinfonie unseren
Pfad, so waren es heute zarte Frühlingsbo-
ten, die mich erfreuten: Veilchen und
Scharbockskraut - unsere Lieblingsfarben

symbolhaft vereint -, Buschwindröschen und Glücksklee; auch einige Lerchensporne fand ich. Ich pflückte von jeder Blumenart zwei Stengelchen und werde sie Dir als lieben Frühlingsgruß aus "unserem Walde" gepreßt schicken.
Der bleigraue Himmel wurde mitunter hell erleuchtet von Blütenschleiern der Wildkirschen und des Weißdorns. Es schimmerte in den Kronen wie Schnee, zumal viele Bäume noch kahl stehen, vor allem die Buchen. Manche Eichen zeigen gar noch winterbraunes Laub. Doch die meisten Sträucher tragen schon ostergrüne Gewänder.
Der Waldteich glänzte braungräulich. Auf der Insel kämmte der Wind den sich im Wasser spiegelnden Trauerweiden das gelbgrüne Seidenhaar. "Unsere Bank" war leider so naß, daß ich mich nicht darauf ausruhen konnte. Aber mit inneren Augen sah ich Dich sitzen, wie einst, als Du auf mich wartetest, während ich uns vom Imbißstübchen beim Oberwaldhaus Wurst und Brot holte.
Ich stand ein Weilchen am Waldteich, später noch einmal am See beim Renaissanceschloß. Er gefiel Dir besser, weil er einsamer in die Flur gebettet ist.
Die Enten schwimmen, fliegen oder watscheln jetzt fast alle paarweise. So sehr ich mich über die zärtlichen Tiere freute, wurde ich doch melancholisch und wünschte mir: Du wärst bei mir. Einmal sah ich zwei Erpel, die um eine Ente kämpften, obgleich der Nebenbuhler selbst ein Entlein als Gefährtin hatte. Die Männchen hackten sich mit den Schnäbeln; ein Weibchen sah aufmerksam zu, das andere flüchtete.

Schließlich kehrte aber jeder Erpel zu
seinem Entchen zurück. Tiere verhalten
sich offensichtlich ähnlich wie Menschen.
Am Wasser begegnete mir ein älteres Paar.
Sie gingen einträchtig Hand in Hand. Ich
freute mich über die beiden und dachte:
Später einmal werden auch wir sonntags
so dahinschreiten, glücklich vereint.
Doch heute fühle ich mich sehr einsam
und erinnerte mich an ein Gedicht, welches
ich Dir früher einmal in ähnlicher Stimmung
schrieb:
        "Der Herbstwind biegt
        mit wilder Kraft
        der Äste bunte Heiterkeit
        und wirft die Regensträuße
        hart ans Fenster.
        Die Tropfen rinnen
        sanft und still
        wie Sehnsuchtstränen
        die wir heimlich weinen
        wenn wochenlang getrennt
        wir warten müssen
        auf Wiederseh'n und Zärtlichkeit.

Vom Teich lief ich - genau wie wir damals
- durch den Forst auf der Schneise zum
Schloß. In jüngster Zeit wurden dort viele
Buchen abgeholzt. So entstand eine Lichtung
nur noch von wenigen Bäumen besiedelt.
"Dein Ahornbaum", vor dem ich Dich fotogra-
fierte, steht aber noch. Viele jener Buchen
waren erkrankt. Die gefällten Bäume wiesen
Löcher auf, Risse und faules Holz. Manches
dicke Buchenscheit würde gut im Kamin
brennen, dachte ich.
Kalter Wind blies mir ins Gesicht. Aber

er zeigte ein schönes Wolkenspiel: erst
wanderten luftige kleine weiße Ballenwölk-
chen, dann drohten schwarze Ungeheuer,
mal strahlte der Himmel wie ein gebleichtes
Kornblumentuch und wurde wieder milchgrau.
Die Vögel zwitscherten liebeszärtlich,
als wollten sie mich trösten: sei nicht
verzagt, bald bist du ja wieder bei deiner
Liebsten. Und ich muß gestehen: ihre süßen
Melodien haben mir tatsächlich geholfen.
Neben dem See beim Schloß leuchteten die
Forsythienbüsche auch in jenen düsteren
Stunden so licht, als wären sie in Sonnen-
gold getaucht. Das Schloß war nach dem
Regen sauber gewaschen; besonders die
Dächer und alten Laternen blinkten, als
seien sie frisch gestrichen. Die roten
Tische und Stühle im Garten waren so feucht
daß sie selbst, als wohlmeinende Sonne
sie bestrahlte, niemanden zur Kaffeepause
anzulocken vermochten.
Ich ging in den Schloßpark, um das Gebäude,
und sah durch eine Nische, wo wir damals
in früher Dämmerung beim Wein saßen, eine
Lampe brennen. Gern hätte ich im Gedenken
an Dich und an jenen Abend ein Gläschen
Roten genüßlich geschlürft.
Erstmals besuchte ich nun die Schloßkapel-
le. Es sollte wohl so sein, daß gerade
an jenem Nachmittag ein Konzert stattfand.
Eine Familie Pietsch - zwei Brüder strichen
Violine und Cello, die Frau des einen
spielte Orgel - beglückte die Zuhörer
mit Kammermusik "altitalienischer Meister",
u.a. unsres geliebten Vivaldi. Das Konzert
erklang in einem barocken Weiheraum. Meine
Blicke schweiften durch die Fenster in
den Park, wo die Bäume im Winde rhythmisch

die Musik von Torelli und Frescobaldi begleiteten. Zweige wippten auf und nieder, tanzten hin und her und schienen mir zuzuwinken.
Diese Musikstunde war heilsam für mein Gemüt. Du weißt ja, daß, bin ich traurig, mir vor allem drei Dinge Gleichgewicht und innere Ruhe wiedergeben: Musik, Natur und Kirche. Sie verleihen mir auch Trost, wenn ich einsam bin und lassen mich innig mit Dir verbunden sein. In jener Sonntagsstunde war mir Fortuna hold und offenbarte mir alle drei Seelentröster gleichzeitig.

Liebe Grüße,
Dein treuer Freund

Das Osterwunder

Eine wahre Begebenheit
Anderen zum Trost erzählt

Luise war viele Monate sehr krank gewesen. Johannes hatte sie liebevoll betreut und gepflegt, hatte sie im Rollstuhl gefahren, war mit ihr wochenlang Tag für Tag zur Bestrahlung ins Klinikum gefahren oder hatte bei ihr am Bett gesessen, wenn sie längere Zeit stationär im Krankenhaus liegen mußte. Als der Frühling kam war es Luise möglich, an Johannes' Arm sich haltend, wieder zu gehen. Noch nie hatten die beiden so tief empfunden und begriffen, wie in jener Zeit, was die Trinität "Glaube Hoffnung Liebe" wirklich bedeutet. Und ihnen war bewußt: ohne ihre innige Liebe und ohne ihren starken Glauben an Gottes Hilfe hätten sie die lange Prüfungszeit kaum bewältigen können.
So wagten sie eine kleine Osterreise an die Badische Bergstraße. Mit der Bahn fuhren sie nach Hemsbach bei Weinheim, wohnten in einem hübschen Haus mit parkartigem Garten am Hang des Odenwaldes, bekamen von den netten Wirtsleuten ein freundliches Zimmer mit Blick ins Grüne. Jeden Morgen wurden sie mit einem vielseitigen Frühstück verwöhnt.
Am Karfreitag-Vormittag gingen Luise und Johannes gemächlich bergauf hinein in den Odenwald. Die Dackelin trippelte frohgemut nebenher. Sie kamen an einem mächtigen Findling vorbei. Gold- und Gefleckte Taub-Nesseln blühten, Günsel und Gundermann

und das niedliche Milzkraut. Löwenzähne und Schaumkräuter leuchteten auf den Wiesen. Ipsi labte sich an klarem kühlen Wasser, das aus einem Quell in die Auffangschale eines steinernen Brunnen floß. Nahebei bewacht ein schmiedeeisernes Tor den Eingang zum Israelischen Friedhof. Wie verstreut ruhen die alten Steine mit hebräischen Schriftzeichen im naturbelassenen Wald. Wann wurden hier die letzten Menschen zur Ruhe gebettet?
Das Paar ruhte auf einer Bank vor der Waldsiedlung. In den Gärten blühten lieblich Pfirsich- und Kirschbäume. Weiter bergauf. Johannes war erstaunt und überrascht, wie wacker Luise an seiner Seite voranschritt. Das hätte sie vor einem Monat nicht geschafft! Bald erreichten sie ein großes Gut, den "Schafshof",bewacht von zwei riesigen bellenden Hunden hinter einem Gitter. Die Dackelin kümmerte dies nicht. Sie wälzte sich wohlig im frischen Heu. Noch einmal Verschnaufpause. Johannes legte das Hunde-Handtuch ins Gras, damit seine Frau sich setzen konnte. Wind kämmte das heranwachsende Junggetreide. Sanften Wellen gleich neigten sich die Halme.
Auf der Höhe angekommen, steht rechter Hand der steinerne Vier-Ritter-Turm, ein Aussichtsturm, den einst vier Gestalten schmückten. Die Aussicht auf die sanfte anmutige Landschaft des Odenwaldes erfreute die frühlingsfrohen Augen. Grün, hell und dunkel, dazwischen weiße Flecken: blühende Obstbäume. Am Horizont graue Bergketten, gen Westen Höhen des Pfälzer Waldes. Noch einmal Rast auf einer Bank vorm Turm. Dann faßten die beiden neuen

Mut, gingen durch einen tiefeingeschnitte-
nen Hohlweg abwärts und sahen bald ein
schmuckes altes Bauernhaus mit Lüftelmale-
reien. Der seit dem 12.Jh. bekannte"Watzen-
hof" ist seit 1937 im Besitz der Familie
Rücker. Mit freundlichen Worten und fein-
sinnigem Lächeln wurden sie von einem
jungen Paar, einem Ober und einer Asiatin,
zuvorkommend bedient. Die karfreitäglichen
Fischgerichte waren köstlich gewürzt und
schmeckten vorzüglich. Welche Zutaten
der famose Koch verwendete, blieb sein
Geheimnis.
Den Karsamstag hatte sich das Paar zur
Besichtigung der Kleinstadt Hemsbach vorbe-
halten. So wurde der Ostersonntag zum
Zentral-Erlebnis der kleinen Ferien. Luises
Geburtstag, heuer am Ostersonntag, empfanden die beiden nach der wundersamen teil-
weisen Genesung von langer, sehr ernster
Krankheit, wirklich wie eine Auferstehung
- zurück ins wirkliche Leben. Johannes
wünschte seiner geliebten Frau vor allem
für weitere Genesung von Herzen Glück
und Segen. Die Wirtin hatte den österlichen
Frühstückstisch besonders festlich gedeckt.
Jeder Gast bekam bemalte Eier, ein Schoko-
laden-Häslein und einen Frühlings-Glücks-
käfer.
Petrus sorgte am Tag der Auferstehung
seines Herrn für angenehmes frühsommerlich-
warmes Wetter. Zwar war der Himmel stark
bewölkt, doch die Sonne ließ sich bis
in den Nachmittag hinein nicht verscheu-
chen. Wieder wanderte das glückliche Paar
am Hengsbach entlang. Bei der Waldsiedlung
gelangte es tiefer in den lichten, teilweise schon maigrünen Odenwald. Schon öffneten

sich die Buchenknospen und entließen ihre
zartgrünen Blättchen in luftige Freiheit.
Nur die dunkelstämmigen Eichen standen
noch winterlich ernst und unbelaubt im
ringsum grünen Jubeltaumel des Ostertages.
Die nächste Ruhbank am Parkplatz "Einzige
Wiese" erwartete die beiden. Durch den
Pfaffengrund zum Dachsbauweg. Freundlich
bereicherte eine blühende Streuobstwiese
die Landschaft. Es gab neben Anemonen
hier erstaunlich viele der lustigen dreifarbigen Lungenkräuter. Auch blühten noch
blasse Veilchen und Sauerklee; bereits
erster Waldmeister gesellte sich dazu.
Ein dicker Stein bot sich als Rastsitz
an, später waren es Holzstämme. Es gab
immer ein Plätzchen zur rechten Zeit,
wo sich Luise kurzfristig ausruhen konnte.
So war Johannes weniger besorgt und freute
sich, wie stabil sie schon wieder war,
wie mutig und zuversichtlich, und wie
sie sich selbst freute, wieder so ausdau-
ernd an seinem Arm eingehakt oder mit
ihm Hand in Hand wandern zu können.
Am Eingang zum Kreuzbergweg steht eine
Bank der Vogelfreunde. Hier hatten sie
schöne Aussicht zwischen blühenden Kirsch-
bäumen hinunter ins Tal nach Hemsbach
und Laudenbach. Vor ihnen grünte ein junger
Weingarten. Auf dem Kreuzbergweg durch
den Wald, immerzu bergan, gleichmäßig,
behutsam, Schritt für Schritt. So kamen
sie, immer wieder durch kleine Erholpausen
unterbrochen, gut voran. Wenig später
sahen sie die ersten drei von vierzehn
Wegstationen. Der Kreuzberg war erreicht.
Die Osterpilger freuten sich wie Kinder,
weil sie ihr gestecktes Ziel geschafft

hatten. Luise war so begeistert, daß sie noch ohne neuerliche Pause vor die Stationen von Christi Leidensweg traten, von der Gefangennahme bis zur Grablegung, und die schöngestalteten Motive andächtig betrachteten. Sie wurden an jenem Ostertag von diesem Kreuzweg besonders mitfühlend und ehrfürchtig berührt, führte doch auch ihr "Kreuzweg" der letzten Monate zu Heilung und neuem Lebensbewußtsein, auch der Seele. Der Kreuzberg ist eine Jahrhunderte alte heilige- und Wallfahrtsstätte. Luise und Johannes ruhten auf einer langen Pilgerbank, verzehrten jeder ein Osterei. Das Mineralwasser wurde nur schluckweise an verschiedenen Rastplätzen als Labsal getrunken. Die Dackelin buddelte eifrig-vergnügt ein Loch in den Boden. Vielleicht hatte sie einen Fuchsbau entdeckt. Luise und Johannes folgten dem östlichen Wanderweg, bogen später gen Süden ab. Nun ließ es sich leichter gehen, neigte sich doch der Pfad durch den Wald zum Tal. Beim Parkplatz "Schaumesklingel" grüßte der "Vier-Ritter-Turm" herüber. Davor strahlten tausende Löwenzahnblüten auf einer Wiese wie ein zum Bleichen ausgelegtes Tuch in der Sonne. Dieses Leuchten wurde den Osterpilgern zum Symbol der Freude: Licht und Segen für die Zukunft.

Sommer am Chiemsee

Aus einem Kurtagebuch

Später bummelte ich durch die Priener
Hauptstraße, in der Hoffnung - wie auch
Ahnung - Maria noch einmal zu sehen. Und
Fortuna war mir hold. Plötzlich sah ich
das Mädchen vor mir in seinem blauen Dirndl
bei der Kirche gehen. Ich freute mich
sehr, zumal sie allein war. Hurtig flitzte
ich über die Fahrbahn, bis ich sie einge-
holt hatte.
"Grüß Gott, Fräulein Maria", rief ich
und streckte ihr die Hand zum herzlichen
Händedruck hin. Ich las ihre Freude, mich
hier zu treffen, an den Augen ab. Offenbar
war sie kaum überrascht, als habe sie
mir hier begegnen wollen, weiß sie doch,
daß ich durch die Rathausstraße zum Kurheim
gehen muß.
Ich sagte dem lieben Mädchen, wie sehr
ich mich freue, es wiederzutreffen, wieviel
Dank ich ihm schulde, da ich - durch Maria
angeregt - nach Monaten endlich wieder
Gedichte schreiben könne. Ich gestand
Maria, wie glücklich ich mit ihr sei,wie
dankbar für diese Begegnung.
Ich gestand ihr auch,daß ich keine schlech-
ten Absichten gehegt hätte, denn es wäre
mir ja leicht gelungen, sie zu gewinnen,
in dem ich mich ohne Ring am Finger als
Lediger um sie bemüht hätte. Maria verstand
dies gut. Böse seien ihre Eltern nicht
gewesen, vielleicht verwundert. Ihr Vater
habe ja sogar persönlich ihr Briefchen
für mich im Hotel abgegeben. Mein ihr

gewidmetes Gedicht gefalle ihr sehr gut.
Nun sei sie schon neugierig auf die beiden
anderen, die ich ihr noch zu schicken
versprochen hätte. "Wohin wollen Sie mir
denn schreiben?" fragte Maria.
"Nun, daheim könnte ich schnell ihre An-
schrift aus einem Adreßbuch erfahren,
von Prien aus aber müßte ich an das Kaufhaus schreiben, in dem Sie arbeiten."
"Nein, bitte nicht",rief Maria erschrocken.
"Dann verraten Sie mir bitte ihre Privatan-
schrift", bat ich. "Sie ist schwer zu
merken." "Ich behalte sie schon!" "Hinter
dem Gutsweg 13." "Sehr schön", sagte ich.
"Dreizehn ist meine Glückszahl!" -
"Maria, darf ich Sie bitte zu einem Eis
einladen?" - "Ja, gern!" "Im Café Obermeier, wo wir uns kennenlernten? So wird
unsere schöne Begegnung abgerundet. -
Waren Sie heute schon dort?"
"Ja eben", antwortete Maria. (Also hatte
das gute Mädchen doch gehofft, mich dort
noch einmal zu sehen, bevor sie den Chiemsee verlassen muß - das war eindeutig
und stimmte mich selig.)
Wir setzten uns in eine Ecke des Gartens
beim Begonienbeet. Ich bestellte Eisbecher.
Endlich konnten wir uns ungestört unter-
halten.
Maria fragte:"Was würde wohl Ihre Frau
zu unseren Begegnungen sagen?" "Sie ist
großzügig. Wir haben von Anfang an Begegnungen mit anderen Menschen nicht ausge-
schlossen. Nur muß jeder wissen, wie weit
er gehen darf." "Ich könnte das nicht",
gestand Maria. "Sie sind aber auch noch
sehr jung." Sie lächelte. "Ja, vielleicht."
Maria erzählte mir von ihrem Freund, den

sie jetzt noch anrufen wolle. "Er hat
mir in den drei Ferienwochen nicht ein
einziges Mal geschrieben!" Das fand ich
seltsam und sagte: "Da hat ihr Freund
Glück, daß ich verheiratet bin, sonst
hätte ich Sie ihm geraubt!" Dieses Bekennt-
nis gefiel Maria offensichtlich sehr.
Sie errötete zart, und ihre Augen glänzten
im Sonnenlicht. Ich bat Maria um ein Bild
von ihr im bayerischen Dirndl.
Gern will ich Ihnen ein Foto schenken.
Aber erst wenn ich wieder daheim bin."
"Und bitte schreiben Sie mir, liebe Maria."
"Das will ich gern tun. Ich schreibe gern
Briefe; auch fotografieren bereitet mir
Freude." -
"Darf ich Sie fragen, ob ich Ihnen auch
etwas bedeute?" "Ich bin mir nicht ganz
im klaren", gestand Maria. "Aber Sympathien
haben Sie doch für mich, sonst hätten
Sie mir gewiß das Briefchen nicht geschrie-
ben!" Die Freundin lächelte bezaubernd.
Ich sah ihr immer wieder in die samtdunklen
Augen. "Ja - das stimmt!" sagte sie.
"Liebe Maria, der Mann, der Sie einmal
zur Frau bekommt, darf sich glücklich
preisen. Sie sind ein Mädchen, wie es
nicht viele gibt." - "Woher wollen Sie
das wissen? Sie kennen mich doch nur eine
Woche? - Daheim bin ich ganz anders!"
"Ich vertraue meiner Menschenkenntnis...
und ich kann Ihnen dies von den Augen
ablesen! - Ich möchte Sie auch gern wiedersehen, Maria!"
"Das müssen wir wohl wieder dem Zufall
überlassen", meinte das Mädchen schelmisch.
(Tatsächlich haben wir uns dreimal getroffen ohne Verabredung. So sehe ich in diesen

Begegnungen auch keinen Zufall, sondern
Bestimmung, Schicksal.)
"Ich bin einmal jährlich in Geldern",
sagte ich. "Da werde ich Sie aufsuchen!"
"Ja, Geldern ist nicht weit von Kalkar
entfernt." (Maria war ein Wiedersehen
so natürlich wie mir.)
"Nicht, daß Sie denken, ich habe öfters
solche Begegnungen", sagte ich. "Ja, das
wollte ich Sie gerade fragen!" "Nein,
Maria; es ist das erste Mal, seit ich
verheiratet bin, daß ich mich in eine
andere Frau richtig verliebt habe. Dabei
lege ich vor allem Wert auf das Seelische.
Bei uns war von Anfang an ein starkes
inniges Gefühl der Verbundenheit da! -
Dichter - wenn ich so sagen darf -, brauchen solche Begegnungen, überhaupt künstlerische Menschen, um schöpferisch sein
zu können. Denken Sie an die Großen in
der Literatur wie Goethe, Hölderlin oder
Brentano. Vielleicht werden Sie eines
Tages als das "Mädchen mit den Onyxaugen"
bekannt werden." -
Schließlich fand unser Gespräch in die
Gegenwart zurück. Maria fragte noch, was
ich von Prien aus schon unternommen hätte.
"Ich war in Rimsting". "Zu Fuß - so weit?"
"So weit ist es gar nicht. - Nach Urschal-
ling ging ich mit einem Kurkameraden.
Einige Male bin ich am See gewesen, auch
über Ernsdorf und Westernach. Viel habe
ich diese Woche jedoch nicht unternommen, da
ich täglich hoffte, Sie irgendwo wiederzu-
finden!"
"Zur Kampenwand müssen Sie fahren", schlug
Maria vor. "Bis zum Gipfelkreuz hinaufstei-
gen - da war ich auch", schwärmte sie.

"Liegt ein Gipfelbuch oben? fragte ich.
"Ja." "Haben Sie sich eingeschrieben?"
"Ja, vergangene Woche." "Ich werde die
Seite suchen und meinen Namen zu Ihrem
schreiben."
Maria lächelte während unserer Plauderei
oft so reizend, daß ich sie am liebsten
hier im Garten geküßt hätte. Ich dachte
schon daran, daß ich heute Maria nach
ihren Anruf zum Wiesenhof begleiten könne... da bogen schon wieder ihre Eltern
um die Ecke, um beim Obermeier Kaffee
zu trinken. Sie waren überrascht, uns
hier so vertraut sitzen zu sehen. Maria
erklärte unser Treffen und unser Zwiege-
spräch verstummte.
Die Eltern waren heute zugänglicher, aber
mißtrauisch blieben sie doch. Wir unterhielten uns über Ferienerlebnisse in verschiedenen Gegenden der Alpen. Schließlich
meinte der Vater, Maria solle nachher
gleich mit ihm und Mutter zum Bahnhof
gehen. Aber Maria widersetzte sich zu
meiner Freude und ging nicht auf die offensichtlich gedachte rasche Trennung von
uns ein.
So verabschiedeten wir uns höflich. Und
ich schritt stolz wie ein König mit meinem
hübschen Mädchen aus dem Cafégarten, begleitete Maria noch bis zum Telefonhäuschen
am Markt, wo wir uns ein letztes Mal liebevoll in die Augen schauten und lang zum
Abschied die Hand drückten. Ach, so gern
wäre ich noch mit Maria durch den Wald
gegangen, Hand in Hand, und hätte sie
zuletzt - wenigstens einmal - zärtlich
geküßt. Aber wir werden uns wiedersehen.
Vorerst bin ich dankbar für all das Schöne,

das ich durch Maria und mit ihr erleben durfte und geschenkt bekam. Es wird mir unvergeßlich bleiben.

Ein Kindlein wird geboren

Wunder der Schöpfung

Mitten in der Nacht kam er nach Hause. Er war durch die halbe Stadt gelaufen, denn die Straßenbahnen fuhren nicht mehr. Seine Frau liegt nun im Vorstadtkrankenhaus und erwartet ihr erstes Kind. Gern würde er in diesen schweren Stunden bei ihr sein, um sie zu trösten. Doch er weiß: sie ist tapfer wie immer. Er sitzt im Sessel am runden Tischchen, schlürft zwei, drei Tassen heißen Kaffee und erwartet den Morgen. Aufgeregt ist er nicht mehr. Ihm ist feierlich zumute. Schlafen kann und will er nicht in dieser bedeutsamen Nacht. Er möchte gedanklich und seelisch eng mit seiner geliebten Frau verbunden sein. Nur halb entkleidet legt er sich nieder. Leise läßt er das Radio spielen, damit er nicht doch einschläft.
Gott wird sie schützen, denkt der Mann, sie und das zarte Seelchen. Schenkte doch ER ihnen durch ihre Liebe und innige Einheit das kleine Wesen, das sie sich wünschten. Es sollte nun aus der Geborgenheit in seiner Mutter Leib zu ihnen in die Stube kommen. In stiller Freude und Dankbarkeit erwarteten sie es beide. Heute würden sie Mutter und Vater, eine Familie werden. Er war fröhlich und hellwach. Draußen rauscht der Regen auf die einsamen Straßen. Er trommelt an dunkle und an sein erleuchtetes Fenster.
Es ist kurz nach drei Uhr am Morgen. In fünf Stunden darf er in der Klinik anrufen.

Dann wird er endlich wissen, wie es seiner Frau ergangen ist. -

Eigentlich geschah alles unerwartet schnell, dachte der Mann. Noch gestern abend hatte sich seine Frau wohlgefühlt. Noch einmal sah er, wie im Traum, die Erlebnisse der letzten Stunden filmartig vor seinen Augen abrollen: Frühstück auf dem Balkon - Sonntagmorgen-Spaziergang durch den Wald - ein lustiger Film im Fernsehen - Schaufensterbummel am Abend - zuletzt Eisessen im kleinen Bahnhofscafé. Daheim rief sie ihm dann plötzlich aus dem Bad zu: "Du, ich glaube, es ist soweit!" Er war wohl noch überraschter als sie gewesen, denn mit der Geburt wurde erst in acht Tagen gerechnet. Aber tatsächlich stellten sich erste Wehen ein. Die junge Frau hatte sich aufs Sofa gelegt, während er durch die Nacht zum Telefonhäuschen bei der Eisenbahnbrücke rannte. Aufgeregt erzählte er der Stationsschwester in der Frauenklinik die für ihn so wichtige Neuigkeit. Sie beruhigte ihn mit netten Worten und ordnete an: "Bringen Sie Ihre Gattin sofort in die Wöchnerinnen-Abteilung."
Wenig später, in den ersten Morgenstunden des neuen Tages, fuhr sie ein Taxi zum Krankenhaus. Das junge Paar wurde freundlich empfangen. Er küßte sie zum Abschied auf Mund und Augen, sagte ihr Trostworte und trennte sich nur zögernd von ihr. Aber er vertraute dem Arzt und der Hebamme, die ihren Beruf fünfzehn Jahre in seiner Heimatstadt ausgeführt hatte. Die erste Untersuchung der Schwangeren war positiv

gewesen. Der Doktor hatte ihm rasch die Diagnose mitgeteilt: "Es ist alles in Ordnung. Seien Sie unbesorgt. Das Kind ist klein. Es liegt gut. Der Blutdruck Ihrer Frau ist normal. Doch wird die Geburt noch ein paar Stunden dauern. Vielleicht ist mit dem frühen Vormittag zu rechnen!"

Gegen sieben stand der junge Vater auf. 'Vater'? War er es schon? In einer Stunde würde er mehr wissen. Ob sie bereits das Schwerste überstanden hat? dachte er. Das Wunder ist geschehen. Eben hat er in der Klinik angerufen. Ein kleines Mädchen ist angekommen. "Unsere sehnlichst gewünschte Michaela ist da!" jubelte der Mann.
"Es wiegt sechs Pfund. Mutter und Kind geht es gut. Herzlichen Glückwunsch!" So hatte die Krankenschwester zu ihm gesprochen. O, lieber Gott, denkt er. Ich bin Dir dankbar für dieses schönste aller Geschenke: Ein Kind!
Auf dem Weg zur Klinik ist ihm selig ums Herz. Er lacht und schluchzt abwechselnd vor Freude. Dann trällert er ein Liedchen. Mit purpurroten Rosen eilt er zu seiner Frau. Sie erwartet ihn schon sehnsüchtig mit liebevollem Blick. Mit blühenden Wangen und heißgerötetem Mund liegt sie im Bett. Sie ist ermattet, aber die Augen glänzen noch vom tiefen Erleben schmerzvoller Stunden. Er bewundert die geliebte Frau. Unter Aufbietung aller leiblichen und seelischen Kräfte hat sie ihrem Kind den Weg in die Welt bereitet. Zärtlich begrüßt sich das Paar, gereifter durch dieses Geschehen und voll freudiger Ahnung einer

neubeginnenden Zeit. Nun sind sie Mutter
und Vater. Nun sind sie eine Familie.
Eine Säuglingsschwester reicht den glücklichen Eltern ihr Töchterchen, legt es der
Mutter in den Arm. Wie eine Madonna sieht
sie aus, denkt der Mann. Und er liebt
sie in diesem Augenblick noch inniger
und dankbarer als sonst. "Zweiundfünfzig
Zentimeter ist es groß", sagt die Schwester. "Es hat schon viele dunkle Haare".
"Die sind vom Papa", meint lächelnd die
junge Mutter. Noch hat das Kleine rote
Flecken im Gesicht. Aber sie verlieren
sich bestimmt in wenigen Tagen, sagt der
Arzt.
Erstaunt guckt das winzige goldige Wesen
mit seinen schwarzblauen Heidelbeeräuglein
in die neue unbekannte Welt. Wenn es zu
weinen anfangen will, spricht der Vater
halblaut mit sanfter Stimme zu ihm. Da
blinzelt es ihn verwundert an und ist
still. Nur das Mündchen schnappt noch
auf und zu, als wollte es saugen.

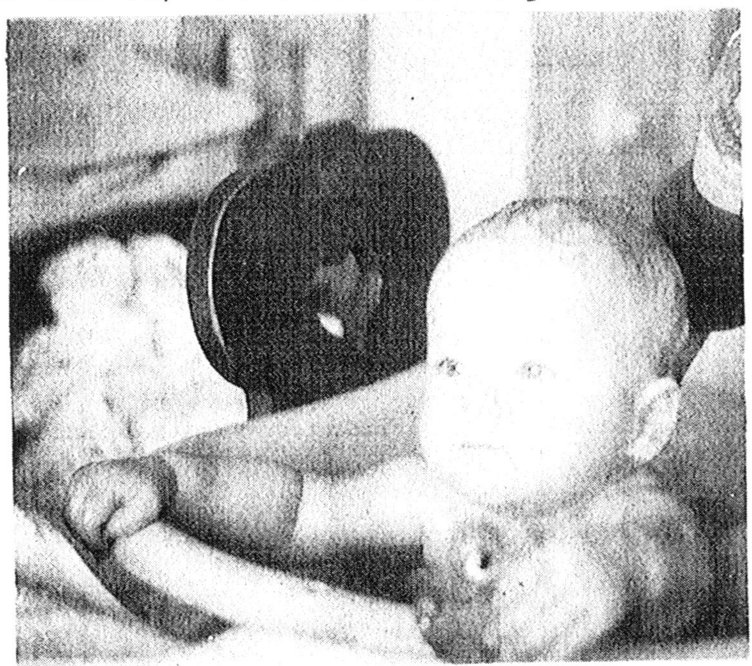

Vertrauen

Unschuldig verurteilt

Als ich noch ein Knabe war, spielten meine Cousine und ich in einem Hof eines kleinen sächsischen Industriestädtchens, wo damals meine Tante wohnte, mit dem Ball. Nun geschah es, daß an jenem Tag in der Nachbarschaft eine Fensterscheibe zerbrochen wurde, und die Schuld fiel auf mich. Ich hätte - so behaupteten die Leute - mit einem Stein das Glas eingeworfen. Ich war zunächst erschrocken über diesen Vorwurf und beteuerte, daß ich diese Tat nicht begangen hätte. Aber als auch meine Großmutter und meine Tante mir nicht glaubten und mich aufforderten: "Gib es doch zu, daß du die Scheibe eingeworfen hast", war ich so entsetzt und fühlte mich nicht nur zu Unrecht beschuldigt, sondern **wehrlos** **und** spürte tiefinnerlich einen Schmerz, als hätte das zersprungene Glas mein Herz verletzt.
Ich rannte so schnell ich konnte zu meiner Mutter und erzählte ihr mit großer Traurigkeit meine Geschichte, hoffend, sie, die Gütige, würde mir helfen. Sie hörte mir aufmerksam zu, streichelte mir übers Haar und sah mir in die Augen. Dann sprach sie den erlösenden Satz: "Ich glaube dir!" und schloß mich in die Arme. Gemeinsam gingen wir zum Haus der Verwandten, und Mutter sagte: sie habe keinen Grund, mir nicht zu glauben. Wenn ich versicherte, ich sei es nicht gewesen, hätte ich die Scheibe auch nicht zerstört. Sie habe

zu ihren Kindern Vertrauen und wisse,daß
wir (meine Schwester und ich) sie nicht
belügen würden.
Wie dankbar war ich meiner Mutter. Unsere
herzliche Verbundenheit wurde durch dieses
Erlebnis nur noch inniger. Die Gerechtigkeit hatte gesiegt - die Welt war wieder
in Ordnung.
Nie werde ich diese Episode vergessen,
und stets denke ich dabei in zärtlicher
Liebe an meine Mutter, der ich so viel
Gutes und Schönes verdanke, die mir durch
grenzenloses Vertrauen und Verständnis
in all den Jahren, die ich mit ihr zusam-
mensein durfte, geholfen hat, manches
Schwere im Leben besser ertragen und bewältigen zu können.
Mit dieser kleinen Geschichte möchte ich
bekunden, wie unermeßlich es ist: einander
zu vertrauen, denn Vertrauen ist einer
der Grundpfeiler, von denen die Liebe
getragen wird. Sollten wir nicht alle
versuchen, künftig einander wieder mehr
Vertrauen zu schenken? Verjagen wir das
Mißtrauen, diesen Wurm, der uns daran
hindern will, anderen Menschen in Liebe
zu begegnen. Vertrauen heißt ja nicht,
jedem Schwindler, Heuchler, Hochstapler
alles zu glauben, was er sagt; ja, in
manchen Situationen sind Vorsicht und
Wachsamkeit durchaus notwendig. Deshalb
braucht man aber nicht jedem Fremden zu
mißtrauen. Bei Freunden und Gefährten
oder gar bei Kindern, Eltern und Geschwistern ist Mißtrauen zu verbannen.
Bei diesen und besonders nahestehenden
Menschen sollten wir nur Tatsachen _ gelten
lassen. Haben sie uns wirklich verletzt,

beleidigt,falsch behandelt oder gar Schlim-
meres angetan, können wir sie ja zur Rede
und sachlich zur Klärung der Angelegenheit
auffordern. Im Zweifelsfall aber, also
wenn uns Taten von Dritten übermittelt
werden, die andere begangen haben sollen,
die aber nicht eindeutig beweisbar sind
und welche von jenem, den man verleumdet,
bestritten werden, dann ist es immer besser, einem Menschen Vertrauen entgegenzu-
bringen, der es vielleicht nicht verdient,
als jemanden ungerecht zu beschuldigen
oder gar zu verurteilen.

Über die Liebe - ihre Schmerzen und Leiden

'Sehnsucht nach Liebe', heißt auch immer wieder bereit sein: Liebe zu schenken,auch wenn es manchmal sehr schwer ist, da oft jene Menschen, die uns besonders nahe stehen, uns am stärksten seelisch verletzen, uns Gedanken vorhalten, die wir gar nicht gedacht haben. Zurückhaltung aus Resignation oder Depression, um den anderen mit unseren Problemen nicht zu behelligen, werden nicht selten als Eitelkeit und Arroganz angesehen. So sehr diese Vorwürfe schmerzen, wir dürfen nicht verzagen,nicht aufgeben, denn das Allheilmittel gegen alle Anfechtungen, Mißverständnisse und Unrecht ist die L i e b e.
Besonders schmerzlich ist es, wenn aus dem Herzen kommende Worte oder Gesten der Anerkennung, Bewunderung, Freude, Anteilnahme... nicht angenommen, mißtrauisch betrachtet oder gar als nicht ehrlich abgeurteilt werden. Dann freilich ist die 'Sehnsucht nach Liebe' am stärksten, und es kostet viel Kraft - die uns zum Glück meist von einer höheren Macht geschenkt wird, wenn wir nur 'guten Willens' sind - auch dann nicht zu verzweifeln oder lebensmüde zu werden, sondern auch jetzt noch mit Verständnis und L i e b e neue Wege des Zueinanderfindens zu versuchen.

Die größte und stärkste L i e b e wird fast immer jene sein, die sich nicht gänzlich erfüllen kann, da her wenn die Liebenden immer wieder getrennt leben müssen

oder durch frühen Tod ein irdisches gemeinsames Glück nicht beginnen können. Denn
je mehr sich liebende Partner ständig
mit einander leben, desto eher besteht
die Gefahr, daß durch Gewohnheit des Alltäglichen der Wert der Liebe sinkt,Gleichgültigkeit und Übermaß sich ausbreiten
und somit die L i e b e mindern und schwächen, wenn sie nicht sogar gänzlich erlischt. Wahrscheinlich erleben aber auch
jene Seelen, denen höchste Erfüllung für
längere Zeit auf Erden versagt blieb,
im Jenseits die innigste Glückseligkeit,
denn Seelen, die immer wieder weite Entfernungen überwinden müssen, finden sich
zu besonders engem Einssein zusammen.

Die Dankbarkeit

Eine "Schwester der Liebe"

Die Liebe, welche nahezu allen Menschen irgendwann höchste Glückseligkeit bedeutet - ausgenommen freilich jenen Personen, denen materielle Güter wichtiger sind als Gefühle -, ob die Liebe zu einem gütigen, zärtlichen, hilfsbereiten, uns verstehenden Menschen, die Liebe zu einem Tier oder vielleicht "nur" zu einem Baum, kann uns beglücken, denn in allen Wesen, die Gott erschuf, schenkt er uns seine alles umfassende und durchstrahlende Liebe. Die Sehnsucht der Liebe gehört zu den innigsten Wünschen, die Menschen in ihren Herzen hegen. "Lieben und geliebt zu werden, ist das höchste Glück auf Erden!" Abgesehen also von der Liebe, zählen die Freude und die Hoffnung zu den bedeutendsten Impulsen, die das Leben lebenswert sein lassen. Die Freude, weil sie wie ein Sonnenstrahl aus dunklen Wolken, die von Schwermut, Traurigkeit oder Bitternis verhärmte Seele plötzlich erhellt, das Herz erwärmt, die Augen glänzen läßt und den Mund zum Lächeln verschönt. Und was wäre der Mensch ohne Hoffnung? Sie ist der Strohhalm, an den wir uns klammern, ist das Vertrauen zu Gott in dunklen Tagen, da nichts gelingen will, wir rat- und mutlos sind. Ohne Hoffnung könnte der Mensch schwierige Zeiten, Schicksalsschläge und Ungerechtigkeiten nur schwer verkraften und ohne bleibende Schäden für Geist und Seele überwinden.

Zu Liebe, Freude und Hoffnung, die verbunden sind durch das Band des Glaubens, möchte ich noch die **Dankbarkeit** hinzufügen. Sie gilt in unseren Tagen vielfach als altmodisch und überflüssig; sie gehört zu den Stiefkindern der Tugenden. Dabei vermag Dankbarkeit, vor allem mit ihrer Schwester, der Zufriedenheit, so schnell das Herz zu erfreuen. Wie reich beschenkt fühlt sich der Gebende, werden ihm für Hilfsbereitschaft, kleinere Dienstleistungen, Aufmerksamkeiten oder Gaben aller Art zuteil. Es muß gar nicht immer das Wort "Danke" ausgesprochen werden, anerkennend kann man auch sagen: "Das ist lieb von dir", "das hast du gut gemacht", "ich freue mich,daß du mir geholfen hast", usw. Danksagen heißt: Sich gegenseitig Freude bereiten. Wer dankt, erkennt die freundliche Geste des anderen an, und jener wiedrum fühlt sich in seinem Tun bestätigt. Glückliche Lichtströme verbinden zwei Seelen.
Die Dankbarkeit sollte uns in Zukunft öfter und bewußter begleiten, denn auch sie ist eine Botin des Friedens.

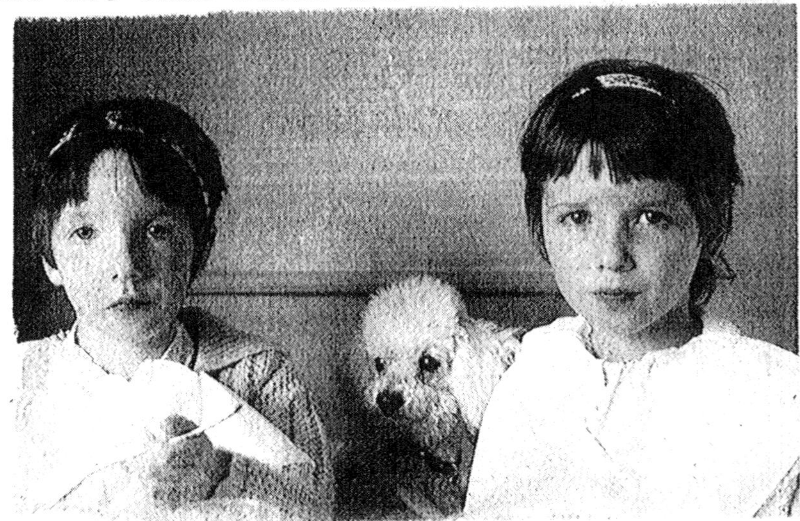

Besinnliche Poesie

Lob des Kaffees

Ratlos stehe ich unter der alten Kastanie
am Markt und blicke hinauf zum blumengeschmückten Fachwerkgiebel. Ich hatte Uta
mit meinem Besuch überraschen wollen.Doch
sie ist nicht zu Hause. Vielleicht kehrt
sie bald zurück, denke ich, denn ihr Fenster ist geöffnet.
Im Café gegenüber werde ich auf sie warten.
Die Einkehr lohnt sich, denn wo ist es
heute noch wirklich gemütlich im raschlebi-
gen Stadtalltag? In einem kleinen Café.
Dort achtet ein Mensch noch des anderen
Ruhebedürfnis und genießt die Behaglichkeit. Der Atmosphäre eines Kaffeehauses
sind schon starke Charaktere unterlegen.
Fügt ein Stadtbummler die harmonischen
Buchstaben C,A,F und E - die schon Bach
zu einer Kantate inspirierten - zum Wort
zusammen und schaut als Gourmet ins Zauber-
fenster der Torten, Kuchen und Pralinen-
schachteln und schließlich durch die Tür
der Konditorei in die stets festlich anmutende Stube im Hintergrund: wer wollte
da nicht schwach werden?
Ich öffne den dichten Samtvorhang nur
ein wenig, diskret, und trete leise ein
ins Paradies der Gaumenfreuden. Gedämpftes
Plaudern an den Nachbartischen. Im Café
will niemand andere Gäste stören. Ein
Winkel im Fenstereck mit geblümten Sofa
lockt mich an. Hier kann ich heimlich
beobachten, ob "Sie" kommt.
Ein Fräulein mit weißem Schürzchen serviert
mir auf Wunsch Schwarzwälder Kirschtorte
und das köstlich duftende Getränk. Die

dickbauchige Kaffeekanne strömt wohlige Wärme aus. Das zierliche Milchkännchen gehört ebenso wie die Zuckerdose mit der Silberzange zum Kaffeekult.
Ich schaue durch die feinmaschigen Netzgardinen auf den Platz. Der Marktbrunnen plätschert sein Wasser aus erzenen Löwenkopfröhren nach allen Himmelsrichtungen ins Bronzebecken, schon jahrhundertelang. Staub kreiselt im Winde. Dann schnürlt der Regen. Autos gleiten vorüber. Verzerrt spiegeln sich die Lichtstreifen der frühen Abendlampen auf dem nassen Asphalt. Dünne Zweige wippen vorm gläsernen Ausguck.
Aber die Pforte drüben im historischen Fachwerkhaus bleibt verschlossen, versinkt in zunehmender Dämmerung. Dennoch siegt die gute Laune, trotz des Regenwetters und obgleich die Freundin auf sich warten läßt. Mädchen verzeiht man ja so viel und gern...
Und der Kaffee beruhigt, stimmt friedlich. Zart kräuselt der Rauch überm tiefbraunen Gebräu. Der Duft kitzelt lieblich in der Nase, reizt, immer wieder ein Schlückchen genußvoll zu schlürfen. Die Zunge schmeckt noch die letzten Tropfen an den Lippen. Die Sahne dazu glänzt gelblich-fettig. Ich träume von üppig blühenden Almen, wo ich im letzten Sommer mit Uta wanderte, von Bergkühen mit tönenden Glocken neugierig beäugt, und gieße behutsam die Sahne in die schwarze Kaffeeglut. Sie vermählt sich mit ihm, bildet lustige Wolken, bis das Löffelchen beide geschmeidig zum köstlichen Trank vereint.
Leise schnurrt die Kaffeemaschine nebenan, wie ein Kätzchen. Der Vorhang bewegt sich

hin und wieder im Luftzug Vorüberschreiten-
der. Öfters schweben meine Blicke durchs
Fenster zur Tür dort drüben zwischen den
hohen Linden. Nein, Uta kommt noch immer
nicht. Aber der Kaffee ist ein Tröster.
Bei ihm ist der Tag zeitlos. Auch die
Uhr über der Theke besitzt genügend Taktge-
fühl, um "nicht zu stören". Ihre Zeiger
sind so schmal, daß sie nur bewußt suchende
Augenpaare anziehen.
Kaffe kennt keine Langeweile. Kenner genießen ihn. Er fordert es geradezu. Wer ihn
nicht gebührend schätzt, nicht versteht,
ihn "zu schmecken", an dem rächt er sich
und wird zum bitteren Magensaft. Kaffee
will heiß getrunken werden. Ihn abkühlen
lassen ist beinahe eine Sünde - zumindest
für den Gourmet. Sein Aroma verliert an
Geschmack; Duft und betörender Zauber
des Kaffekultes entfliehen. Der Kaffee-
freund ist ernüchtert und verstimmt.
Ich aber trinke mit Wohlbehagen die letzten
Schlucke, denn die Zeit ist ja doch weiter-
geschritten. Der Regenguß ist vorüber.
Noch einmal äuge ich durch die Scheibe
auf den nun von Laternen abendfreundlich
erhellten Markt. Sieh an, da kommt ja
Uta schwerbepackt vom Einkauf nach Hause!
Nun aber flink bezahlen. Ade, du traute
Caféstube.

Das Haus mit den sieben Monden

An einem sonnigen Abend, als ich am Altstadtmarkt in Braunschweig auf den Zwölfer-
Bus nach Rüningen wartete, wo wir damals
wohnten, bemerkte ich wieder einmal bewußt,
wie häufig unsere Augen manche Schönheiten
rings um uns her nur halb oder gar nicht
sehen. Jeder Mensch, der den Braunschweiger
historischen Marktplatz betritt, ist stets
aufs Neue begeistert von dem prächtigen
mittelalterlichen Stadtbild und lobt Fremden gegenüber die Harmonie der Gotik von
Rathaus und Martinikirche, die kostbare
Mariensäule und den wunderbaren Renaissan-
cegiebel des Gewandhauses.
Wer jedoch betrachtet schon einmal genauer
das kleine Modehaus von Gustav Rie am
Altstadtmarkt? Oft schon stand ich hier
an der Haltestelle, nahm aber nie den
feingearbeiteten Giebelschmuck dieses
Hauses wahr: Eine stolze Burg mit sieben
Türmen.
Heute endlich fiel mir das Bildnis auf,
und ich nahm mir Zeit genug, es ausführlich
anzuschauen. Vielleicht stellt es ein
altes Familienwappen dar, überlegte ich,
oder es ruft eine Erinnerung wach, Ursprung
eines erwählten Symbols. Jeder Turm ist
durch eine ihm eigene, unverwechselbare
Gestalt geprägt,keiner gleicht dem anderen,
wie ja in der Natur keine Pflanze und
kein Tier, kein Blatt und keine Feder
ihren jeweiligen Geschwistern gleichen.
Ob auch hier Vielfalt und Individualität
der Dinge zum Ausdruck gebracht werden
sollen? Dennoch vereint ein Gedanke alle

sieben Türme, da jeder Turm eine schmale
goldene zunehmende Mondsichel auf dem
Helm trägt. Hat vielleicht der märchenhafte
Orient hier Pate gestanden?

Vom Wandern

Heitere und bange Stunden unterwegs

Wandern ist Erobern der Welt, ist ewiges Entdecken neuer unbekannter Pfade. Wandern ist Fröhlichsein, mit Klampfen und Gesang durch blühende Auen schreiten, ein Gang durch maigrüne Wälder, wenn alles jauchzt und klingt in uns, wenn wir freudig eine Höhe erstürmen und droben mit unseren Kameraden weit über die Lande schauen,wenn wir in wildem Lebensdrang eine Ruine erklettern oder ohne Schuh' und Strümpfe einen Bach durchwaten.
Zum Wandern gehört aber auch das innere Erlebnis: Abends im Kreis der Freunde um das Feuer zu sitzen, in die züngelnden Flammen zu schauen und von fernen Landen zu träumen; eine Nacht im Zelt irgendwo in einem einsamen Winkel, wo wir unbekannten Stimmen lauschen, die uns umgeistern.
Am Tage wandern und abends in einer Jugendherberge oder in einem ländlichen Gasthof einkehren, gehört auch zu den Geschenken des "Unterwegssein". Begegnungen mit anderen Menschen, mit denen wir oft schon nach einem Gespräch vertraut werden, weil wir beglückt erkennen: Eine gleiche Sehnsucht des Wanderns und Erlebens beflügelt auch sie...
Wandern unterm tiefblauen Himmel mit dem Empfinden, den Wolken gleich über die Fluren zu gleiten. Wandern im Lodenmantel, in derben Stiefeln im Urgebirg bei Gewitter und Sturm, auf einsamem Höhenpfad, wo uns stundenlang kein Mensch begegnet und

nur die Naturgewalten zu dir sprechen. Wandern im Nebel, der gespenstig zwischen den Bäumen webt, und nur noch schrittweise die nächsten Dinge dir vor Augen erscheinen. Du glaubst allein zu sein auf einer einsamen Insel. Um dich her nur schemenhafte Gestalten - scheinbares Ende, Nichts! Und dennoch fühlst du: hinter diesem Grau ist irgend etwas verborgen, ganz nahe,nur ahnbar. Unheimliche Stille - Du hörst deinen eigenen Herzschlag. -
Wandertage - Sonnentage, an denen du in überschäumendem Jubel die ganze Welt umarmen möchtest, da du glücklich bist unter Gleichgesinnten. Aber auch Wanderstunden, da du vor dem Lärm der Welt flüchtest.Du gehst allein, dich ganz der Natur hinzugeben, damit nur sie allein zu dir spricht. Solche Wanderstunden schenken dir unermeßlichen inneren Frieden, stärken deine Seele für längere Zeit. Du bist wieder gewappnet gegenüber deiner ruhelosen, lauten Stätte, in der du den Alltag durchstehen mußt.
Aber Wandern ist noch viel mehr! Ruderstunden auf glitzerndem Wasser, Skilauf durch märchenhafte Winterwälder. Die Berge sprechen zu dir, wenn du um ihre Gipfel ringst. Hinzu gehören jene Stunden der Einkehr bei gastfreundlichen Menschen oder Fahrten zu historischen Stätten einstiger Ritter, Mönche, Bürger und Bauern. Denn Wandern heißt auch: die Heimat kennen und lieben lernen, alte ehrwürdige Dome, prächtige Rat- und Bürgerhäuser sowie stolze Burgen und Schlösser aufzusuchen, sich mit der Geschichte und Kultur unserer Ahnen zu beschäftigen. Denn Wandern ist auch Weltan-

schauung, Stil, Kultur, Heimat- und Vater-
landsliebe, Naturempfinden und letzendlich
auch die Sehnsucht fremde Länder und ihre
Menschen kennenzulernen. Dies alles führt
zu Innerlichkeit und Besinnung, zur Reli-
gion.
Heitere und bange Stunden; Forschungsdrang
und Abenteuerlust, aber auch das Wahrnehmen
der Natur und Landschaft mit allen Sinnen
- dies alles gehört zum Wesen von Wander-
und Fahrtenerlebnissen. Es formt den Menschen, läßt ihn reifen und bereitet ihn
vor für die einst "große Fahrt", die uns
alle am Lebensende einmal in unendliche
unbekannte Weiten führen wird.

Kleine Insektologie

Erlebnisse mit kleinen Tieren

Wir Menschen teilen die unermeßliche Schar der Insektenarten ein (es gibt etwa eine 3/4 Million Arten, davon etwa 28000 in Deutschland) in liebenswerte oder nützliche Geschöpfe und in lästiges Ungeziefer.Wer hätte nicht schon einen Marienkäfer auf seinen Finger gelockt und ihn über seine Hand laufen lassen? Wer freut sich nicht über das lustig-selige Taumeln eines sonnentrunkenen Schmetterlings oder wer bewundert nicht Emsigkeit und Ordnungssinn der Bienen und Ameisen? Und wer hätte sich nicht schon erbittert gewehrt gegen blutgierige Stechmücken oder sich vor Maden und Blattläusen geekelt?
Ja, es kommt sogar vor, daß wir Insekten im Kindheitsstadium (Raupen) nicht mögen und vernichten, während wir später die bunten Falter bewundern.
Obgleich es biologisch falsch ist, zählen wir manche Tiergattungen auch zu den Insekten, wie zum Beispiel Spinnen oder Asseln (erstere bilden eine eigene Familie, letztere gehören zu den Krebsen), weil sie uns im Aussehen oder in ihren Bewegungen und Lebensgewohnheiten wie Insekten erscheinen. So wollen wir auch hier in dieser poetischen Betrachtung großherzig verfahren, sind jene Wesen doch gleichfalls Kleinsttiere, denen die Menschen täglich begegnen können.
Jeder Mensch sammelt im Laufe der Jahre reichlich Erfahrungen mit Insekten, beglük-

kende wie bedrohliche. Einige Erlebnisse beider Arten möchte ich in der kleinen "Insektologie" wiedergeben.
Oft schon bestaunte ich Orientierungssinn, Fleiß und Disziplin der Ameisen.Zielbewußt, getreu ihrer Aufgabe dienend, eilen sie, eine der anderen folgend - eine lebende Kette - von ihrer Burg über Straßen und Wege, große Strecken durch den Wald, Baumaterial sammelnd, sich tapfer gegen Störenfriede wehrend, um schließlich - im Gegenverkehr - wieder zu ihren Gemächern zurückzukehren. Bernd Isemann erzählt in seinem Buch "Nala und Re" - eine Ameisenfreundschaft", anschaulich und feinsinnig vom Leben und Wirken dieser achtenswerten Tiere. Entschieden verurteilen müssen wir deshalb das boshafte Zerstören von Ameisenhaufen.
Freilich können diese Insekten auch zu Feinden werden, dringen sie in Wohnungen und Lagerräume ein. Aus eigener Erfahrung kann ich ein Lied von solcher Plage singen, krabbelten doch immer wieder eine Zeitlang winzige Ameisen über den Balkon in meine Stube. An manchen Tagen mußte ich 15-20 von ihnen zerdrücken oder zertreten, da sie eine "Straße" zum Honigtopf in der Küche gebildet hatten!
Schütze ich in der freien Natur weitmöglichst auch die Kleinsttiere, fühle ich mich im Hause von manchen Arten bedroht und bekämpfe sie. Einmal benutzten Ameisen den Stamm eines jungen Bäumchens auf meinem Balkon ebenfalls als "Straße", wahrscheinlich vermuteten sie Blattläuse an den Blättern, die ja von ihnen als "Milchkühe" gehegt werden. Mir blieb keine Wahl, als

eine Ameise nach der anderen"abzupflücken",
mit einer gewissen Bewunderung für diese
Tiere, da eine nach der anderen unbeirrt
des Todes ihrer Vorgängerin den Weg fort-
setzte, bis sie selbst Opfer wurde.
Nicht weit vom Main entfernt wohnten wir
einst in einem Hochhaus drei Jahre in
Symbiose mit einer Spinne. Sie spann an
unserem Balkon ein riesiges Netz und wartete auf Beute: Fliegen und Mücken, die
aus den feuchten Wiesen gegen die Siedlung
vordrangen. Manchmal verfingen sich auch
Schmeißfliegen oder Wespen im Netz. Dann
begann ein harter Kampf. Die Eindringlinge
strampelten und wehrten sich verzweifelt,
zerrissen Fäden und wickelten sich dadurch
selbst nur fester ein. Schließlich nahte
die Kreuzspinne und gab ihnen den Todesbiß.
Einmal zerriß ihr ein Junikäfer das Netz.
Sie webte es in stundenlanger Mühsal neu.
Wir ließen sie gern gewähren, flogen doch
durch ihr Netz wesentlich weniger Insekten
ins Zimmer.
Wie Mücken Menschen plagen können, erfuhr
ich schon als Kind im Ferienquartier am
Bodensee. Doch wurden meine Töchter und
ich am ärgsten von diesen winzigen Teufel-
chen in einer Sommernacht bei Freunden
am Oberrhein gequält. Immer wieder bemühte
ich mich einzuschlafen, doch das drohende
Surren ließ mich keine Ruhe finden. War
es plötzlich still, wuchsen Verzweiflung
und Bangigkeit, wußte ich doch, daß nun
augenblicks eine Mücke irgendwo am Körper
ihren Bluttrunk genießen würde. Aus dem
Bett springen; Licht anknipsen! Doch kein
Quälgeist war zu sehen, zumal die dunkle
Tapete ihn schützte. Zornig zuerst, ent-

täuscht später, ermattet und resignierend zuletzt, schlüpfte ich wieder ins Bett,zog den Kopf unter die Decke, bis ich schwitzte oder kaum noch Luft bekam. Wagte ich mich wieder hervor, begann gleich das Summen und Stechen von neuem,bis endlich im Morgengrauen die Biester reichlich genährt von ihren "Feindflügen" abließen und ich - bald aufstehen mußte!
Beim Durchstreifen eines Auwäldchens auf dem "Kühkopf" wurden wir plötzlich von Mückenschwärmen so heftig angegriffen,daß wir eilig flüchten mußten, obgleich wir uns zuvor zum Schutz intensiv mit einer Anti-Insektencreme eingesalbt hatten. Während meine ältere Tochter vor Schreck wie gelähmt verharrte, schlug ihre kleine Schwester mit einem Farnwedel wild um sich und schimpfte mit den Insekten.

Zu den beglückendsten Erlebnissen mit Insekten gehört der Besuch eines Nachtfalters in später Abendstunde in meiner Stube. Ihm verdanke ich nachfolgendes Gedicht:

Nachtschmetterling
Im Dämmerschein der Laterne / schwebt / durchs nächtlich-geöffnete Fenster / ein erdbraunes Wesen / aufs lampengrelle Leseheft. / Schmetterling / sage ich lächelnd wer sendet so spät / dich, freundlichen Boten, her?/ Bringst Grüße von Schwester und Eltern / Herzenssehnen / des liebsten Mädchens / im fernen Gebirge?
Willkommen / zärtlich-beflügeltes Seelchen im ländlichen Zimmer / Verträume / mit mir die / herbstille Nacht.

In den siebziger Jahren des vorigen Jahrhunderts überwinterten einmal zahllose
Marienkäfer in unserer Stube. Die meisten
fanden wir erst beim Frühjahrsputz. Sie
waren unter den Teppichsaum geschlüpft
und längst gestorben. Doch flogen mehrere
wenn wir beim Lampenschein am Abendbrot-
tisch saßen auf die Decke, liefen munter
zwischen Tellern und Tassen umher oder
spazierten auf unseren Kleidern. Sie labten
sich an Zuckerkörnchen und Kräutertee-
pfützen, die ihnen die Kinder mit dem
Löffel auf das Wachstuch geträufelt hatten.
Mag ich im Sommer das unruhige Kreisen
und Summen der Fliegen im Zimmer nicht
und jage sie schnellstmöglich wieder zum
Fenster hinaus, dulde ich gern ein, zwei
Winterfliegen als "Haustiere" in der Wohnung, die sich meist recht manierlich
benehmen. Oft leben sie Wochen bei mir.
Krümelchen und Tropfen sind ja reichlich
vorhanden für so genügsame Kostgänger.
Letztlich war eine Fliege namens Friedolin
mein Wintergast. Ich sprach manchmal mit
ihr, zumal sie die Gewohnheit hatte, gerade
dann zärtlich über meine Hand zu wandern
- eine Art Streicheln - wenn ich Manuskrip-
te schreiben wollte. Erklärte ich ihr
aber, daß ich jetzt arbeiten müsse, ließ
sie mich meist "verständnisvoll" in Ruhe.
Noch viele Begegnungen mit Insekten könnte
ich schildern, doch will ich mit jener
einer Grille meine Betrachtungen schließen.
Es waren erst vier Jahre vergangen seit
jenem schrecklichen Krieg. Meine Eltern
und ich hausten in einem Büroraum in einer
notdürftig wieder aufgebauten Fabrik in einem Kölner Vorort. Im Trümmer-Ödland hatte

ich ein kleines Gärtchen angelegt. Eines
Abends - ich hatte meine Tomatenpflanzen
gegossen - zirpte eine Grille in meiner
Nähe. Nun ist dies nichts Besonderes.Doch
gelang es mir in jener Stunde erstmals,
eine Grille beim Musizieren zu beobachten.
Oft schon hatte ich früher versucht, mich
an eine sogenannte "Grabheuschrecke" heran-
zuschleichen - stets vergebens. Diesmal
mußte ich so leise gepirscht sein, daß
ich - nur etwa einen halben Meter von
mir entfernt - das Tier auf dem Stiel
eines Nachtkerzenzweigleins hocken sah:
der schwarze pferdeartige Kopf lugte aus
erdbraunem Rock hervor. Zunächst saß das
Insekt reglos, auch ich rührte mich nicht,
wagte kaum zu atmen. Doch bald strich
die Feldgrille vorsichtig die Flügeldecken
aneinander und reizte so das aus Schrill-
Leiste und -kante bestehende Zirporgan.
Die seit Kindheit vertrauten Töne erklangen. Ein Glücksgefühl, dieses Wunder offenbart bekommen zu haben, durchströmte mich.
Dankbar nahm ich das Geschenk an.

Rauhreifzauber

Verzaubert ruhen Wald und Flur in weißer
Winterpracht. Bäume und Sträucher sind
mit Kristallnadeln bestickt. Zaunpfähle
Stacheldrähte, selbst kleine Holzstückchen
und dürre Ästchen glitzern in seltener
Schönheit. Der Frost wandelte als Künstler
durch die Natur. Sanft berührte er mit
seiner Eishand Zweige und Triebe, streichelte vergilbte Gräser und braune Herbst-
blätter - letzte Zeichen des Altjahres,
der Vergänglichkeit...
Im Niederdorf schimmern Schieferdächer
und Brachäcker wie weißes Linnen. Im Tal-
grund grasen im Morgengrauen mißtrauisch
zu mir herüberäugende Rehe, ohne sich
beim Frühstück stören zu lassen.
Laut murmelt der Bach, mein ständiger
Begleiter. Erlen, Weiden, Hainbuchen und
Haselstauden säumen die Uferauen. Das
Dorfkirchlein abseits am Wege birgt einen
schlichten, mit hohen Kerzen geschmückten
Altar vor dem heiligen Kreuz. Ich lausche
dem freudigen Gesang der Gläubigen und
verlasse ebenso leise wie beim Eintritt
die Weihestätte. Immer noch fließt das
Bächlein neben mir, verabschiedet sich
aber bei der Wassermühle im Oberdorf endgültig.
Langsam nur weichen die Nebelschleier
klarblauem Himmel. Die Sonne taucht als
mattgelbe Scheibe hinter grauem Dunst
auf, will der lichthungrigen Erde milde
Strahlen senden.
Bald glänzt das Rauhreifland in reinem
Silberlicht und Schneekristalle funkeln

wie Diamanten: rubinrot, türkis, orange, flaschengrün, himmelblau. Zwischen Lebensbäumen steht in Wintereinsamkeit an einer Weggabel ein verwittertes Kruzifix. Hier findet der Rauhreif seine künstlerische Vollendung: Fast jede Blattnadel der Baumriesen, selbst der zierliche Dornenkranz ist mit winzigen Eisstachelchen bewachsen. Ergriffen bewundere ich dieses göttliche Sinnbild - und schreite weiter durch die weite weiße Welt...

Bach im Winterwald

Einsamer Spaziergang

Beim Holzbohlenbrückchen am Mühlenweg
wird der junge Bach bis zur Mühle am Waldsaum Grenze zwischen den beiden Dörfern.
Schon vorher höre ich im nördlichen Forst
das vertraute Murmeln des Baches,dem es
als einem der wenigen Wasser gelingt,
durch den Sandboden in die Niederung des
Stromlandes vorzudringen.
Der Flehbach fließt in Krümmungen durch
den märchenhaften Winterwald. Meist begleiten ihn halbhohe dichte Laubgehölze oder
lichter Auenwald. Rot- und Hainbuchen,
an deren kahlen Zweigen Regentropfen wie
milchige Perlen hängen, und wettergeprüfte
Eichen. Die reiche Ernte an Haselnüssen,
Bucheckern und Eicheln im letzten Herbst
deutet auf einen langen oder harten Winter
hin, denn die Natur sorgt für ihre Tiere
der freien Wildbahn.
Unser Bach wird an manchen Stellen im
Lauf behindert. Dann gurgeln die kleinen
Wellen, überstrudeln sich, werden sektsprü-
hende Schaumkrönchen. Das Wasser ist rein,
lichtbraun und graugrün; fast überall
sehe ich den Grund des Bachbettes. Hier
und da haben sich Bäume darin angesiedelt.
Sie teilen das Fließen oder weisen dem
Bach eine neue Richtung.
Der Waldpfad glänzt kupfern, fuchsbraun
und blaßsiena vom verwesenden Laub, wenn
er nicht vom Schnee behutsam zugedeckt
wurde. Bald erreiche ich eine düstere
Fichtengruppe. An feuchten Wintertagen

braut hier der Nebel. In diesem Labyrinth raunt das Urgeheimnis der Natur. Ich lausche, ob nicht irgendwo ein Reh sich naht, ein Häslein, ein seltener Vogel oder ein unbekanntes Wesen.Es tropft von den Bäumen. Pilze vom Altjahr modern zwischen graubraunen Nadeln. Der Flehbach wird zur Hufeisenkurve gezwungen, hat sich einen Kessel gegraben, in dem das Wasser kreiselt.Gegenüber lagert sich immer mehr Sand ab; es entsteht eine Düneninsel. Ein Stückchen weiter säumen Pappeln das Ufer. Haushoch recken sich die dicken borkigen Stämme himmelwärts. Ihre borstigen Äste spreiten sie über niedrige Rottannen, zeichnen mit zahllosen Zweigen ein Stromsystem vor das Firmament.
Wiesenzungen fügen sich zwischen den Wald. Silbrig schimmern die Blätter der Goldnessel am Boden. - Später übernehmen Kiefern das Revier, spießen mit spitzen Astresten um sich, wippen ihre Wipfel bedächtig hin und her. Über dem Bach kreuzen sich schiefgewachsene Bäume, erinnern an einstige Fechttourniere, an Ritter mit gekreuzten Klingen.
Der Weg verliert sich etwas im Unterholz. Ich bemühe mich, ihn zu finden. Die Hügel treten nun weiter zurück. Das Bachtal wird breiter. Laubholzgürtel schnüren sich zwischen Kiefern und Wasser. Der Flehbach fließt geruhsamer, sein Bett mißt oft zwei bis drei Meter. Die Sandablagerung verstärkt sich. Der Weg federt. Ein kleiner Wassersprung, den ein gestürzter Baum verursachte, rauscht. Holz, Laub und Erde schwemmten sich fest, stauten das Wasser. Schallend fällt es eine Stufe hinab.

Bald nimmt der Flehbach ein Rinnsal auf, dehnt sich, schwillt zum kleinen Fluß an. Brombeergesträuch wuchert. Ein Teich, mit Laub bestreut, funkelt als schwarzes Waldauge. Tropfen treiben Ringe auf seinem Spiegel. Unser Bach wird zum Staubecken. Eine Zementmauer hemmt sein unbändiges Strömen. Dröhnend schlagen die Fluten des Wasserfalls dahinter zwei Meter tiefer zum Grund. Weißer Gischt schäumt - Tosen, Toben und Weitereilen.
Der Mischwald weicht urwaldartigem Dickicht. Doch ich finde stets noch einen Durchschlupf. Feldhühner streichen aufgescheucht ab. Talabwärts einige kleine Brücken;eine Lichtung mit Äckern und Wiesen. Die Ebene schickt ihre Vorboten aus den Dörfern dem Waldhügelland entgegen. Der Weg führt weiter zwischen Eichen, Rankengebüsch, efeubekletterten Kiefern und Wildrosen...
Und da ist auch die alte Mühle am Waldrand erreicht, wo der Flehbach aus behüteter Waldkinderstube in das breite freie Land der bäuerischen Welt eintritt.

Im Eichenhain

Bleich schwimmt der Mond im ockerfarbigen Lichthof am Winterhimmel. Ich schreite über frostharte Felder zum schwarzen Eichenhain. Scharf fegt der Eiswind über die Sillenbucher Freihöhe,wird erst gehemmt von den Eichenrecken, die starr in der Sternennacht stehen. Mit knorrigen Ästen greifen sie ins mondhelle Land, als wollten sie die schlafenden Häuser, das Tal und die Büsche schützen.
Der Tag ist alt geworden, zählt seine letzten Stunden, als ich den Hain betrete. Die Eichen verträumen die kalten dunklen Wochen. Nur ein paar widerspenstige Blätter,die auch der strenge Winter mit Schneegestöber und Wolfsheulen nicht abreißen konnte, rascheln in den Kronen, bis die Lenzknospen ihnen energisch auf die Stielfinger klopfen. Dann schweben sie, als Luftschiffe eingerollt, langsam zur Erde.
Feierlich, beglückend ist dieser Spaziergang am Abend unterm Zweigdach der Eichenriesen. Baum reiht sich an Baum. Die Stämme sind mächtige Säulen, werden zur romanischen Halle, eine Weihestätte der Natur. Ehrfürchtig wandle ich durch den Waldfrieden. Nah und fern läuten Glocken. Helle und dumpfe Stimmen mischen sich harmonisch zum Gesang. Durch die Zweigfenster lacht der Mond mich an, spielt mit ersten zarten Hälmchen, die aus dem vergilbten Gras sprießen. Wolkenfetzen bedrohen ihn; Kampf zwischen Licht und Dunkelheit entbrennt, den der Nachttrabant schließlich gewinnt. Er wandert nicht allein. Viele Gestirne

sind neben ihm, zu Füßen und zu Häupten, vor und hinter ihm wandeln sie in nächtlichen Stunden. Orion, der wilde Jäger, pirscht nach dem Stier. Seine Hunde Procion und Sirius folgen ihm mit funkelnden Augen. Und auch die Nachtschatten pilgern über die Fluren. Breit wallen sie wie gewichtige Personen, wachsen geschwind und vereinen sich mit den finsteren Bergrücken.

Hochzeit im Frühling

Nach kühlen Regenwochen folgen sommerlich-
sonnenheiße Maientage. Hochzeit des Frühlings. Die Seele sehnt sich hinaus in
Feld und Wald, möchte mit den Lerchen
hinaufjubeln ins Himmelsblau, mit den
Schmetterlingen über buntblühende Wiesen
flattern. Ich nehme jeden blaugoldenen
Tag zwischen Ostern und Pfingsten mit
allen Sinnen wahr. Es ist die Zeit des
täglichen Wandels, der ständigen beglücken-
den Überraschungen in der Natur. Vom Fluß
her riecht es angenehm herb nach Wasser
und Schlick. Rasengrün und Heckengrün
stärken die wintergeschwächten Augen.Welch
eine Lust, sie einzutauchen in Lebensfreude
aus Blättern und Blüten. Kuckucksruf und
heiterer Gesang der Amseln und Meisen.
In den Gärten strotzen Rhabarberstiele
in saftiger Üppigkeit. Der Spargel sprießt
nach warmem Regen in seinen langgestreckten
Hügelbeeten zum Vergnügen der Gourmets
besonders gut.Die Blattstengel der Pfingstrosen greifen wie Kinderhändchen ins Sonnenlicht, noch ehe die prallen Wunderblüten
sich öffnen. Primel und Stiefmütterchen
lachen übermütig, goldgelb und violett,
wie Dotter und Samt. Roßkastanien haben
schon zur Walpurgisnacht ihre Frühlings-
Festkerzen angezündet. Fliederbüsche berauschen die Liebenden am Abend im Park.Weiß
und lila quillt nimmermüder Maizauber
aus allen Knospen hervor.
Viel zu zeitig zieht heuer der Sommer
ein. Rosen und Robinien, Kinder des Juni,
verschwenden ihre Pracht schon einige

Wochen zu früh. Lange helle Tage verkünden baldige Ferienfreuden. Weiße zarte Wolken schweben über den sattgrünen Kirschzweigen, aus denen bereits keckgrüne Früchte hervorblinzeln. In Vorgärten duftet erstes gemähtes Gras. Begierig atme ich den süßen Frühsommerduft ein. Auch einige Wiesen haben schon ihren ersten Schnitt erfahren - Frischfutter für die Tiere. Eingriff ins unbekümmerte Wachsen und Werden.

Wenn der Sommer scheidet

Wochenlang schien die Sonne, zeigte sich von ihrer goldensten Seite und erfreute die Menschen mit Wärme und Glanz. Stahlblau blinkte das Firmament. Nur manchmal jagten Sommerwolken zu Türmen geballt über die Erde, oder das Morgenrot entfaltete Nebelschleier über den Wiesen. Die Nächte glichen angenehm die Hitze des Tages mit erfrischender, neubelebender Kühle aus, waren klar überstrahlt mit Gestirnen.Manchmal reinigte ein Gewitter lähmende Atmosphäre, doch stets erschien anderntags wieder die Sonne.
An einem Spätsommertag, Ende August, aber häuften sich düstere Wolken zu Ungeheuern, sprangen wild aufeinander, saugten sich fest und besiedelten stündlich mehr den Himmel. Unnatürlich schwül war es und das Atmen fiel schwerer. Es ward dunkler und dunkler. In der Ferne grollte der Donner; Blitze zuckten auf und erleuchteten grell die Landschaft. Immer näher dröhnte der Donner, immer schneller zackten die Blitze. Bald folgte Schlag auf Schlag. Feuerarme griffen über den ganzen Himmel. Der Wind brachte eigenartiges Rauschen mit sich. Erst ertönte ein Klopfen, bald ein Trommeln, und schon goß es wie aus tausenden Kannen auf die regenersehnende Erde. Schwarz wie die Nacht war es ringsum und unheimlich, als bräche das Jüngste Gericht an.
Einer sagte: "Mit diesem Unwetter ist der Sommer dahin! Die schönsten Tage sind nun vorbei!" Die anderen nickten zustim-

mend und starrten durchs Tor in die Urgewalt der Natur.
Nur langsam verebbte das Gewitter. Noch immer sprühte Wetterleuchten überm Wald. Es war Abend geworden. Natürliche Finsternis fiel in die Schattentäler ein. Unaufhörlich rann der Regen. Nun gleichmäßig in langen, fadigen Strichen. Nebel stieg über die Berge, wanderte über den Fluren, fand Eingang im Dorf. Gespenstisch leuchteten die Laternen.
Es regnete die ganze Nacht. Der neue Tag war grau und feucht. Die Welt hielt Waschtag und silhouettenhaft brodelten Haus und Baum im weißen Dampf. Ungemütlichkeit atmete der Wald; fremd waren die vertrautesten Pfade. Wir hockten erstmals um den Ofen in der alten Blockhütte, versuchten Feuer zu entfachen und ärgerten uns über den dicken Rauch, der nicht aus dem Kamin wich, sondern die Stube verpestete. Ein Fenster wurde hastig aufgerissen. Wir husteten und liefen fröstelnd umher. Draußen im Freien war alles im öden Nichts verschwunden. Gerade der nächste Busch war noch zu erkennen. Und siehe, da färbten sich bereits erste Blätter. In den obersten Spitzen der Bäume schimmerten verdächtig gelbe und rötliche Farbtöne.
Ja, der Sommer ist endgültig von uns geschieden. Eigentlich schade, denkt mancher, daß ich die sommerliche Sonnenzeit nicht noch besser genutzt habe.

Gewitter

Blaue heiße Hochsommertage. Endlich ist es soweit: Die ersehnte Ferienzeit beginnt. Badefreuden. Wandern im Wald, im Hochgebirge. Mußestunden im Liegestuhl auf dem Balkon, im Garten oder auf der Wiese. Süßes Nichtstun!
Bald aber meint es die Sonne zu gut. Hitze brütet in den Kesseln der großen Städte. Wolken ballen sich, quellen und wachsen rasch zu finster drohenden, dickbauchigen Turmkobolden. Letztes Blau wird erobert, verschlungen. Noch sticht die Sonne mit Goldlanzen durch den kohlschwarzen Himmel, aber dann verkriecht sie sich endgültig. Unheimliche Stille liegt minutenlang über dem Land. Nun bläst und heult der Wind durch schwüle enge Gassen. Bäume rauschen. Staub wirbelt durch die Luft. Blätter und Papierfetzen kreiseln auf den Wegen. Wetterleuchten über hohen Geschäftshäusern und Kirchen. Fern grollt erster Donner, warnend, kündigt ein Unwetter an. Leute schauen ängstlich oder neugierig zum Himmel, flüchten in ihre Wohnungen, in die Läden und Kaufhäuser oder suchen sich einen anderen sicheren Unterschlupf.
Der Wind wächst zum Sturm. Kleine Bäume biegen sich und ächzen. Zweige brechen ab und poltern zu Boden. Grelle Blitze färben jetzt den Himmel spukhaft, magisch graurosafarben. Donnerschläge hallen schaurig lang nach. Es tönt, als fände das Gewitter in einer mächtigen Halle statt. Wenig später prasselt hagelartiger Regen kalt und unerbittlich auf die warme müde

Erde nieder. Dann tagheller Blitzstrahl, wurzelhaft zerfasert, gelborangenfarbige Strahlenbündel und ohrenbetäubender Donner zugleich. Irgendwo hat es eingeschlagen.
Die Straßen sind leergefegt. Wasserwellen rollen über die Fahrbahn. Zwei Bäume sind umgestürzt und blockieren einen Radweg. Bei einem solchen Unwetter mag ein mancher in seiner Stube besinnlich werden und ein Gebet sprechen.
Wenn schließlich das Gewitter fortgezogen ist, der Regen nur noch mild und gleichmäßig rinnt, dann wird man dankbar und befreit durchs geöffnete Fenster die gereinigte kühle Abendluft einatmen.

Blumen müssen sein

Geibels erwarten am Sonntagabend Besuch, liebe Freunde aus der Nachbarstadt. Sie wollten einander wiedersehen nach längerer Zeit, Erinnerungen austauschen. Sie würden auf dem Balkon sitzen und in die untergehende Sonne hinüberblinzeln und fröhlich miteinander sein.So denkt es sich in Vorfreude Herr Geibel und fragt plötzlich seine Schwester:"Hast du auch Blumen besorgt für das kleine runde Tischchen?" Erschrocken verneint sie; daran hatte sie leider nicht gedacht. Was nun? Blumen müssen sein! Blumen erfreuen bei allen Festen, bei Geburtstagen und beim Krankenbesuch, bei der Taufe wie bei der Beerdigung. Blumen beglücken immer und binden die Menschen fester aneinander. Nun fehlten sie auf dem Balkon.
Plötzlich gefiel Herrn Geibel der reizend gedeckte Tisch nur noch halb so gut. Er überlegte. Die Blumengeschäfte waren geschlossen, einen Garten besaßen sie nicht. Sinnend stand er auf dem Balkon und sah hinunter auf die Straße. Drunten spielten Kinder. Ihre Sonntagskleidchen waren nicht mehr so blendend weiß wie am Vormittag nach dem Kirchgang. Er lächelte und dachte an seine eigene Kindheit. Dabei blickte er zur Wiese am Bahndamm. Bunte Blüten leuchteten in der Sonne. Da kam ihm der rettende Gedanke. Er griff zur Jacke, steckte die Rosenschere ein und pfiff seinem Dackel.
Die beiden liefen an den Gärten entlang, bogen hinter der letzten Laube ab und

bahnten sich einen Weg durchs Gestrüpp.
Himbeerranken versperrten den Pfad. Herr
Geibel schwang sich von Bäumchen zu Bäum-
chen, um am Schräghang nicht auszugleiten.
Hechelnd folgte der Hund. Wo Herrchen
wohl heute hingeht, mochte er denken.Dann
hat Herr Geibel die Feldblumen erreicht:
Würzig duftenden gelben Rainfarn, weiße
Schafgarbe, violette Flockenblumen und
rauhblättrige himmelblaue Natternköpfe.
Mit seiner Schere schneidet er sorgsam
die Stiele ab und fügt die Blumen zu einem
bunten Spätsommerstrauß.
Bald sitzt Herr Geibel wieder auf dem
Balkon. Er ist zufrieden. Der Kaffeetisch
strahlt nun noch einmal so festlich.
Dann kommen die Freunde. Sie freuen sich
über das gemütliche Eckchen auf dem Balkon,
loben den starken Kaffee und guten Kuchen,
den Fräulein Geibel selbst gebacken hat
und bewundern immer wieder voll Freude
den prächtigen Feldblumenstrauß in der
schlichten Vase.

Regentag in der Vorstadt

Schleierblauflecken schimmern zwischen rauchgrauen Wolken, wallende Spukgestalten unter breitausladendem Milchhimmel. Eine eigenartige hell-dunkele Landschaft entsteht: Licht- und Schattenwelt, je nach Stärke der Wolkenschichten.
Es regnet in der Stadt, in den Vorstadtstraßen, im Stadtwald. Der Regen ist kalt und klar, rauscht sekundenschnell als harter Guß zur Erde, verebbt, tröpfelt milder, leiser.
Dann kommt Wind auf, schüttelt das dichte Ahorndach der Allee, welches sich einige Spaziergänger als Regenschutz gewählt hatten. Dicke Tropfen prasseln aus den Zweigen, und die gefoppten, überraschten Leute flüchten ins Freie.
Viele Tropfen fallen als Punkte ins Wasser des spiegelblanken Kanalbeckens im Park, bilden gläserne Ringe,die ständig wachsen, ins Weite streben, bis sie schließlich die ganze Wasserbreite ausfüllen und an den Wiesenufern zerspringen, klanglos, aber für den intensiv Schauenden fast hörbar.
Enten schnattern herbei mit senfgelben breiten Schnäbeln; erdbraune, weißfleckige, bräunlichschimmernde, mit schwarzen oder grünen Mützchen. Sie scheuen den Regen nicht; Wasser ist ihr Element. Ein junger Bursche steht am jenseitigen Ufer bei den regennassen, rostbraunen Schienen der Straßenbahn unter den jetzt gelbgefärbten Lindenbäumen und hellgrünen nickenden Straßenlaternen und wirft Bröckchen auf

den Rasenstreifen. Gleich stürzt die gesamte Entenschar wild in die Fluten. Einige pflügen das Wasser wie schnelle Schiffe, andere rudern flink mit ihren Schwimmfüßen oder beeilen sich halb fliegend, halb schwimmend die Ersten zu sein. Enten sind ein drolliges, aufgeregtes, ewig hungriges Völkchen.

Das Wasser aber treibt der Wind in ungleichmäßigen Wellen zum Brückenstau an der Parkstraße - ein unermüdliches Spiel.

Heckenrosen wippen am Rand. Rote Hagebutten blitzen zwischen naßgrünen Blättchen wie leuchtende Korallen. Edle Trichterblüten kletternder Winden fädeln sich dazwischen.

Drüben neigt sich naßtraurig eine Trauerweide, regenschwer zusammengefallen, als trauere sie dem geschiedenen Sommer nach. Und die Pappeln werden im Sturm zu schwingenden, geschmeidigen Federn.

Regentropfen

Beobachtungen am Fenster

In den regnerisch-trüben Wintertagen denke ich gern an jene Zeit zurück, als ich noch ein Knabe war und am Fenster stehend mich an den Regentropfen ergötzte, die geschwind an die Scheiben hüpften, sich sammelten und wie Bäche in großen und kleinen Windungen abwärts rannen. Lange konnte ich da zusehen und träumen, an Flüsse und Ströme denken, die ich gern einmal kennenlernen wollte, besonders den Rhein, die Donau und den Main.
Aber auch später noch in den Jünglingsjahren erfreute mich das Regentropfenspiel. Und immer flossen die Tropfenbäche senkrecht in die Tiefe, einem Naturgesetz folgend, mündeten auf der Kante des Fensterrahmens. Doch kürzlich erlebte ich während einer Fahrt im Dieseltriebwagen etwas mir gänzlich Neues, Unbekanntes: Regentropfen können auch waagerecht davoneilen!
Es goß wie aus Gießkannen. Nebliges Novemberwetter. Wild sprangen die Regentropfen schräg gegen die abgerundete Fensterscheibe der schnellfahrenden Bahn und wellten seitlich von dannen. Sie ähnelten einzelligen Tierchen in einer Flüssigkeit schwimmend, oder jenen schraubenförmig gewundenen mit zahlreichen Geißeln versehenen Spermatozoiden, die sich in den Sporen unterseits der Farnkrautblätter von den männlichen Antheridien zu den weiblichen Archegonien chemotaktisch hinbewegen - eine Art Liebesspiel in der Pflanzenwelt.

Ich dachte aber auch an flinke Glasälchen oder an Kometen, die mit feurigem Schweif durch den Weltraum rasen. Auch mit Leucht- kugeln eines festlich-nächtlichen Feuer- werks, die mit langen Rauchfontänen empor- schnellen, könnten die wandernden Tropfen verglichen werden.

So mag diese kleine Plauderei ein wenig die Phantasie beflügeln und die Langeweile verkürzen, wenn wir an Regentagen mit der Bahn zur Arbeit oder zum Einkauf fahren müssen und die Tropfen munter an die Fens- terscheiben springen.

Weihnachten

Fest der Freude und des Friedens

Der Weihnachtsstern wandert der Mondsichel zu, die silberkalt am Winterhimmel steht. Ostwind weht über hartgefrorene Felder. Leute hasten durch die Straßen; letzte Einkäufe. Am Brunnen auf dem Markt warten nur noch drei Christbäume auf Käufer. Harztannenduft vermischt sich mit würzig-süßem Honigduft vom Weihnachtsmarkt und aus den Konditoreien.
Hungrige Spatzen schimpfen in kahlen Platanenkronen, fordern ihren Festschmaus. Die Schaufenster der Blumenläden sind leuchtende Farbsinfonien. Rot dominiert: Weihnachtssterne, Alpenveilchen, Tulpen, Nelken, Weihnachtskakteen und Azaleen. Untermalt vom feierlichen Christtagsweiß der Fliederdolden, Freesien, Cyclamen und Anemonen.
Koniferen im Park und in den Gärten wirken heute, weißbereift, besonders festlich.
In der Siedlung hinter der Hauptstraße ein Weihnachtsidyll: Christbäume hängen geheimnisvoll an Stricken unter den Fenstersimsen an der Hauswand, waldgrün und lebensfrisch, neugierigen Kinderaugen verborgen. Bald werden sie die Weihnachtsstuben im Lichtergewand zieren.
Pfeifen und Rattern tönt vom Bahnhof herüber. Züge fahren Menschen zu ihren Verwandten und Freunden in nah und fern, damit auch für sie Weihnachten ein Fest der Liebe und Freude im Kreis der Familie werde.

Schon in den Nachmittagsstunden sinkt die Sonne als glühende Winterkugel hinter den horizontschwarzen, in den Kronen zartbeschneiten Bäumen unter. Zauberspiel der Farben zwischen den grauen und braunen Tönen der Spätjahrslandschaft. Die alte romanische Kirche strebt mit ihrer mächtigen Turmhaube fast farblos in den falterzarten bläulichen Himmel. Heute Nacht wird es in ihrem Weiheraum licht und feierlich sein, werden glückliche Menschen vor dem Altar und der Krippe knien und die weihnachtliche Heilandgeburt des ewig wiederkehrenden Gotteskindes aller Liebe, Reinheit und Gnade, ergriffen neu erleben.

Dunkel und öd schien die Zeit vor dem Entzünden der ersten Sonntagskerze am Adventskranz. Aber dann wuchs hell und heller der Glanz aus der Finsternis dunkler Dezembertage, um das ständig sinkende, immer weniger Kraft erzeugende Sonnenlicht zu ersetzen. In dieser kleinen Kerzenflamme erkannten wir staunend und gläubig den unermeßlichen Wert unserer Lichtkönigin, mit der Gott, als er sie schuf, erst das spätere Leben auf Erden ermöglichte. Armselig und elend wären Menschen und Tiere ohne die Sonne. Doch von Woche zu Woche sank sie im November tiefer und tiefer in den Winterschlaf. Längere Zeit umhüllte uns nächtliche Finsternis, quälte uns Weltenangst. Nach kurzen Tagstunden leuchtet nun aber in unseren Stuben das Licht. Größer und reiner wird der Schein. Neue Kerzen gesellen sich dazu.Versonnen blicken wir in das Adventsstrahlen. Zierliche Flämmchen spiegeln sich in träumenden

Kinderaugen wider, züngeln an unserem Herzen, lassen es schneller klopfen, verbrennen Eifersucht, Zank und Haß, erwärmen es mit Liebe und Seligkeit. Und wir werden von dem Wunsch erfüllt: Gutes zu tun, unsere Liebe anderen Menschen zu schenken, die noch nicht vom Lichtwunder des Christus durchglüht sind.Endlich ist es dann soweit: Heiligabend.

Feierliche Stille in früher Dämmerung weit und breit. Auf Fensterbänken Kerzenschein für alle Menschen, die ihre Freiheit entbehren oder irgendwo heimatfremd,schutzlos, arm und einsam leben müssen. Wir aber sitzen nun fröhlich-besinnlich im festlich geputzten Zimmer am Christbaum, bei der Krippe, und erfreuen uns an den Weihnachtsgaben lieber Menschen. Lichter, Silberfäden und bunte Kugeln glitzern. Weihnachtsweisen von der Geburt des Jesuskindes erklingen. Glückliche Kinderworte schwirren im Raum. Ein Teddy und ein Hündchen schauen traulich vereint aus dem Fenster in die verlassene Gasse und in den Schneeflockentanz vom schwarzen Himmel. Letzte Passanten eilen nach Hause. Gaststätten und Kinos sind geschlossen,Autobusse fahren nicht mehr. Der Bahndamm duckt sich heute duster in den Hintergrund, als schäme er sich des Lärms, welcher vom Güterbahnhof herüberdröhnt, in dieser friedlichen Heiligen Nacht. Durch die buntbemalten Fenster der Marktkirche fällt Weihnachtsglanz auf den abendlichen Platz. Bald beginnt die Christmette. Und Glocken rufen: "Friede auf Erden und den Menschen ein Wohlgefallen".

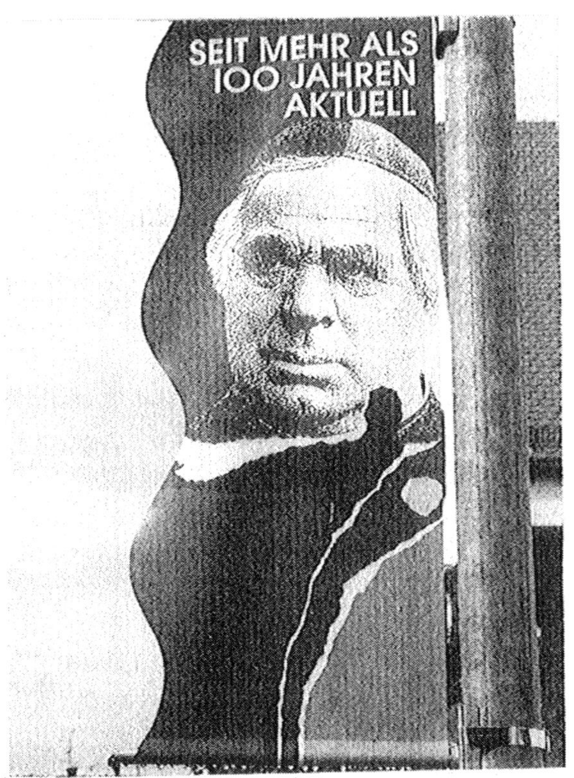

Feste feiern

Fronleichnamsfest in Adeje

Eindrucksvolles Erlebnis auf Teneriffa

Fronleichnam - das bedeutet: "Leib des Herrn". Dieses Fest der Katholischen Kirche wird am 11.Tag nach dem Pfingstsonntag zur Verehrung der Eucharistie (das christliche Abendmahl) gefeiert. Das schönste und eindrucksvollste Fronleichnamsfest erlebten wir im Bergstädtchen Adeje auf der Kanareninsel Teneriffa.
Den ganzen Juni-Donnerstag hielten wir uns in Adeje auf. Das Städtchen am Berge, das uns besonders gut gefällt, feiert heute das Fest "Corpus" (Fronleichnam). In der zehnten Stunde fuhren wir von Fañabe am Westufer der Insel mit dem Bus hinauf und kamen gerade zu den Vorbereitungen in den Straßen zurecht. Mit buntem feinen Kies gestalteten vorwiegend Männer (aber auch Kinder mit Hilfe einiger Frauen) sehr schöne Bilder auf der Fahrbahn, meist religiöse Motive wie Christi Himmelfahrt - Dreifaltigkeit - Abendmahl - Nächstenliebe - Kruzifixe usw.
In der Parallelstraße wurden aus verschiedenfarbigen Rosenblütenblättern Ornamente und Bandfriese gelegt. Süßer Duft erfüllte die Luft. Die Zwischenräume wurden mit gehäckselten Zweigteilen ausgeflickt. Mit viel Mühe und Liebe waren die Adejer am Werk. Wir dachten: So lang noch Menschen bereit sind, in ihrer Freizeit stundenlang zu Ehren Gottes in der Kirche, wie auch im Dienste der Schönheit zu wirken, besteht keine Gefahr, daß die Menschheit durch

Geld, Wohlstand und Nüchternheit ihre Würde, Kultur und Daseinsfreude im Sinne der Schöpfung verliert. St.Ursula war zur Feier mit mancherlei Blumen geschmückt, vor allem mit Nelken, Rosen und Gladiolen. Zu Mittag speisten wir bei Señora Maria, einem Teneriffen-Restaurant, wo Tische und Stühle auf dem Gehsteig vor den Häusern stehen: Ensalada Specialidad (Salat mit Krabben).
Gegen 18 Uhr rief die Glocke erstmals zur misa (Messe), etwa eine Viertelstunde später zum zweiten Male, schon etwas fordernder und gegen halb Sieben schnell und scheppernd, den Ton überschlagend, regelrecht vorwurfsvoll, damit sich die Säumigen nun eilends ins Haus des Herrn begeben. Dieses Geläut erinnerte mich an das Gedicht vom Knaben, den die Glocke persönlich in die Kirche holt.
Allmählich waren auch nahezu alle Sitzplätze in Santa Ursula besetzt. Zuletzt kamen Männer in schwarzen Anzügen mit Kerzenträgern und reihten sich im mittleren Gang ein. Sie trugen später - sich abwechselnd - die schwere Sänfte mit dem Allerheiligsten (geweihte Hostie in einer Monstranz). Obgleich wir kaum ein Wort des spanischen Priesters verstanden, war die Feier doch beeindruckend für uns, zumal wir die Handlungsbedeutung meist leicht erraten konnten aus unserer Kenntnis der Gottesdienste daheim in den deutschen Kirchen. Der linke Altar mit der liebreizenden Madonna war durch Kerzenlicht besonders festlich angestrahlt. Nach Erteilung des Segens durch den Priester sammelten sich die Gläubigen vor der Kirche zur Prozession. Die Männer

und Frauen der Musikkapelle begleiteten die Träger der Sänfte.
Das Volk schritt hinterdrein oder nebenher, soweit die Leute nicht vom Straßenrand oder aus den Fenstern ihrer Häuser zuschauten. Im gleichen Schritt zur getragenen Musik oder nur zu rhythmenhaften Lauten schritten die Pilger nun über Blumenbilder-Teppiche und bemühten sich - abgesehen von einigen Lausbuben - möglichst wenige von dieser Augenwaide zu beschädigen. Von einigen Balkonen schneite es Rosenblütenblätter auf die Vorüberschreitenden. Da dachte ich an das schöne Volkslied: "Ich wollt' wenn's Rosen regn't..."
Am Platz bei den Palmen, wo sonst die Autobusse halten, wurde gerastet und der Priester holte die Monstranz aus dem Gehäuse und segnete Adeje und seine Menschen. Schließlich schritten alle Teilnehmer des Fronleichnamszuges gemächlich zurück zur Kirche. Dies alles wirkte erlebnisstark und feierlich.

Die Kneipp-Festtage

Bad Wörishofen feierte seinen berühmten Sohn - 100.Todestag Sebastian Kneipps

Die Bürger und Bauern, die Honoratioren der Stadt-, Kirchen- und Kurverwaltung von Bad Wörishofen wissen, daß sie nur ihrem ehemaligen Pfarrer Monsignore Sebastian Kneipp verdanken, daß ihr einstiges Unterallgäuer Dorf heute als ein international bekannter und beliebter Kurort gilt. Und so ist es für sie im Jahr 1997 eine Ehre, ihrer berühmtesten Persönlichkeit anläßlich der Wiederkehr ihres 100.Todestages mit zahlreichen Feierlichkeiten zu gedenken und die ungewöhnlichen Leistungen als Seelsorger und Heilkundiger gleichermaßen zu würdigen.
Unter den zahlreichen Veranstaltungen im "Kneipp-Jahr" bildeten die Tage unmittelbar vor und nach seinem Todestag am 17.Juni den Höhepunkt der Gedächtniswürdigungen. Dabei ist das Erstaunlichste und Erfreulichste: Die Kneippkur Sebastian Kneipps hat sich in einem Jahrhundert nicht nur bewährt, sondern sie ist gegenwärtig bei Patienten und Ärzten, sogar bei den Krankenkassen als Heilmethode gegen viele Erkrankungen sowie als Vorbeugung gegen Krankheitsgefährdungen anerkannt und geschätzt. Längst auch sind Heilungen auf den Grundlagen der Physiotherapie nach Kneipp wissenschaftlich bestätigt. Die fünf Fundamente der Kneipp-Bewegung: Wasser, Bewegung, Ernährung, Heilpflanzen und Lebensrhythmus, haben inzwischen zahl-

losen Menschen Hilfe gegen ihre Leiden beschert, gesunde Lebensjahre geschenkt, häufig solchen Kranken, denen die Schulmedizin nicht mehr helfen konnte.

Als ich am Freitag, dem 13.Juni 1997,in Bad Wörishofen ankam, war das Kurstädtchen mit Straßengirlanden aus bayerisch weißblauen Wimpeln geflaggt, leuchtete aus allen Gärten, von Plätzen, vor öffentlichen Gebäuden und Kurhäusern farbfreudige Blumenpracht. Die frühsommerlichen Festtage wurden abends durch die IKK (Internationale Konförderation der Kneipp-Bewegung) im Kursaal eröffnet. Zu den beeindruckendsten Ereignissen jener Festtage gehörten die kirchlichen Veranstaltungen. So gaben die Augsburger Domsingknaben ein"Festliches Konzert" in der Stadtpfarrkirche, Leitung Ulrich Streckmann. Neben Werken großer Meister der Renaissance hörte das begeisterte Publikum Anton Bruckners "Ave Maria" und als Herzstück Gabrielis zwölfstimmiges "Plaudite omnis terra".
In St.Justina fanden die beiden großen Festgottesdienste zu Ehren Sebastian Kneipps an den folgenden Sonntagen statt. Dabei sprach am 22.Juni Dr.Alfons Nossol, Bischof aus Oppeln (Oberschlesien), überzeugter Kneippianer, als Gastprediger.
Auch die Evangelische Kur-Seelsorge hatte zu festlichen Musikabenden in ihre Erlöserkirche eingeladen. Neben auserwählten Orgelwerken, gespielt von Kantor Wolfgang Andrae, beglückte vor allem das Sonderkonzert zum Kneipp-Jahr die Musikfreunde: Joseph Haydns "Schöpfung", dargeboten von Solisten der Neuen Hofkapelle und

dem Münchner Singkreis, dirigiert von Wolfgang Hösch.

Hauptfesttag war der 100.Todestag Sebastian Kneipps. Die Feierlichkeiten begannen gegen 10Uhr mit einem "Gedenk-Gottesdienst" in der Klosterkirche - Kneipp war ja auch Seelsorger der Dominikanerinnen. Stadtpfarrer Otto Baumgärtner erinnerte daran,daß Kneipp vor allem ein gütiger Pfarrer und Menschenfreund war, besonders für Kinder und Kranke, erst zweitrangig war er Heiler mit Wasser und Kräutern.
Anschließend pilgerten die Kirchenbesucher am Klostergebäude entlang, wo zur Zeit die Fenster von Kneipps Sterbezimmer geschmückt sind, zum nahen Friedhof und versammelten sich vor der Grabkapelle. Posaunisten bliesen Beethovens Hymne "Die Himmel rühmen des Ewigen Ehre", dann Kranzniederlegung vor Kneipps Ruhestätte, dessen Ausstrahlungskraft auch nach hundert Jahren spürbar fortwirkt.
Am Nachmittag hielt Dr.Anton Meier,Chefarzt des Sebastianeums, auf der Bühne in der alten Wandelhalle, wo einst Sebastian Kneipp zu seinen Patienten sprach, den Vortrag "Die Botschaft Pfarrer Kneipps an die Menschen unserer Zeit". Meier rühmte Kneipps subtile Beobachtung, seine Charakterstärke und Willenskraft; auch sei er ein exzellenter Praktiker gewesen.
Den 17.Juni beschloß Prof.Gerhard Weinberger aus München mit einem "Festlichen Orgelkonzert" auf der Klais-Orgel in St. Justina u.a. mit Werken von Joh.Seb.Bach.

Am 18.Juni war "Tag der offenen Tür".

Gäste und Einheimische konnten die Kneipp-
schen Stiftungen sowie die Kneipp-Werke
und die Kneipp-Schule besichtigen. Älteste
der von Kneipp gestifteten Kliniken ist
das "Sebastianeum", 1891 als "Priesterkur-
haus" gegründet, eine Kneippkurklinik
der Barmherzigen Brüder. 1893 folgte das
"Kinderasyl", die Lieblingsstiftung des
Kinderfreundes, heute "Kneippsche Kinder-
heilstätte". Dieses Kurhaus für Kinder
und Familien, wie auch das 1896 errichtete
"Kneippianum" - ursprünglich als Klinik
für Lupus-Kranke geplant - jetzt Fachklinik
für Rehabilitation und Gefäßkrankheiten,
werden von den Mallersdorfer Schwestern
betreut. Alle Kliniken besitzen eine eigene
Hauskapelle; die schönste fanden wir im
"Sebastianeum". Hier ist auch das Zimmer
- mit Original-Möbeln - noch vorhanden,
in dem Pfarrer Kneipp seine Patienten
empfing.
Nachmittags Besichtigung der "Kneipp-Werke"
im Wörishofener Gewerbegebiet. Nach einer
Dias-Schau mit Begleitworten zu Kneipps
"5-Säulen-Therapie" - als Schwerpunkt
das Heilen durch Kräuter (Tees, Säfte
u.a. Arzneien) - Führung durch die Produk-
tionsräume, wo Pflanzen mittels Mühlen
zerkleinert und schließlich als Kräutertees
in Beutel, diese wiedrum in Schachteln
verkaufsfertig verpackt werden. Die Ernte-
lieferungen werden in Säcken gelagert
und auf Qualität, Reinheit und eventuelle
Fremdstoffe oder Giftbelastungen strengs-
tens geprüft, ehe sie verarbeitet werden.

Von den zahlreichen öffentlichen Vorträgen,
die in jenen Tagen Sebastian Kneipp zu

Ehren in Bad Wörishofen gehalten wurden, kann hier leider nur kurz berichtet werden. Allen voran müssen da die "Kneipp-Gesundheitstage" (19.-21.Juni) genannt werden, veranstaltet vom Kneipp-Bund unter dem Thema: "Gesundheit in Aktion - Mit uns gesund ins Jahr 2000", im Kurhaus.
In der Ausstellung "Der Kneipp-Bund informiert" konnten sich die Interessierten über biologische Erzeugnisse und Kurmittel orientieren. Das reichhaltige Programm bot u.a. Vorträge über "richtige Ernährung" - "Kneippen zu Hause" - "Arthrose" - "richtiges Atmen" und über die "Bachblüten-Therapie".
Erwähnt sei schließlich noch, daß der Frauenchor Bayer Leverkusen ein Benefizkonzert organisierte, zugunsten der Elterninitiative "Galaktosämie e.V." und der Kneipp-Bund einen Kinderaktionstag mit "Spiel und Spaß" im Ostpark.
Das Stadtfest am Samstagnachmittag in der Kneippstraße wurde leider von heftigen Regengüssen empfindlich gestört. Zum Ausklang der Kneipp-Festtage in Bad Wörishofen löste das in der Dämmerung verglimmende Alpenglühen ein prächtig loderndes Johannisfeuer neben dem historischen Pestgottesacker ab.

Georg Büchners Geburtshaus

Richtfest in Goddelau (Hessisches Ried)

Am 15.Mai 1996 fand auf dem Grundstück beim dörflichen Fachwerkhaus in der Weidstraße 9 zu Goddelau (Riedstadt) ein Richtfest statt. In diesem einst schmucken hessischen Riedhaus aus der zweiten Hälfte des 17.Jahrhunderts, zwischen dessen Balken zur Zeit der Wind weht, da zur Sanierung das morsche Mauerwerk entfernt werden mußte, wurde am 17.Oktober 1813 der bis heute durch seine Dramen verehrte Dichter und später verfolgte Revolutionär Georg Büchner geboren.
Da das 1977 unter Denkmalschutz gestellte Büchner-Haus als einziges noch bestehendes Gebäude an Leben und Wirken des bereits mit 23 Jahren an Typhus gestorbenen deutschen Dichters erinnert, kaufte die Gemeinde Riedstadt das Anwesen und nutzte es zunächst als Sozialstation, dann als Notunterkunft.
Der im Januar 1955 gegründete Förderverein Büchnerhaus e.V. steckte sich das Ziel: Georg Büchners Geburtshaus wieder instandsetzen zu lassen und bei der "Ausgestaltung der künftigen Begegnungsstätte mitzuwirken". Geplant ist ein Museum, in dem Leben und Werk des Dichters dargestellt werden sollen. In einem Lesesaal können Besucher Bücher und Schriften von und über Büchner ausleihen. Der Verkehrs-und Verschönerungsverein Goddelau warb mit voller Kraft für die Entwicklung einer Büchner-Gedenkstätte, und die Schultheatergruppe des

Gymnasiums in Gernsheim unterstützten die Pläne mit der Aufführung des Lustspiels "Leonce und Lena".
Inzwischen hat die Gemeinde Riedstadt 710000 DM für die Sanierung bereitstellen können. Doch 1,3 Millionen DM wird die Wiederherstellung des Hauses und der ehemaligen Scheune (in ihr sollen einmal Theateraufführungen und andere kulturelle Veranstaltungen stattfinden), sowie die Gestaltung der Außenanlage kosten. Trotz einer Vielzahl an Spendern, unter ihnen auch die Hessische Landesregierung, müssen noch beträchtliche Summen aufgebracht werden.

Bei häßlichem regenkalten Wetter hatten sich an jenem 15.Mai dennoch rund vierzig Büchner-Freunde im Garten vor dem Gedenkhaus, dessen Dach bereits mit roten Biberschwänzen gedeckt ist, eingefunden, unter ihnen die Museumsleiterin Rotraud Pöllmann. Riedstadts Bürgermeister und Vorsitzender des gemeinnützigen Fördervereins Büchnerhaus e.V., Gerald Kummer, dankte den Mitgliedern des Vereins, den Architekten und Zimmerleuten, die "mit viel Sachverstand und Fingerspitzengefühl" gearbeitet hätten. Darüber hinaus lobte er den Hessischen Rundfunk, welcher in einer Veranstaltung unter dem Motto: "Erhaltet das Büchnerhaus" im Dezember 1995 auf die Notwendigkeit der Sanierung des Geburtshauses aufmerksam gemacht hatte. Gerald Kummer sprach über Denken, Schaffen und Handeln des großen hessischen Dichters und ermunterte den Förderkreis, das Gedenken Büchners, der jahrelang für seine humane Gesin-

nung Flucht und Emigration erdulden mußte, wachzuhalten und die künftige Kulturstätte mit Leben zu erfüllen (Autorenlesungen, Ausstellungen, Theateraufführungen). Das Büchnerhaus werde einmal nicht nur Anziehungspunkt im Kreis Groß-Gerau und Hessen sein, sondern für ganz Deutschland als Kulturnation Bedeutung gewinnen.
Georg Büchner klagte über die Verschwendungssucht der Reichen und kämpfte für mehr Gerechtigkeit für die sozial Schwachen - vor allem auch mit spitzer Feder in der von ihm mitherausgegebenen Flugschrift "Der hessische Landbote". Deshalb wird der Dichter teilweise bis heute von manchen Leuten als "bedenklich" eingestuft. "Sein Ausruf: "Der Staat sind wir alle!" ist Ende des 20.Jahrhunderts genau so gültig wie im ersten Drittel des 19.Jahrhunderts. "Investitionen und Spenden, Eifer und Fleiß haben sich gelohnt", meinte der Bürgermeister und sprach die Hoffnung aus: "Möge gelingen das Projekt zu vollenden!" Frau Thon vom Architekturbüro dankte in ihren Grußworten allen Beteiligten und erinnerte daran, daß Büchners Geist ein solcher der Erneuerung, der Gestaltung, mit Mut zur Veränderung war. Deshalb muß das Haus wieder so hergerichtet werden, daß es Büchners freiem Geist gerecht wird. Jörg Wirth dankte im Namen der beteiligten Zimmerleute aus Lorch allen, die am Bau mitgeholfen haben. Mit großer Freude haben wir am Büchnerhaus gearbeitet, vor allem auch wegen der vorbildlichen Zusammenarbeit mit dem Förderverein. Zimmermann Jörg Bairich trug den mit bunten Bändern verzierten Richtbaum hinaus aufs Dach. Auf

dem Gerüst stand der Geselle Ralph Baumann mit dem Lehrling Ulli Wichert und las den originellen Richtspruch vor. Mit einem kräftigen Schluck wurden die guten Wünsche besiegelt und die Gäste zu fröhlichem Schmaus und Trunk eingeladen.
Aus dem Richtspruch: "Gar manchen Bau im Lauf der Zeit hat der Zimmermann geweiht. Ich stehe heut hier oben, halte Reden wie vor mir an diesem Ort schon andere Zimmerleut und soll jetzt das Werk und Meister loben. Soll preisen mit Verlaub und Gunst der Zimmerleute hohe Kunst. Vor vielen langen Jahren schon ward hier geboren im Haus ein Sohn. Nicht lang,nur grad so eben, blieb er als Kind hier im Hause leben. Denn schon bald, da ging er fort, um zu kämpfen mit dem Wort.Mancher mochte ihn nicht leiden, mußte er es denn auch übertreiben? Denn die Erfahrung hat gezeigt,wer sich mit der Obrigkeit vergeigt dem schon bald kaum noch etwas bleibt.Doch liebe Leut, wie schön es ist,daß man auch einem deutschen Anarchist, der zweifellos ein deutscher Dichter ist, heute nicht mehr so einfach vergißt. Viel brave und ehrliche Bürgersleut haben sich gefunden und sich im Förderverein verbunden. Sie richten dieses Haus hier ein, ein schön geistiges Zentrum soll es sein... Das Haus weih' ich jetzt hiermit ein. Glück, Liebe und Zufriedenheit soll'n sein hier zu aller Zeit".

Gedanken zur Zeit

und Zeitlosigkeit

Die Heimat ist das Bleibende

"Die Heimat ist das Bleibende", sagte einmal der Eifel-Schriftsteller Armin Renker.
Heimat ist für viele Menschen das Haus,in dem sie geboren wurden, der Ort ihrer Kindheit, oft aber auch dort, wo ihre Eltern leben. Andere finden als Emigranten in einem fremden Land eine "neue Heimat" oder suchen sich eine Landschaft,die ihrem Herzen gemäß ist, zur "Wahlheimat".
Manche Menschen trauern zeitlebens ihrer verlorenen Heimat nach, wie viele, die nach dem Krieg aus Ostdeutschland vertrieben wurden, werden heimwehkrank. Andere verlassen die Heimat in ihrer Jugend,voller Tatendrang und Abenteuerlust und erkennen erst in der Fremde, was ihnen die Stätte bedeutet, in der sie ihre Kinderjahre verbrachten.
Die mitteldeutsche Stadt, in der ich geboren wurde, habe ich kaum als meine "Heimat" empfunden, eher denke ich da an den einsamen Waldweiler im Erzgebirge, wo ich als Knabe während des Krieges eine glückliche Zeit der Freiheit und doch Geborgenheit erleben durfte.
1948 wurde meinen Eltern und mir Köln zur zweiten Heimat. Dank der lebensbejahenden, gastfreundlichen Rheinländer, die es uns ermöglichten, rasch heimisch zu werden, nach dem wir fast alles Hab und Gut verloren hatten. Und von allen Orten, in denen ich je gewohnt habe, gab mir Köln am stärksten das Gefühl, in einer "Heimat" leben zu dürfen.

Manch andere Landschaft lernte ich später kennen, die mich ansprach, wo sich meine Seele "daheim" fühlte. Hierzu gehören der Schwarzwald (die Heimat meiner mütterlichen Ahnen), der Bodensee und die Lande am Rhein, auch Franken und Schwaben, besonders aber Darmstadt mit seiner schönen Umgebung zwischen Hessischem Ried und dem Dieburger Land, der liebenswerten Bergstraße und den stillen Odenwaldhöhen. Diese Landschaften sind mir im Laufe der Jahre heimatlich vertraut geworden. Hier kenne ich mich aus; hier fühle ich mich im Herbst des Lebens "zu Hause".

Entlaubte Bäume

Es lohnt sich "entlaubte Bäume" bewußt zu betrachten. Ihre Kronen sind nicht nur Bilder der Schönheit, sondern Wunderwerke der Konstruktion, wie etwa das Gerüst eines Fachwerkhauses mit seinem Dachstuhl, aber eindrucksvoller durch die Vielfalt der Formen: von armdicken Ästen, die den Stamm schirmartig aufspannen und den Grundstock zum Aufbau der Krone erst ermöglichen, bis zu winzigen zarten Zweiglein im Wipfel, von denen jedes Jahr tausende hinzugefügt werden; ein Bauwerk Gottes, das vom Entfalten erster Keimblättchen in jedem Frühling neu aus Lebensimpulsen weiter entwickelt wird, bis sich die "Idee Baum" verwirklicht hat. Doch auch dann gibt es keinen Stillstand, denn bis zum letzten Lebensjahr eines Baumes formt die Schöpferkraft unermüdlich an ihm, zur Freude und zum Segen der Menschheit. Und aus dieser Sicht ist es nicht nur unsere Pflicht, sondern auch zu unserem Wohle, daß wir die uns aufgetragene Verantwortung: nach bestem Wissen und Gewissen für das Gedeihen von Pflanzen, Bäumen und Tieren zu sorgen, erfüllen.

In dunkler Zeit

Novembergedanken

Viele Menschen trauern im Spätjahr dem verlorenen Sommer nach, sprechen von Dunkelheit und Not, von Scheiden und Tod. Dennoch ist die "düstere Jahreszeit" schön und liebenswert, birgt kostbare, besinnliche Stunden der Einkehr, führt uns zu den Wesensgründen der Dinge.
Zu dieser Erkenntnis kam ich auf einem meiner stillen Spätherbstspaziergänge zum Friedhof, als die roten und grünen Allerheiligenlichter geheimnisvoll auf den Gräbern leuchteten und den frühen Abend wundersam verklärten. Einige Lichtchen brannten schon in den nebligen Dämmerstunden, flackerten unruhig in Glasgefäßen, wenn ein Windhauch sie streifte. Wie sinnvoll sprechen sie vom Leben, von der Auferstehung. Und ist es nicht doch Freude für die Einsamen, nach überwundenem Schmerz, wenn sie den Seelen der Verstorbenen Licht und Trost in die Dunkelheit bringen dürfen, ihnen helfen können, den Weg zu erhellen, der zur Erlösung und zum himmlischen Frieden führt?
In den Wipfeln der Parkbäume blinkten in den Novembertagen oft noch letzte Blätter des Herbstes, von der Abendsonne strahlend durchdrungen, farbige Harmonie zum Kerzenschein auf den blumengeschmückten kleinen Hügeln. Und die Menschen schreiten mitten im feierlichen Leuchten: zwischen den Seelenlichtern auf der Erde und dem goldgelben Laub unter dem Himmel.In dunklen

Mänteln wandern sie einsame Wege, wandeln an hohen Buchen- und Pappelsäulen vorüber, wie Mönche im Kreuzgang des Klosters. Stumm treten sie zu den letzten Ruhestätten ihrer Lieben, die von herabschwebenden Ahorn- und Platanenblätterhänden sorgsam zugedeckt werden.

Gewiß sollten wir an den Totengedenktagen in uns gehen, versuchen, unser Leben und Wirken mit inneren Augen zu betrachten. Aber müssen wir deshalb untröstlich und schwermütig sein, vom Verwesen alles Lebendigen sprechen? - Nein! Weist uns doch die Natur auf neues Leben im kommenden Jahr hin. Schon keimt es wieder im Schoße der Erde. Saftig grünt im November die neue Saat auf den Äckern. Öffnen wir jetzt eine Knospe am kahlen Zweig, finden wir bereits winzige Blättchen und Blüten darin, schlafend, bis warme Lenztage sie wecken und in Luft und Licht locken.

Blütenkätzchen der Haselstauden und Erlen pendeln im grauen Himmel. Nach einigen milden Februarstunden schimmern sie honiggolden, und Stiefmütterchen entfalten schon an einem sonnigen, frostfreien Wintertag ihre Samtgesichter.

Und so, wie das Leben in der Natur ewig fortdauert, sich nach herbstlichem Tod im Frühling die Auferstehung in Wald und Flur als herrliches Wunder der Schöpfung neu offenbart, ist auch das Dasein zeitlos, unendlich. Mag herbstliche Reifezeit unserem Leben auf Erden ein Ende bereiten, winterlicher Friede einmal das Herz stillstehen lassen, die Seele wird sich frühlingsfroh erheben, wie eine Lerche dem Irdischen entschweben und in göttlichen Welten ewig weiterleben.

Ich hatt' einen Kameraden...

Gedanken zum Totensonntag

Am Totensonntag treibt es mich hinaus in die Weite, denn mir wird an jenem Tag in der Geborgenheit der Stube so eng ums Herz. Einsam streife ich durch die Felder, gedenke meiner Lieben, die vor Jahren gestorben sind. Das Sehnen ist heute besonders stark. Ich sehe sie mit inneren Augen vor mir, fühle ihr Lachen und Weinen, halte stumme Zwiesprache mit ihnen. Ihr Geistwesen umschwebt mich, ich bin innig mit ihnen verbunden.
Ähnlich war es auch in jenem Herbst. Der Totensonntag schenkte lichthelle Stunden. Ich wanderte am Neckar entlang, stand auf der alten Steinbrücke, sah den Fluß mit der kleineren Rems sich vereinen und fand am Rebenufer besinnliche Stunden. Die Sonne stand im Mittag, sandte milde Strahlen auf den Friedhof neben der Dorfkirche. Ich blickte durchs schmiedeeiserne Gitter zu den Gräbern. Schwarzgekleidete Menschen wandelten auf stillen Wegen. Jeder dachte heute besonders an seine Lieben, die viel zu früh von ihm gegangen sind. Blumen prangten in noch sommerlicher Frische auf den Hügeln. "Wir bleiben euch verbunden, wir gedenken euer", heißt diese Geste des Blumenschenkens. Und mit feierlich-ernster Miene schritten die Alleingebliebenen zum Kirchlein, um für die Seelen der Verstorbenen zu beten.
Über den Berg klang schwermütige Musik einer Dorfkapelle. Bald fiel der Chor

ein. Bedächtig und bekennend hallte das Lied vom "guten Kameraden"durch den herbstlichen Wald. Ich verharrte,schaute schweigsam ins bleigraue Wasser der Rems und dachte an meinen toten Freund. Auch ich hatte einen Kameraden und fand keinen besseren. Er war mein bester Freund. Er entschlief an einem Maitage, nahm Abschied von dieser Erde. Oft wird mir das Herz schwer, wenn ich an ihn denke.

Horst war ein Freund,wie selten ein Mensch. Stolz steilte seine Stirn empor, verriet einen edlen Geist, der wohl nie ganz in seinen schmächtigen Körper hineinpaßte. Wir liebten uns wie Brüder. Jeder kannte Freude und Leid des anderen, konnte sich mit ihm freuen oder ihm Trost spenden. Ebenbürtig war unser Denken und Handeln. Oft empfanden wir das gleiche, hatten viele gemeinsame Interessen. So eilte die Zeit dahin. Der Schnitter kannte keine Gnade. Nach wochenlanger Herzkrankheit raffte er Horst jäh hinweg. Zwar nahm der Tod ihm seine Schmerzen. Seiner langen Qual zwischen Glauben an Genesung und Wissen: die letzte Stunde ist nah, ward plötzlich ein Ende gesetzt. Aber, wer konnte begreifen, daß Horst nie mehr unter uns weilen würde? Niemals mehr durfte ich ein Freundeswort mit ihm wechseln, niemals mehr seinen Blick erwidern. Noch nie war damals - in jungen Jahren - der Tod so hart an mich herangetreten.
Zwar siechte kurz nach dem Krieg meine Großmutter in Mitteldeutschland an Hungertyphus dahin. Aber damals war ich noch ein Schulbub, erlebte das Grauen kaum

bewußt. Ich sah meinen Vater sehr traurig, und als er mir erzählte: "Großmutter ist gestorben", habe ich etwas geweint, aber den Sinn nicht gänzlich begriffen. Jahre später endete auch das Erdendasein meines Urgroßvaters. Auch dies berührte mich nicht tief, da ich den alten Herrn - er war für uns der Begriff des "Uralten" - nur einmal im Murgtal gesehen hatte. Bei meinem Freunde war dies alles anders. In der Blütezeit seiner Jünglingsjahre entführte ihn der Tod in ein unbekanntes Land. Doch Gott weiß für jedes Geschehen einen Sinn. Auch wenn es uns Menschen oft schwer fällt, wir müssen daran glauben: Nichts geschieht umsonst!
War Horsts Leben erfüllt? Stand sein Wesen nach nur zwei Jahrzehnten schon am Rande des Lebens? Eines aber ist gewiß und tröstlich: Es war Horsts glücklichste Zeit, in der er von uns schied. Ein zufriedenes Lächeln verschönte seine gebrochenen Augen. Es mußte wohl so sein. Wer weiß, was ihm erspart blieb, oder ob er noch glücklicher im Leben hätte werden können?

Advent heißt "Ankunft"

Erinnerungen an 1989

Im Advent 1989, als nach jahrzehntelanger
Trennung durch eine grausame Grenze sich
deutsche Menschen mitten in Deutschland
wieder die Hände reichen durften, war
ich von einer literarischen Tagung in
Hedemünden wieder in die alte Residenzstadt
am Eingang zur Bergstraße zurückgekehrt,
sah noch mit inneren Augen das durch Rauhreif weißglitzernde Werratal, dessen östli-
ches Ufer nun wieder jedem Deutschen unge-
hindert zugänglich war, das in seiner
spätherbstlichen Stille, in seiner bald
wieder zusammenwachsenden landschaftlichen
Einheit wohltuende Besinnlichkeit ausstrahlte und dabei schon den friedvollen
Zauber vorweihnachtlicher Stimmung erahnen ließ.
Die aufkeimende Freude im Hinblick auf
die Wiedervereinigungshoffnung Deutschlands
erhellte sich am Sonntagmorgen noch mehr,
da die Wirtin der Pension "Zum letzten
Heller", wo einige unseres Kreises über-
nachteten, Hausflur und Gaststube in eine
wunderschöne Adventsklause verwandelt
hatte: brennende Kerzen auf gestickten
Weihnachts-Tischdecken und auf einer erzge-
birgischen Schwinge spiegelten ihr sanftes
Leuchten in den Augen der frohen Menschen.
Dazu blühende Weihnachtssterne und Alpenveilchen, duftende rotwangige Äpfel in
Körbchen, Apfelsinen im Tannengrün auf
den Fenstersimsen. Und die Herzlichkeit,
mit der uns Frau L. das reichhaltige Früh-

stück und den feinen Kaffee servierte...
Dies alles ließ Dankbarkeit im Herzen
wach werden.

Doch erlebte ich in Hedemünden damals
die Stunden anders als sonst. Nach dem
im Sommer 1989 kaum vorstellbaren - wenngleich auch seit mehr als vierzig Jahren
ersehnten - Veränderungen in Mitteldeutschland sah ich viele der kleinen "Trabi"
genannten Autos auf der Hauptstraße von
Thüringen und Sachsen kommend durch die
plötzlich durchlässige Grenze, welche
so lang als Todesstreifen Deutschland
teilte, nach Hessen einschwärmen. Ein
unbeschreibliches Gefühl des Glückes erfüllte mich beim Anblick der Reisenden,
die mir als Boten aus der Heimat meiner
Kindheit erschienen. Ich lächelte und
nickte den Menschen, die mir symbolhaft
verwandt vorkamen, freundlich zu.

Advent heißt "Ankunft"! Und war dies nicht
für zahllose Menschen tatsächlich eine
Ankunft? Orgelmusik lockte mich in die
schmucke, reich mit Schiefer bedeckte
St.Michaelis-Kirche. Ein junger Mann hockte
auf der barocken Orgelbühne und probte
adventliche Musik für den Gottesdienst
am morgigen ersten Advent:
    "O Heiland reiß die Himmel auf..."
Eines der schönsten vorweihnachtlichen
Lieder erklang. Friedrich Spee schrieb
es mitten im Dreißigjährigen Krieg. Und
die letzten beiden Zeilen dieses Gedichtes,
das Gebet und Hoffnungsruf an Christus
gleichermaßen ist, empfand ich an jenem
Tag wie ein Vermächtnis an alle Deutschen:

"Ach komm, führ uns mit starker Hand
vom Elend zu dem Vaterland."

"Lob und Dank sei dem Herrn", schrieb
ich ins Kirchen-Gästebuch.
Nach den umwälzenden Veränderungen in
Mitteldeutschland, Mittel- und Osteuropa,
gingen wir hoffnungsfroh und zuversichtlich
in das letzte Jahrzehnt des alten Jahrtau-
sends hinein. Und der seelenbrennende
Wunsch: Es möge bald ein souveränes ein-
heitliches Deutschland entstehen, in einem
Europa ohne Machtblöcke, ohne Grenzen,
und diesem Kontinent dem von den Menschen
seit Jahrhunderten ersehnten dauerhaften
Frieden näher bringen - sollte dieser
Wunsch doch einmal Wahrheit werden?

Im "Ruhestand"

Erfahrungen eines Rentners

Es war ein Jahr vergangen, seit dem ich den Dienst in der Deutschen Bibliothek in Frankfurt am Main aufgegeben hatte und den sogenannten "Ruhestand" begann. Glücklicherweise führte die neue Lebensepoche nicht in eine Zeit der Ruhe, aber geruhsamer ist sie dennoch - und das ist gut so! Nach 48 Berufsjahren ist es angenehm, morgens eine Stunde länger schlafen und mittags sich auf's Sofa legen zu können um zu lesen oder zu dösen. Vor allem aber genieße ich das Gefühl der Freiheit, sich selbst seinen Tag einteilen zu dürfen,eine Arbeit, die ich heute nicht vollenden möchte, erst morgen fortzuführen.
Dennoch sieht die Realität, als Rentner zu leben, anders aus als ich es mir vorstellte. Auch ein "Rentier" (sprich "Rentie") hat seine Aufgaben und Pflichten, sei es im Haus oder Garten oder seien es Tätigkeiten, die - selbst erwählt - Freude bereiten, Arbeiten, die an einen herangetragen werden, denen ich mich nicht entziehen kann oder Hilfeleistungen in Nachbarschaft und Vereinen.
Alle diese Aufgaben sind genügend vorhanden, müssen geplant und erledigt werden; jeden Tag stellen sich neue ein, manchmal mehr, als mir lieb ist. Doch es bleibt oft die Möglichkeit der Einteilung, eben die Freiheit, eine Arbeit, wenn ich sie aus irgend einem Grund heute nicht verrichten mag,morgen oder übermorgen zu erledigen.

Gelernt habe ich auch den Scherz meines Vaters: "Die armen Rentner haben keine Zeit und keinen Urlaub", im gewissen Sinne ernst zu nehmen. Es ist tatsächlich so,daß ich jetzt insgesamt weniger Briefe schreibe als ich mir vorgenommen hatte, häufiger weniger Zeitung lese als früher, da ich sie meist schon morgens in der Bahn las,auf dem Weg zur Arbeit und beim Frühstück im Büro. Denn bei gemeinsamen Mahlzeiten mit der Familie hat die Unterhaltung ein stärkeres Gewicht.
Der scheinbare Zeitmangel beruht aber auch darauf, daß der Mensch im dritten Lebensabschnitt - ob er es wahrhaben will oder nicht - mehr und mehr an Kräften verliert. Ich gebe ehrlich zu, daß ich - obgleich ich gesundheitlich zufrieden sein darf und mich noch immer jung und fit fühle - jetzt schneller ermüde, öfter eine Pause einlege und abends häufiger keine Lust mehr verspüre, irgendwelche Leistungen zu erbringen, die an einem anderen Tag leichter bewältigt werden können. Doch ist dies für mich weder ein Problem noch eine Tragik. Ich lerne zu akzeptieren, daß es besser ist, die Pferde langsamer traben zu lassen, auch wenn das Ziel dadurch etwas später erreicht wird, als zu galoppieren und dabei auf der Strecke zu bleiben. Natürlich mußte auch ich eine gelegentliche Ungeduld, ein sich Aufbäumen bremsen, wenn ich dennoch manchmal zu viel plane und merke: es ist so nicht zu schaffen! Gut ist es deshalb, sich beim Älterwerden eine gewisse Gelassenheit anzueignen; manches, das einen ärgert, besser von der heiteren

Seite zu betrachten und öfters mal etwas
auszusprechen, was einem nicht gefällt.
Als Rentner brauchen wir doch keinen Nach-
teil mehr von Vorgesetzten oder Kollegen
zu fürchten.
Alternde Menschen sind freiere Menschen.
Sie haben im Leben einiges erreicht und
können nun - Dank vieler Jahre harter
Arbeit - von ihrer ehrlich erworbenen
Rente das ihnen noch verbleibende Dasein
auf dieser Erde fristen.
Diese Gedanken, mit denen ich mich als
statistischer "Ruheständler" beschäftige,
wollte ich vorweg schicken, bevor ich
nun auf das erste Jahr nach Dienstende
zurückschaue.
Wie schon gesagt: mein Leben als Rentner
verläuft zum großen Teil anders als ich
es mir früher vorgestellt oder wie ich
es ursprünglich geplant hatte.
Bereits im letzten Arbeitsmonat geschah
es, daß die Schwiegermutter mit einem
"Schlägle" ins Krankenhaus eingeliefert
wurde. Nach einer gewissen Genesung wurde
von Ärzten festgestellt, daß die über
Achtzigjährige nicht mehr allein in ihrem
Haus bleiben konnte. Wir holten sie deshalb
aus ihrer saarländischen Heimat ab und
nahmen sie in unserer Wohnung in Darmstadt
auf. Wir mußten nun alle lernen, uns an
die neue Situation des Zusammenlebens
zu gewöhnen. Es war ein Glück für uns,daß
wir eine freundliche Nachbarin und deren
Schwester hatten - rüstige alte Damen -,die
Mutter zum Spazierengehen oder zu einem
Kaffee-Plauderstündchen einluden.
Im Dezember wurde ich in den hiesigen
Kliniken operiert. Zum Glück verlief der

Eingriff problemlos, aber ich war danach
sehr geschwächt und benötigte eine längere
Genesungszeit. Eine vierwöchige Kneippkur,
gemeinsam mit meiner Frau, deren Mutter
und unsrer Nachbarin im April in Bad Wörishofen, mit Ausflügen ins Allgäu und an
den Bodensee, wirkte außerordentlich positiv, so daß ich gesund und frohgemut nach
Darmstadt zurückkehren konnte.
Aus Bayern hatten wir ein neues Familien-
Mitglied mitgebracht: ein junges süßes
Dackelmädchen, namens "Ipsi von der Gold-
eiche". Ein langjähriger Wunsch erfüllte
sich - verbunden mit neuen Aufgaben! Drei-
bis viermal müssen wir mit dem Hundchen
täglich "Gassi gehen". Da wir fast am
äußersten Stadtrand wohnen, erreichen
wir bereits nach kaum zwei Minuten Felder
und Äcker, ideal zum Auslauf für ein Tier.
Aber auch für mich ist dieses "Hinausgehen-
müssen" bei Sonne, Wind, Regen, Hitze
oder Kälte, günstig zu bewerten. Es dient
der Gesundheit, und es bedeutet mir Freude,
den Rhythmus des Jahres bewußt mitzuerle-
ben. Die von Woche zu Woche wahrnehmbaren
Veränderungen, das Wachsen, Blühen, Reifen,
das Absterben und Ruhen in der Natur.Ja,
häufig gibt es Tage - vor allem im Frühling
und Herbst -, da ich fast bei jedem Spaziergang etwas Neues entdecke: das erste
Schneeglöckchen, die erste Heckenrose,
die erste Lerche, das erste Heu, die ersten
Kirschen; später das erste. gelbe Blatt,
den ersten Reif...

Im Waldhaus

Ein Gespräch

Personen: Der **Waldalte** - Der **Wanderer**

Ort der Handlung: Einfache gemütliche
Holzstube in einem Waldhaus des Oberharzes.
Eckbänke und Bauernstühle gruppieren sich
um feste Tische. Von der Decke hängt eine
kreuzförmige Lampe mit Kerzenhaltern.
Darüber reitet eine Brockenhexe zur Walpur-
gisnacht.An den Wänden hängen bunte Bilder:
Jäger, Wanderer, Skifahrer, Ansichten
des Kurortes Sieber im Unterharz. Rehgewei-
he, säuberlich geputztes Zinngeschirr
und Wandväschen mit Tannengrün geben dem
Raum Behaglichkeit. Durch die Fenster
sieht man Schneegestöber.
Der **Waldalte** sitzt am Ofen, daneben liegt
sein Dackel.
Der **Wanderer** tritt ein.

Wanderer: Gibt's Herberg' hier und Mittags-
            brot?
Ich bin gar weit vom Unterharz herauf-
    gewandert.
Waldalte: Hereinspaziert! Hier ist's
            gemütlich warm;
Auch Suppe gibt's und frischen Trunk.
Ein Marsch im Schneegestöber ist nicht
    angenehm?!
Wanderer: Bei gutem Wetter mag ein jeder
            wandern,
Doch echte Urgewalt Natur
Erlebt man erst an ihren launig-
    unbeständ'gen Tagen.

Ich liebe Pfade einsam im Gebirg'
Und meid bewußt die angepriesnen Modeziele.
Waldalte: Gut so! Auch meine Heimat ist
                die Einsamkeit.
Wenn Winterstürme, scheidend, ringen
Mit ersten Frühlingssonnenstrahlen,
Bin ich in meiner Hütte meist allein.
Skifahrer mögen den vereisten Altschnee
        nimmer,
Die Wandrer stapfen schwerlich übers
        papp'ge Feld.
Sie warten lieber bis der Mai gekommen.
Wanderer: Doch sind gerade jene Kampfestage
Lebendigstes Erleben, der Natur Geschenk
Den Menschen,die nicht ahnen,was sie säumen

Der **Waldalte** setzt sich wieder auf die
Bank, zündet sein Pfeifchen an. - Es ist
ein Weilchen still im Raum, nur das Holz-
feuer prasselt im Ofen. Draußen schneit
es stärker.

Wanderer: Ist's Ihnen manchmal nicht zu
                einsam hier?
Waldalte: Taglang kommt oft kein Mensch
                zu mir herauf.
Da ist's recht still - doch hab ich meine
        Hunde.
Sie sind mir Freund, verstehen mich auch
        ohne Wort.
Oft tritt das Wild ans Fenster aus dem
        Fichtenstand.
Dann bin ich glücklich,seh' die Rehe äsen.
Und hin und wieder steigt der Förster
                auf den Berg.
Er füllt die Futterkrippen, sorgt für's
                Wohl der Tiere.
Oft trinkt er einen hier mit mir.

Da gibt es manch anregende Gespräche.
Selbst Wandrer finden diesen Pfad zum
          Haus wie Sie,
Erbitten Obdach hier für eine Nacht und
          Wegezehrung.
Die Bücher sind mein Schatz;ich lese gern.
Wenn ich so einsam bin, bewegen mich gar
          viel Gedanken.
Der Menschen Wesenskern ist zu verschieden.
Es lohnt sich über seine eigne Seele
          nachzudenken,
Bewußt sein Innerstes mit geist'gen Augen
          zu betrachten.
Gewiß erkennt man dabei seine gröbsten
          Fehler.
Ich lerne stets vom Wunderwalten der Natur:
Mit offnen Augen rein und wahr die Dinge
          schauen,
Wesentlich Schönes vom trügerischen Scheine
          trennen.
Der Mensch erlernt: sich kritischer
          betrachten,
Sich selbst zu rügen,wenn er fehlen wollte.
Waldeinsamkeit ist unverfälscht, will
          nichts verbergen,
Wie wir Menschen leider gar zu oft!
Wanderer: Sie sind ein Seher alles Edlen,
          Echten.
Der Wald vertraute ihnen sein Geheimnis an,
Weil Sie verstehen, sich zu geben, wie
          Sie wirklich sind.
Zahlreichen Leuten wäre unbegreiflich es:
Ganz schlicht: "Ein Mensch zu sein!"
Abseits der großen Welt in einem Häuschen
          still zu leben,
Dabei noch glücklicher, zufriedener zu
          sein als sie
Im bunten Lärm der Sensationenstätten,

Wo eine Woche flink die andre hetzt.
Nur wenig Weisen ist es heut gegönnt,
Ein wahrhaft friedereiches Dasein zu
        erwerben.
Zuviele können Einsamkeit nicht meistern,
Weil Herz und Seele vom Motorenrausch
        gefährdet werden,
Und würden jämmerlich in Angst erbeben,
Entdeckten sie ihr hilflos angekränkelt'Ich
Waldalte: Sie glauben, es sei wirklich
        schon so schlimm?
Der Menschen arme Seelen vom Eisenring
        umspannt? -
War lang nicht in den großen Städten.
Wohl steig ich manchmal in den Unterharz
        hinab,
Wo Dörfer, Kuranlagen sich lieblich in
        die Täler betten.
Auch sind im hohen Winter Skileut' "Auf
        dem Acker". *1)
Sie suchen aber meistens weiße Einsamkeit.
Sie schätzen unsren Harz um seiner
        Schönheit willen.
Mag sein, daß es auch jene reichlich gibt,
Die nur auf breiten, staub'gen Autostraßen
        rasen,
Von Stadt zu Stadt, von einer Sehens-
        würdigkeit zur andren.
Wandrer: So ist's! Die Städter sind oft
        Sklaven ihrer Wagen.
Das Schlimmste ist: Sie wissen's nicht
        einmal
Und fühlen scheinbar wohl sich in der
        Zeitenjagd.
Sie eilen durch die Länder, denn die Welt
        ist groß,
Wahllos,und die Sehnsucht treibt sie weiter
Zu kurz ist doch ihr kümmerliches Leben.

Zahlreiche Reisebüros, Kinos, Zeitungen,
     Prospekte
Berauschen sie mit tausend Ferienzielen.
"Möglichst viel Schaffen" in zwei Wochen
     Urlaub,
Heißt die Parole. - Denn wer weiß, wie
     lang wir leben?!
Heut Rom, Venedig, morgen Mailand und
     Triest;
Florenz und Pisa müssen auch noch
     mitgenommen werden.
Todmüd und abgespannt kehr'n in die Heimat
     sie zurück.
Erholung steht auf einem andren Blatt.
Von Seelenfreude stiller Stunden ganz
     zu schweigen...

Der **Waldalte** unterbricht den **Wanderer,**
legt seine schwere Hand auf des Jüngeren
Schulter und sieht ihn erstaunt an.

Waldalte: Das ist ja grausam; bitte, hör'n
          Sie auf.
Am Ende glauben diese Leute gar:
Sie hätten viel gesehen und erlebt.
Das ist grotesk! Wo bleiben innres Glück,
Ein Morgengang durch Sonnenwald am Bache,
Betrachtung einer zarten Blume; Vogellied!
Wo bleibt der göttlich tiefe Frieden,
Der unsre Seele in der weiten Sommerwelt
So inniglich, geheimnisvoll durchbebt?
Wanderer: Gerad die kleinen Dinge,
Die das Leben lebenswert gestalten,
Die uns ein süß Geheimnis offenbaren,
Sie geben jenen Zeitgehetzten nichts.
Viel sehen - doch in Wirklickeit
     "nichts sehen"!
Viel bunte Bilder flink vorübertanzen
     lassen.

Nur nippen wollen sie von jedem edlen Trunk
Den Kelch zu leeren bis zum wonniglichen
     Grund
Vermögen sie nicht mehr. Sie gönnen sich
     nie Zeit
Den winz'gen Dingen in das Herz zu seh'n;
Versagen sich so selbst das Beste und
     das Höchste.
Waldalte: Bedauernswert sind solche armen
     Leute.
Da wollte lieber ich begraben sein,
Als preiszugeben die Erlebnisse in der
     Natur!
Versteint bei jenen Menschen denn das
     seelische Empfinden?
Haben sie keine Seele mehr,
Daß sie das Leben, ihren Gott
In freier Welt nicht fühlen können und
     versteh'n?
Sind sie dem Blitzestaumel der modernen
     Welt verfallen?
Ist ihnen: Wandern durch die Einsamkeit
     veraltete Romantik nur?
O Menschen, die ihr eure Seele so
     verkümmern laßt,
Nach Gold giert, Macht und Wohlstand
     ständig strebt,
Wißt ihr denn nicht, daß geist'ge Reife,
     Seelenfrieden
Vor allen Schätzen höchstes Gut
     auf Erden sind?!
Gesundheit, Menschenliebe, innre Freude
Sind wahres Glück und Reichtum
     unsres Lebens!
Wanderer: So ist es wohl, doch wissen
     Sie Herr Wirt,
Daß materielle Wissenschaften dem Mensch
Die Existenz der Seele ganz absprechen?

Für sie ist nur der Leib mit seiner
          Lebensfunktion da.
Maschine! Uhr! Ist sie veraltet, endet
          ihre Tätigkeit.
Es folgt nichts mehr! Belächelt wird
Der Glaube an ein Weiterleben nach dem Tod.
Zeigt uns die Seele, rufen sie,
Damit wir anerkennen können ihr
          Vorhandensein!
Ihr könnt es nicht; so existiert sie nicht!
Was nicht mit Sinnen wahrnehmbar,
Ist Phantasie und eiteles Geschwätz.
Waldalte: Ich hörte schon von jenen krassen
          Lehren,
Die alles Seelisch-Ethische verbannen
          wollen. -
Der Feuerbach war wohl der hitzigste
          Verfechter. -
Ich frag mich nur: spür'n jene
          Mat'rialisten nicht
In ihrem tiefsten Wesensgrunde ein Gefühl,
Das Freude sie und Trauer,Schmerz und
          Lust,
Auch Liebe, Sehnsucht sie empfinden läßt?
Ja Neid und Gier, Haß, Rachedurst
Sind Seelenzeichen, die sich nicht
          verleugnen lassen.
Und wie ist es mit Gott?
Glauben die Pharisäer wirklich,
Daß alle Organismen dieser Erde
Sich nur aus Urschlamm oder Nichts gebildet
          haben?
Stein, Pflanze, Tier und Mensch
Sind Schöpfung einer höh'ren Lebenskraft,
In Weisheit liebevoll von ihr erschaffen,
Behütet und erhalten bis zum jüngsten Tag.
Ich weiß:Es gibt den einz'gen großen Gott;
Bin felsenfest,ohn'Zweifel davon überzeugt.

Alles was lebt gibt Kunde ringsumher
      von ihm.
In allen Wesen ist das Allumfassende,
Das Edle, Hohe, Schöne, Wahre, Reine
Der Gottheit zu erkennen und zu finden.
Wir Menschen müssen nur versteh'n es
      richtig zu betrachten.
Schon in der Kindheit hörte ich von
      meinem Ohm -
Er war ein weitgereister, kluger Mann -
Den Weisheitsspruch von Gott.Er lautet so:
      Gott schläft im Stein,
      Atmet in der Pflanze,
      Träumt im Tier,
      Wacht auf im Menschen.
Obgleich ich damals kaum den Spruch
      verstand,
Ahnte ich schon den religiösen, tiefen
      Sinn darin.
Wanderer: Auch mir sind jene Worte
      wohlbekannt,
Und kaum ein andrer Spruch vermag in
      wundersamer Weise,
Das Allumfassende, Allmächtige der Gottheit
      auszudrücken.
Vor dieser Weisheit müßten alle
Kleinlichen Zersetzungstheorien verstummen.
Waltalte: Wahrhaftig,ja! So sollt'es sein.-

Der Waldalte erhebt sich, nachdem er auf
die Uhr geschaut hat.

Doch Sie entschuld'gen mich, mein junger
      Gast;
Ich muß zu meinen Tieren in den Stall.
Sie dürfen gern mitkommen,wenn Sie möchten!
Wanderer: Ich danke sehr. Nähm' gern noch
      längre Gastzeit an.

Doch war ich schon drei Stunden hier in
        Ihrem Haus.
Der Weg nach Altenau ist weit.
So muß ich leider weiterziehn,
Darf Ihnen aber herzlichst danken:
Gespräch und Gastfreundschaft sind
        bleibende Erinnerung!
Waldalte: Auch ich dank Ihnen,guter Freund.
Ich habe gerne diese Zeit zu zweit geteilt.
Sie sind vom guten alten Schlag.
Sie wissen noch, was Schmetterling und
        Blume
Am Wegesrain bedeuten. Sie glauben fest,
Daß jeder Stein, der Bach, die Erde,
Ideen heiligster Schöpfung sind.
In Ihnen schwingt noch die gesunde Seele
Des Menschen, wie Gott ihn sich zum
        Ebenbilde schuf.
Sie sind einer der wahren Glücklichen,
Die unsre Welt mit kinderfrohen Augen
        blicken,
Wach durch die Lande schreiten,
Erlebnisse mit innrer Wesensfreude
Fest und tief durchdringen können.
Ich hoffe, daß einst wieder viele Menschen
Den Weg zum eignen Ich,zu ihrer Seele
        finden,
Sie neu für Schönes,Wahres sich erwecken.
Mein junger Freund, o hüten Sie die guten
        Eigenschaften.
So wie Sie sind, so sollten Sie stets
        bleiben.
Kein Schritt zurück, nur vorwärts tapfer
        schreiten.
So wird Ihr Lebensweg für immer
        glücklich sein!

Beide verlassen die Stube. Der **Waldalte**
geht zur Hintertür,der Wanderer zur Haustür

    +1) "Auf dem Acker" = ein Fahrweg im Oberharz

Mauern

Deutung eines Wortes, eines Begriffs

Mauer! Wie hart und kalt klingt das Wort, schier unüberwindbar tritt es uns entgegen. Wir denken an Hindernis, Grenze, Gefangene, Grausamkeit.
Mauer! Kaum ein anderer Begriff spielt im Lebensbereich der Menschen eine so wichtige und doch so gegensätzliche Rolle in Empfindung, Betrachtung und Bedeutung wie die Mauer.
Mauern bieten Schutz oder rauben uns die Freiheit; sie sperren und aus oder ein.
Mauern bilden eine Wohnung, ein Haus und schenken uns Geborgenheit und Sicherheit oder eine Kirche und gewähren innere Einkehr, Sammlung, Stille, Besinnung.
Wieviele Menschen mußten schuldig oder unschuldig Jahre oder gar ihr Leben lang hinter Kerkermauern schmachten und verzweifeln. Mancher voller Hoffnung, an das Recht glaubend, an Barmherzigkeit, den Tag der Freiheit erwartend, der ihm wie eine Wiedergeburt schien; andere hoffnungslos, resignierend, ergeben oder rasend den Tod ersehnend.
Nicht nur den Gefangenen ist und war die Mauer unüberwindbares Schicksal, auch dem Fremden, der vor verschlossenen Toren einer mittelalterlichen Stadt stand, oder dem Heimatlosen unserer Zeit, der vergeblich darauf wartet, daß sich in den steinernen Gassen eine Tür öffnet und eine Stimme ihn zum Eintreten ermuntert, ist und war sie beängstigende Abwehr.

Doch es gibt Mauern, die keine Furcht erregen, uns aber auch nicht schützen.Sie sind annehmbar, vor allem, wenn wir über sie hinwegschauen oder, wenn es die Stunde erfordert, über sie hinwegklettern können; dennoch verkörpern sie eine "Grenze",welche freilich oft besser, freundlicher durch eine Hecke oder einen Zaun angedeutet werden könnte.
Harmlos sind die Ziermäuerchen, welche die Vorgärten von der Straße abtrennen. "Mäuerchen", wie zärtlich klingt das.Niemand fürchtet sich davor. Sie versinnbildlichen eine stumme Bitte: Betretet das kleine grüne Paradies nicht. Die Katze sonnt sich auf dem Mäuerchen; ein Greis findet ein Ruheplätzchen hier auf seinem beschwerlichen Weg nach Hause. Fröhliche Kinder balancieren auf dem Mäuerchen.Ja, selbst Blumen in Kästen oder Kübeln stehen manchmal darauf, so daß die Mäuerchen der Freude und der Zierde dienen. Sind sie noch niedriger, umsäumen sie vielleicht einen Sandhaufen und dienen den kleinen Kindern als Spielplatz, wo sie ihre eigene glückliche Welt finden und bauen dürfen.
Eigentlich ist selbst eine gepflasterte Straße eine Mauer, eine "liegende Mauer". Es kommt nur auf die Art der Betrachtung und Phantasie an.
Der Gärtner baut sich aus kleinen Mauern Frühbeete, die seine Sämlinge und Setzlinge vor rauher Witterung schützen sollen,bis sie gesund und kräftig zum Licht emporstreben.
Solche nützlichen Mauern sind wie dienstbare Geister, die dem Menschen Leben und Arbeit erleichtern. Hierzu zählen auch

die mächtigen Staumauern, die Bäche und
Flüsse zu Seen anschwellen lassen, das
kostbare Trinkwasser sammeln und zum späteren Verbrauch aufbewahren. Auch die Wein-
bergmäuerchen, die den Rebterrassen am
Berghang den notwendigen Halt geben, seien
nicht vergessen.
Wie erschreckend wirken hingegen zerstörte
Mauern: Fragmente, Ruinen, eingestürzte
Trakte. Wieviel Stärke, ja tödliche Kraft
in einer Mauer verborgen ruht, bemerkt
man oft erst, wenn Natur- oder Menschenge-
walt sie zum Einstürzen gebracht haben,
uns liebenswerte Dinge, Pflanzen und Lebewesen, unter sich begrabend. Und je älter
Bauwerke sind, desto tragischer und uner-
meßlicher ist der Schaden, denn stets
wird dadurch Geschichte entblößt oder
gar beendet.
Vielleicht sind die grausamsten Mauern
die unsichtbaren Wände, die Menschen täglich in Gedanken oder gedankenlos durch
Verstandeshärte und Herzlosigkeit errichten, an deren Kälte und Rauheit wir uns
stoßen und verletzen. Mauern, die aus
abweisenden Blicken bestehen, drohenden
Worten und Gebärden, aus der Verständnis-
losigkeit und Leichtfertigkeit, wo Hilfe
gebraucht, Gefühlskälte, wo Vertrauen
gesucht wird. Auch Verbote und Paragraphen
sind Mauern, gegen die wir häufig, meist
erfolglos anrennen.
Ja, es gibt "eingemauerte Herzen", die
so viel Eisigkeit verbreiten, daß jeder
Versuch, sie aufzutauen, sinnlose Mühe
ist und nur noch Erdulden und Erleiden
übrigbleiben, wenn man von solchen Leuten
abhängig oder für sie verantwortlich ist.

Nach   dieser   ausführlichen   Betrachtung
der Mauern bleibt uns lediglich der Wunsch
übrig: Es möge einmal eine Zukunft geben,
in der Mauern jeglicher Art weitmöglichst
nur noch humane Zwecke erfüllen.

Als der Hunger regierte

Aus dem Tagebuch eines Knaben - 1946

Die Mehrzahl der Deutschen haben den Zweiten Weltkrieg und die ersten Nachkriegsjah-
re nicht erlebt. Doch auch unter den vielen
heute noch lebenden Menschen, die jene
furchtbare Zeit der vierziger Jahre des
20.Jahrhunderts erleiden und erdulden
mußten, gibt es verhältnismäßig wenige,
die als Kinder bewußt diese Epoche erlebten, manche nur Teile davon; jenen aber,
welche in den ersten dreißiger Jahren
geboren wurden, prägte sich das ungeheuer-
liche Geschehen für immer tief in ihr
Bewußtsein ein.
Bald werden 60 Jahre vergangen sein,seitdem
der Hunger in der Sowjetischen Besatzungs-
zone regierte. Und ich glaube, es ist
an der Zeit, den jüngeren Generationen,
unter denen es etliche Menschen gibt,
die mit ihrer Zeit nicht zufrieden sind,
einmal zu berichten, wie wir unsere Kindheit erlebten. Gewiß, viele Autoren haben
in den letzten Jahrzehnten darüber geschrieben, aber es wird wohl nur wenige
Menschen geben, die als Kind 1946 Tagebuch
führten, wie ich es damals als 13jähriger
tat.
Es ist nur eine Auswahl, die ich hier
vorlegen will, und ich ließ bewußt Eintra-
gungen kindlicher Spiele, Verwandtschafts-
besuche, Schulstreiche u.a. weg, hingegen
zeige ich, daß auch ein Kind damals sich
auf den Frühling freute oder gern Bücher
las. Bitten möchte ich abschließend noch,

diese Tagebuchblätter nicht nach literarischen Qualitäten zu beurteilen, sondern lediglich beim Lesen die Gedanken und Empfindungen eines Kindes auf sich wirken zu lassen. Alle diese Aufzeichnungen sind echt. Es wurden lediglich in Klammern Anmerkungen nachgetragen, wo es um des besseren Verständnisses notwendig erschien.

Es war 1946...

18.Januar: Mutti hat Wurst geholt. Hoffentlich ist bald Abend, denn ich hab schon wieder Hunger.
25.Januar: Heute gibt es wieder alles, alles auf einmal (zu kaufen): Quark, Käse, Wurst, Butter und Öl. Nun müßte man sich bloß noch an Brot satt essen können. Doch es gibt eine herrliche gebrannte Kornsuppe.
26.Januar: Oma liest die Zeitung. Es steht darin, daß von 46 Frankfurter Kirchen nur noch 3 benutzbar sind.
27.Januar: Mutti bäckt Kornbrötchen. Sie sehen fein aus. Wie werden sie schmecken? - Wir haben Käse darauf geschmiert. Sie schmecken herrlich.
28.Januar: Das Gas brennt mies (das Gaswerk hatte nicht genug Gas zur Verfügung).Wir werden vielleicht die Suppe erst essen können, wenn wir vom Impfen (gegen Hungertyphus) wiederkommen. Das Impfen piekte ein bissel, es war, als ob man gedrückt würde. Ich kann meinen Arm stundenlang nicht heben. Im Kopf brummt es wie ein Kreisel.
30.Januar: Muttel ist ausversehen beim Fleischer eine Fettmarke abgeschnitten worden (Lebensmittel gab es nur auf zuge-

teilte Marken). Sie ist noch mal in den
Laden gegangen, hat sie aber nicht wieder-
bekommen.
1.Februar: Der Lehrer sagte: "Vielleicht
kommen morgen Russen durch Chemnitz."
Da hätten wir keine Schule.
2.Februar: Heute früh machte ich ein Früh-
lingsgedicht.
3.Februar: Ich habe Heimweh nach unserer
Wohnung (wir waren total ausgebombt).
Von morgen ab bin ich in der Schule eine
Woche mit Essen dran (Schulspeisung).
4.Februar: Es gab kein Essen, weil kein
Strom da war.
Heute Nachmittag gehen wir ins Kino.Hurra!
Es wird "Sonntagskinder" gespielt. - Es
war sehr schön.
6.Februar: Schwanebeck hat mir von seiner
Heimat erzählt. Sie ist in der Neumark
(seit 1945 unter polnischer Verwaltung).
Ich kann Schwani am besten leiden.
7.Februar: Heute schenkte mir Hofmann
einen Zeichenblock und ein Heft. Ich habe
mich sehr gefreut und will ihm morgen
ein Bilderlöschblatt schenken. Von Fiedler
bekam ich ein Buch. Ein richtiger Glücks-
tag. - Oma half beim Bauern. Sie hat ein
Vierpfundbrot bekommen. Nun gibt es heut
abend keine "Zudelsupp" (aus rohgeriebenen
Kartoffeln), sondern Quarkzuckerbrot.
8.Februar: Heute erhoben wir Protest,
weil die Essenholer das Schulessen für
sich behielten.
10.Februar: Heute bin ich satt!
13.Februar: Ich komm in Erholung, hurra!
24.Februar: Heute geh ich zu Schwanebeck.
Briefmarken tauschen. Seine Marken liegen
alle in einem Kasten. Wenn er nun welche

sucht, dann wühlt er mit beiden Händen darin herum.
26.Februar: Heute geht die ganze Klasse in den Luxor-Palast. Es wird ein russischer Film gespielt. Er heißt "Lustige Burschen". - Es war ein großer Mist!
27.Februar: Ich aß heute zweimal Kartoffelstückchen. Erst in braun (sauer) in der Schule, und dann daheim in grün (Bohnen). Wir machten unserem Brot den Garaus. Doch nun müssen wir sparen.
1.März: Seit heute ist die Einheit! (Vereinigung von KPD und SPD zur SED.)
2.März: Diese Woche gibt es aber wieder gar nichts (zu kaufen). Wir essen den letzten Zucker auf's Brot. Als ich Eier auf die Fleischmarken holen wollte (Fleisch gab es nicht), waren sie alle. Auch das noch. Nun gibt es bloß Quark, trotzdem die 2. und 3. Dekate der Februarmarken noch nicht beliefert wurden.
3.März: Heute früh aßen wir unser Brot ganz auf. Früh, als wir noch im Bett lagen, hörten wir einer Glocke zu. Sie klang wie Frühling. Nach dem Mittagessen machten wir Wasserschlagsahne (aus geriebenen Kartoffeln). Der Kuchen war Matsch. Er schmeckte aber doch.
6.März: Nachmittags ging ich zu Frau Wagner (blinde Nachbarin). Ich las ihr "Feuer auf See" von Jack London vor. Sie gab mir (markenfreien) ekligen Aufstrich. Wir haben viel besseren vom Reformhaus. Gestern gab es Butter und heute Käse. Doch Marmelade gab es noch nicht.
7.März: Heute essen wir unseren Aufstrich. Mutti macht daraus eine Suppe.
8.März: Heute wurde ich für die Erholung

untersucht. Es klappte alles (da ich viel zu wenig wog). Hoffentlich komme ich zu netten Leuten.

9.März: Heute sah ich die ersten Krokusseln. Als ich durch den Kaiserplatz ging, sah ich schon Blätter von Gänseblümchen. Sie werden bald blühen. Ich will mir eines in einen Topf pflanzen und pflegen. Auch sah ich erste grüne Knospen. Es wird nun wirklich Frühling.

10.März: Heute ist Sonntag. Als ich aufwachte, sang eine Amsel ihr Morgenlied. Es klang wunderbar.

11.März: Tante Lotte war hamstern (Eßwaren betteln bei Bauern, oft für Arbeit). Als sie abends heimkam hatte sie nur 2 Pfund (Körner oder Kartoffeln) bekommen. Bald wäre sie nicht in den Zug gekommen.

12.März: Heute Vormittag begleitete ich Frau Wagner zur Hauptpost. Sie schenkte mir eine Tasse Fleischbrühe und 20 Pfennig. Heute gibt es Zuckerhonig, Marmelade oder Sirup. Die Februarmarken sind nun doch nicht verfallen. Mutti holte Honig. Da haben wir mal richtig genascht. Als Vati kam, naschte er auch mit. Doch nun ist Schluß, denn wir wollen noch etwas auf's Brot haben.

13.März: Mutti brachte mir eine halbe Speckfettschnitte mit. Das schmeckte aber mal gut. Auch zwei Würstel hat sie geschenkt bekommen. Gerlind (meine Schwester) ist beim Fleischer in R. zur Erholung. Sie war mit ihren Pflegeeltern hamstern. Das arme Würmel mußte zweimal 25 Pfund Kartoffeln schleppen. Abends kochte Mutti Kartoffelsuppe, und hinterher gab es noch Kartoffelpuffer. Wir müssen doch merken, daß Gerlind hamstern war. Ich wurde richtig satt.

15.März: Als ich mit Hofmann, Zierer und Wezorke auf dem Heimweg von der Schule kam, wurde das Eckhaus an der Agricolastraße (eine Ruine) gesprengt. Nachmittags lese ich die "Schriften des Waldschulmeisters" von Peter Rosegger.

18.März: Als ich aus der Schule kam, dachte ich mir eine Geschichte aus. Sie heißt: "Der Tag".
Heute Vormittag wurde das Eckhaus mit dem Flaschenzug eingerissen. Es gab einen großen Knall, und ein schrecklicher Dreck wirbelte auf.

19.März: Wir bekamen von Frau F. aus Thüringen ein Paket. Es enthielt: 1 hartes Blutwürstel, 4 Grießpudding, ein Säckel Grieß und viel Porree. Wir freuten uns,denn eigentlich hätten wir nichts mehr auf's Brot gehabt. Wir haben im März noch keine Butter bekommen. Auch Marmelade und Zucker gibt es nicht.

21.März: Heut ist Frühlingsanfang. Ein ekliger Wind bläst. Ich sehe die ersten Märzenbecher, - Ich schreib wieder einen Aufsatz. Er heißt: "Frühlingsanfang".

22.März: Oma kam wieder vom Bauern. Sie hat ein Brot und viel Quark mitgebracht.

23.März: Mutti bekam von Bayers (Gemüseladen) Kohlrabi, Rettiche und Möhren. Wir aßen gleich welche roh gerieben.

25.März: Ich las: "Das Wirtshaus im Spessart". Dazu kaute ich Kartoffelschalen (geröstet).

20.Mai: Brotaufstrich: 1 Eßlöffel Öl, Zwiebeln, 3-4 Eßlöffel Mehl. Mit 1/4 Liter Wasser verdünnen, alsdann mit Salz und

Majoran abschmecken und bis zum Dickwerden aufkochen.

1.Juni: Auf dem Heimweg erzählte mir Glänzel, daß es bei Morgensterns "Molken" gäbe. Ich erzähle es daheim und gehe mit Gerlind wieder fort. Ich gehe Fleischbrühe und Gerlind Molken holen. (Wir mußten uns lang anstellen!) Doch o weh! sie ist alle, und es gibt erst am Dienstag wieder welche. - Halb drei schlangen wir unser Brot mit Heißhunger hinunter, das Mittagessen hält ja nicht an.

Gerlind und Mutti müssen "Schaufeln" (Trümmerschutt - das war Pflicht für jeden ab 14 Jahren!) - Ich leg mich auf's Sofa und lese, da spürt man den Hunger nicht so sehr. Als wir Abendbrot gegessen haben, gehen wir schnell ins Bett, denn der Hunger kommt schon wieder geschlichen. Doch wir jagen ihn fort und schlafen.

2.Juni: Heute bleiben wir bis 11Uhr im Bett und lesen, da merkt man nicht, ob man Hunger hat oder nicht. Unsere Schnitte gab uns Mutti ins Bett. Um 12Uhr essen wir zu Mittag. Wir haben Bärenhunger. Zu schnell ist das Essen vorbei, und als Vati kommt, gucken wir sehnsüchtig nach seinem Teller..

Gegen zwei Uhr geht Gerlind zum Bauer K. und will gucken, was Oma macht. Das bringt ihr ein Nachmittagsbrot ein. Mutti sagt, daß, wenn es soweiter geht (d.h.wir nicht genug zu essen haben), wir nicht mehr in die Schule gehen dürfen. Hoffentlich kommt es nicht soweit. Gerlind kommt erst um 8Uhr. Ich lag schon im Bett und stehe wieder auf. Sie hat gekochte Kartoffeln mitgebracht. Wir machen gleich Bratkartoffeln.

3.Juni: Als ich aus der Schule kam ging ich gleich zum Haarschneider. Ich mußte lange warten. Da wurde es mir auf einmal schlecht (Hungerschwäche). Ich setzte mich schnell. Doch es ging nicht vorüber, und ich ging heim. Da wurde es mir auf einmal schwarz vor den Augen, und mit Mühe lief ich über die Ahornstraße. Dort lehnte ich mich an eine Mauer. Langsam sackte ich zusammen und saß auf dem Boden. Eine Frau führte mich bis zur Heinrich Beck-Straße. Dort setzte ich mich, und die Frau ging zu Mutti. Langsam wurde es besser, und ich humpelte weiter. An der Ecke kam mir Gerlind entgegen. Sie führte mich heim. Zu Hause legte ich mich gleich auf's Sofa und aß eine Schnitte. Dann ging ich ins Bett und schlief bis 3/4 Eins. Nach dem Mittagessen war es mir wieder richtig wohl. - Heute abend wurden wir wenigstens wieder satt.
4.Juni: Mutti ist hamstern. Hoffentlich bringt sie recht viel mit. Nach der Schule ging ich gleich Molken holen. Hmm, das schmeckt fein.
Dezember 1946: "Salz ist frei!" (Markenfrei!)

Israelischer Friedhof

An der Flehinger Straße im oberen Kraichtal
zwischen Obstbaum- und Wiesenlandschaft
wurde ein Israelischer Friedhof angelegt.
Lebensbäume begrenzen den stillen Hain.
Eine Treppe mit Birken klettert hinauf
zu den Gräbern. Die großen Grabtafeln
stehen zum Teil schief, sind aber fast
alle gut erhalten; die Inschrift ist freilich bei den älteren häufig verwittert.
Oft wurden die Gedenkworte für die Toten
deutsch und hebräisch aufgeschrieben.Mehr-
fach lese ich den Namen Barth. Ein Louis
Barth "starb den Heldentod für sein Vaterland 1916". Beschämend für christliche
Deutsche, daß Angehörige von jüdischen
Bürgern, die für Deutschland ihr Leben
opferten, später verfolgt und umgebracht
wurden. Die jüngeren Gräber stammen aus
aus den Jahren 1936 und 1938...
Es fiel mir auf, daß die meisten jüdischen
Friedhöfe an einem Schräghang ruhen und
die Gräber in Reihen den Berg hinauf angelegt werden, d.h. sie bilden keine Terras-
sen wie ein Weinberg und haben dadurch
auch keine übliche gerade Lage, sondern
müssen den Unebenheiten angepaßt um nicht
schief gebettet zu werden.
Ich besuche jeden Israelischen Friedhof,
an dem ich vorüberkomme und bitte in Gedanken um Vergebung für die Verbrechen,
die Deutsche an Juden begingen, ohne mich
dabei schuldig zu fühlen. Ich lehne Kollek-
tivschuld ebenso ab wie die sogenannte
"Erbsünde" der Neugeborenen. Jeder Mensch
ist nur für seine Taten verantwortlich.

Das schließt aber auch ein: seine Kraft und sein Denken dafür einzusetzen, verhindern zu helfen, daß Böses geschehen kann, denn auch unterlassene mögliche Hilfe macht uns mitschuldig.

(aus: Was der Kraichgau erzählt)

Gedanken zu Krieg und Frieden

Aus Briefen und aus dem Tagebuch (1991)

Je näher der 15.Januar heranrückt, desto unheimlicher wird es uns. Mehrfach am Tage fragen wir: wird der Friede erhalten bleiben? Wenn nicht - welches Unheil wird über viele Menschen hereinbrechen? Wenn verhandeln zu nichts führt, hilft nur noch beten!

Heute morgen meldeten Rundfunk und Fernsehen, daß in der Nacht zum 17.Januar die multinationalen Streitkräfte unter Führung der USA die Bombardierung militärischer Anlagen im Irak und besonders in Bagdad begonnen haben. Offenbar seien die meisten Raketenstationen und Teile der Luftwaffe stark getroffen worden, so daß Israel vermutlich keine Angst mehr vor einem Raketenangriff zu haben braucht.Das furchtbare Grauen ist nun doch entfesselt worden. Hoffentlich wird es möglich sein, die Kriegsregion begrenzt zu halten.Wie schnell wird die Menschheit zum Frieden zurückfinden dürfen? Die zahllosen unschuldigen Opfer sind beklagenswert.

Orgelvesper in der Pauluskirche. Wolfgang Kleber spielte Werke von Johann Sebastian Bach. Trost für die Seele. - Gemeinsam mit Pfarrer Grünewald, welcher die Liturgie hielt, beteten wir (die Gemeinde) für die Wiedererlangung des Friedens in den Krisenherden der Welt, insbesondere für die Golfregion und die Baltenländer.

Das neue Jahr hat nun leider schlimme Zeiten gebracht, für zahllose Menschen Schmerzen und Trauer, Elend un Tod - und niemand weiß: wie wird dies enden. Jeder Krieg entwickelt sich zum unkontrollierbaren Chaos; dies gilt besonders für unsere Zeit der perfekten Waffen. Möge der Frieden bald wieder einkehren am Golf und mögen dann alle Verantwortlichen mit Einsicht und Verstand alle Probleme in dieser Region so regeln, daß allen Völkern Gerechtigkeit zu teil wird.

Vor allem Lebensmut brauchen wir jetzt in dieser grausamen menschenverachtenden Zeit. Krieg ist kein Mittel zur Lösung von Konflikten. Im Empfinden leide ich(aus eigener Erfahrung) mit den armen Menschen überall, die von der Kriegsfurie gepeinigt werden, jetzt vor allem die unschuldigen Menschen: Frauen und Kinder,Alte und Kranke die Schutz vor den Bomben suchen, aber auch die Soldaten, die in diesem Inferno ihr Lebenslicht so plötzlich ausgelöscht bekommen.

Vielleicht hast Du auch an Deinem Festtag soviel Freizeit, liebe Freundin, daß Ihr einen Gang durch den stillen verschneiten Park erleben könnt. Möge das leuchtende Weiß ein Zeichen bald wiederkehrenden Friedens sein. Vorerst ist es für Viele die Farbe des letzten Gewandes...

Sehr beeindruckte uns Dein Bericht, liebe Inge, über Deine Aktivitäten während der Golfkriegszeit. Wir finden es großartig, daß Du Dich um Frauen amerikanischer Solda-

ten kümmertest und mit ihnen in die Kirche zum gemeinsamen Gottesdienst gingst. Das ist echte Friedenshandlung.
Inzwischen ist der Krieg - welcher auch uns sehr beschäftigte und seelisch belastete - vorüber. Doch seine Auswirkungen werden der Menschheit noch viel Unheil bringen - vor allem die brennenden Ölquellen...

Auch wir haben aufgeatmet, als der Golfkrieg zu Ende ging. Vor allem war ich in großer Furcht vor dem Bodenkrieg. Zum Glück hat er nicht so viele Menschenleben gefordert, wie zu befürchten war - aber jedes Opfer in einem Krieg bedeutet die Abkürzung eines hoffnungsvollen Lebens. Eure Sorgen betr. Eurer Söhne verstehen wir sehr gut, zumal F. ja beim Militär ist. Doch nun dürfen wir hoffnungsvoll in den kommenden Frühling schauen (wenngleich wir noch nicht wissen,welche Umweltschäden als Folge der Kriegshandlungen die Menschheit noch bedrohen werden!)

Mein größter Wunsch an dieses noch junge Jahr ist: es möge die Menschen nach Beendigung diese Krieges endlich zur Einsicht kommen lassen, daß kriegerische Auseinandersetzungen keine Lösungen bringen,sondern nur Blut, Tränen, Schmerz und Tod - wenn nicht gar bei den "modernen Möglichkeiten" den Untergang der Lebewesen auf diesem Planeten...

Atom nimmt Atem

Eine apokalyptische Vision

Anfang März meldete die "Welt am Sonntag":
"Großbrand eines Atomflugplatzes 100 km westlich von London!"
Angeblich warf dort ein Atomflieger bei Sachschaden seiner Maschine den 'Ballast' über Bord, stürzte dann aber trotzdem ab. Mitten auf dem Flugplatz barsten die Flugzeugteile und setzten eine weitere Maschine in Brand, die auf dem Rollfeld stand. Ein Riesenfeuer breitete sich rasch aus und eine große 'Rauchpilzwolke' braute am Himmel. Radioaktiver Staub sei jedoch bei dieser Explosion nicht entstanden!
Vergeblich erwarteten wir die Nachrichten, vergeblich blätterten wir montags in den Tageszeitungen. Von dem Unfall auf dem Atomflughafen war nirgends die Rede. Warum werden solche lebensbedrohenden Geschehnisse der Weltöffentlichkeit verschwiegen, bestenfalls verharmlost? Hier stimmt doch etwas nicht!
Neulich erst verlor ein Atombomber in Westamerika über einer Stadt bei 'Probeflügen' seine Atombombe. Freilich, die Bombe gab ihre Kernkraft nicht frei, da sie angeblich ungeschärft war. Aber, es ist doch vermutlich gewiß: dies war nicht die erste Atombombe, die ein Flugzeug verlor und es wird auch nicht die letzte sein. Und die Menschen fragen sich: "Wie lange soll dies so weitergehen?" Was geschieht, wenn eine solche Bombe doch explodiert und ihre zerstörerischen Strahlen

freigibt? Muß sich die Menschheit dergleichen bieten lassen? Ist Schweigen hier nicht ein Verbrechen? Es ist höchste Zeit, diesen wahnsinnigen Experimenten ein Ende zu bereiten, noch ehe unsere Bundeswehr mit atomaren und ähnlichen Waffen ausgerüstet wird, wovon schon überall gemunkelt wird. Darum: gebietet Einhalt allen Atomversuchen für militärische Zwecke, ächtet die Atombomben, ehe es zu spät ist!

Spätestens beim Lesen der letzten Zeilen wird der aufmerksame Leser denken: hier stimmt doch irgend etwas nicht?
Gewiß, diese Zeilen wurden vor knapp fünfzig Jahren geschrieben. Die Zeiten haben sich geändert. Wirklich? Oder sind die Gefahren nicht nur größer geworden? Setzen wir an der Schwelle ins 21.Jahrhundert statt 'Atombomben' das Wort 'Atomreaktor' und das ungelöste Problem eines 'Atommüll-Endlagers', dann wird dieser Text aus dem Jahr 1958 wieder höchst aktuell. Nur das Ende lautet heute etwas anders:Gebietet Einhalt allen Versuchen - wie auch dem alltäglichen Umgang - mit dem Spalten des Atoms, sei es für militärische oder 'sogenannte' friedlichen Zwecke. Ächtet die Atombomben und die Kernkraftwerke - ehe es zu spät ist!

Gedanken zur Zeit

Ausländerfeindlich? - Ausländerfreundlich!

Ich kehre gern bei Max, dem Portugiesen, zum Fischessen ein oder in einem Gasthof mit fränkischer Küche. Ich plaudere gern mit dem griechischen Ehepaar in der Schneiderei oder mit dem Darmstädter Schuster in seinem Kellerladen. Und ich kaufe gern Obst und Gemüse bei den netten Türken wie auch bei der freundlichen Bäuerin auf dem hiesigen Hof.
Ich verabscheue Haß, Gewalt und Verbrechen, gleich ob diese Untaten aus politischen, religiösen, wirtschaftlichen oder sonstigen fanatischen oder egoistischen Motiven begangen werden, gleich ob von Einheimischen oder Fremden. Wer sich kriminell verhält, muß verurteilt und bestraft werden, gleich, ob er aus Deutschland oder aus einem anderen Land stammt.
Ich bin ebenso gegen Pauschalurteile wie: "Die Deutschen sind ausländerfeindlich" wie gegen Schönrederei: "Jeder Ausländer ist mein Freund". Allein der Mensch zählt und muß als Individuum behandelt werden. Es ist notwendig, wenn sich Menschen verstehen und schätzen lernen wollen, vor allem miteinander reden, sich Kummer und Sorgen des anderen anhören, Rat und Trost zu spenden und sich gegenseitig zu helfen.
Ich finde: es ist wichtiger, als nur mit Worten zu argumentieren, den Mitmenschen bewußt wahrzunehmen, Zugereiste wie Einheimische gleichermaßen. So reiche ich freundlich mit Glückwünschen für das neue Jahr in

unserem Betrieb dem jungen Schwarzen an der Garderobe genau so herzlich die Hand, wie meiner pfälzischen Kollegin oder der Kantinenfrau vom Balkan.

Schädlich ist einseitige Berichterstattung. Weshalb schenken viele Politiker oder Leute des Fernsehens, des Rundfunks und der Presse usw. häufig Schandtaten viel mehr Aufmerksamkeit, und weshalb beschimpfen sie so oft die Bürger ihres eigenen Volkes? Es ist bewiesen, daß Millionen von Deutschen freundlich, ja herzlich mit Menschen aus anderen Staaten umgehen und freudig, ja begeistert in andere Länder reisen, um dort Menschen, ihre Landschaften und Kulturen usw. kennenzulernen. Sind sich jene Politiker, Mediensprecher und -schreiber, die Dank ihres Berufes in der Öffentlichkeit Macht über zahllose Bürger ausüben können, der Verantwortung ihrer Worte und Taten wirklich bewußt? Es wäre wünschenswert, daß sie nicht so oft mit dem Splitter des Teufelsspiegels im Auge schauen, der alles verzerrt und bösartig widergibt - wie es Hans Christian Andersen in seinem Märchen "Die Schneekönigin" erzählt -, sondern daß sie sich bewußt werden: Wer der Wahrheit und dem Positiven tatsächlich dienen will "nur mit dem Herzen gut sieht!" wie Saint-Exupérys Fuchs zum "Kleinen Prinzen" sagt.

Und immer lockt

das Abenteuer

Zeltnacht

Eine geheimnisvolle Geschichte

Es war spät am Abend, als wir auf einem Stoppelfeld unser kleines Zelt aufbauten. Noch lehnten regenschwere Garbenbündel zum Trocknen eng aneinandergereiht. Müde hingen die fruchtreichen Ähren, doch noch immer strähnte der Regen gleichmäßig und dünn. Mächtige graue Wolken hingen über der nassen einsamen Flur. Die Fluten des Gebirgsflusses schwollen beängstigend an.
Rasch stellte Konrad einige Kornpuppen kunstgerecht zusammen. Dahinter, windgeschützt, stand bald unser Giebelhaus.Die letzten Schnüre waren gespannt, als ein Regenguß begann und wir geschwind unser Lager aufsuchen mußten. Wild prasselten dicke Tropfen gegen das Dach. Der Wind höhnte pfeifend im Geäst.Anfangs fröstelten wir ein wenig. Bald aber lagen wir sicher und geborgen in warmen Schlafsäcken,wünschten uns "Gute Nacht" und schliefen ein.
Es mochten einige Stunden vergangen sein, als ich plötzlich durch einen seltsamen Schrei erwachte. Ich lauschte hinaus in die mitternächtliche Welt. Alles war ruhig. Der Regen hatte nachgelassen, der Wind sich gelegt. Nur leise plätscherten die Wellen des Flusses gegen den Strand.Schlaftrunken rollte ich mich wieder zurecht, als erneut ein Wimmern von draußen hereindrang.
Nun war ich hellwach, schlüpfte aus meiner Koje, tastete nach den Schuhen und schlich

leise aus dem Zelt. Im feuchten Gras verharrte ich kurz, spähte in das trostlose Dämmern der Niederung und machte mich mit der Umgebung vertraut. Nichts regte sich weit und breit, nur das Ufergras wedelte raschelnd im seichten Grund.
Doch jetzt hörte ich es wieder: ein hoher Jammerton klagte vom Wasser her. Vorsichtig pirschte ich von Busch zu Busch, mied möglichst jedes Geräusch, bis ich die steinerne Böschung erreichte. Träge floß der junge Strom durch die Nacht, schwarzes undurchdringbares Wasser. Hin und wieder schwappte eine Welle hoch und peitschte die Halme am Steg.
Erneut klang die Stimme. Nun wußte ich es genau: Flußaufwärts war irgendein Wesen in Not. Ein Mensch? Ein Tier?Mühsam streifte ich durchs Gebüsch vorwärts, die Ohrmuskeln aufs äußerste gespannt. An einer Lichtung fand ich ein altes Holzhaus.Verwittert und baufällig stand es da, umrahmt von einem verwilderten Gärtchen. Die Fensterläden waren geschlossen, das Dach war bemoost. Vielleicht eine Jagdhütte, überlegte ich. Aber es war wohl lange kein Mensch hier gewesen. Das ganze Anwesen bot einen verlassenen Eindruck.
In meine Gedanken hinein vernahm ich wieder das Winseln. Diesmal bedeutend lauter und näher. Ich war auf der richtigen Fährte. Und da - ich traute meinen Augen kaum, sah ich in der Ferne, mitten im Fluß,ein dunkles Etwas treiben. Es blieb nicht viel Zeit zum Enträtseln der Sache, denn schon erkannte ich durchs Fernglas ein Boot, ziellos den Wogen preisgegeben,dahertrudeln.

Ich eilte zum Strand. Ein zerrissenes Netz spannte sich über vier Kanthölzer. Daneben pendelte sachte ein morscher Kahn. Zum Glück war er nur locker angebunden. Klirrend rasselte die Kette ab. Ich stieß das Gefährt an, sprang hinein und ergriff die Ruder. Es ist nicht leicht, gegen eine Strömung anzukommen,und dennoch gelang es mir schließlich, mich ungefähr an gleicher Stelle zu halten.
Da jagte auch bereits das fremde Boot daher. Doch - es war leer! Dennoch jaulte es unmittelbar aus seinen Planken. Aber ich sah es doch genau: im Dreisitzer war keine Seele. Mir gruselte und kalter Angstschweiß perlte über mein Gesicht. Jetzt spürte ich auch die Kühle der Regennacht und zitterte am ganzen Leib. Narrte mich ein Spuk, trieb ein Unbekannter seine Possen mit mir? Ich biß auf die Zähne, sammelte neuen Mut und ruderte aus Leibeskräften auf das Schifflein zu, da eben wieder schauerliches Geheul die Stille zerriß. Geschichten vom Klabautermann, von Seegespenstern und Sirenen kamen mir in Erinnerung, während ich mit kräftigen Schlägen das Boot erreichte. Nun war ich ganz nah. Noch zehn Meter, noch fünf Meter. Da erkannte ich unter einem Sitzbrett ein winziges Bündel. Es war ein Tier,eng zusammengerollt mit ängstlichem Blick. Sein Körper bebte. In einem fernen Dorf würde der junge Hund in dieses Boot gelangt sein und, dem Wellenspiel preisgegeben, unfreiwillig diese gräßliche Reise angetreten haben. Ich mußte dieser armen Kreatur helfen, wollte sie sicher ans Land bringen. Das andere würde sich später

finden. Gerade als ich nachsann, wie die Lage zu meistern sei - beide Schiffe schaukelten nun flott nebeneinander im Strom - gerieten wir plötzlich in einen heimtückischen Strudel. Mit brausender Gewalt, von unsichtbaren Händen gelenkt, preschten die Spitzkanten aufeinander. Ein ohrenbetäubender Krach, berstende Bretter.Gurgelndes Wasser drang ein. Im Nu trieften meine Kleider vor Nässe. Den Hund sah ich nicht mehr. Dann wurde es auch um mich Nacht. Die Kahntrümmer hüpften dahin. Noch einmal griff ich um mich, umklammerte einen festen Gegenstand, schnappte nach Luft und erhielt einen Schlag in den Rücken. Ich sank in die Tiefe und glaubte, mir schwänden die Sinne. Da entrang sich in höchster Not ein Schrei meiner Brust und eine Stimme fragte vorwurfsvoll: "Mensch, was brüllst du denn so?"
Ich konnte nicht antworten vor Erregung, riß die Augen auf und sah vor mir ein grelles Licht aufflammen. Ein kräftiger Donnerschlag dröhnte über die Erde. Da kam ich wieder zu mir. Ich griff neben mich, spürte einen warmen Körper. -
Ja, ich lag im Zelt. Neben mir schlummerte Konrad. Draußen tobte ein Gewitter. Blitze zuckten am Horizont; Donner grollte im tiefsten Baß. Alles war gottlob nur ein schlimmer Traum gewesen. Oder doch nicht? Klang nicht doch das jämmerliche Klagen draußen im Freien?
Ich verließ rasch das Zelt und fand wenige Schritte entfernt unter einem Baum ein winselndes Häufchen Elend. Es war ein kleiner Hund, von dem ich geträumt hatte. Mit sicherem Griff erwischte ich ihn im

Nacken, trug ihn in unser Zelt und ruppelte
ihm mit einem festen Tuch das Fell trok-
ken. Dankbar leckte der kleine Kerl mir
die Hände. Er zitterte noch ein wenig,aber
das Klagen verstummte. Konrad war schließlich auch munter geworden. Ich erzählte
ihm die Geschichte. Er schüttelte immer
wieder den Kopf und meinte: "Deshalb hast
du dich umhergewälzt und zuletzt sogar
krampfhaft an meinen Arm gekrallt."
Den Rest der Nacht schliefen wir ohne
nennenswerte Störungen. Draußen wetter-
leuchtete es noch immer und erhellte unser
Zelt. Der Hund aber träumte zusammengerollt
zwischen uns in der Mitte und knurrte
ab und zu.

Gewitter am Main

Erzählung nach einer wahren Begebenheit

Die Augustsonne brannte heiß und unerbittlich. Auf den Spessarthöhen reifte das Korn. Bald würde die Ernte überall beginnen. Goldbraun, sommerglutgeröstet, nickten die schweren Ähren. Kornblumen und Scharlachmohn waren verblüht. Erste Wegwarten standen sehnsuchtsvoll am Feldrain, harrten auf den Frühherbst. Ihre Blüten spiegelten den Himmel in blauester Schönheit wider. Hier und da lugte schon eine Sonnenblume über den Gartenzaun, festigte ihren dicken Stamm im Erdreich.
Geruhsam zeichnet der Main sein Viereck durch das Fränkische Land, bannt die Waldberge des Spessarts zurück in die Einsamkeit. Im Süden verschwammen die Buckel des Odenwaldes im Dunst. Irgendwo im Tale versteckte sich Wertheim. Fruchtfülle und Weinlese; ein Stückchen süddeutsches Paradies von der Tauber zur badischen Mainstadt getragen. Aber auch nördlich des Flusses säumen Apfel- und Birnbäume kurvenreiche Straßen.
"Noch acht Kilometer", zwinkerte Dietsch uns zu. "Wie wäre es? Wir könnten es heute noch schaffen! Es bliebe uns mehr Zeit zur Stadtbesichtigung und zum Lagern am Main!" Der Vorschlag wurde einstimmig angenommen. Unsere Wandergruppe trabte auf dem Fahrweg talwärts. Aus der Tiefe lockte die Stadt mit Burg und Türmen.Kreuzwertheim tauchte zuerst auf. Hitze brütete auf den Dächern, in den Gassen. Am Horizont

ballten sich erste Wolken zusammen. Der
Fährmann, mit Schiffermütze und lustigen
Augen, brachte uns sicher ans andere Ufer,
verlangte nur den halben Fahrpreis. "Ihr
wanderfrohes Völkchen gefallt mir", sagte
er lachend. "Na, und zu viel Geld werdet
ihr gewiß auch nicht haben!" Wir dankten
ihm mit einem herzhaften Lied.
Der Motor surrte, das Seil straffte sich,
hielt das Fährboot streng in Linie, damit
es der Strom nicht abtrieb, Die Planken
schlugen auf. Mit geübtem Schwung geworfen
sauste die Leine des Schiffes durch die
Luft, saß fest am Kaisockel. Eine grüne
Inselzunge führte am Main entlang zur
Taubermündung. Schwarz und ölig goß dort
der Fluß der "Romantischen Straße" sein
Wasser in den mächtigeren Frankenbruder.
Wir schauten in flimmernde Fluten. Die
untergehende Sonne verzauberte Fluß und
Wiesen mit farbigem Licht.
"Hier laßt uns Hütten bauen", rief Dietsch
und warf sein Gepäck vom Rücken. Bald
standen unsere Zelte in der Niederung.
Einige Kameraden badeten in der Tauber.
Zwei andere mieteten einen Kahn, paddelten
auf dem abendlichen Gewässer. Dietsch
lief mit Kubi zur Stadt. Die Mädchen rich-
teten das Abendbrot.
Der Himmel verfinsterte sich mehr und
mehr. Fahles Gelb breitete sich aus, vermischte sich mit unheimlichen Wolken.Plötz-
lich kam Wind auf. Das Unwetter rückte
über den Wald dem Main zu. Schon sprühten
erste Tropfen.
"Es wird bestimmt ein Gewitter geben!"
meinte Dietsch. "Das beste ist, wir flüchten uns schnell in unsere Zelte!" Kaum

waren seine Worte verklungen, fegte Sturm
über das Land. Bäume ächzten und neigten
sich tief, wie von gewaltiger Faust zu
Boden gedrückt. Nachtschwarz griff der
Himmel nach Wertheim. Blitze zuckten;
grausige Schönheit. Dumpf brüllte der
Donner hinterdrein. Eiligst sprangen wir
zu den Zelten, suchten rettendes Obdach.
Regen prasselte nieder, kalt und hart.
Die Badenden eilten frierend zum Strand.
Es war keine Zeit mehr zum Abtrocknen
- und lohnte auch nicht, denn der Regen
peitschte die Körper mit schweren Schnüren.
Gewaltig riß der Sturm an den Zeltplanen.
Bei einem Zelt fand er sofort Eingang,
blähte es auf wie ein Kopfkissen auf der
Trockenleine und warf es dann zusammen
wie ein Kartenhaus. Der Jüngste der Gruppe
lag allein darin und jammerte laut vor
Schrecken und Angst. Ein Stück rutschte
das Zelt noch über die **Wiesen hin,** dann
saugte es sich voll Wasser, war steinschwer
und blieb liegen wie ein hilfloses ange-
schossenes Tier nach einer Treibjagd.
Auch das zweite Zelt war bald ein kümmerliches Wrack. Die Stangen, durch die Macht
des Sturmes krummgedrückt, waren einge-
stürzt. Die Planen schlugen müde, bis
auch sie sich, regenschwer, auf die Körper
der darunter Verharrenden, niederließen.
Bebend lauschten sie dem Tosen der entfes-
selten Elemente. Manch einer glaubte in
jener Stunde sein Lebensende sei nah.Aber
keiner wagte ein Wort, mochte den anderen
noch mehr ängstigen. Sie beteten wohl
alle heimlich und still oder drückten
die Hand des Freundes.
Im dritten Zelt kämpften sie noch verzwei-

felt gegen den Orkan. Starke Arme versuchten die Stützen zu halten. Alle Energie wurde aufgeboten, dem Unwetter zu trotzen. Beinahe gelang es, aber die Urgewalt kannte andere Schliche. Der nächste Ruck zerriß die Schlaufe einer Zeltspannung. Sofort begann die Dachplane wild zu toben. Wie ein waidwundes Tier im Todeskampf, so zuckte das Zelt hin und her, ward von unbändiger Kraft nach innen gedrückt und wieder in die entfesselte Welt hinausgesogen. Nun war aller Widerstand zwecklos. Dietsch ordnete an, langsam und gleichmäßig die Stäbe einzuziehen und die Firststange herunterzunehmen. Leicht konnte der Sturm sonst das Zelt zerfetzen; ein größeres Unglück wäre vermutlich geschehen. Vorsichtig schraubten zwei Jungen die Stangen auseinander, alle legten sich flach auf den feuchten Gummiboden. Das Dach fiel ihnen im wahrsten Sinne "über dem Kopf zusammen". Grelle Blitze erleuchteten die düstere Stunde. Dann war es taghell im Zelt. Stumme Blicke begegneten sich. Wie würde dieses Erlebnis enden?
Einige Minuten waren verstrichen. Sie wurden zu Ewigkeit. Da stürmten plötzlich durch das Unwetter noch zwei Kameraden herbei. Glücklicherweise hatten sie gerade rechtzeitig die Landungsstelle des Bootsverleihhauses erreichen können. Sie waren durch die Gassen zur Halbinsel geeilt.Da hatte sich über ihnen eine Fensterscheibe gelöst und war über ihren Köpfen dahingesegelt, gleich einem Totenvogel schwebte sie an den Jungen vorüber und zerschellte wenige Meter weiter an einer Hauswand. Die Jungen waren erblaßt und schneller

gerannt. Von der Terrasse des Fluß-Cafés
flogen rote Sonnenschirme wie hilflose
Störche in die Tauber, deren Wellen wild-
gurgelnd dahinschossen. Der Bootsmann
flüchtete in seine Kassenhütte, schaute
verzweifelt und kopfschüttelnd drei seiner
Kähne nach. Sie hatten sich gleich zornigen
Stieren von ihren Ketten gerissen und
schwankten nun hurtig stromabwärts.
Pudelnaß hatten die beiden Jungen den
Platz mit den Zelten erreicht und fanden
nur drei Häufchen zusammengefalteter Tücher
auf denen der Regen Polka tanzte. Ihnen
selbst rann das Wasser aus den Haarsträh-
nen, tropfte über Nase und Wangen. Ihre
Hemden klebten an den dampfenden Leibern.
Die Sandalen quietschen bei jedem Schritt.
Noch immer sprangen Blitz und Donner zugleich über das Land. Die Buben fanden
rasch Unterschlupf bei ihren Kameraden.
Wie lange würden die Zeltplanen ungespannt
die Wassermassen abwehren können? Das
war die bange Frage, die niemand stellte,
die aber wie ein Gespenst lauerte. Verzweifelt tastete mancher nach seinem Rucksack.
Vielleicht saugten die wenigen trockenen
Sachen bereits das eindringende Wasser
auf? Immer stärker spülte der Regen durch
die Seitenwände herein. Bald lief ein
kleiner Bach quer durch das Zelt, tränkte
auch noch die letzten trockenen Fleckchen
der Kleider, systematisch, unbarmherzig.
Zucker, Suppenwürfel, Puddingpulver, Mehl
und ähnliche wichtige Lebensmittel lösten
sich langsam in eine milchige Brühe auf.
Schon wurde das Brot weich und pappig,
und die Gruppe ergab sich ihrem Schicksal.
Die Jungen und Mädchen ahnten daß alle

ihre Habseligkeiten sinnlos verdorben würden. Da fand das Unwetter ebenso überraschend, wie es gekommen war, sein Ende. Schon grollte der Donner ferner.Lichtstrahlen überspannten nur noch einzeln den Himmel, wurden seltener, verschwanden ganz. Lediglich der Regen senkte sich noch immer, nun aber gleichmäßiger und dünner, auf Stadt und Fluß nieder.

Die Mutigsten streckten zaghaft den Kopf aus dem Durcheinander und atmeten tief die erfrischende Abendkühle ein.Die schwarzen Wolken rissen auseinander, wallten eilig über die Höhen davon. Seltsames Schwefellicht der untergegangenen Sonne glühte in der Dämmerung, verwandelte Häuser und Gassen von Wertheim in eine anmutige, beinahe unheimliche bunte Herbstlandschaft. Rein und schön wölbte sich ein Regenbogen über das Tal. Kräftige Farben malte er scharf auf das Grau des Himmels. Menschen eilten auf die Straßen, bewunderten dieses merkwürdige faszinierende Naturschauspiel, und dankten dabei ihrem Schöpfer aus tiefstem Herzensgrund, daß das Unwetter bis auf kleine Schäden die Stadt verschont hatte.

Die jungen Leute fanden voller Freude dennoch einige trockene Kleidungsstücke in manchem Rucksack,halfen einander freundlich aus. Dann sammelten sie die wichtigsten Utensilien und stapften zur Jugendherberge auf einer Halde über den Zinnen der alten Stadt. Sie wurden ehrlich bedauert, nett empfangen und bekamen von der gütigen Herbergsmutter ein warmes Plätzchen zugewiesen, damit sie ihre Sachen sortieren und trocknen konnten.

Frischen Mutes stiegen Dietsch und drei Jungen noch einmal zum Main hinunter, um die Zelte zu bergen. Das schreckliche Abenteuer war überstanden. Jetzt lächelten sie sogar wieder, fühlten sich wie neu geboren.
Auf den Straßen lagen dicke Knüppel und Zweige, zahhlose Äpfel und Birnen. Der Sturm hatte die Bäume nicht geschont. Manch Erntetraum wurde damals in einer halben Stunde für jenes Jahr gänzlich vernichtet. Hier und da hingen zerrissene Leitungsdrähte zur Erde. Auch Dachpfannen hatten sich von einigen Häusern gelöst und waren heruntergefallen. Die Lampen brannten bereits in den Winkeln. Aus dem kleinen Fenstern drang friedliches Licht in die Abendgassen, als die Vier ihre Zelte, zu einem Bündel verpackt, bergan trugen. Neugierig guckten ein paar Einheimische dem seltsamen Trauerzug nach, wollten gern wissen, was sich da wohl zugetragen habe. Aber die Jungen schwiegen, erlebten still und glücklich den herrlichen Abend jenes letzten Wandertages, der sich nach allen ausgestandenen Nöten doch noch zu einem guten Ende gerundet hatte.

Das Gespensterhaus

Abenteuer zum Gruseln und Schmunzeln

Hell bleicht der Mond die Sommerwiesen. Süßer Heuduft und kräftiger Ruch des Korns erfüllt die Luft. Nachtschwarz grenzt der Wald sein Revier. Das Gebirge rückt näher heran, thront gewaltig zum Himmel auf, der von Sternen funkelt. Milder Wind streift leise das Land. Zwischen den Tannen glüht noch Sonnenwärme des Tages.
In Lam verlöschen die Lichter. Verträumt liegt das Tal des Regens, als ein Trupp Jungen und Mädchen heimlich die alte Sägemühle verläßt. Am Bahndamm entlang schreiten sie dem nahen Walde zu. Es sind zwei Stunden vor Mitternacht. Diez, ein wackerer Bursche, geht den anderen voran, begleitet von seinen Kameraden, dem langen Dirk und dem starken Heino.
Die Wege sind geröllig, tief gefurcht, gefüllt mit Wasserlachen. Mühsam finden sich die Jugendlichen im Dusteren zurecht. Hin und wieder blinkt einer mit der Taschenlampe, damit sie den Pfad nicht verfehlen. "Vorsicht mit dem Licht!" ruft Karl, "wenn die Gespenster uns bemerken, sind wir übel dran". "Ob sie schon im Gespensterhaus sind?" will die schmale Hede wissen. "Tja, was ist eigentlich mit diesem einsamen Haus am Kaitersberg los?" fragt Hilde, das älteste der Mädchen. "Ich hörte so mancherlei Spukerzählungen." Diez kennt die Geschichte und beginnt leise und bedächtig zu sprechen: "Das alte Waldhaus ist heutzutage verlassen,

dem Verfall preisgegeben. Vor Jahren, so erzählt der Volksmund, habe hier ein Bauer mit seiner Familie gewohnt. Des Nachts sei des öfteren ein Geist durch die Räume getappt, sei treppauf und treppab gestolpert, habe auf dem Speicher rumort, an die Fenster geklopft. Kurzum: er habe wild gelärmt und die Bewohner in Angst und Schrecken gebracht. So soll es lange Zeit gespukt haben. Kein Knecht, keine Magd wollten fürderhin auf diesem Hof bleiben. Den Bauern grauste es jedem Abend, wenn die Finsternis anbrach, aufs Neue vor der kommenden Nacht.
Gleich neben dem Haus soll eine Kapelle stehen. In ihr suchte der Bauer Trost und Zuflucht, bis eines Tages der Geist so wütend getobt habe, daß die Mauern der Kapelle auf geheimnisvolle Weise starke Sprünge erhielten. Unter entsetzlichem Lärm sei das Kruzifix unversehrt aus dem Kirchlein ins Haus geflogen und oben im Dachgiebel hängen geblieben. Einige alte Leute wollen wissen, daß einst ein böser ungläubiger Urahn auf jenem Hofe gehaust habe. Er habe sich, nachdem er seinen Mitmenschen manchen Unfrieden brachte, eines Nachts auf dem Speicher das Leben genommen. Nun finde sein Geist keine Ruhe und wüte im Hause herum. Das Kreuz habe er an die Stätte seiner Sünde führen wollen und dort zerschmettern, um seine Nachfahren vom Glauben abzubringen. Dies war ihm zwar nicht gelungen, aber dem Bauern grauste es so, daß er anderntags sein Bündel schnürte und mit Weib, Kindern und Vieh den Hof für immer verließ. Was weiter geschah,weiß ich nimmer zu berichten!"

"Hu, wie gräßlich", schüttelt sich Hede und blickt ängstlich um sich. "Am Ende lebt der Geist noch dort?!" - "Eins ist gewiß", wirft Egon ein, "Gespenster in weißer Umhüllung gibt es nicht. Sollte uns ein solches Wesen in den Weg treten, wird es meine Fäuste zu spüren kriegen". Karl sucht sich unbemerkt einen dicken Knüppel. Sicher ist sicher, denkt er.
"Es stimmt", antwortet Diez nach kurzem Schweigen. "Es gibt zwar unsichtbare Wesen, gute und böse um uns. Sie können unbegreifliche Dinge zuweg bringen, uns täuschen und ängstigen. Aber kein solches 'Gespenst' tritt im Nachthemd mit einem Totenschädel unterm Arm auf die Naturbühne. Das sind alberne Hirngespinste, drollig-derbe Bilder, um eine Gruselgeschichte am Lagerfeuer zu würzen. Der Wirklichkeit gehören sie nicht an."
"Nun, wir werden ja bald erfahren, was an dieser Geschichte wahr ist. Auf jeden Fall mahne ich zur Vorsicht. Es passieren manchmal seltsame Dinge", rät Heino. "Hast wohl Angst, du Säugling?" - "Quatsch in Dosen. Gib nicht so an, Egon. Manchmal ist ein gescheites Hirn in solchen Fällen mehr wert als Bärenkräfte!" - "Ich denke, wir durchsuchen das Gebäude erst einmal und ziehen uns dann in gute Sichtweite zurück", versucht Diez zu schlichten.
Nun spricht keiner mehr. Schweigend stapfen sie, einer hinter dem anderen, durch das dichte Untergehölz. Karl und Dirks sind vorangeschritten. Plötzlich halten sie an und rufen wie aus einem Munde: "Der Weg ist zu Ende, was nun?" Die Taschenlampen erleuchten nur spärlich den Waldboden.

Farnkräuter, Waldgras und Gestrüpp wuchern zu ihren Füßen. Graubemooste Baumrecken greifen mit morschen Astarmen in die Nacht. Schläfrig schreckt ein Vogel aus seinem Versteck. Sonst ist alles still. "Wir haben uns verlaufen", jammert Rieke. "Heulsuse", entgegnet Karl, dem auch nicht ganz wohl ist. "Davon wird es auch nicht besser!" - "Es ist schon elf Uhr", meint Egon. "Wir müssen uns beeilen, sonst kommen wir zur Vorstellung zu spät. Geister pflegen pünktlich zum Tageswechsel ihr Stelldichein zu beginnen!"
"Laßt uns querfeldein gehen", schlägt Diez vor. "Ich habe den Kompaß dabei.Wenn wir uns westlich halten, bis zum nächsten Tal, kann nichts schief gehen. Der Mond wird auch gleich aufsteigen". - "Huuuu, Geistertanz bei Mondenschein!Wie schaurig", stöhnt die zartbesaitete Hede.
Der Wald lichtet sich bald, bietet einer breiten Wiese Platz. Frischgemähtes Gras duftet in Schwaden. In der Ferne murmelt ein Bach. Der Weg schlängelt vom Gebirge her, läuft talwärts und führt schließlich zum Gespensterhaus. Einsam steht das alte Gemäuer im kalten Mondlicht. Dahinter dehnt sich kohlschwarz ein Fichtenhain. Die Kapelle ist deutlich zu erkennen.Breite Risse furchen das Gestein, Mörtel ist abgebröckelt, das Dach mit Kleinpflanzen bewachsen, Schiefer fehlen. Ringsum wuchern Disteln und Brennesseln.Die Gruppe verharrt hinter einem dicken Erlenbusch. Aufmerksam beobachtet sie Egon, Heino und Diez, die sich in gebückter Haltung an das alte Gemäuer heranpirschen. Die Lampen fest in der Hand, teils als Notlicht, teils

zur Wehr, sollte es in den nächsten Minuten erforderlich sein. Die Kapelle ist eine Ruine. Die Tür fehlt, Fensterscheiben sind zerschlagen. Auf dem Boden liegen Unrat und Geröll. Heino entdeckt eine Viehtränke, ein ausgehöhlter Baumstamm, morsch, von Würmern zernagt. Puh: es ist eine umheimliche Stätte. Seltsame Stille umwebt diese Behausung, beinahe bedrückend - wie Ruhe vor dem Sturm. Es ist ein Abenteuer besonderer Art, das wissen die Drei und kosten es aus...
Plötzlich stößt Egon an ein kleines Häuschen. Polternd bricht es zusammen. Die Tür springt quietschend auf. Ein ausgesägtes Herz grinst die Jungen an. Unangenehmer Geruch strömt aus dem Wrack hervor. Egon glotzt verdutzt, doch dann wiehert er vor Vergnügen. Seine Kameraden eilen erschrocken herbei. "Hat dich der Geist gebissen?" will Diez wissen.
"Nein, nein, ich bin wohl des Teufels Großmutter begegnet, so übel riecht es hier. Zumindest habe ich den Geist um seine Toilette gebracht!" Da lachen auch die anderen. Gemeinsam strolchen sie zum Scheunentor. Einige Flaschen lagern neben dem Eingang.
"Daß Geister Bier trinken, wußte ich auch noch nicht", ulkt Diez und wirft zwei Flaschen in wohlgeübtem Schwung auf das Dach, daß es schaurig durch die Nacht hallt, als die Scherben über die Pfannen klappernd herabfallen. Egon stemmt sich mit ganzer Kraft gegen das Tor. Endlich gibt es nach. Heino packt den Freund noch rechtzeitig an der Schulter, sonst wäre er buchstäblich "mit der Tür ins Haus gefallen."

Die Jungen schleichen nun vorsichtig durch die leeren Räume, blinken mit den Taschenlampen in alle Winkel, leuchten Wände und Decken ab. Sie stehen nah beisammen, lauschen in das einsame Gehöft, ob nicht irgendwoher ein Geräusch, eine Stimme erklingt. Doch alles bleibt ruhig. In einer Ecke finden sie Steintröge mit feuchtem Viehsalz. In der einstigen Wohnstube entdeckt Diez einen Kochherd, rostig und verbogen; doch Asche ist noch darin. So wandeln sie durch das schweigsame Haus. Der Mond blinkt höhnisch durch die kaputten Fensterscheiben. Spinnweben pendeln wie zarte Schleier im Gebälk.
"Im Erdgeschoß ist keine Seele",sagt Diez. "So laßt uns in das Obergeschoß steigen." Heino stapft zur Holzstiege. Da schreit Egon plötzlich:"Pst! Was ist das?!"Erstarrt bleibt der Kamerad stehen und auch Diez lauscht. Über ihnen ertönt leises Klopfen. Es klingt, als liefen Kinderfüßchen hurtig über den Speicher. Die drei Jungen sehen sich an, schweigen, blicken zur Treppe. Aus dem Obergeschoß rieselt eine Staubwolke herunter, breitet sich sekundenlang nebelhaft vor den Gesichtern der Jungen aus. Heino muß niesen, sucht sein Taschentuch. Da kommt auch wieder Leben in die anderen. "Habt ihr das gesehen?" flüstert Diez. - "Was war das?" stöhnt Egon. "Das war aber seltsam", gibt auch Heino zu. Doch rasch ist alles wieder still wie zuvor. - "Wir müssen die Sache ergründen. Wir dürfen uns nicht ins Bockshorn jagen lassen",meint Diez.
"Also steigen wir auf den Oberboden und sehen einmal nach", rät Egon. Sie bewaffnen

sich mit Bierflaschen, die auch hier reichlich umherliegen und stolzieren steif
aber mutig hinauf. Alle Zimmer werden
gründlich durchsucht, auch der Heuschober
nicht vergessen. Hier riecht es muffig
nach alten Futterresten und faulem Stroh.
An einem Balken hängt das Schild mit der
Inschrift "INRI". Diez wird es seltsam
zumute. Sollte dies tatsächlich von jenem
Kruzifix stammen, welches der besagte
Bösewicht hierher getragen haben soll?
Er überlegt krampfhaft: Was ist hier Legende, was Wahrheit? Wieso hatte jener Bauer
das Kreuz hier im Dachboden anbringen
lassen? Hatte er den Geist bannen wollen?
Oder sollte es doch in jener Nacht...?
Heino leuchtet nochmals in alle Ecken,sucht
die Dielen ab und schaut plötzlich aufmerksam auf eine Stelle neben der Treppe.Im
Staub zeigen sich hunderte kleine Fußstapfen. Wie gesät führen sie kreuz und quer
in alle Richtungen.
Nun tritt auch Egon hinzu. Gemeinsam spüren
sie dem Grund der seltsamen Entdeckung
nach. Die Spuren enden an einem Loch in
der Wand. Da kommt Heino die Erleuchtung:
"Mensch, sind wir doof", ruft er, lacht
und hüpft wie toll umher. "Das waren doch
Mäuse. Seht euch doch die Spuren an. Solch
kleine Pfötchen haben nur die niedlichen
kleinen Nager." - "Na, niedlich finde
ich es ja nicht, daß uns die Biester solchen Schrecken einjagten", brummt Diez,
der auch hinzugetreten ist. "Immerhin
ein kolossaler Geisterwitz! Fußspuren
auf der Diele! Klingt eigentlich gut",meint
Egon belustigt. "Auf denn, laßt uns zu
unseren Kameraden gehen, sonst begegnen

wir noch der Katze", ulkt Diez. "Es ist auch gleich Mitternacht." Die drei eilen flugs durch die Räume, über das Feld und werden stürmisch von den Zurückgebliebenen mit Fragen überhäuft.
"Später erfahrt ihr alles. Jetzt heißt es: sich sputen. Gleich ist Geisterstunde. Hinter dem Bach schlagen wir unser Lager auf." Diez hat gesprochen und das genügt. Die Gruppe setzt sich in Trab.Das Brücklein ist baufällig, aber ein Sprung über den Graben bringt alle sicher auf die andere Seite. Der Mond verkriecht sich hinter einigen Wolken. Blätter rascheln im Windhauch. Ein reifes Kornfeld gewährt genügend Schutz. Rasch breiten die Acht ihre Decken und Schlafsäcke aus. Über einige Büsche hinweg beobachten sie drüben am Waldrand das Gespensterhaus.Schemenhaft grau heben sich Mauerumrisse und Dach vor dem schwarzen Bayerischen Wald ab. Blaugrauer Nebel umwebt das Gehöft. In einem Nachbardorf schlägt ein Hund an. Dort brennt auch noch ein kleines Lämpchen. Da dröhnen von einer fernen Kirchuhr zwölf dumpfe Schläge.
"Jetzt ist Geisterstunde", sagt Hede leise, "was wird sich tun?" - "Ich schätze gar nichts!" Dirk wirft sich lässig hin, versucht zu schlafen. Es dauert jedoch nicht lang, als vom Waldrand her ein Jammern und Heulen herübertönt, das durch Mark und Bein dringt. Irgendetwas schreit wie ein Tier in Not. Dazischen rülpst und grunzt jemand fürchterlich. Die Jungen und Mädchen lauschen gebannt dem seltsamen Hörspiel und vermeinen Schatten an der Kapelle zu sehen. Nun rasselt eine schwere

Kette; eine Türe fällt quietschend ins Schloß.
Eine Weile scheint nun alles ruhig zu bleiben. Dann setzt der Spuk erneut ein. Zwei grelle Lichter flammen kurze Zeit auf. Ein Gespenst mochte wohl die Flaschen entdeckt haben, denn mit lautem Getöse landeten einige von ihnen auf dem Schindeldach. Es klappert fürchterlich. Noch ein drittes Mal beginnt der Lärm mit Geheul und Gejaule. Noch einmal quiekt ein Wesen wie ein angestochenes Schwein. Dann ebben die Geräusche allmählich ab. "Das klang aber beinahe wie ein Mensch", zweifelt Karl an der Echtheit der Geister. "Scheint mir auch so", gibt ihm Hilda recht. Meinung und Gegenmeinung werden laut. Nur Diez schweigt und lächelt in sich hinein, so daß es keiner merkt. Ahnt oder weiß er gar etwas von diesen Vorkommnissen?
Als gegen ein Uhr endgültig Ruhe eintritt, werden die Wachen eingeteilt. Die andern schlummern dem nahen Morgen entgegen. Das Gespensterhaus ruht in tiefem Frieden, verschwindet mehr und mehr im aufkommenden Nebel, wird scheinbare Einheit mit Wald und Himmel in der eintönigen undurchdringlichen Nacht voller Geheimnisse.

Beim Morgengrauen wandern die acht Nachtpilger und Geisterforscher durch den Gebirgswald nach Lam zurück. Die Sonne schwingt sich gerade über die Hügel, als sie die alte Mühle erreichen. Schlaftrunken suchen sie ihr Lager auf. Die Daheimgebliebenen schlafen noch fest. Nur Paulchen und Fritze riskieren ein Auge und grienen verschmitzt aus ihrer Ecke. Es scheint,

als wollten sie die Geistersucher heimlich
auslachen - oder meinen sie wirklich nur
Diez, um dessen Mundwinkel es ebenfalls
schalkhaft zuckt?
Später erhellt sich dann die ganze Geschichte. Die Gespenster hießen Paulchen
und Fritz. Sie hatten gemeinsam mit Diez
den Plan ausgeheckt, um ihre Kameraden
ein wenig zu foppen und zu erheitern,was
ihnen ja auch köstlich gelungen war. Daß
auch die beiden Gespenster gleich unsren
drei Hausforschern vor den Geistermäusen
erschrocken waren, hat niemals jemand
erfahren.

Überfall im Strohgäu

Eine unheimliche Geschichte

Rosenrot glühte der Abendhimmel. Letzte Lämmerwolken huschten eilig gen Westen.Sie verschwanden in unbekannten Weiten. Rasch hüllte die Dämmerung Wald und Flur. Silbern flutete das Mondlicht über Äckern und Wiesen des Strohgäus. Nebeldampf braute über würzigduftenden Kräutern. Das Land schritt dem Gipfel seiner Reifezeit entgegen.Schon lagerte das Korn in den Scheunen. Maiskolben rundeten sich im grünen Versteck. Rübenblätter gilbten, und das Kartoffelkraut schrumpfte in sich zusammen. Wir schlugen unser Zelt am Eulerberg auf. Es war dicht neben einem Maisfeld. Eine Wiesenzunge fügt sich dort in die Wälder ein. Sie bildet eine Art Baumschlucht. Der kleine Bach war versiegt, der Graben mit filzigem Gras zugewachsen. Wir mußten uns die Abendsuppe denken. Doch Brot und Speck schmeckten auch lecker. Gustel teilte kunstgerecht ein Stück Gurke. Sie stillte unseren heißen Durst. Mit zwei Taschenlampen sammelten wir das nötige Lagerholz. Einige Windbruchknüppel und Dürr-Reisig waren bald gefunden. Mit einigen Erdklumpen baute Fred eine Feuerstelle. Ich schichtete das Holz auf. Rasch prasselte die kleine Flamme auf. Wir scharten uns ums Feuer, sahen den weißen Rauch in die nächtliche Ferne steigen. Einer zupfte die Klampfe. Alte vertraute Lieder, die wir oft gesungen. Wir schwiegen, lauschten in die Stille der Welt. Irgendwo zwitscherte ein verspä-

teter Vogel. Ein Käuzchen wimmerte in
der Dunkelheit. Gustel formte die Hände
zum Trichter. Er ahmte geschickt den Schrei
nach. Die Eule ließ sich narren und kam
bald näher. Schließlich schien sie zu
zweifeln und strich ab. Mehrfach hörten
wir in diesen Stunden noch die klagenden
Töne. Wir fanden gut, daß die Bewohner
jener Gegend diesen Hügel treffend "Eulerberg" genannt hatten.
Nur selten verließ einer das Feuer. Nachle-
geholz war genug zur Hand. Kartoffeln
brutzelten reichlich in der heißen Asche.
Mit spitzen Stäben angelten wir die Kohli-
gen heraus. Erdig und herb war ihr Geschmack. Es war eine urwüchsige Stunde;eine
solche, die zeitlos und geheimnisvoll
wirkt. Eine Stunde, in der wir jeden Augenblick etwas Besonderes erwarten. Sie bringt
uns Fahrtenerlebnisse, wie sie jeder von
uns liebt. Sie klingen noch lange im Denken
und Fühlen nach.
Müde krochen meine Kameraden ins Zelt.Ich
hatte die erste Wache. Neben dem Feuer
rollte ich mich bequem zurecht. Dann döste
ich auf meinem Lager in die Nacht. Schwarz
ragten Buchen und Eichen zum klaren Himmel
empor. Sie warfen lange Schatten auf die
lichthellen Wiesen. Der Mond zog vor mir
seine Bahn. Er war mein Freund; auch er
hielt Wacht. Ich betrachtete die Sternbil-
der, suchte Adler, Schwan und Leier. Fand
auch bald die beiden Wagen mit dem Nord-
stern. Alle sind sie Wanderer wie wir... Ich
sah ihnen zu auf ihrer Reise um die Welt.
Höhen und Tiefen mußten auch sie überwinden. Langsam glitt mein Blick rundum.Das
Zelt stand unberührt. Von drinnen hallte

gleichmäßiges Schnarchen. Sonst war alles ruhig. Hin und wieder knackte im nahen Gebüsch ein trockner Ast. Die Maiskolben vor mir raspelten leise im Wind. Doch dahinter, was war das? Stand nicht unweit des jenseitigen Waldes eine Gestalt? Oder täuschte ich mich? Ich schaute angestrengt hinüber. Nein, jetzt erkannte ich deutlich: dort verbarg sich jemand. Der Hut hob sich kühn von den breiten Schultern ab. Was wollte zur späten Stunde ein Mensch hier im Wald? War es ein Förster, ein Bauer? Gar ein Maisdieb? Wollte jemand uns auflauern? Aus welchem Grund? Fragen über Fragen schossen blitzschnell durch meinen Kopf. Dabei spähte ich erneut übers Feld. Der Kerl rührte sich nicht. Sollte es doch Täuschung sein? Ich war beunruhigt und legte mich wieder, blickte aber ab und zu hinüber. Das Feuer schürte ich stärker. Mochte jener wissen, daß hier einer Wache hielt. Dicke Knüppel hatte ich zur Genüge bei mir für einen Notfall. Meine Kameraden würden auf Anruf das Ihrige tun.
Es wurde kühler. Von Südwest trieben mehr und mehr Wolken herbei. Der Mond verkroch sich minutenlang. Unser Tal lag gespenstisch und öd da. Wind rauschte in den Bäumen. Sollte es ein Gewitter geben? In den Wald kam Leben. Zweige brachen ab und rasselten zu Boden; Tierrufe erklangen. Diese Wesen waren gewiß durch den plötzlichen Sturm unsanft aus dem Schlaf gerissen worden. Nun klagten, brüllten oder quietschten sie erschrocken oder erbost.Das Maisstroh raschelte nun lebhaft. Die Stengel schwankten federnd hin und

her wie ein Uhrpendel. Der Rauch sprang heftig um. Er biß mir in die Augen, daß sie tränten. Ich bemühte mich mit allem Fleiß, das Feuer in Gang zu halten. An der Windseite dichtete ich den Erdherd weiter ab.
Dann lugte ich wieder zu meinem "stillen Bekannten" hinüber. Siehe da: er war verschwunden. Ich war's zufrieden, sah auf die Uhr: Zwei Stunden nach Mitternacht. Meine Wachzeit war zu Ende. Nun durften die Kameraden Wache schieben. Noch einmal überblickte ich die Runde. Drüben am Walde bewegte sich Etwas ganz langsam. Kriechend schien es sich dem Jägerstand nähern zu wollen. Das tut kein Jäger. Sollte dieser Feldkerl doch Etwas im Schilde führen? Rasch schichtete ich einige Scheite im Feuer nach. Es mußte unbedingt in Brand bleiben.
Vorsichtig schritt ich in Deckung des Waldschattens zur Engstelle des Tales. Von drüben konnte mich hier keiner beobachten. Diese Seite stand in bleierner Finsternis. Schritte sind bei starkem Wind auf mehr als zwanzig Meter kaum zu hören. Trotzdem ging ich achtsam, vermied alles Knackholz beim Auftreten. Sicher erreichte ich die feuchte Wiese. Ich warf mich nieder, robbte langsam auf dem Bauch zum benachbarten Gehege. Der Unbekannte da drüben durfte mich unter keinen Umständen entdecken. Zwar war ich auf's Äußerste vorbereitet, wollte aber eine Begegnung mit ihm möglichst vermeiden. Ich wollte mir ihn nur einmal aus der Nähe betrachten, um ihn abzuschätzen. So konnte ich später die Lage mit Fred und Gustel besprechen.

Ich erreichte sicher den Wald. In gebückter Haltung schlich ich in Richtung Jägerstand. Da raschelte es plötzlich dicht neben mir. Sollte der andere schon so nahe sein? Ich ließ mich rücklings fallen, war mucksmäuschenstill. Bedachtsam hob ich den Kopf. Durch die Grashalme linste ich in die nähere Umgebung. Da hörte ich hinter mir einen dumpfen Fall. Im Nu wollte ich mich wenden. Aber ein schwerer Körper rollte auf meinen Rücken. Zwei Fäuste versuchten meine Arme herunterzudrücken. Dennoch gelang es mir meinem Angreifer einen Schlag zu versetzen. Er torkelte. Sein Griff ließ plötzlich nach. Das genügte mir zur schnellen Wendung seitlich ins Gebüsch. Mein Partner hatte sich bald erholt. Seltsamerweise versuchte er zu fliehen. Halt Bursche, dachte ich, so haben wir nicht gewettet! Mit drei Schritten war ich bei ihm. Ich stellte ihm ein Bein, daß er stolperte. Gleichzeitig griff ich ihn eisenhart am Kragen und schüttelte ihn. Er setzte sich nicht einmal zur Wehr. Nein, er begann jämmerlich zu flennen. Das war mir nun doch zu dumm. Vom ersten Schock hatte ich mich flink erholt. Ich wußte: hier war ich der Stärkere. Aber dies war doch zu viel. Ich schleifte das heulende Bündel zur Lichtung. Trügten mich meine Augen, sah ich Geister? Vor mir im Mondschein schlodderte wie ein begossener Pudel - der Gustel. Ich wußte nicht: sollte ich **ärgerlich** sein oder kräftig lachen über diesen mißglückten Streich? Eigentlich gebührte dem Burschen eine saftige Backpfeife für dieses Schauspiel. Es war wirklich eine"Glanzleistung"!

Noch einmal schaute ich mir den Jungen von Kopf bis Fuß an. Seine Haare strolchten wirr durcheinander. Jacke und Hose waren dreckverschmiert. Gustels Tränen liefen unaufhörlich. Jetzt waren es Freudentränen. Er hatte mich erkannt und versuchte zu lächeln. Das stimmte auch mich milder.Der jüngere Freund tat mir leid.
"Nun sage nur: wie kamst du auf diese Schnapsidee? Kannst mich doch nicht einfach mitten im Walde anfallen?"
"Ich - ich - mußte mal - raus. - Da sah ich so 'ne Gestalt - hinterm Maisfeld. - Ich schlich zum Wald - wollte sie suchen - weil ich - ich dachte - man will - unser Zelt überfallen", brachte Gustel stoßweiße und schluchzend hervor.
Also war doch jemand hier. Der Kleine war ausgerückt, dem Fremden aufzulauern.
"Es war tüchtig von dir. Hast uns beschützen wollen, gelt? Aber hätte eine Erkundung nicht vorerst genügt? Du konntest uns dann verständigen. Es ist nicht klug,einfach anzugreifen, zumal wenn du dein Gegenüber und dessen Vorhaben gar nicht kennst!"
Gustel schluckte noch immer, schwieg aber. Ich strich ihm die Locke aus der Stirn und klopfte ihm auf die Schulter. "Mut hast du jedenfalls gehabt, Junge, Junge! Weißt du, jetzt suchen wir gemeinsam den Acker ab. Auch ich war diesem Burschen auf der Spur. So gerieten wir zwei eben aneinander!"
"Was?" Gustel war mehr als erstaunt. "Du auch?"
Wir schauten gemeinsam das ebene Feld entlang. Nichts Verdächtiges war zu sehen. Ich beschloß der Sache auf den Grund zu

gehen. Leichtfüßig schritten wir auf das Maisstück zu. Niemand weit und breit. Der Wind stöhnte in den Wipfeln der alten Buchen. Der Mond äugte erneut hinter jagenden Wolken hervor. Plötzlich sah ich einen düsteren Gegenstand in einer Ackerfurche kauern. Sofort stand ich still. Doch nichts rührte sich. Beherzt ging ich weiter und fand - einen durchlöcherten Filzhut, eine Wollhose mit Flicken. Dazu eine alte mottige Jacke. Mich schüttelte vor Lachen. Gustel kam verdutzt näher. Ich zeigte mit zwei Fingern auf das Gespenst. Da stimmte auch er in mein Gelächter ein. Seine letzten Tränen waren versiegt. Gemeinsam begrüßten wir die "Vogelscheuche".

Wir hielten den Grundstock in Händen, der dies einst alles trug. Er war morsch bis zum Kern und im starken Wind geborsten.
Wir schleppten den Kerl an unser Feuer. Ich heizte ihm tüchtig ein, daß ihm die Funken um die Ohren stiebten. Gustel spielte ihm mit der Mundharmonika einen Trauermarsch. Dann züngelten die Flammen lechzend nach ihm.
Heldenhaft starb unser "Maisdieb" den Feuertod. Wir lachten später noch oft darüber, daß ein Spatzenschreck uns so genarrt hatte.

Die Grenze ist nah

Nächtliches Abenteuer in der Oberpfalz

Die Oberpfalz grenzt im nördlichen Zipfel an die oberfränkischen Gebirge und liegt nur wenige Stunden von Bayreuth entfernt. Es ist eine einsame Waldgegend, denn sie ist nur dünn besiedelt. Die Menschen sind karg im Wort, manchmal etwas rauh in ihrer Wahrheit, die sie offen zutage bringen. Dafür sind sie aber von einer herzlichen Innerlichkeit beseelt zu den Menschen,die ihnen freundlich entgegentreten. Selten fand ich auf meinen Reisen solche Gastfreundschaft, wie ich sie in diesem Winkel unseres Landes erleben durfte.
Ich führte meine erste Großfahrt: Hinz, Treff und Pfund waren meine Begleiter. Im Gedenken an Victor von Scheffel schauten wir vom Staffelstein die tausend Hügel "von Bamberg bis zum Grabfeldgau" im stromdurchglänzten Maintal, dieweil wir lustig durchs "Land der Franken" wanderten. Das Lied des Dichters auf den Lippen besuchten wir alle die bunten Bilder ringsum und "die Luft war so frisch und rein", und die Frankensonne ließ uns den klaren blauen Himmel "kosten", daß es eine Wonne war.Und auch wir wünschten uns: in die anmutige Weite davonzufliegen.
Frankenwald und Fichtelgebirge lockten mit stillem Tann, denn Vierzehnheiligen, Banz, Kronach lagen uns schon im Rücken.Wir kletterten in den Felstürmen der Luisenburg, hatten zuvor in die schwarzbraunen Fluten des Fichtelsees geträumt und folgten

den ersten Schlingen der jungen Eger,nachdem uns die Weißmainquelle kühlen Trunk gespendet hatte. Uns blutete schier das Herz, wenn wir daran dachten, daß der Egerfluß wenige Dörfer weiter in ein fremdes Land eindrang.In ein Land mit deutscher Kultur und Geschichte, das viele Jahrhunderte lang von deutschen Siedlern bewohnt war. Keine zehn Kilometer entfernt liegt die schöne alte Stadt Eger, heute "Cheb" geheißen, denn Deutsch-Böhmen gehört seit Kriegsende zur Tschechoslowakei. Eger war für mich schon als Kind immer etwas geheimnisvolles Schönes, da wir als Kinder auf dem Erzgebirgskamm zwischen Grenzsteinen spazierengehen konnten - jetzt war all dies so fremd und fern. -
Wir hatten längst die Oberpfalz erreicht, als ich Tage später auf einem Stein auf einer Lichtung saß, nahe bei Waldsassen, und die Grenze ihre Linie nur wenige Schritte jenseits des Fuhrwegs zog, etwa einen Kilometer von hier entfernt.
Es war Spätabend, dennoch taghell, ganz so, wie es dem Hochsommer zu eigen ist. Meine Kameraden kochten eine Nudelsuppe im Blockhaus, nachdem sie sich an der Quelle im Walde gewaschen und erfrischt hatten.
Die Sonne begann ihren Abstieg hinter einer grauen Bergkette; vorher hatte sie noch mit schrägen Strahlen auf der Heide gemalt. Ich sah hinüber zu den Ödflächen zwischen den Wäldern. "Einst standen dort Gehöfte und Ortschaften. Die Tschechen ließen sie, da sie beim Schaffen der "Freizone" im Wege standen, wegsprengen, und niemand darf dort wohnen oder sich auf-

halten!" Diese Worte des Dörflers kamen
mir wieder in den Sinn.
Mir wurde ein wenig unheimlich zumute
bei dem Gedanken, wie nahe wir an der
Grenze hausten und ich erhob mich. Es
war merklich ruhig geworden. Ich spähte
noch einmal in die Ferne, wo auf der Höhe
Falkau lag und der Kamm des Erzgebirges
in der Dämmerung sich aufzulösen begann.
Tränen standen mir in den Augen, denn
eine Sehnsucht erfüllte mich nach jenem
Gebirge, das mir einst Heimat war, zur
Zeit unerreichbare Heimat.
Zarte Nebelschleier kühlten die heißen
Wiesen, über die ich im Dunklen zur Hütte
tappte. Meine Freunde erwarteten mich
bereits, denn sie hockten bei Kerzenlicht
um den Tisch. Wir faßten die Löffel, um
bedächtig die dampfende Suppe aus dem
Kessel zu genießen. Keiner fragte unnötig
Irgendetwas, und doch spürten wir alle,daß
wir nun den höchsten Punkt des Erlebens
auf dieser Fahrt erreicht hatten. Grenzland
ist immer geheimnisvoll, da kommt das
Abenteuer von selbst, keiner braucht lange
zu suchen. Die bemalte Wanduhr tickte
die zehnte Stunde, gemächlich und ruhig,und
die harzigen Scheite knacken im Ofen dazu.
Nur wenige Worte wurden noch gewechselt,
denn von der Wanderung müde, schliefen
wir bald in unseren Siebenzwerge-Betten
wie die Murmeltiere.
Mitternacht war vorbei, als der Vollmond
mir frech ins Gesicht lachte und ich deshalb aufschreckte. Ich sprang aus dem
Bett, unwillig, um die Gardinen zuzuziehen,
weil sein kaltes Licht breit in unser
Zimmer fiel und meinen Schlaf störte.

Ich blickte durchs Fenster, ehe ich es schloß und hörte von fern unsre Quelle,die leise murmelte. Kohlschwarz eckten die Waldstücke hinter der kleinen Lichtung, vor der das spärliche Gras in der hellen Nacht leicht im Winde federte. Eine romantische Nacht, empfand ich.

Trotzdem war ich aufgeregt, als ich mich wieder aufs Lager streckte, denn mir war plötzlich bewußt geworden, daß wir hier gänzlich allein mehrere Kilometer vom nächsten Wohngebiet dicht bei der Grenze schliefen. Grenzüberfälle kämen zwar kaum vor, da die Straße, die den Wald durchquere, sehr belebt sei, hatten uns Einheimische versichert. Wir sollten aber diese Straße nicht überschreiten. Etwas beruhigt versuchte ich wieder einzunicken, lag aber lange wach, da das Mondlicht selbst durch den Vorhang in die Stube drang.

Später vernahm ich vom Westfenster, das offen stand, ein kratzendes Geräusch.Was mochte das sein? Bald klang es deutlicher; ich lag mit angehaltenem Atem. Schon schlurften Schritte auf dem Kiesweg. Ich flog ans Fenster, lehnte den Kopf hinaus und lauschte erneut, denn es schritt tatsächlich jemand mitten in der Nacht auf unsere Hütte zu.

Er mochte etwa 400 bis 500 Schritte entfernt sein. Mir wurde unbehaglich bei dem Gedanken: wer gegen zwei Uhr morgens etwas im Grenzwald vorhatte. Ich weckte leise meine Kameraden, nachdem ich das Fenster dicht gefügt hatte, und teilte ihnen mit, was ich so eben beobachtet hatte. Sie waren nicht weniger überrascht und bestürzt meinte Pfund, was zu tun

sei, während Treff flüsterte: "Vielleicht ist es jemand von drüben?" Dabei wies er mit der Hand in die Richtung, wo das Ostfenster war.
Hinz fing an zu heulen, so daß ich ihm in die Rippen boxen mußte, damit er sich beruhigte. Wie leicht konnte einer unser Gerede von draußen hören. Die Burschen begriffen sofort, als ich auf die Kleiderbündel und das mondhelle Fenster zeigte. Sie schlüpften gleich mir in Lederhose und Hemd. So schnell haben wir uns wohl lange nicht mehr angezogen. Ich schlich zum Schlüsselloch, denn Sorge und Verantwortung für die jüngeren Kameraden wurden aufs Äußerste in mir wach. Pfund hatte vorsichtig das Fenster geöffnet und erwartete mein Zeichen, während ich angestrengt lauschte. Jetzt - jetzt mußte der Fremde am Haus sein - aber die Schritte glitten seitlich an der Giebelwand vorüber. Die Sache erschien mir seltsam genug, dennoch aber befriedigend. Schwächer und schwächer wurden die Schritte, verloren sich immer mehr Richtung Osten.
Ich richtete mich auf, grinste befreit, zumal ich die angespannten Gesichter der Freunde, die beinahe dumm wirkten, vor mir sah. Ich erklärte kurz den Verdutzten, die mich mit Fragen bedrängten und schaute erneut zum Ostfenster, wo am Waldrand drüben sich eine Gestalt bewegte. Der Kerl drehte uns den Rücken zu, erkannte ich deutlich durch's Fernglas, welches Hinz mir schnell herübergereicht hatte. Er trug einen schäbigen Filzhut, und sein Mantel war so schwarz, daß er sich kaum vom Dunkel des Waldes abhob. Endlich ent-

schwand er gänzlich unseren Blicken in jener Richtung, wo die Grenzstraße sich hinzieht. Treff, der immer alles deuten wollte, meinte: "Gewiß ist es ein Grenzgänger, vielleicht ein Schmuggler, der ins Böhmische will!"
"Jungens, hat der uns aber erschreckt", gab nun auch ich zu, und Hinz lächelte jetzt sogar, als er ulkte: "So ein Waldheini; wie kann man nur ehrbare Bürger so erschrecken?!"
Pfund schwieg, nachdem er herzhaft gegähnt hatte, denn er ärgerte sich über den komischen Kauz, der nachts durch diese einsame Gegend strolchte, und daß man ihn, der so gerne schlief, deswegen aus dem Schlummer gerissen hatte.
Da zum Schlafen aber keiner mehr Lust verspürte, setzten wir uns um den eisernen Hundeofen, in den Treff einige harzige Fichtenscheite nachlegte, daß die Glut neu aufflackerte. Der schmiedeeiserne Leuchter, der über der Bank im Wandeck nahe der Tür hing, erhellte gespenstisch den Raum. Es war gemütlich. Wir sangen Lieder, nachdem ich mir die Gitarre vom Kleiderhaken geangelt hatte, Lieder von wilden Fahrten, vom Feuer, von den Kameraden und den Sternen. Hinz braute starken Tee - eine Art russischen Tschai - den wir sehr süß behaglich schlürften.
In einer Stunde würde der Norgen über den Wäldern grauen, denn es war schon drei Uhr. Da hallte in unsre friedliche Stimmung jäh ein Schuß. Wir wurden bleich wie die Wiese draußen im Mondenschein, nachdem wir uns stumm angesehen und verstanden hatten. Ein jeder dachte: war jener Unbe-

kannte getroffen worden, hatte er wirklich
die Grenze passieren wollen?
Wir rätselten nicht lang, denn schon zerriß
ein zweiter, wenig später ein dritter
Knall die Waldesstille. Gleich danach
knackte es im Gebüsch und hastige Tritte
stolperten im Unterholz.
"Nichts wie raus!" schrie ich. "Wahrscheinlich verfolgt man den Fremdling, der vielleicht wie ein wildes Tier angeschossen
worden ist, in unser Land oder er flüchtet
in seiner Not gar in unsere Hütte."
Im Nu standen wir draußen im schützenden
Wald, welcher an der Westseite fast bis
an das Haus heranreichte. So konnten wir
uns leicht verbergen, robbten ein paar
Meter bis ins dichte Gebüsch,wo wir schweigend verharrten. Bald hörten wir, wie
jemand mit Stiefeln direkt auf unsere
Blockhütte zuschritt, und, nachdem die
hölzerne Stiege geknarrt hatte, pochte
eine Faust energisch an die Türe und eine
tiefe Männerstimme verlangte Einlaß. Nach
wiederholter Aufforderung quietschte ein
Schlüssel im Schloß, sprang die Tür auf
und schlug lärmend gegen das Geländer.
Deutlich vernahmen wir die Schritte auf
der Diele. Was wollte der Mann in der
Hütte? War er ein Grenzposten, der den
Flüchtigen suchte oder sollte ein Einbre-
cher...? Unsinn, der hatte keinen Schlüssel und wußte gewiß, daß es in einer Wan-
dererherberge nichts zu holen gab. -
Jetzt schien der Fremde das Feuer und
unsere Sachen zu bemerken, denn er rührte
sich nicht vom Fleck. Nun mußte er im
Schlafeck sein, denn hinter dem linken
äußeren Fenster blinkte ein schwacher

Lichtstrahl, der wohl von einer Stabta-
schenlampe herrühren mochte.
Wenn jener Mann nun dachte: wir seien
auch Schmuggler und nach uns suchte? überlegte ich blitzschnell, und gebot den
Freunden, die in dieser Nacht mechanisch
gehorchten, ein wenig weiter zurückzukrie-
chen. Eine Mulde ward gefunden, in die
wir uns dicht an dicht heineinlegten und
uns mit grünem Tannenreisig zudeckten,das
in Hülle und Fülle auf dem Nadelboden
umherlag. Wir lagen bäuchlings und lauschten. So würde uns niemand finden. Ich
verwarf den Gedanken von Schmugglern,denn
jeder konnte an unsrer Kleidung und den
geringen Habseligkeiten erkennen, daß
wir Wanderer seien.
Wiedrum polterten die Schuhe auf dem Holz-
boden. Dann hörten wir endlich wie die
Tür zufiel und der Schlüssel sich drehte.
Die Treppe ächzte, als der Unbekannte
das Haus verließ, und langsam verlor sich
sein Gang in der Ferne.
Wir warteten noch ein Weilchen, ehe wir
uns aus unserem Versteck hervortrauten.
In der Hütte war alles unberührt geblieben,
so wie wir den Raum verlassen hatten.Nach-
dem wir gründlich umhergeschaut hatten,ent-
deckte Treff einen Zettel, auf dem in
großzügiger Schrift stand:
"Ich bitte um Entschuldigung wegen meines
Hausbesuches. Seid ohne Sorge. Es tut
mir leid, daß ich Euch solchen Schrecken
eingejagt habe. Ich lade Euch dafür morgen
in mein Haus ein, Parzelle 17/68 und werde
Euch alles erzählen.
Weidmannsheil!   Der Oberförster"

Uns fiel ein Stein vom Herzen. Wir waren voller Freude, klopften uns auf die Schultern, und ich sagte immer wieder: "Donnerwetter! Das ist ein Abenteuer, wie es im Buch steht!" Die andern stimmten zu und Hinz meinte: "Eigentlich anständig von dem Alten, daß er extra diese Zeilen für uns geschrieben hat."
Wir warfen uns auf's Lager, um noch einige Stunden zu schlafen, obgleich sich hinter den Tannen bereits der Himmel zaghaft rötete.

Die Sonne stand hoch über den Bergen, als wir zum Forsthaus tippelten.Der Wanderweg war so gut markiert, daß wir schnell das Forsthaus fanden, aus dessen rußgeschwärztem Schornstein bläulicher Rauch emporkringelte. Der Förster - er hatte uns freundlich entgegengelacht - bot uns die Rechte zum Willkommen und sprach:"Nett von euch, daß ihr zu mir kommt. Da habe ich euch wohl arg erschreckt heute morgen, was?"
Wir erzählten ihm unser Erlebnis, wozu er hin und wieder verständnisvoll nickte.
"Ihr habt Recht, an der Grenze muß man vorsichtig sein", meinte er am Ende unsres Berichtes.
Seine Frau lud uns ein in die gute Stube zu treten, wo sie uns einen starken Kaffee servierte. Dazu gab es Speck mit Schwarzbrot. Ein zünftiges Jägerfrühstück. Auch die Förstersfrau lächelte wohlwollend und setzte sich zu uns, als ihr Mann des Rätsels Lösung erklärte:
"Seit langem schon verfolge ich einen gemeinen Wilddieb. Er treibt sich in meinem

Revier herum und schießt die besten Tiere einfach nieder. Heute Nacht hab ich ihn endlich stellen können. Ich sah ihn am Waldrand nahe der Grenze pirschen, rief ihn an und forderte ihn auf: stehen zu bleiben. Da flitzte er ins Gebüsch. Ich gab einen Warnschuß ab, in die Luft. Eine Weile stieg ich durch Niederholz und Gedorn ihm nach und stand plötzlich nur wenige Meter von ihm entfernt. Glücklicherweise erkannte ich im Büchsenlicht noch rechtzeitig, wie er sein Gewehr hochriß und abfeuerte. Ich sprang ruckartig zur Seite,und die Kugel flitzte neben mir in eine Fichte. Wütend brannte ich dem Kerl eine Ladung hinterher - aber er ist mir doch entkommen. Na, einen Denkzettel hat er jedenfalls, und er weiß jetzt, daß ich seine Schliche kenne. Später suchte ich in der Umgebung nach ihm, also auch in eurer Hütte. Da fand ich nun nicht ihn, aber eure Sachen und wunderte mich nicht mehr, warum die Tür nicht verschlossen war. Das andere wißt ihr selbst!"
Wir dankten dem Oberförster und seiner Frau für ihre Gastfreundschaft, bewunderten noch seine mächtigen Geweihe in der Diele und ließen uns von den beiden Teckeln begrüßen. -
Dann mußten wir weiter. Die Ferne, das Unbekannte lockten und die Sonne stand schon hoch im Mittag.

Begegnung mit einem Landstreicher

Unangenehmes Erlebnis unterwegs

Bis Hammelburg ging es gut. Nun stand ich am Straßenrand und kam nicht weiter. Morgen, am Karfreitag, mußte ich auf Burg Ludwigstein sein, drunten im Hessischen.Die nächste Jugendherberge liegt 30km entfernt. Die Post ist seit einer halben Stunde geschlossen. So kann ich auch kein Geld vom Sparbuch abheben. Eine verzwickte Lage ist das. So muß ich bis morgen in Hammelburg bleiben, aber wo? Der Bahnhof ist meine letzte Hoffnung. Dort im Warte- saal werde ich gewiß ein Obdach finden. Die Stadt ist ein wichtiger Bahnknotenpunkt und so werden hier auch nachts Züge halten.

Ich hocke mich in ein Fenstereck, beobachte die eiligen Leute und vertreibe mir die Zeit mit lesen und schreiben. Gegen Mitter- nacht versuche ich zu schlafen. Doch kaum bin ich eingenickt, schrecke ich hoch.In der Tür steht ein wild aussehender Bursche, blickt flackernden Auges scheu um sich.Es scheint: er wolle sich im hochgeschlagenen Kragen des schwarzen Mantels verstecken. Er setzt sich zu mir auf die Bank. Unwill- kürlich rücke ich von ihm weg und betrachte ihn genauer. In fettigen Strähnen glänzt sein dunkles Haar. Noch immer ist sein Blick unruhig. Ein Grinsen fliegt schalk- haft über sein Gesicht, gelbe Zähne blecken zwischen schwulstigen Lippen. Ausgesprochen häßlich ist der Kerl, irgendwie schmutzig. Etwas stimmt nicht mit ihm. Ein Vagabund?

Wulstig gucken die Hände, zu Fäusten geballt, unter den zu langen Ärmeln des
Mantels hervor. In einer Hand hält er
einen alten abgescheuerten Kasten, in
der Linken ein Köfferchen. Seltsam wie
sein rastloses Wesen klingt auch die Stim-
me. Hastig stößt er Sätze hervor und ver-
sucht ein Gespräch:
"War die Polente schon hier?"
Verwundert verneine ich, tue aber gleich-
gültig.
"Man sucht mich. Ich bin abgehau'n. -
Bin 12 Km von hier, habe keine Papiere.
- Hast du welche?"
"Natürlich habe ich meinen Ausweis bei
mir!"
"Die Polizei hat mich schon einmal verhört.
Sie kommt wieder. - Bleibst du auch hier?
Können wir nicht zusammen gehen?".
Diese Geschichte ist mir denkbar ungemüt-
lich, und ich bin froh, daß immer noch
Leute in der Nähe sind. "Ja, ich bleibe
bis morgen hier", sage ich mit äußerster
Ruhe. "Ich fahre zu meinen Eltern."
Der Landstreicher schweigt, öffnet sein
Kästchen und meint: "Willste Musik hören?"
Er packt ein Grammophon aus und zwei,drei
Schallplatten.
"Du bist wohl verrückt", rufe ich entrüs-
tet. "Man schmeißt uns 'raus, wenn du
Lärm machst."
Das wirkt. Instinktiv scheint er zu spüren,
solange er neben mir sitzt, ist er irgend-
wie sicher. Er blickt mich wie ein großes
Tier dankbar an, rekelt sich auf der Bank
zurecht, streckt die Füße mit den derben
Lederstiefeln weit von sich und schläft
grunzend ein. Sein Kopf liegt behaglich

auf meinem Rucksack. Mir graust bei dem Gedanken, was sich wohl in seinen Schmutzhaaren verirrt haben kann. Das narbige Gesicht hat er der Wand zugewendet, so sieht der Schutzmann beim späteren Rundgang nur den Rücken des schlafenden Kerls. Er schaut zwar ein wenig mißtrauisch - zu mir jedoch freundlicher - und verschwindet wieder in der Nacht.
Ich bleibe wach, sitze neben dem seltsamen Menschen, der nun friedlich schnarcht.Mit geschlossenen Augen wirkt er noch häßlicher, und ich entsinne mich der Worte meiner Mutter: Im Schlaf offenbart der Mensch sein Wesen. - Mein Gepäck habe ich gut im Blick, döse vor mich hin und warte auf den Morgen. Die Zeit kommt mir endlos vor. Langsam kriecht der große Zeiger der Bahnhofsuhr Stunde um Stunde. In der Gaststätte nebenan streiten sich der Wirt und seine Frau. Sie sagen sich Gemeinheiten, brüllen einander an. Komisch, daß viele Menschen scheinbar Unfrieden brauchen. Trotzdem bin ich froh, sie in der Nähe zu wissen, damit ich nicht gänzlich allein mit dem Fremden bin.
Endlich wird es Tag. Morgenlicht dringt in die Halle; draußen braut dichter Nebel. Erste Reisende kommen zum Frühzug und gehen durch die Sperre. Manche blicken uns Zwei mißtrauisch an. Ich wage einen Augenblick mein Gepäck zu verlassen und wasche mich im Nebenraum. Der Landstreicher schläft noch immer. Ich rüttle ihn wach, greife meinen Rucksack und eile hinaus ins Freie.Hinter mir tappt rufend der Bursche:"Ich will mitgehen, weit weg!"Ich höre ihn nicht mehr,sehe nur die beiden Polizisten auf dem Platz auf-und abgehen.

Nur Reisen ist Leben,

wie umgekehrt

das Leben Reisen ist

(Jean Paul)

Romanische Länder

Österreich - Schweiz

Impressionen aus Teneriffa

Ein Tag am Westufer

Wenn der Tag erwacht...
Der Morgen kommt über die Berge. Während dort der Horizont wie Rosen erblüht und der Morgenstern den nahenden Tag verkündet, ruht das Meer noch im nächtlichen Schatten. Nur der Mond beäugt sein kratergefurchtes Gesicht darin. Die Palmen stehen schwarz und still. Jedoch ihre holzschindelartig übereinandergefügten Restsprossen einstiger Blattstiele schimmern weiß von den dunklen Stämmen.
Die Grillengeigen verstummen; dafür ziepen und zwitschern erste Vögel. Allmählich verstärkt sich das Gelblicht im Osten. Deutlich treten die Bergriesen ins Blickbild. Die Palmenkronen nehmen wieder ihre grüne und braune Farbe an, begrüßen wedelnd den Tag. Das seidige Blau im Zenit steigert sich bis der Himmel wie Enzian strahlt und die Sonne wie eine reife Orange hinter dem Conde hervorlugt, die Landschaft mit warmem Glanz überflutet und beglückt. Da muß unser Nachttrabant erblassen. Ihn nimmt nun ohnedies kaum noch jemand wahr.
Das Meer aber läßt die Sonnenstrahlen auf seinem Wellenbett tanzen und Flimmern..

Palmen und Arkaden...
Eine Palmenallee strebt neben den weißblinkenden maurischen Häusern des "Pueblo Torvisca" dem blaugrauen Atlantik zu. Das Licht im Süden ist heller, blendet die Augen, auch wenn ich nicht in Richtung

Sonne schaue. Die etwa sechs bis acht Meter hohen Palmen wedeln freundlich mit ihren Blattsträußen wie einst Hofdamen mit ihrem Barockfächer. Anmutiges Spiel, sanft und anschmiegsam. Keck lächeln die fast schwebenden Doppelkugellampen auf metallenen Gabelständern aus dem grünen Dach hervor. In jedem mit Hibiscus-Hecken und feingliedrigen Holzsprossen umzäunten Rasengärtchen vor dem Hotel wächst eine junge Kokospalme.
Eine Brise erfrischt die Vormittagsstunden. Bummel durch festlich-weiße Arkaden oberhalb des Strandes. Rote Pelargonienbälle glühen belebend dazwischen. Treppen steigen hinab zur Veranda, wo Restaurants und Cafés Gäste anlocken. Freundliche Ober servieren flink und sprachengewandt.
Frühstück im St.Marco nach englischer Art: Gebackene Eier, Schinkenspeck und braune Bohnen; dazu Toast, Butter und Marmelade. Kaffee wird nur sparsam und teuer ausgeschenkt, dazu viel Milch. Der Blick gleitet hinunter auf blausilbernes Wasser zwischen Palmen und exotischen Sträuchern. Zwischen zwei aus Steinbrocken gefügten Buhnen rollt der Atlantische Ozean in Wellenbändern zum schwarzen Sandstrand...

Uferabend in Playa de las Américas...
Welch ein Genuß: das üppige "Zarzuela de pescado" im Bahama am Wasser, dessen Anblick ein Gefühl grenzenloser Weite und Freiheit schenkt.Köstliche Fischfilets, Muscheln, krebsartige Panzertierchen in solcher Fülle, daß wir das spanische Tiegelgericht nicht bewältigen können.

Die Sonne ergibt sich - dem Auge wahrnehmbar - erstaunlich geschwind dem aufnahmebe-
reiten Meer. Nur noch glimmernder Funke
verlischt sie in grauschimmernder scheinba-
rer Unendlichkeit. Berge und Häuser, Blumen
und Bäume verlieren ihre Farben. Alles
bunte Leuchten des Tages scheint mit
mit schwarzen und grauen Tüchern überdeckt
zu sein. Die Nacht "fällt" auf die noch
vor wenigen Minuten heitere Landschaft.
Nach diesem Erleben verstehe ich, was
Marie-Luise Kaschnitz meinte, als sie
aus Rom schrieb: es gibt im Süden keine
Dämmerung wie wir sie in Mitteleuropa
kennen; die Nacht stürzt aus dem Himmel
auf die Erde..

Saharasturm...
Nachts heftiges Rauschen wie starker Regen.
Sturm jagt über die Insel. Ein grauer
Vorhang ist der Himmel, verschwimmt auf
fernere Sicht mit dem Wasser. Die Fächer-
wedel auch der mächtigsten Palmen werden
mit groben Kämmen unbarmherzig in eine
Richtung gezerrt. Schwächere Bäume schwanken rhythmisch hin und her, kleinere Büsche
wie Oleander und Hibiscus ducken sich
ängstlich zum Boden um vom wilden "Levante"
nicht gebrochen zu werden. "Levante" oder
"Harmattan" heißen diese Saharawinde,
welche jährlich ein- bis dreimal über
die Kanarischen Inseln brausen.Überraschend
für den Fremdling: sie kühlen die warme
Luft nicht ab, im Gegenteil, es wird wär-
mer, schwüler, die Feuchtigkeit der mit
Saharastaub angereicherten Luft sinkt,bis
unter 30%!Gelblich glimmert dann das graue
Firmament. Erde und Wege sind weißlich

überhaucht, wie wenn daheim im Gebirge erster Reif oder Schnee Wiesen und Felder nur flüchtig streift. - Manchmal verraten helle Flecken wo sich die Sonne jetzt befindet...
Der Atlantik ist lebhafter geworden. Seine Wogen rauschen stärker, sind breiter und doppelt so hoch als bei meist freundlichem Sommerwetter, und zerstieben in Schaumbänder, die länger als üblich zum Ufer hin ausrollen...

Impressionen aus Teneriffa

Abends im Strandrestaurant

Der Tag verklingt, als wir das kleine Restaurant am Strand betreten. Der Chef, ein freundlicher Spanier,kennt uns bereits, nickt und begrüßt uns lächelnd: "Guten Tag", - "Buenas tardes", sagen wir und setzen uns ans Mäuerchen, wo die apfelsinenfarbigen Lilien duften. Der junge Ober eilt herbei, blickt uns fragend an:
"La carta, por favor, señor."
"Sí", antwortet er, holt die Speisen- und Getränke-Karte, schlägt die deutschsprachige Seite auf, entfernt sich höflich, um uns Zeit zum Wählen zu lassen. Angeboten werden internationale Gerichte. Doch heute möchten wir keinen tenerifischen Fisch frisch aus dem Meer, sondern italienische Teigwaren: espagueti und ensalada. Dazu trinken wir agua mineral con gas (mit Kohlensäure) zum Stillen des Durstes und vino blánco zum Genuß. Brötchen und Butter, die wie ein Gastgeschenk anmuten, weil sie nicht bestellt wurden, lassen wir zurückgehen: "no panecillo, señor", denn sonst werden sie später berechnet. 50-100 Peseten, das sind 0,85-1,70 DM das Stück. Der Gast lernt aus Erfahrungen.
Bislang glaubten wir, es gäbe kaum Fliegen, Mücken und andere Quälgeister auf dieser Insel. Aber heute stören uns winzige Mosquitos beim Schmausen. Sie verirren sich im Salat, ertrinken im Wein oder tänzeln vor dem Gesicht herum. Eine Kerzenflamme würde da Hilfe bringen.

Zwar wagte die Sonne sich nach drei sandstürmischen Tagen wieder zu zeigen, doch der blaßblaue Himmel vermischte sich am Nachmittag mit dem Grau des Ozeans. So erobert die südliche Nacht abendrotlos besonders schnell Ufer und Meer. Tausende Lichter funkeln aus zahllosen Fenstern und Treppengängen, von Balkonen und Veranden der Hotels und Pensionen, aus den Gärten der Bars und Restaurants, bis hinauf zu den Berghängen. Hinzu kommen die Lichtbänder der Straßen und Wege der Touristenstadt, die in wenigen Jahren auf dem Ödlandboden am Atlantik erbaut wurde. Verschwenderische Pracht, doch faszinierend für das Auge.
Dann plötzliche Finsternis. Das überlastete Stromnetz ist vermutlich zusammengebrochen. Einzelne Notlampen, gespeist durch Batterien oder Gaslicht, verhindern, daß der Stadtteil völlig im Schatten der Nacht versinkt.
Streikende Mikrophone und elektrische Instrumente lassen Sänger und Musiker verstummen. Die Billardspieler können ihre Kugeln nicht mehr unterscheiden und brechen das Spiel ab. Ein Ober postiert sich zum Vergnügen der Gäste, mit ausgestreckten Armen Laternen schwenkend, wie ein lebendiger Kandelaber vor dem Eingang des Lokals, hängt aber dann die Lichtgefäße an Wandhaken, wo sie den Garten notdürftig erleuchten. Unser Ober stellt brennende Kerzen auf die Tische. Unsere Kerze ist so weich, daß sie sich biegt wie ein vom Sturm zu Boden gedrückter Baum. Damit uns der Wind die zitternde Flamme nicht ausbläst, bauen wir einen Wall aus Gläsern

und der Weinflasche um sie herum und schützen sie zusätzlich mit Bierdeckeln und
unseren Händen.
Dennoch haben wir Spaß an dieser etwas
gespenstischen Stimmung, zumal der trockene
Weißwein vom "vina molino" sie hebt und
der Wirt uns noch einen"Haustrunk"kredenzt,
den wir selbst wählen dürfen. Wir erbitten
"albaricoque", einen feinen Aprikosenlikör,
der die Süße des paradiesischen Südens
eingefangen zu haben scheint.
Der Ober freut sich, daß die Speisen"muchas
bueno" waren, sehr gut, sagt zweimal"danke"
und "gracias" und verabschiedet sich.
Der Chef sitzt allein an einem dunklen
Tisch, ruft uns freundlich "adiós" zu.
Er hat unerwartet zeitig Feierabend. Der
Stromausfall hielt weitere Gäste vom Ufer
fern. Wir waren die letzten.

Impressionen aus Teneriffa

Dort wo die Bananen reifen

Zwischen den neuerbauten schönen maurischen Häusern mit Bogen, Türmchen, Zinnen und Balkonen im Norden der Touristenstadt Playa de las Americas, mit ihren zierlichen Gärtchen, in denen Mittagsblumen, Oleander, Hibiscus, Wandelbäumchen und Margaritten blühen und an Straßen und Plätzen junge Phönix-Palmen oder Mimosensträucher den Feriengast begrüßen, gelangt dieser bald in die Ödlandstille bezaubernder Natureinsamkeit. Stechäpfel wachsen hier - bei uns als "Engelstrompete" bekannt - und der gelblich blühende Baumtabak. Die Landgüter "finca" oder "hacienta" genannt, sind stattliche villenartige Häuser, und da sie oft auf einem Hügel errichtet wurden, ragen sie weithin sichtbar über die hohen Mauerzäune, welche ihre Pflanzenkulturen schützend umsäumen, hinaus. Befinden sich die Grundstücke nahe der neuen Siedlungen, sind diese Schutzgürtel häufig verfallen, fehlen stückweise gänzlich. Wildpflanzen haben sich das Gelände zurückerobert. Große Feigenkakteen wuchern hier. Die violetten birnenförmigen Früchte sitzen an den Blattohren und sind wegen ihrer haarfeinen, aber schmerzhaft in die Haut eindringenden Stacheln nur schwierig zu ernten. Auch andere Kakteen sind hier ebenso heimisch wie die seltsamen Wunderbäume, welche sich selbst in mitteleuropäischen Gärten innerhalb eines Sommers vom Keimling zu einem meterhohen breiten Busch entwickeln.

Auch die Bananenplantagen sind mit hohen Mauern umsäumt. Doch ragen die üppigen Stauden mit ihren hohen Wedelsträußen gut sichtbar über die vor Fremdlingen abgeschirmten Anlagen empor.
An der Landstraße nach Adeje stehen mächtige indische Lorbeerbäume, die wie unser Zimmer-Gummibaum zu den Feigengewächsen gehören. Riesige Ficusbäume sind auf Teneriffa keine Seltenheit.
Wegbänder begleiten beidseitig die staubige Sonnenstraße von Playa de las Americas nach San Juan. Doch die ungewohnte Flora lohnt das Marschieren: Euphorbien (Weihnachtssterne), Lorbeerbäume, Feigenkakteen, Wolfsmilchgewächse und manch unbekannte Exoten wuchern hier in der verlassenen Landschaft. Ab und zu sehen wir eine finca mit Bananenkulturen oder einige ärmliche Würfelhäuser der Einheimischen zwischen Geröll und Resten ehemaliger Plantagen.
Bei Fañabe führt ein Sträßchen westlich zwischen eingezäunten Bananengärten nach St.Sebastian. Zwischen den Gatterlücken erspähen wir die prächtigen Stauden, an denen zum Teil mächtige Fruchttrauben hängen. Die kanarische Banane wächst oft nur zwei bis drei Meter hoch, die Früchte bleiben klein, sind aber von angenehmer kräftiger Süße.
Während eines Besuches im"Jardin del Atlantico Bananera" bei Ten-Bel südlich Aronas, zeigte uns Seniora Yvonne die Bananenstauden aus greifbarer Nähe. Jede Pflanze bringt hier nur eine große Traube von Früchten hervor. Neben ihr wächst die neue "Sohn-Staude", welche nach dem Abhauen der abgeernteten Mutterstaude deren Rolle

übernimmt. Nach der Führung durch den
spanischen Garten wird dort jedem Besucher
als Freitrunk ein "Licor Banana" und "Ron
miel y naranjada para los Menores" (Rum,Ho-
nig, Apfelsine nach Los Menores) kredenzt.
Und mundete der Bananenlikör am besten.
Auf unserer Wanderung durchs Hinterland
entdeckten wir auch hohe Bäume mit wenigen
feingefiederten Blättern und dicken birnen-
bis gurkenförmigen orangegelben Früchten:
Es waren Papayas.
Vor den Plantagenzäunen, am Wegsaum, zwischen Stechäpfeln mit ihren cremefarbigen
Kelchblüten und Igelfrüchten, huschten,im
Laub raschelnd, die flinken Geckos (eine
Eidechsenart), verstecken sich ängstlich
zwischen Gras und Steinen.
Eine breite, weißgetünchte Kirche (Iglesia)
mit zwei kleinen Glockentürmchen thront
auf einem Hügel nahe dem Meer. St.Sebastian
ist vermutlich ein Wallfahrtsort. Nicht
nur die (z.Z.geschlossenen) Andenkenbuden
verraten dies, sondern auch die Kapelle,in
der neben zwei von Leidenden (und wohl
Geheilten) zurückgelassenen Krücken, zahlreiche Körperteile in Miniatur symbolhaft
auf Heilungswunder schließen lassen. In
der für diese einsame Gegend überraschend
erhabenen Kirche befindet sich ein mächti-
ger Altar mit Figuren des Hl.Sebastian,
der Madonna und des Hl.Joseph.
Die Straße windet sich weiter hinab zum
Atlantik. Das nur leicht von Wellen gekräu-
selte Meer glitzert silbern in der Abendsonne. Die auf einem Felshang vorm Wasser
erbaute Kastellanlage soll früher Liz
Taylor und Richard Burton als Sommersitz
gedient haben. Jetzt dem Verfall preisge-

geben, sollen die Gebäude in idealer Lage demnächst Museum werden. Weinrauten duften am Wege. Ein herrlicher Mimosenstrauch erfreut uns mit seinen gelben wohlriechenden Kugelblüten am Eingang zum Fischerdorf La Caleta. Auch hier entstehen neue Ferienhäuser und schmucke Eigentumsvillen an der Küste.

Sommertage in Burgund

Grignon, ein unvergessenes Bergdorf

Von Dijon,der heiteren Hauptstadt Burgunds,
fuhren wir nördlich durchs Tal der Brenne
nach Vitteaux und weiter durch die hügelige
Landschaft der drei großen "W": Wälder,
Weiden, Weinberge, nach dem bekannten
Semur-en-Auxois, der malerischen mittelalterlichen Festungsstadt, und erreichten
am frühen Abend das Höhendorf Grignon.
Vater W. und Karl, ein Sudetendeutscher,
welcher seit nach dem Krieg in Burgund
lebt - er durfte, entlassen aus französi-
scher Gefangenschaft, nicht mehr in seine
Heimat zurückkehren und heiratete eine
Französin - die beiden älteren Herren
empfingen uns vor dem steinernen Haus,in
dem wir nun eine Woche lang zu sechst
wohnen werden.
Hinter der Haustür beginnt gleich die
Wohnküche, eingerichtet mit alten Bauernmö-
beln und modernen Gegenständen wie Kühl-
schrank, Gasherd, Spülmaschine...
Ein bescheidener Lüster schwebt über dem
Eßtisch. Auf einem Schränkchen fand eine
historische Waage ihren Platz; daneben
Gewichte, die winzigsten fehlen. Es sind
wörtlich "nicht alle Tassen im Schrank",
d.h. nur zwei Kaffeetassen und ein paar
Teetassen ohne Tellerchen. Aber Gläser,
Eßteller, Töpfe und Bestecke sind genügend
in der Ferienwohnung vorhanden.
Eine Wendeltreppe führt in die beiden
Oberetagen. Stufen und Böden in den Räumen
sind aus Steinen gefügt. Drei Schlafzimmer

befinden sich im Haus, zwei Duschen und
zwei Toiletten, sowie ein Aufenthaltsraum
mit Fernseher im Keller.
Erster Spaziergang durch Grignon. Einige
Häuser sind arg baufällig, andere von
ihren Bewohnern verlassen worden, aber
manche wurden von neuen Eigentümern erworben, gewinnen ihr früheres Bildnis zurück,
mit roten Schindeln gedeckt. Fenster und
Garten mit farbenfrohem Blumenschmuck.
Aus Paris kommen die neuen Besitzer, aus
Luxemburg, wollen Ferientage oder ihr
Wochenende in der anmutig geruhsamen Landschaft verbringen. Das Chateau Grignon
auf dem Hügel, mitten im dichtgrünen Flor,
haben Engländer gekauft. Deutsche kommen
eher als Mieter auf Zeit in die Ferienhäuser Burgunds, suchen Erholung in abgeschie-
dener Natur, erfreuen sich bei Ausflügen
an wunderschönen Burgen und Schlössern,
Kirchen und Klöstern, gut erhaltenen mittelalterlichen Stadtkernen mit Türmen
und Festungsmauern und sind beeindruckt
von der bedeutenden Geschichte, die in
diesem Lande nicht nur an Karl den Kühnen
oder den Hl.Bern(h)ard erinnert, sondern
bis zu Cäsar zurückreicht, welcher hier
zwischen Alise-Saint-Reine und Flavigny-
sur-Ozerain im Jahre 52 v.Chr. sein Lager
aufgeschlagen hatte.
Der alte Friedhof von Grignon schlummert
im warmen schrägen Abendlicht. Überrascht
bemerken wir, daß hinter der Mauer keine
Bäume, Büsche oder Hecken wachsen. Graue
Steinplatten prägen die letzte Ruhestätte
der Dörfler, Grabsteine, riesige Steinplatten, Sarkophage. Verlieren sie im Laufe
der Jahre ihren Halt, bleiben sie liegen,

wie sie gefallen sind. An manchen Grabstätten finden wir nur noch Teile von ehemaligen Gedenksteinen oder Holzkreuzen, vereinzelt erinnern gar nur graue Hügelchen an das einstige Grab. Noch nie nahm ich auf einem Friedhof den Anblick der Vergänglichkeit des irdischen Lebens so wahr wie auf diesem. Nur wenige Blumen in Gefäßen tupfen etwas Lebensfarbe in den wahrhaftigen Totenhain. Nein, hier möchte ich nicht meine letzte Ruhe finden. Gegenwärtig - im Sonnenschein - ist der Anblick dieses Friedhofes noch erträglich. Doch ängstigt es mich, stelle ich mir diese - himmelwärts zwar offene - aber mauerumgürtete Steinstätte des ewigen Schlafes, an nebligen, feuchtdüsteren Novembertagen vor. Wie befreiend hingegen die Ausblicke über Fluren und Wälder zu fernen Dörfern, Höhen und Tälern.
Nach unvergleichlich sternenreicher Nacht, wie sie Menschen im Dunstkreis der großen Städte nicht mehr erleben können, Freude in der sonnigen Morgenfrühe. Mein Blick wandert zum Fenster hinaus in die friedsame Naturlandschaft. Himmelsblau wölbt sich über den aus üppigem Grün geformten Berg aus Büschen und Bäumen. Bleichgelb lugen Mauern des alten Schlosses zwischen Wipfellücken hervor. Karminfarbige Schindeldächer über urigen Steinhäusern. An mehreren nagt der Zahn der Vergänglichkeit. Steine polterten zu Boden, Pflanzen wuchern in den Ruinen.
Dennoch herrscht hier das wahre Leben, das Leben der Natur. Zeitloses, gesundes Leben, das den Atem der Schöpfung erahnen läßt. Leben, das noch das Urgeheimnis

alles Werdens und Vergehens bewahren konnte. Fröhliches Vogelzwitschern; das Gurren
der Tauben, das gespannte Verharren der
Katzen auf der Mauer. Geflatter zwischen
sanftwindbewegten Zweigen. Das im warmen
Sonnenlicht noch maijung wirkende Grün.
Glockenschläge Tag und Nacht, seit vielen
hunderten Jahren, Läuten bei Freude und
Leid, bei Taufe, Konfirmation, Hochzeit
und Tod, zur Geburt des Jesuskindes und
zur Auferstehung des Herrn... Der luxembur-
gische Nachbarhund jault zu den acht hellen
Schlägen vom Kirchturm. Kinder auf dem
Weg zum Schulbus.Ich lächle und winke ihnen
zu. Sie blicken mich freundlich an, erwidern den Gruß mit ihren Händchen.Ein Auto
verirrt sich in die morgenstille Rue.
Erstes Frühstück in der etwas dämmrigen
Küche. Baguette mit Butter, Marmelade
und weichem Fromage; dazu Café au lait.
Später im Garten hinter dem Haus. Zwei
Ziegelwände und ein Mäuerchen begrenzen
den Rasen. Weiße Stühle gruppieren sich
um den Ovaltisch. Hier sitzen wir gern,
wenn der Tag verklingt, der Horizont sich
rötet; wenn auch nicht so rubinrot wie
das köstliche Burgunderblut im Glase,aber
von ähnlicher Glut, die die Heiterkeit
in Herz und Augen im späten, schon nächtlichen Sommerabend entzündet und allmählich
in wohltuende Stille grauer Schatten ins
Reich der Träume hinübergeleitet.
Seitlich des Grasgartens steigen ungleiche
Stufen aus Steinbalken in einen kleinen
Hinterhof. Hier hat ein Sammler Grenzsteine
wie Menhire aufgestellt. Dahinter die
verwitterte Hausmauer von wildem Weinlaub
berankt. Benachbart ein zerfallendes Ge-

mäuer. Der Raum hinter Türöffnung und
Fensterhöhle angefüllt mit einstigen Dachpfannen und Schutt.
An einem anderen Abend stapfen wir hinauf
zum Schloß Grignon. Die Engländer sind
nicht zu Hause. Doch das weitgeöffnete
Tor erlaubt den Eintritt zum Besuch des
Parkes. Verlassen ruht das Gebäude zwischen
der Einsamkeit der Bäume. Skulpturen,Rosen
und ein düsterer Ziehbrunnen. Vor dem
Tor wurde ein alter britischer Panzer
plaziert. Sein Schießrohr ist über den
Waldweg Richtung Dorfkirche und Friedhof
gerichtet. Ein makabrer Anblick, Überbleib-
sel aus dem schrecklichen Weltkrieg, dem
so viele Menschen zum Opfer fielen.
Die Kirche selbst ist allein schon so
sehenswert, daß es lohnt vom Tal des Canal
de Bourgogne hinauf zum grünen Hügel aus
Wald, Weinberg und Weide, wo die hier
typischen bezaubernden weißen Burgunderkühe
grasen - hinaufzufahren ins üppige Juni-
grün, aus dem das Rot der Dächer seit
ein paar hundert Jahren lebhaft hervor-
leuchtet.
Monsieur Denis, dem wie seinem Namensvet-
ter Petrus der Schlüssel zur Pforte der
Eglise anvertraut wurde, führt uns gern
durch das romanisch-gotische Gotteshaus,
und unser sudetendeutscher Kamerad über-
setzt die ausführlichen Erläuterungen
unseres Hauswirts aus der Historie und
Kunstgeschichte der bald tausend Jahre
alten Kirche. Sie birgt wertvolle Plastiken
wie die Statue der Hl.Barbara oder jene
Giebelwand, welche aus dem Grignoner Chateau hier im Seitenschiff eingefügt wurde
und in etlichen Miniaturbildern Gescheh-

nisse aus der Heiligen Schrift offenbart. Dankbar den beiden Monsieurs für diese letzte Stunde im liebgewonnenen Burgunderdorf, die uns Sehens- und Wissenswertes zur späteren Erinnerung mit auf den Heimweg gab, nahmen wir Abschied von Grignon.

Elba - Ein Paradies der Natur

Von Portoferraio nach Marciana Marina

Nach rund einer Stunde Seefahrt durch
den Arcipelago Toscana, "spuckte das riesige Maul" der "Mobby" die erstaunlich vielen
Personen- und Lastwagen, sowie Omnibusse
wieder aus, die die Fähre in der Hafen-
und Industriestadt Piombino "geschluckt"
hatte. Und auch die reiselustigen Passagiere gingen erwartungsfroh in Portoferraio,
der Hauptstadt Elbas, von Bord. Im Bus
fuhren wir nun an der Nordküste der dritt-
größten Insel Italiens entlang nach Westen,
zwischen Waldhügeln, Gärtnereien, Weinäk-
kern, Gemüsefeldern und hübschen Häusern
inmitten von Grün. Die Straße steigt kurvig
neben Bergterrassen höhwärts. Vor uns
ragen die Häupter des Monte Perone und
des Monte Capanne (1018m), des höchsten
Berges der Isola d'Elba, in den Himmel.
Leuchtendgelbe Tupfer im satten Grün:
Die Schmetterlingsblüten des Dornen- und
Duftenden Besenginsters. Feigenkakteen,
stachelbewehrt, wollen das Naschen leckrer
Früchte verhindern. Eukalyptusbäume stehen
ernst und würdevoll in den Fluren. Wir
befinden uns in der sogenannten "Macchia",
einer feuchten, nahe der Mittelmeerküsten
sich ausbreitenden Hügellandschaft. Biologische Leitbilder der Macchia sind Ölbaum
und Steineiche. Jedoch verdankt diese
immergrüne Region aus Sträuchern und Hart-
laubgehölzen ihren Namen der Zistrose
(= korsisch: "Mucchio"). Ihre rosa oder
weißen Blüten öffnen sich nur für einen

Tag. Baum- und Pflanzenfreunde können hier besondere mediterane Gewächse bewundern, wie dem Mastix-Strauch, ein Verwandter der Pistazie, schirmförmige Pinien, Douglasien, Zypressenginster, Lorbeer- und Erdbeerbaum, Mariendistel, Krummstab, geheimnisvoll anmutende Orchideenarten. Aber auch wilder Rosmarien und Lavendel gedeihen hier üppig.

Am Golfo di Procchio bettet sich der gleichnamige Ort, dahinter leuchtet in der Sonne lichtblau das Ligurische Meer. An düsteren windigen Tagen belebt weißlicher Gischt das schwarzgraue Wasser. Der idyllische Platz ist bei Italienern beliebt; viele Mailänder besitzen hier eine Villa. Eine Straße zwischen Meer und Wald geleitet über Bagno nach Marciana Marina. Harmonisches Geläut empfängt uns, als der Reisebus zur sechsten Abendstunde vor dem Hotel "La Primula" anhält. Durch einen Garten gelangen die Gäste zum Haupteingang. Ein nettes Mädchen verteilt die Zimmerschlüssel.

Da bis zum Abendessen noch reichlich Zeit bleibt, spaziere ich durch alte Gassen zum Tyrrhenischen Meer. Die teilweise kubischen Häuser erinnern an die Wohnstätten der ärmeren Leute auf Teneriffa. Malerisch wirken jedoch viele - vor allem am Hafen - durch ihre aquarellzarten Farbanstriche. In einem Vorgarten blüht eine Palme. Weitere hohe Palmen und Pinien schmücken den Uferplatz, sowie ein reizender Brunnen mit einem Jüngling. Ein Steg führt zum Wasser. Zahllose rundgeschliffene Steine, darunter etliche schwarze, lagern am Strand, von leichten aber rauschenden Wellen überspült.

Am nächsten Abend brauste starker Wind durch die Gassen, besonders am Hafen.Ich ging zwischen Häuserzeilen, die etwas Schutz boten, vorüber an freundlichen Geschäften und Ristoranten, durchquerte einen kleinen Park, welcher durch mehrere offene Tore betreten werden kann. Die stark zurückgestutzten Bäume taten mir leid; die meisten sind nur noch ein Torso ihrer selbst.
Über dem heute lebhaften, lautrauschenden Meer, wölbte sich bedrohlich ein schwarzer Himmel und sandt gelegentlich Regen zur Erde. Doch der Sturm wehte so stark, daß er einen heftigen Guß verhinderte. Später gesellte sich ein Regenbogen zu dem malerischen Bild der farbenfreudigen Kähne und Schiffe am Ufer. Ich schritt zum "Pisa- oder Sarazenerturm"am Hafen- und gleichzeitig auch Ortsende. Der mächtige Steinklotz aus dem 12.Jahrhundert steht als Wächter am Meer. Eine Treppe führt nur bis zur halben Höhe. Der weitere Aufstieg erfolgt im Inneren des Turmes. Oben vor den Zinnen klebt ein Erker.
Am meisten interessierte mich in Marciana Marina die der Heiligen Klara geweihte Kirche Santa Chiara. Platanen umranden den Platz. Äußerlich schlicht, birgt das Haus Gottes innen einige Kostbarkeiten: je ein barocker Altar für Maria und Joseph, dazu die Statue einer Nonne (die Hl.Klara). Eine Theke mit Kerzen, die ihr zu Ehren angezündet werden können, steht davor. Ein festlicher Gottesdienst findet jährlich am 12.August statt. Dann wird die Statue feierlich von der Kirche zum Hafen getragen. Nachdem ich heute bereits ein anderes

Gotteshaus auf Elba aufgesucht hatte, fiel mir auf: beide Kirchen wurden so erbaut, daß stets eine (für die Andacht günstige) gewisse Dämmerung den Raum mystisch verklärt.

Auf dem Rigi

Ein Sommertag über dem Vierwaldstätter See

Schon an einem der ersten Tage unsres Sommeraufenthaltes in Vitznau am Vierwaldstätter See wurde uns der "Rigi" zum zentralen unvergeßlichen Ferienerlebnis. Um es vorweg zu sagen: nur wenige Gipfel können sich mit dem grandiosen Bergriesen der als berühmtester Aussichtsberg der Schweiz gepriesen wird, vergleichen, zumal der Rigi - oder "die Rigi", wie ihn Kenner liebevoll nennen - eigentlich ein massives kleines Gebirge ist, wie etwa der Kniebis im Nordschwarzwald. Das Panorama, von seinem Rücken betrachtet, ist nach allen Seiten von einer solchen Vielfalt, Weitsicht und Schönheit, wie man es nur selten von einem anderen Bergfürsten aus erleben kann. Außergewöhnlich ist es auch, daß sich auf dem Rigi außer winzigen Höhenorten zahlreiche Einzelgehöfte und Häuser angesiedelt haben und verhältnismäßig viele Hotels und Gaststätten (Rigi-Staffel - Rigi-Kaltbad - Rigi-Scheidegg - Rigi-First - Rigi-Kulm u.a.) dem Wanderer, Reisenden und Erholungssuchenden, die mit den beiden Rigibahnen von Vitznau und Arth-Goldau bis hinauf zum Kulm fahren, Rast, Speisen, Getränke und Nachtlager anbieten.
Wir stiegen am Vitznauer Hafenbahnhof in die damals schon über hundert Jahre alte "Vitznau-Rigi-Bahn" und fuhren mit den roten Wagen die Steilstrecke, welche Steigungen bis zu 25% aufweist, bergauf,

am schwindelnden Abgrund entlang, hinein
in die herrliche Bergwelt und betrachteten
ehrfurchtsvoll und beglückt die unvergleichlich wundersame Landschaft: den
in sieben Wasserarme feingegliederten
Vierwaldstätter See mit seinen aus der
Raubvogelperspektive liliputhaft anmutenden Uferdörfern und Städten und den sich
nur langsam fortbewegenden spielzeugklei-
nen Dampfern; dahinter schwarze und me-
tallischgrau schimmernde Berge: Buoch-
ser und Stanser Horn, die Torhüter zum
Eingang ins Engelberger Tal. Erstmals
tauchen auch die beiden Köpfe des mächtigen Königs am See, des über zweitausend
Meter hohen "Pilatus" völlig wolkenfrei
auf. Und im Mittelpunkt dehnt sich das
"langgestreckte, mehrhöckerige dunkle
seltsam erstarrte Waldtier", wie ich
den "Bürgenstock" nennen möchte, zum
Dauerschlaf aus.
Die Rigibahn ist ein Wundergefährt der
Technik. Ich darf wohl sagen, daß Niklaus
Riggenbach (1817-1899), ihr Konstrukteur,
mit solchen bedeutenden Pionieren wie
Dr.Lang, Erbauer der Wuppertaler Schwebebahn und Graf Zeppelin, dem Vater des
Luftschiffes , in einem Atemzug genannt
werden sollte, denn er hat mit seiner
genialen Erfindung des Zahradsystems
beim Bau der ersten europäischen Zahnrad-
bahn den Grundstein zu einem für die
Menschheit wichtigen und heute nicht
mehr wegzudenkenden Reiseverkehrsmittel
geschaffen und gleichzeitig vielen Naturfreunden die Bergwelt erschlossen, denen
aus mancherlei Gründen eine Bergwanderung
zu beschwerlich oder gar unmöglich zu

sein scheint. Schon im ersten Jahr der Inbetriebnahme transportierte die VR-Bahn vom Mai 1871 bis zum Beginn der Schneezeit rund 60 000 Fahrgäste. Die Hohe Zahl klingt kaum glaubhaft, denn damals fuhren täglich nur zwei Wagenpaare hinauf nach Kaltbad und wieder talwärts nach Vitznau. In unserer Zeit werden jährlich mehr als 500 000 Passagiere mit täglich rund 9 Fahrten je Tal- und Bergroute befördert.

Über Rigi-Kaltbad, Rigi-Staffel fuhren wir zum Rigi-Kulm. Dort auf 1800m Höhe war es empfindlich kalt. Der Bergwind blies uns - Mitten im August - scharf ins Gesicht. Es fror uns bei nur wenigen Graden über dem Gefrierpunkt, obgleich wir vorsorglich warme Kleidung mitgenommen hatten. Aber der Körper kann sich nicht so schnell auf den extremen Temperaturunterschied zwischen der Kabine des Wagens und der Gipfelluft umstellen. Dennoch wurde der Aufenthalt auf dem Kulm zum besonderen Erlebnis. Wenngleich an jenem Mittag die Sicht nicht weit reichte, so war doch der Blick in schaurige Tiefe eindrucksvoll. Nebelfetzen zogen vorüber, Bergspitzen tauchten aus drohenden Wolken, verschwanden wieder wie eine Fata Morgana. Milchig glänzten die Seen: "unser" Vierwaldstätter **See im Süde**n, der Zuger See nördlich des Rigis. Senkrecht unter uns, wie auf einer Landkarte, minimaßstäblich, sahen wir Küßnacht, den berühmten Ort, bei dem der Sage nach Wilhelm Tell seinem Landvogt Gessler in der "Hohlen Gasse" auflauerte.

Die blaue Rigi-Arth-Goldau-Bahn - sie

ähnelt einer Straßenbahn - brachte uns
später über Klösterli - Dächli - Chräbel
hinunter ins Tal der Rigi-Aa, wo das
neue Goldau auf den Felsbrocken, die
beim Bergrutsch am 2.September 1806 vom
Roßberg das alte blühende Dorf zermalmten,
errichtet wurde.
Das "Bergsturz-Museum" in Goldau erinnert
eindringlich an das furchtbare Unglück.
Mehr als vierhundert Menschen fanden
beim Abrutsch der mächtigen Steinwand
den Tod. Fast die gesamte Ortschaft,
sowie zahlreiche Häuser dreier Nachbargemeinden wurden unter dem Steinfluß begraben, und der Lauerzer See schlug meterhohe
Wellen, als die Felsmassen in das Wasser
stürzten. Den Besucher des Museums graut
es noch heute, wenn er die Aufzeichnungen
der Zeugen jenes Geschehens liest und
die Bilder zwischen dem schönen Dorf
Goldau vor und der Wüstenei nach der
Katastrophe vergleicht.
Während der Auffahrt, später gegen Abend,
sahen wir - nach mehr als 165 Jahren
- deutlich die Abbruchsnaht am Roßberg
und versuchten uns vorzustellen, wie
sich so ein Naturunheil ereignet haben
muß. Wer sich ausführlicher mit der Tragö-
die Goldaus befassen möchte, lese Ernst
Eschenbachs Roman"Der Einsturz des Berges",
erschienen im Fr.Reinhardt Verlag Basel.
In Rigi-Kaltbad unterbrachen wir die
Heimfahrt und gingen in der würzigfrischen
Abendluft auf dem Rigi-Hangweg entlang.
Die Aussicht war überwältigend. Die Berge
standen wie treue Wächter hinter dem
See. Orangegelber Himmel erhellte den
Pilatus. Nebelschleier geisterten um
dunkle Höhen.

Das "Kaltbad" verdankt seinen Namen einer
kalten Quelle, die bei einer 1556 für
die Älpler errichteten Kapelle entsprang.
Später wurde ein bescheidenes Wirtshaus
gebaut. In vier Zimmern konnten Gäste
beherbergt werden, die zur Heilung mancherlei Gebresten in dem kühlen Wasser
badeten. Erst im 19.Jh. entstanden nach
und nach ein größerer Gasthof und das
erste Grand-Hotel. So wurde "Rigi-Kaltbad"
bald ein beliebter Fremdenort, sowie
Ausgangsstation für herrliche Wanderungen
auf dem mächtigen Rigi-Buckel.
Überrascht standen wir plötzlich vor
einer Holzkirche, die mit ihren Beton-
grundfesten mit dem Rigistein verwachsen
zu sein scheint. Wie ein mächtiges Zelt
wirkt die nach Plänen von E.Gisel 1962/63
erbaute reformierte Kirche Rigi. Ein
düsterer Bogengang führt vom Chor, den
der Besucher beim Eintritt in das Gotteshauses zuerst betritt, hinunter in den
eigentlichen Weiheraum. Wir waren begeistert von dieser schlichtschönen Kirche,
die sich so harmonisch in diese Landschaft
einfügt.

Im Silbertal

Ein Wandertag im Montafon

In Schlangenlinien führt die Straße zum Bartholomäberg hinan. Einheimische nennen das Gebiet hier oberhalb von Schruns zwischen Silbertal und Ill schlicht "Der Berg". Die Höhen von Monteneu(1836m) und Itonskopf(2087m) sind die letzten Ausläufer des Verwalls, trennen das Montafon vom Klostertal.
Bartholomäberg bestand schon in karolingischer Zeit und gilt als älteste Gemeinde des Montafons. Eine Urkunde erzählt vom Eisenbergbau mit acht Schmelzöfen. Der Bergbau war jahrhundertelang bedeutend, erreichte seine Blüte etwa um 1200. Als im 11.Jahrhundert eine Silberader entdeckt wurde, gruben die Bergmänner fortan auch dieses edle Metall ab. Ihm verdanken Ort und Landschaft den Namen "Silbertal".Schon um 1350 besaß Bartholomäberg eine eigene Pfarrei; die erste des Tales.
Von weitem prunkt das reine weiße Kirchlein mit der Zwiebelmütze vorm dunklen Wald und den regenfrischen Wiesen. Die Barockkirche, an Stelle einer früheren Pestkapelle errichtet, ist eine der schönsten Kirchen im Montafon und bedeutende Wallfahrtsstätte in Österreich. Altäre und Kanzel glitzern golden unter der farbenprächtigen Decke.
Drunten im Tal, wie Spielzeug im Vogelflug betrachtet: die beiden Gemeinden Schruns und Tschagguns im Ill- und Litztal. Braune Montafonhäuser mit farbigen Dächern vertei-

len sich weithin im Wiesengrund. Höher
gelegen grüßt St.Gallenkirch, abwärts
verweilt der Blick auf der grünblauflim-
mernden Ill bis nach Vandans mit seiner
Steinwand, die jetzt von Wolkenschichten
grau behängt ist.
Weiter stapfen wir durch sommerlichen
Süßheuduft gen Innerberg. Am Hang ducken
sich Holzhütten, Obdach für das Weidevieh,
und Heustadel. Manch schmuckes Montafonhaus
mit buntblühendem Bauerngarten und blumen-
verzierten Balkonen erfreut uns am einsamen
Höhenweg. Viele haben noch an der Wetter-
seite den vorgelagerten "Schopf" für Heu,
Holz und andere Vorräte. Üppig wuchern
würzige Bergwiesenkräuter. Neben großblu-
migen Margeriten und lichtblauen Bärtigen
Glockenblumen prangen Gelbe Fingerhüte,
violette Glockenblumen und Gemswurz, die
goldgelben Frühlingssterne der Talgärten.
Nach einer Stunde erreichen wir Innerberg,
ebenfalls eine verstreute Bergbauernsied-
lung. Sie bildet mit Bartholomäberg eine
Gemeinde. Das schlanke Kirchlein mit seinem
abgespitzten Turm ist im Innern schlicht
barock gestaltet, mit einem schönen Marien-
flügelaltar aus dem 16.Jahrhundert. Das
große Schulhaus wurde ganz aus hellbraunem
Holz erbaut.
Steil gleiten die Hänge hinab ins Silbertal, abwechslungsreich mit Baum- und Busch-
gruppen bewachsen. Die hohen runden Wald-
kuppen mit ihren tiefen Tälern dazwischen
erinnern mich an die Vogesen, vor allem,
weil heute die Alpengipfel im Hintergrund
nicht sichtbar sind. Wolkentürme brauen
über dem Hochjoch. Der Herzsee äugt blaugrau herüber, und die Litz blitzt eisgrau

in der Talsonne. Im Silbertal läutet die Glocke des Kirchleins zu Mittag.
Der Anstieg auf schmalem Pfad nach Kristberg ist mühsam. Das Dorf Kristberg gehört zur Gemeinde Silbertal, dehnt sich weithin aus über Wiesen, Mulden und Hänge. Es ist die höchstgelegene Ortschaft Österreichs in der noch Kartoffeln, Obst und Getreide gedeihen. Im Winter scheint die Sonne hier sechs Stunden auf breite geschützte Südhänge, im Sommer gar dreizehneinhalb Stunden. Eigentlich müßte Kristberg "Cresta" heißen, denn der Name stammt von "Cresta", dem Grat ab. Über den"Cresta" einen Bergkamm zwischen Vandans und Tschagguns, führte früher der alte Saumpfad. Auf rund 1500 Meter Höhe - so hoch wie der Feldberg im Schwarzwald(!) - finden wir noch erstaunlich viel Wald.
Zierde Kristbergs ist das von Bergleuten ihrer Schutzpatronin St.Agatha geweihte gotische Kirchlein, nach dem sie die Heilige einst aus Bergnot errettete. Die Kapelle trägt nur ein Dachreiterlein auf dem malerisch an die Apsis angefügten Vorbau.Das violettgraue Dach senkt sich fast bis auf den Wiesenhügel.
Vorm Gasthof "Kristbergsattel" weht die Bergknappenfahne. Die freundlichen Wirtsleute in der Bauernstube bringen uns gutschmeckende bescheidene Speisen und Mineralwasser, sind gern zu einem Plausch bereit. Kühe laben sich an heilkräftigen Kräutern. Wohltuender Naturfrieden prägt diese Gebirgslandschaft.
Durch rauschenden Rot-Tann laufen wir talwärts. Blumige Juliwiesen und milde Höhensonne locken zu einem Ruhestündchen

unter dem weißblauen heiteren Himmel.Gold-
orangene Arnikastrahlen, zartweiße Dolden-
schirmchen, forsche Hahnenfüße, Habichts-
kräuter und winziggelbe Kreuzblüten der
Blutwurz wachsen zwischen spannenlangen
Grashalmen und Farnwedeln. Zwischen dunkelgrünen Fichtenreihen blinken wie silbrige
Fischschuppen die Schieferdächer der Vieh-
hütten vom Silbertal. Wir erkennen: hier
wurde nicht nur nach Silber gegraben,denn
auch die groben Steinwege, die hellen
Wipfelblätter der Laubgehölze und die
Nadeln der Tannen glitzern silbrig im
Sommerlicht.
Am Nachmittag erreichen wir die Hochwaldzo-
ne: dichtes Gebüsch, mooriger, federnder
Boden. Ein Bach springt über den Weg,
sucht sich murmelnd ein neues Bett.Windholz
liegt verstreut umher, modernde vermooste
Baumstämme. Diese Wildromantik erinnert
uns an den Bayerischen Wald, an Kaitersberg
und Großen Arber. Doch bald wird der Wald
sanfter, der Weg breiter, bequemer. Erste
Häuser tauchen auf. In großen Kurven windet
sich der Weg zwischen Buchen hinunter
zur Ortschaft Silbertal mit seiner hübschen
Hügelkirche. Das kleine einfache Gotteshaus
ruht im Schatten der Berge. Stolz strebt
der Bleistiftturm himmelwärts, als wolle
er lerchengleich sich von der Erde lösen
und ins Ätherblau hineindringen.Das Silbertal ist das größte Nebental der Ill. Die
Häuser und Hütten klettern am sonnigen
Kristberghang weit hinauf, sind in dieser
milden Lage auch im Winter ständig bewohnt.
Einst besaß das Silbertal beachtliche
Heilquellen, die als Schwefelbäder gern
aufgesucht wurden.

Später sind wir an der eiligen wilden
Litz entlang durchs Silbertal nach Schruns
gewandert. Der Fluß entspringt am Silbertaler Winterjöchle(1916m) und fließt knapp
zwanzig Kilometer weit, bis er bei Tschagguns in die Ill mündet.
Es ist Abend geworden. Die Litz rauscht
laut im Silbertaler Grund. Sie schäumt
so gewaltig, daß ihre Wellen kochendem
Wasser ähneln. Am grusligen Engpaß zwischen
Kapellgebirge und Bartholomäberg - "die
Hölle" genannt - zwängt sich der Bach
wildtosend hindurch. Klippen im Bachbett
versuchen die Litz zu bändigen. Aber sie
wird immer zügelloser, gefährlicher, bäumt
sich auf, strudelt und wirft sich mit
heißhungrigem Schwall über hindernde Steine
von Stufe zu Stufe tiefer ins Tal. Ein
Wesen, welches hier in den brodelnden
Kessel geriete, wäre verloren, würde wütend
mitgerissen, ein Fremdkörper im Reich
der eifersüchtigen Eisgöttin, die sich
nur ihrer mächtigeren Gletscherschwester
der Ill beugt, in ihr aufgeht und doch
selbst in ihr noch wogenweise aufzuckt
und hochschnellt, wie in plötzlicher Ahnung, gezähmt zu werden und nie wieder
die wildfröhliche Freiheit des Jugendtales
genießen zu dürfen.

Sonne am Wallersee

Im Flachgau im Salzburger Land

Rund zwanzig Kilometer nordöstlich der
Mozartstadt Salzburg streckt sich mitten
im wasserreichen Flachgau zwischen Seekirchen und Neumarkt der anmutige Wallersee
aus. Maisonne bemüht sich, die vom kalten
Gebirgswind überwehte Landschaft zu erwärmen und pfingstlich zu erleuchten, während
ich, lauschend auf das Jubilieren der
Lerchen, bei Zilling über die Fluren gen
Norden trabe. An einem Bauernhaus entdecke
ich das Bild eines mit Pferden pflügenden
Bauern, dazu den Spruch: "Von uns die
Arbeit - von Gott den Segen". Da das Gemäl-
de erst in jüngerer Zeit entstand, freue
ich mich, daß die Besitzer des Gutes ein
Symbol für ihren Giebel wählten, welcher
die Flurbestellung zeigt, wie sie die
Vorfahren jahrhundertelang ausübten.
Bei Döbring fahren Bauern Jauche auf die
Wiesen und eine Bäuerin mit Kopftuch recht
gar schon gemähtes Gras zusammen.Löwenzahn-
Laternchen und Sterne der Gänseblümchen
bilden mit den junggrünen Hälmchen einen
heiteren Frühlingsteppich. Lerchensporne,
Schaum- und Scharbockskräuter blühen vor
Büschen und Hecken. Über Richerting komme
ich nach Eugensdorf - im Mittelalter"Jubin-
dorf" genannt. Die Kirche zum Hl.Martin
(1736 neu errichtet) überragt alle Häuser.
Ihrem Turm, der vermutlich noch aus der
Romanik stammt, wurde ein Barockteil mit
doppelter Zwiebelhaube aufgesetzt. In
den Gärten schmilzt der letzte Schnee.

Ein schlichtes und doch malerisches Kirchlein - im 15.Jahrhundert erbaut und dem Hl.Leonhard geweiht - steht neben einem Bauernhof auf dem Hügel zu Mühlberg, umgeben von Bäumen, die sich hier in räumlicher Freiheit formschön entfalten konnten. Auffallend ist der gotischschlanke, fast zierliche Kirchturm.
Über die Höhe gelange ich nach Seekirchen, wo ich beim "Hofwirt", ein typisch alpenländisches Gebirgsgasthaus mit schmiedeeisernem Aushängeschild, einkehre. Seekirchen war schon vor Ankunft des legendenhaften Hl.Rupertus als bairischer Weiler "Walardorf" von romanischen Bauern und Fischern besiedelt. Der Wormser Chorbischof soll dann Anno 696 auf Einladung des bayerischen Herzogs Theodor II. nach Regensburg gekommen sein, um die Höflinge und das Volk zum wahren christlichen Leben zu bekehren. Mit Erlaubnis des Monarchen baute Rupert eine Kirche am Wallersee. Eine um 800 entstandene Basilika wurde bei der Verwüstung etlicher Orte im Flachgau durch die Ungarn in der Mitte des 10.Jahrhunderts zerstört. Die heutige Stiftskirche stammt aus dem Jahre 1669 - daher ein Jahrzehnt vor der Gründung des Kollegiatsstiftes. Ihr Turm wirkt wie der Bergfried einer alten Burg. Der Weiheraum beherbergt eine schöne Barockausstattung. Der Hochaltar, von zwei großen schwebenden Engeln umgeben, gewinnt an Leichtigkeit. Viele Engelchen zieren Altäre und die herrliche Kanzel. Ein Pater öffnet das Eisengitter, mit dem die Kirche vor Dieben geschützt wird. So kann ich mich im Gestühl niederlassen und bei Klängen

von Orgel und Trompeten in ein Sonntags-
gebet vertiefen.
Chor und Altar sind für eine Hochzeit
geschmückt. Auf dem Hof sehe ich dann
das Brautpaar - die Braut ganz in weiß
gekleidet, mit Schleier -,als es mit den
Brautjungfern und Blumenkindern fotogra-
fiert wird. Die meisten Mädchen und Frauen
der Hochzeitsgesellschaft tragen Dirndel-
kleider, die Männer und Burschen alpenlän-
dische Trachtenanzüge, fesch anzuschauen.
Eine Kapelle bläst Volksmusik. Brauchtum
und Sitte haben sich glücklicherweise
auf dem Lande kaum geändert. Der wesentli-
che Unterschied zwischen einer Bauernhoch-
zeit von einst und gegenwärtig scheinen
die Autos zu sein, mit denen die Verwandten
und Gäste ankommen - früher waren es pfer-
debespannte Fuhrwerke.
Ich durchschreite Seekirchen in Richtung
Seewalchen, wo die "Seeburg", ein ehemali-
ges barockes Wasserschlößchen, auf einem
Hügel über dem Wallersee ruht. Schon zur
Römerzeit soll an dieser Stelle ein Kastell
gestanden haben. In alle vier Himmelsrichtungen ragen mächtige runde Ecktürme mit
Glockenhauben; den Torbau krönt ein Uhr-
türmchen. Wolfgang Amadeus Mozart weilte
hier öfters als gern gesehener Gast.
Segelboote schwanken auf dem stark rhythmisch bewegten Wasser, das der Wind so
heftig treibt, als würde es fließen. Seevö-
gel schreien aus Riedgras und Ufergebüsch.
Aus dem nahen Wäldchen ruft der Kuckuck.
Ein hübscher Vogel mit weißem Körper und
schwarzen Flügeln läßt sich mit schrillem
Schrei aus der Luft fallen wie ein Stein,

fängt sich erst kurz über dem Wellenspiegel
wieder und steigt erneut in den Himmel.
Vom gegenüberliegenden Ufer grüßt Henndorf,
wo von 1926-1938 der rheinische Dichter
Carl Zuckmayer in der "Wiesenmühle" lebte.
1972 schrieb er in Erinnerung an seine
Erlebnisse am Wallersee die autobiographi-
sche Erzählung "Henndorfer Pastorale".
Doch wurde Zuckmayer vor allem durch seine
erfolgreichen Bühnenstücke wie "Der fröhli-
che Weinberg" - "Schinderhannes" - "Der
Hauptmann von Köpenick" und "Des Teufels
General" berühmt.
Der langgestreckte Höhenzug des Henndorfer
Waldes verbirgt den Zeller See. Südlich
im Dunst thront der Gaisberg, einer der
Salzburger Hausgipfel. Auf fast allen
Bergen glitzert noch Schnee.
Ich laufe nun zwischen dem wallartig erhöh-
ten Bahndamm der Strecke Salzburg-Linz
und Braunau und dem Wallersee durch eine
idyllische Siedlung mit vorwiegend kleinen
Holzhäuschen, die Liliputanern gehören
könnte. Es sind Wochenend- und Ferienhüt-
ten, Besitz von Mitgliedern verschiedener
Vereine. Am Hang blühen Veilchen, rote
Taubnesseln und Kuckucksblumen.
Auf der Höhe liegt Beyerham, ein Dorf,
das ausschaut, als habe ein Riese Häuser
und Kühe aus einer Spielzeugschachtel
aufgestellt. Zu dieser Ortschaft steige
ich später von Zell am Wallersee, mit
seiner 1502 errichteten Kirche, hinauf
und trete den Heimweg an. Am Waldsaum
fühlen sich Huflattich,Pestwurz und Schlüsselblumen heimisch. Vieheintrieb in Beyerham. Die braunen Bergkühe schleppen pralle
Euter heim zum Stall. Es ist Melkzeit.

Zum Abschied betrachte ich behaglich den
See noch einmal aus "höherer Sicht". Er
schimmert nun blaugrau wie Schiefer im
Glast des Spätnachmittags.

Am Wallersee

Wellenhügel rollen sanft ans Land
Wind kämmt zärtlich junge Erlenzweige
Träumend sitzen wir am grünen Sonnenufer
Leise raschelnd fächelt uns das Schilf
        ein Sommerlied
Wie ein Mantel schützt der Himmel uns
        mit Strahlenblau
Gütig wärmt uns beide goldnes Licht
Innig halten wir im Kuß uns
        fest umschlungen
Ort und Tag vergessend voller
        Seelenglück
Fühlen uns vereint mit Wasser,Erde,Luft
Sind wir Blumen in der stillen
        Einsamkeit
Pulsschlag, Atem nur im Rhythmus
        der Natur?

Winter im Hochgebirge

Bezaubernde Schneelandschaft in Abtenau

Heftiges Schneetreiben. Die Berge sind heute unsichtbar. Dennoch gehen wir die verschneite Fahrstraße hinauf zur Sonnleit'n. Der Wind bläst eisig und wirft uns winzige harte Schneeflocken ins Gesicht, daß es schmerzt und sich Tropfen auf Stirn und Wangen bilden...
Ein herrlicher blauweißer Wintertag. Die Berge zeigen sich in reinster Schönheit. Noch einmal steigen wir zur Sonnleit'n hinauf und genießen den selten schönen Ausblick auf Abtenau im Tale.
Mittagessen im "Weißen Rößl". Anschließend Spaziergang durch bezaubernde Schneelandschaft oberhalb des Fischbachtales. Dabei beobachten wir etwas Wundersames: Schneekristalle glitzern auf den Feldern in der Sonne wie Diamanten: rubinrot, türkis, orange, flaschengrün und himmelblau. Beide haben wir bislang noch nie ein solches Naturwunder wahrgenommen. Beglückt bleiben wir ein Weilchen stehen und können uns kaum satt sehen.
In meiner Freude laufe ich noch eine Stunde allein in den Abend hinein, bergwärts nach Au, und da der Weg über Seetal nach Abtenau unsichtbar unter Schneemassen ruht, gehe ich denselben Weg zurück. Zwar sind von den Bergriesen nur die Sockel zu sehen, doch auch um die brauen Nebel. Aber auch in dieser Strenge und Unnahbarkeit behalten sie majestätische Schönheit. Man muß sich nur lang genug mit ihnen

beschäftigen und sie aufmerksam betrachten. Ich sitze dann noch lang in der Dämmerung im Zimmer ohne Licht, blicke auf die friedliche, anmutige Landschaft mit dem geliebten Abtenau, das Herz des Tennengaus. Zwar leuchten zahlreiche Lichter herüber, und auch der Schnee läßt die Dunkelheit nur sehr langsam und unwillig ins Nachtgewand einhüllen. Als schließlich die Kirche im Dunst entschwindet, zünde ich eine Kerze an und beginne mit dem Abendbrot...

Nachdem ich mich von der Wirtin verabschiedet habe, gehe ich noch einmal die Straße hinauf, die wir vorgestern zusammen gegangen sind und erfreue mich erneut an der unvergleichlich schönen Winterlandschaft. Die Sonne versucht sich heute morgen durch den Grauschleier hindurchzukämpfen. So entstehen wunderbare Stimmungsbilder,die ich nur schwer beschreiben kann. So tauchen etwa Berggipfel oberhalb des Bodennebels auf, scheinen in der Luft zu schweben. Dann strahlen Schneefelder am Leib eines Berges plötzlich hell in der Sonne oder es wandern Nebelwolken geheimnisvoll über dem Ort...

In der Wachau

Aggstein - Dürnstein - Krems - Und - Stein

Es sind nun schon mehr als zwei Jahrzehnte
vergangen, seitdem meine Frau und ich
bei herrlichem Sommerwetter durch das
untere Kamptal nach Krems fuhren. Schon
bei Langenlois erreichten wir die Wachau,
eine der schönsten Landschaften Mitteleuro-
pas: Weinäcker, Weinberge wohin wir schauten, manchmal ein paar Obstbäume oder
Kornfelder. Darüber Wälder an Berghängen
mit schroffen Felsen bis hoch in den lichtblauen Himmel. Burgen oder Kirchen oft
auf hohen Bergplateaus. Zunächst kamen
wir über Spitz und Weißenkirchen nach
Melk. Das weltberühmte Benediktinerstift
dehnt sich auf einer Hochebene über dem
Donautal und der Stadt aus...
Eine entzückende zweiteilige Treppe mit
weißen Geländern geleitet vom Stifts-Re-
staurant hinauf zum Parkplatz. Wir spurten
nun am südlichen Donau-Ufer stromabwärts.
Diese Flußseite zeichnet sich durch weniger
Orte und mehr Wälder aus, die Fahrbahn
ist schmaler. -

Burg Aggstein
Bald tauchte auf schier schwindelnder
Höhe die Burgruine Aggstein wie ein Kron-
juwel aus dem Gebirgswald auf. Eine Straße,
steinig, kaum drei Meter breit, steigt
stellenweise stark bergan.
Aggstein, im 13.Jahrhundert von den Kuen-
ringern erbaut, ist eine der imposantesten
Burgruinen, die ich je sah. Eigentlich

besteht die Anlage aus drei Burgen, zwei Seitenbauwerken mit Turm und einem diese verbindenden Mittelteil. Mehrere Gebäude sind noch gut erhalten, da die Burg nie total zerstört wurde, sondern allmählich verfiel, nachdem sie seit Ende des 17.Jahrhunderts unbewohnt blieb. Am meisten beeindruckten uns die vielen wie in einem hohen Haus übereinander errichteten Räume, welche im allgemeinen durch steile Stufen von den Innenhöfen aus erreicht werden. Gut erhalten ist auch die Burgkapelle. Deutlich erkennbar sind noch die gotischen Fenster und Rippen im Chor; ja, sogar der Dachstuhl ist noch vorhanden. In der Burgküche,die auch gegenwärtig wieder als Küche eines Wirtschaftsbetriebes genutzt wird, befindet sich noch der hohe,vom Ruß stark geschwärzte Rauchfang. Benachbart überraschte uns der noch tadellos erhaltene Rittersaal mit Balkendecke und Fensternischen. Tische und Bänke dienen heutzutage den Burgbesuchern zum Rasten und Vespern. Dabei flieht der Blick über zahllose Baumwipfel der Donauhöhen bis tief hinunter ins Stromtal. Auch wir ließen uns auf einer Bank nieder, stellten uns vor: wie hier einst Ritter mit ihren Edelfrauen gehaust haben mögen. Beim Blick durchs Fenster stellten wir erstaunt fest, daß trotz dieser Höhe (ca 300 Meter über der Donau) viele Insekten sich hier oben an den Fensterscheiben tummelten und sahen mit Entsetzen unter ihnen auch ein aus der Sippschaft der Bienen stammendes Riesentier, welches mit 5-6 cm Länge selbst Hornissen an Größe noch übertraf. Es versuchte unermüdlich in den Raum einzudringen,was ihm zum Glück nicht gelang.

Ich stieg später allein auf die Türme.Die
Aussicht über die Gebirgszüge der Wachau
mit ihren dunkelgrünen Wäldern, den licht-
grünen Weinterrassen und die im Sonnenlicht
flimmernde Donau, war grandios. Zuletzt
betraten wir noch das Rosengärtlein. Durch
die Fensterhöhlen können von hier aus
Mufflons und Bergziegen beobachtet werden,
die unterhalb der Mauern grasen.
Wir fuhren weiter auf der verhältnismäßig
stillen rechten Uferstraße, die öfters
beidseitig von Wäldern begleitet wird.
Diese Landschaft erinnerte mich an die
Auenwälder am Oberrhein. Gegen Abend trafen
wir in Dürnstein ein, dem wohl reizendsten
und bekanntesten Winzerstädtchen in der
gesamten Wachau. Es schmiegt sich mit
seinen malerischen Häusern, der barocken
Stiftskirche, mit den Stadttoren und steilen Wingerthängen, zu denen die Stadtmauer
bis in schier unglaubliche Höhe hinanklet-
tert, in einen Donaubogen, so daß der
Ort auf einer Halbinsel im Wasser zu ruhen
scheint. Vom Berg grüßt weithin sichtbar
die Ruine Dürnstein. Diese Burg gehörte
auch dem Geschlecht der Kuenringer. In
ihr soll Leopold V.Herzog von Österreich
den englischen König Richard Löwenherz
Ende des 12.Jahrhunderts gefangen gehalten
haben. Die Sage erzählt, daß der treue
Sänger Blondel ihn dort gefunden habe.
So konnte Löwenherz durch ein hohes Löse-
geld, welches die Engländer an König Heinrich VI. zahlten, befreit werden.
Wir kehrten, nachdem wir Dürnstein beglückt
Hand in Hand durchstreift und noch am
Donau-Ufer gesessen hatten, im Gasthof
"Sänger Blondel" ein und probierten im

Heurigen-Garten den von Glut und Kraft
der Sonne gereiften edlen Wachau-Wein.

Donauschiff-Fahrt nach Krems - Und - Stein

Meine Frau und ich starteten von unserem
Ferienort Gars am Kamp im niederösterreichischen Waldviertel zur zweiten Fahrt
in die Wachau. Zunächst besichtigten wir
das beglückend schöne Benediktinerstift
Göttweig über dem Fladnitztal. In Krems
vertrauten wir uns der Österreichischen
Bundesbahn bis nach Emmersdorf an.Beschwer-
lich, ja mit Tücken bespickt, war der
Weg zur Schiffslandestelle bei Melk. Zunächst mußten wir die Bahnschienen überqueren. Dann bemühten wir uns, möglichst
rutschfrei einen Hang hinunterzugleiten,
um die Straße, die über die Donaubrücke
führt, zu erreichen. Mir war merkwürdig
zumute, auf einem schmalen Fußweg hoch
über dunklem Wasser dahinzuschreiten.So
war ich froh, Hand in Hand mit meiner
Frau, wohlbehalten das andere Ufer erreicht
zu haben.
Nun folgten wir einer breiten Straße durch
Auwälder und fanden endlich den Hafen,wo
schon zahllose Ausflügler auf das Dampf-
schiff "Stadt Wien" warteten. Noch nie
sah ich so viele Leute an einer Schiffs-
station und war besorgt, ob wir überhaupt
noch ein einigermaßen angenehmes Plätzchen
an Bord erwischen würden. Doch die Heer-
scharen strebten vorwiegend auf das offene
Oberdeck. Als wir später den Dampfer be-

sichtigen, sah es dort aus wie auf einem
Auswandererschiff billiger Klasse. Wir
aber hatten Glück und saßen wenig später
im Restaurantsaal an einem Tisch am Fenster
und hatten beste Sicht auf die allmählich
immer stärker von der Sonne bestrahlten
Weinberge, Wälder, Felsen und Ortschaften
der nur mit dem romantischen Mittel-Rhein
zu vergleichenden Wachau. Wobei diese
niederösterreichische Landschaft durch
höhere Berge und dem breiteren Strom heroi-
scher wirkt als das anmutige Rheintal.
In Krems gingen wir an Land, gerieten
aber zunächst ungewollt in die uralte
Donaustadt

Stein,
die heute mit Krems verbunden ist,kurioser-
weise durch einen ehemals selbstständigen
Ort namens **"Und"**. Noch heute gibt es die
Under Kapuzinerkirche mit einem Klosterbau
des 17.Jahrhunderts, den "Under Hof" und
die "Under Straße". Niemals darf deshalb
"Und" kleingeschrieben werden, wenn wir
vom Orts-Trio "Krems-Und-Stein" sprechen.
Es wäre eine Kränkung für die kleine alte
Gemeinde.
Wir traten zunächst durch das Kremser
Tor und drangen auf der Steiner Landstraße
immer tiefer in das Herz der einstigen
landesfürstlichen Stadt Stein ein.
In den Gassen entdeckten wir nicht nur
viele hübsche Häuser, besonders aus dem
16.und 17.Jahrhundert - unter anderen
die beiden "Salzstadel" -, sondern sogar
gotische Bauten sowie erstaunlich viele
Kirchen, von denen ungewöhnlich bemerkenswert zwei scheinbar übereinander stehende

sind. Da erhebt sich die um 1380 erbaute Frauenbergkirche in der Oberstadt über dem im unteren Ortsteil stehenden, dem Hl.Nikolaus geweihten Gotteshauses aus dem 15.Jahrhundert. Die Frauenbergkirche ist über eine holperige Steintreppe neben einer Felsenwand zu erreichen.
Sie wurde in jüngster Zeit als Gedächtnisstätte für die Gefallenen beider Weltkriege ausgestattet. Schön ist der Blick von hier oben auf die Dächer von Alt-Stein und auf die Donau. Im Vordergrund ragt der Turm der Talkirche (St.Nikolaus) in den Himmel, geschmückt mit einem kostbaren Barockhelm.
Die Minoritenkirche - Namenspatron ist der Hl.Ulrich - dient heute als Kunst-Ausstellungsraum. Beim Rebentor in der Oberstadt spendet ein überdachter Brunnen aus dem Mittelalter erfrischendes Trinkwasser. Aus der Ferne sehen wir den zinnengekrönten Torturm des Großen Passauer Hofes. Früher war er Sitz der Gutsverwaltung der Diözese Passau.
Doch wir wendeten uns nach Osten, um

Krems

wenigstens einen kurzen Besuch abzustatten. Zunächst gelangten wir hinter den Steiner Stadtmauern jedoch an eine im geschmackvollen Schlößchen-Stil erbaute Tabakfabrik und erfreuten uns an den ansehnlichen Wohnbauten, die der Tabakfabrikant in den 20er Jahren des 20.Jahrhunderts für seine Arbeiter errichten ließ. Durch **"Und"** erreichten wir schließlich den Südtiroler Platz mit dem malerischen großartigen Steiner Tor. Der Hauptbau wird von zwei

Türmen flankiert. Hier beginnt nun wirklich
die Kremser Altstadt. Die Obere Landstraße
ist mit Wimpel-Girlanden geschmückt. Sie
ist mit der anschließenden Unteren Landstraße eine so bedeutende Geschäftsstraße,
wie wir sie seit Wien in jenen Ferientagen
nicht mehr sahen.
Auf die Besichtigung der Stadt mußten
wir damals verzichten, da schon der Abend
nahte. Doch die Erinnerungen an die Wachau
blieben für immer im Tagebuch des Herzens
wach: Rebengärten steigen sonnenheiße
Felsen steil hinan, spiegeln wider lichtes
Grün im flinken Strom. Wälder krönen langgestreckte Höhen bis zum Himmelsdom. Burgen
wachen über Fluß und Grund. Mauern, düster,
trutzig aufgebaut wie ein Adlernest im
Baumversteck. Talwärts träumen weinselig
Dörfer; Häuschen, uralt, scharen fromm
sich um der Kirche festgefügten Turm.
Bunte Kränze laden ein zu frohem Trunk
in abendstillen Lauben.

Im Namen des heiligen Benedikt

Drei niederösterreichische Klöster:
Melk - Altenburg - Göttweig

Nachdem Benedikt von Nursa 529 durch Gründung eines Klosters auf dem Montecassino bei Neapel die Urzelle des Benediktinerordens anlegte, entwickelten sich aus dem bis um 1100 einzigen abendländischen Mönchsorden zahllose Klöster, die nach der Regel des heiligen Benedikt lebten und auch heute noch leben. Ihr Grundsatz lautet: "Ora et labora" (bete und arbeite). Und in der Tat sind die Leistungen der Benediktiner-Mönche, wie Kultivierung des Landes, Schulwesen und wissenschaftliche Tätigkeiten für die Entwicklung des Abendlandes von hoher Bedeutung. Vor allem ist es der Anordnung Benedikts an die Mönche zu verdanken, religiöse und klassische Werke abzuschreiben, so daß dadurch viele literarische Kostbarkeiten für die Menschheit erhalten blieben.
Auf einer Studienreise durch Niederösterreich konnten wir drei jener Heimstätten der Benediktiner besichtigen, die innerhalb von 70 Jahren (zwischen 1074 und 1144) gegründet wurden: Göttweig, Melk und Altenburg.

Melk
Das weltberühmte Benediktinerstift Melk streckt sich in der märchenhaft schönen Wachau aus, auf einer Hochebene über dem Donautal und der Bezirksstadt. Das Kloster wurde 1089 in der alten Burg gegründet,

gelangte zur Zeit des Barocks in bedeutende kulturelle und wissenschaftliche Blütezeit. Die wertvolle Bibliothek zeugt heute noch davon.
Wir betraten den Klosterhof mit dem hübschen runden Brunnen in froher Erwartung und gelangten durch einen schmalen Gang, der das Gotteshaus mit einem Klostertrakt verbindet, zur Stiftskirche. Sie wurde in den Jahren zwischen 1702-1726 u.a.von J.Prandtauer erbaut und zählt zu den prächtigsten Barockbauten Europas. Zwar bewunderten wir die meisterlichen Figuren,den künstlerischen Zierrat an und neben den Altären, doch fanden wir den Reichtum an Kunstwerken, zumal mit Gold verschwenderisch umgegangen und die Wände zusätzlich mit Farbbildern üppig bemalt wurden,erdrükkend und zu prunkvoll. Ähnlich wie in der Wiener Karlskirche ist jedoch hier in Melk der Blick in die Kuppelhöhe grandios und beeindruckend.

Altenburg
Aus dem abgeschiedenen Tal des Försterbaches im Waldviertel, südwestlich des Landstädtchens Horn, stiegen wir hinauf zur Anhöhe, wo uns hinter Mauern das Benediktinerstift Altenburg mit seiner kostbaren Kirche und den barocken Klostergebäuden willkommen hieß. Das Kloster wurde 1144 gegründet und gilt als ein Hauptwerk des donauländischen Barock. Die Fresken und Bilder schuf P.Troger, die Stuckplastiken F.J.Holzinger. Am besten gefiel uns neben der Orgel und dem Hochaltar ein Gemälde von Jesu Geburt, aber auch die Stationen des Leidensweges Christi sprachen uns

an. Die Stiftskirche erneuerte J.Munggenast
in den Jahren 1730-1733. Tore und Türen
sind geöffnet, laden Beter und Kunstfreunde
herzlich zum Eintreten ein.
Im Hof des Stiftes hatten Männer der Freiwilligen Feuerwehr Tische und Bänke im
Freien sowie in einer Laube aufgestellt.
Sie bewirteten freundlich die Gäste mit
kleinen Speisen und Getränken. Aus einem
Keller klang Musik und Gesang heiterer
Menschen, u.a. hörten wir das Lied von
"Deutsch-Südtirol" und "Als Böhmen noch
bei Östreich war..."

Göttweig
Vom Kamptal gelangten wir über Krems in
der Wachau zum Stift Göttweig, das sich
wie ein malerisches Schloß mit Ecktürmen
in herrlicher Lage auf einem Waldberg
über dem Fladnitztal erhebt. Wir waren
angenehm berührt von der Gastfreundlichkeit
der Benediktiner, denn auch in diesem
Kloster ist es den Besuchern gestattet,
sich in den Höfen frei zu bewegen sowie
Stiftskirche und Kreuzgang der mehr als
900 Jahre alten Benediktinerabtei kosten-
frei zu besichtigen. Sie wurde um 1074
als Augustiner-Chorherrenstift gegründet.
1719 begann der barocke Neubau nach Plänen
von J.L.von Hildebrandt, welcher jedoch
nur teilweise realisiert wurde: So die
Fassade der Kirche von 1750-1765, der
Ostflügel und der Nordflügel mit der Kai-
serstiege.
Anläßlich des Jubiläums (1974) wurden
die Gebäude des Klosters sehr gut restauriert, ebenso das mächtige neuklassizistische Portal und die wunderschöne Barock-

orgel, ein seltenes Schmuckstück des Gotteshauses. In ihm dominieren außerdem
der den gesamten gotischen Chor ausfüllende
Hochaltar und die mit Plastiken reich
verzierte Kanzel. Die Seitenaltäre zeigen
bunte Wandbilder und große Gemälde,u.a.Darstellungen von Christus und seinen Jüngern,
St.Michael im Kampf mit dem Bösen. Den
Hauptaltar schmückt Mariä Himmelfahrt.
Wohltuend empfanden wir die Ausmalung
der Decken in sanften rosa und himmelblauen
Tönen. So wirkt die Göttweiger Stiftskirche
weder überladen noch so pompös wie jene
im Stift Melk. Auch die hiesige Krypta
darf der Besucher besichtigen. Sie ist
geräumig und verhältnismäßig licht durch
größere, meist noch deutlich erkennbare
romanische Fenster. In einer Seitenkammer
befindet sich die letzte Ruhestätte des
heiligen Bischofs Altmann von Passau,dem
Begründer des Stifts.

Zwettl und sein Stift

Malerische Stadt im Kamptal

"Ich habe nur noch das, was ich am Körper trage", sagte weinend eine Frau in der niederösterreichischen Stadt Zwettl. Die Wassermassen hatten ihr Haus in der Innenstadt völlig zerstört. Das Stadtzentrum war bis zu eineinhalb Meter hoch überschwemmt...
Solche Hiobsbotschaften hörten wir zuletzt täglich, waren doch damals nicht nur große Gebiete Österreichs durch heftigen Dauerregen überflutet, sondern auch viele Bäche und Flüsse in Mitteldeutschland, vor allem Elbe und Saale, waren aus ihrem Bett geströmt, hatten weiträumig Dörfer und Städte, ja ganze Landschaften in riesige Seen verwandelt. Zahllosen Menschen erging es wie jener Frau aus Zwettl. Der Verlust an Hab und Gut war unermeßlich, konnte nur gemildert werden durch vorbildliche Hilfsbereitschaft und Solidarität vieler Menschen aus ganz Deutschland.
Zwettl! Als ich den Namen dieser kleinen Stadt am Kamp in Verbindung mit der großen Flut hörte, war ich betrübt und erinnerte mich an beglückende Ferientage mit meiner Frau vor rund zwanzig Jahren im Kamptal, im Wald- und Weinviertel, in der Wachau und in Wien. Es war mir nur schwer vorstellbar, unseren Gasthof mit dem Biergarten in Gars, in dem wir oft an warmen Sommerabenden gesessen hatten, vom Kamp, jenem friedlichen Flüßchen, von Wasserfluten durchströmt zu wissen. Und gar Zwettl,

das malerische Idyll am Kamp, mit seinen
Häusern aus den Zeiten der Renaissance
und des Barocks, vor allem am Hauptplatz
und in der Landstraße, die meisten in
zarten Pastellfarben, nun verzerrt sich
spiegelnd in trüben wild vorbeitreibenden
Wassermassen?
Doch meine Augen bewahren festliche Bilder
eines herrlichen Julitages. Von Gars fuhren
wir kampaufwärts, begegneten dem Fluß
immer wieder zwischen Wäldern und Fluren,
sahen die Rosenburg auf erhabener Höhe
thronen, die Benediktiner-Abtei Altenburg
und die romantische Burg Ottenstein, welche
auf einer Halbinsel ruhend, mitten im
Stausee zu schwimmen schien.
Von der einstigen Pfarrkirche des 13.Jahr-
hunderts ist durch mehrfache Umbauten
kaum noch Bedeutendes wahrzunehmen. Da
der Weiheraum zu jener Zeit restauriert
wurde und einige Wände kahl standen,konnten
wir uns kein gerechtes Urteil erlauben.
Immerhin erkannten wir im Chor und am
Kreuzgewölbe noch deutlich gotische Kunst-
formen.
Besser gefiel uns die romanische Propsteikirche auf dem Hügel über der Stadt. Ein
Kreuzweg führt zwischen alten Bäumen hinauf. Die Stationen zeigen den Leidensweg
Christi in modernen Mosaikbildern. Befrem-
dend wirkten jedoch auf uns die stark
der Alltagssprache der Gegenwart angepaßten
Bibeltexte. Die Propsteikirche, aus Urstei-
nen gefügt, steht wehrhaft hinter Fried-
hofsmauern; nahebei der gotische Karner
(Beinhaus). In diesem Gotteshaus erfreuten
die frischgetünchten Wände, die Bogen
und Fenster, die Apsis mit einer Glocke.

Wohltuende Ruhe, ja demütige Bescheiden-
heit strahlt dieser Raum aus.

Anschließend fuhren wir zum Zisterzienser-
Stift Zwettl. 1138 gegründet, draußen
vor der Stadt, gehört es zu den besterhal-
tensten Klosteranlagen in Mitteleuropa.
Einen so gut und rein erhaltenen Kreuzgang
mit Brunnenhalle habe ich bislang nur
in Maulbronn gesehen. Er ist der älteste
vollständig erhaltene Kreuzgang Österreichs. Ehrfürchtig, voller Bewunderung
und zugleich begeistert von der hohen
Kunst Stein in Schönheit zu verwandeln,
betrachteten wir die Bögen, Säulen und
Kapitelle, die Kleeblatt-Rosetten in der
Kuppelwölbung.
Auch wenn der Hofgarten durch den Kreuzgang
umrahmt ist, kann hier nicht das Gefühl
der Enge oder gar Begrenzung aufkommen.
Hier weht der Atem einer religiösen Freiheit, ist Geist Gottes wahrhaftig spürbar.
Im nahen Kapitelsaal - dem ältesten noch
erhaltenen in einem Zisterzienser-Kloster
- sahen wir die prächtige Mittelsäule,
welche mit strahlenförmig nach allen Richtungen laufenden Streben den gesamten
Raum abstützt und trägt. Ein Meisterwerk
künstlerischer Vollendung.
Schließlich besichtigten wir auch die
romanisch-gotische Stiftskirche. Sie wurde
im 18.Jahrhundert so behutsam barock-ausge-
stattet, daß die großartige mittelalterliche Architektur prägend bewahrt blieb,
ebenso die mystische Dämmerung und die
zu stiller innerer Einkehr notwendige
Atmosphäre. So kann sich das Auge am Mar-
mor-Hochaltar, der goldenen Kanzel oder
der herrlichen Orgel erfreuen, wie in

nachtsanfter Dunkelheit der Nebenaltäre
mit Kreuzwegstationen im Gang mit Nischen-
Kapellen rund um den Chor sich vertiefen.
Nach Verlassen des Gotteshauses standen
wir vor dem prächtigen Turm, welcher in
den 20er Jahren des 18.Jahrhunderts in
ein Barockgewand gekleidet und durch den
Vorbau einer mächtigen mit Engeln verzierten Schauseite zur stattlichsten Einturm-
fassade des deutschen Barock wurde.
Für die Heimreise wählten wir eine kleinere, dem kurvenreichen Kamptal sich anpas-
sende Straße, beglückt von bezaubernder
Landschaft: Waldhöhen, Felsen, Büsche
und das breite gestaute Wasser, in dem
der Abendhimmel blinkte. Und in dieser
Stunde, in diesem Tal, wurde uns noch
einmal ein Bild stolzer Kraft und trotziger
Schönheit gezeigt: Burg Krummau, auf stei-
lem, bizarren Felsenblock. Und sie erhebt
sich nicht über den Kampfluß, sie ist
verankert in ihm, ist Teil von ihm, Stein-
Einheit von alters her.

Wir sind durch

Deutschland

gefahren...

Norddeutschland
Harz   Die Rheinlande
Mitteldeutschland
Hessen –
Darmstadt/Odenwald
Franken – Bayern
Schwarzwald   Württemberg/
Bodensee   Schwaben

Der Rhein

Von den Quellen bis zur Mündung

Eine poetische Gedankenreise

Die Rheinquellen

Hochdroben im Schweizer Gletschergebirge, wo Gipfelfürsten in tiefblauem Firnhimmel stolz ihr Haupt erheben, entspringen die Quelläderchen des sagenumwobenen Rheins. Am einsamen Tomasee, nahe dem Oberalppaß, beginnt der Vorderrhein seinen mühsamen Lauf. Ins Medelser Tal stürzt kühn als eisiger Fumatschfall der Mittelrhein ins Graubündner Land. Vom Rheinwaldhorn rieselt der Hinterrhein, zwängt mutig sich durch die enge, düstere Via-Mala-Schlucht.Darüber in schwindelnder Höhe balanciert ein Brückchen - grausige Todesstätte des Sägmüllers.

Am Schweizer Alpenrhein

Kalkig, milchweiß gurgelt das Wasser, schießt durch Walddickicht, ausgewaschene Felsklüfte, von Menschenfuß kaum berührt. Hochschnellender Wasserregen versprüht beim Sprung über spitzen Steinschlag zu feinstem Nebelschleier. Bald tänzelt der Fluß in der Sonne zwischen dicken, rundgeschliffenen Steinen im leichteren Wellenrhythmus vor den Splügener Bergkulissen. Erste Burgen grüßen erhaben von Waldeshöhen: Schloß Rhäzüns zu Füßen des Calanda-Massivs, Ruine Wartenstein über Ragaz vor dem Flächerberg.

Rheinisches Fürstentum

Liechtenstein, idyllisches Fürstentum,

erreicht der Rhein bei Sargans in der Melser Au; Grenzfluß zur Schweiz. Blankes, helles Band, gleitet durch buntgestreifte Felder, schwarzgrüne Waldzungen.Ortschaften schmiegen sich an Weinberge und Wiesenhänge. Weiße, ballige Wölkchen umwandern steilere Berglehnen. Im Herzen des Landes thront Schloß Vaduz, Sitz des einzig regierenden deutschsprachigen Monarchen.

Vorarlberger Rhein
Wälder lockern sich langsam auf. Feldkirch und Dornbirn schmücken sich mit erntereichen lichten Obstplantagen. Alpengipfel weichen endgültig zurück. Erste schmale Inseln im Altrheingewässer.

Der Bodensee-Rhein
Liebevoll umarmt bei Rheineck der Bodensee den stürmischen Fluß. Konstanz, schöne alte Stadt am See, schenkt kurze Zeit ihm wieder die Freiheit. Doch taucht er noch einmal in die Fluten des Untersees, schwimmt vorbei an der Mönchsinsel Reichenau - ehrwürdige, romanische Kirchendreiheit mitten im Obst- und Gemüsesegen - und schreitet befreit als Hochrhein westwärts durch nördliche Schweizer Kantone.

Der Hochrhein
Malerische Städte: Stein und Schaffhausen. Bei Schloß Laufen tost schäumend,übermütig, zwischen üppigem Buschgrün, der junge Strom, mächtigbreite Naturstufen hinab, beruhigt sich wieder im neuen Becken,schillert türkis und smaragden. Wippende Wellenkrönchen funkeln tatendurstig in greller Mittagssonne. Langgezogene Dächer behüten

schlanke winklige, lustig am Rhein aneinandergereihte Häuser; Kirche und Veste dahinter:Deutschschweizerisches Laufenburg. Überdeckte Säckinger Holzbrücke stelzt auf Steinsockeln im Fluß, bricht sektkräuselnde Wogen in Scheffels Trompeterstadt. Rheinfelden am Abend. Schwarz, kraftvoll, greift ein Rheinkranarm in blassen Dämmerhimmel. Dunkle Uferbüsche spiegeln sich im stilleren Wasser. Südliche Schwarzwaldberge buckeln im Norden zum Schlaf sich zurecht.

Dreiländerrhein
Erste Großstadt am Rhein: Zweitausendjähriges Basel, Knotenpunkt der Völkerfreundschaft, Pforte zwischen Schweiz, Baden und Elsaß. Schlangenschmale Sichelkähne gleiten geschmeidig über den merklich verbreiterten Strom. Baseler Hafen: Ruheund Ladeplatz schwerer Lastenschlepper. Ende unbeschwerter Jugend, denn nun wird der Rhein Strom der Arbeit!
Spitze Münstertürme, farbigglitzerndes Mosaikdach, locken hinein in historische Altstadt. Doch weiter eilt der Rhein, entscheidende Wende nach Norden, nach Deutschland.

Schwarzwald-Vogesen-Rhein
Elsaß und Baden begrenzen des Rheins fruchtbare Ebene. Horizontfern mächtige Waldgebirge: Vogesen und Schwarzwald krönen würdevoll den königlichen Strom. Einsamkeit auf Hermann Burtes Isteiner Klotz, dem dreiköpfigen Feldberg, Höchster der Hohen. Geisterhafter Kandel, lieblicher Schauinsland, sagenumwobene Hornisgrinde,Götterberg

Merkur; Hausberg weltberühmtester deutscher
Badeeleganz. Einsamkeit drüben im Wasgauge-
gebirge, auf dem geheimnisvollen Tännchel,
dem kahlen Buckel des Belchens. Mystischer
Donon; vom Kriege vergewaltigter Hartmanns-
weilerkopf; Gedächtnisstätte heute an
zahllose Tote, Mahnmal den Lebenden.
Einsamkeit bei wettergeprüften Tannen
unter blauem Sommerhimmel, Wiesen, arnika-
gelb, ein Blütentuch liebevoll auseinander-
gefaltet. Kecke Silberdisteln blinzeln
zur Sonne. Herdetiere suchen würzige Kräuter, läuten leise mit blechernen Glocken.
Einsamkeit, Unendlichkeit. Natur spricht
mit dir; Freude - Seligkeit. Dankbarer
Jubel verbirgt sich hinter ergriffenem
Schweigen. Drunten im Tale: Spielzeuggleich
grünender, blühender Garten Alemanniens.
Pappeln begleiten blinkenden Strom, Giebel-
häuser scharen sich um uralte Kirchen.
Gesegnete Obstbäume auf weiten Fluren,
an sanften Hängen; steilere Weinberge
darüber mit trutzigen Burgen. Hier ist
gewiß ein Teil vom Paradies. Münster und
Dome mit himmelweisenden Türmen überflügeln
weltliche Stätten, erheischen Ehrfurcht
und Gottvertrauen. Breisachs Münster,beim
vulkanheißen, seltsamen ›Kaiserstuhl:glatt-
geschorene Berge, tiefgespaltene Hohlwege.
Lichtschattenspiele zaubern irdische
Mondlandschaft. Münster zu Freiburg,einzige
große reingotische deutsche Kirche. Nächt-
lich angestrahlt wächst der Glockenturm,
schönster des Abendlandes, aus tausend
funkelnden Lichtern der Schwarzwald-Haupt-
stadt in samtene Sternennacht. Drüben
im Elsaß Antwort der Türme: St.Martin
in Colmar, St.Georg in Schlettstadt, das

Straßburger Münster, Juwel deutscher Bau-
Kunst; Erwin von Steinbachs Steinerne
Rose, einst von Goethe ergriffen betrach-
tet. Schlank und schön überwächst das
Werk schmucke Altstadtgiebel, strebt hinauf
zum wolkenträchtigen Himmel.

Oberrhein

Verträumte Stille, romantische Jugendidylle,
schenkt der Rhein zwischen Karlsruhe und
Mannheim. Riedgrasteppiche, Sumpfdickicht
in hellen Auenwäldern, wo Mücken und Stech-
fliegen tanzen und brüten. Fischerkähne
lauern Aal und Schleie auf. Netze hängen
am Ufer - riesige Spinnweben - im goldenen
Sonnenlicht auf Stangen gespießt. Fernher
grüßen wuchtige Türme, mächtige Kuppeln,
Kaiserdome am Rhein: Speyer, Worms und
Mainz, drei adlige Kronen, Zeugen deutscher
Geschicke, Majestäten mittelalterlicher
Baukunst, Blütezeit gestaltender Geistes-
kraft. Arbeitsame Geschwisterstädte Mann-
heim-Ludwigshafen mit Schleppern, Schloß
und Schloten. Rauchpilze wuchern aus le-
bensfeindlichem Industriefeld.

Der liebliche Rhein zwischen Wein- und Bergstraße

Deutsche Weinstraße: Rebenäcker, soweit
das Auge schaut, bis zur blaugrauen Haardt.
Wingerthügel über fröhlichen Dörfern,
Obstplantagen vor Odenwaldgipfeln, vorm
Pfälzer Wald, an der anmutigen Bergstraße,
Wiege des Frühlings. Weinnamen klingen
altvertraut, laden zum Trunk ein in Dürk-
heim und Weinheim, Bensheim, Nierstein
und Oppenheim.

Der romantische Rhein
Vornehme Kurstadt Wiesbaden, heiteres goldenes Mainz, Pforten zum "Romantischen Rhein". Burgen, Sagen, Lieder und Wein. Weltbekannte Städte, beliebte Fremdenorte kunterbunt aneinandergekettet, festlich-munterer Reigen. Alte prunkende Kirchen, bucklige Gassen, wehrhafte Mauern, Tore und Türme. Handgeschmiedete Wirtshaus-schilder in weinseliger Drosselgasse. Bingens Mäuseturm mitten im reißenden Strom - Fluchtstätte des bösen Bischofs Hatto, durch Mäuse gerichtet! Drei Perlen am Rhein: Aßmannshausen, Bacherach, Ober-wesel. Wer kennt sie nicht? Germania im Niederwald, Denkmal des Nationalstolzes. Die "Pfalz" bei Kaub, Zollort der Kaufleu-te. Im engen Rheintal bei Goarshausen vorspringender Schieferfels; Loreley, Brentanos Märchenfee, liebliche Sängerin lockt süßbetörend in tödlichen Grund. Blühender, lustroter Kirschengarten an der Boppard-Filsener Schleife. Rechtspre-chung auf dem Rhenser Königstuhl.Lahnstein, geschäftiger Doppelort, an der Mündung der Lahn. Romantik und Geschichte zeugen von Ruhm und Leid rheinischer Vergangen-heit. Markante Festen und Trutzen, Zacken verronnener Zeiten, zerstört und verfallen in schier endlosen Wäldern auf Hunsrück- und Taunushöhen. Zwietürmiges finsteres Raubritternest Ehrenfels, kleine düstere Burg Nollig; völkerverbindende Jugendburgen Stahleck und Gutenfels; gewalttätige"Katz", schwächlich-unterdrückte "Maus", einst Burg Wellmich genannt. "Feindliche Brüder": Liebenstein und Sternberg, getrennt durch die Mauer des Hasses - schon damals! Und

zu Füßen der Wallfahrtsort Kamp-Bornhofen. Gut und Böse leben eng beieinander! Neuerrichtet in verspielter Laune: Burg Stolzenfels. Besterhaltene Burg am Rhein: die Marksburg bei Braubach. Überschattet von grusliger Sage: Burg Lahneck, blühende Jugend dem Tode so nah... Ehrenbreitstein, Festung im Felsberg verankert. In der Ebene aber; das römische Koblenz, die wonnige Mosel, tief drunten fließt sie, Geliebte des Rheins, ergibt sich dem Glorreichen am "Deutschen Eck".

Schöner Mittelrhein
Hinter der Stadt weichen die Bergzüge zum Horizont zurück, dehnt weithin sich aus das Neuwiedener Becken, Heimat wertvoller seltener Bimssteinschätze. Doch wandern schon Eifel- und Westerwaldrücken, runde, wellige Waldhügel, näher und näher heran, verengen noch einmal das Tal. Maare träumen von der Erde Kindheit. Augen einsamer Wälder. Lava, Schlacken und Asche erinnern an manchem Weg an längst erloschene Vulkane. Köstliche Trauben reifen an kargen Sonnenhängen. Leutesdorf, Linz und Unkel laden zum Winzerfest. Königswinter am Drachenfels - meistbestiegenster Berg der Welt? - Reisekarussell weinseliger Menschen. Sieben Berge und mehr tummeln sich hier zusammen, wo Schneewittchen schlief, bewacht von den treuen Zwergen. Vom anderen Ufer winken Andernach, Remagen und Sinzig; alte rheinfröhliche Städtchen. Efeuberankter Rolandsbogen blickt noch immer nach Nonnenwerth, gedenkt der Königskinder - 'sie konnten zusammen nicht kommen, das Wasser war viel zu tief'. Reiche

Badestadt Godesberg, Balkon des Rheinlandes. Springbrunnen im blühenden Kurpark. Junge Bundeshauptstadt nach dem Krieg, rund vier Jahrzehnte lang. Bonn war in aller Munde. Doch Berlin erwarb den Rang "Hauptstadt Deutschlands" erfreulicherweise zurück! - Beethoven aber zog von Bonn am Rhein aus als Genius der Musik hinaus die Welt zu erobern.

Oberer Niederrhein
Bald aber fließt der Strom stiller und freier durchs Land, strebt hin zur Kölner Bucht, nennt sich nun "Niederrhein". Leuchtender, farbenprächtiger Barock: Schlösser in Brühl und Benrath, Bensberg und Poppelsdorf laden ein zu heiterem Leben; letzte süddeutsche Erinnerung.
Sandfarben, bleigrau und schwarz, veränderlich wie Tagzeit und Witterung, stoßen die Zwillingstürme des Kölner Doms in in die Welt, zeichnen in schwindelnder Höhe über die "hillige Stadt" zahlloser Kirchen und Klöster, Kreuze und steinerne Blumen herrlicher gotischer Klarheit in den blauweißen Himmel. Ein Säulenwald wächst empor; mächtig wölbt sich das Netzdach über Altäre und Schrein, Gott und drei Königen zu ewigem Ruhm, frommen Menschen zur Freude und Andacht. Antwort gibt der Mönchsdom im lieblichen Bergischen Land im Waldtal der Dhünn bei Altenberg.
Spielerische Wasserbecken, flankiert von wohlgeformten Bäumen; Brückchen verbinden Luxus- und Vergnügungsstätten, riesige Geschäftsfassaden, breite Fahrbänder, Promenadenwege. Düsseldorfs Königsallee, geschätzte, elegante Welt. Am linken Ufer

des Rheins empfängt uns das stolze Neuß mit Quirinusmünster und schönstem rheinischen Stadttor.

Industrie-Rhein
Leverkusen, erster Bote der Rhein-Ruhr-Landschaft. Doch träumt noch hier zwischen dicken Weiden und Pappeln das "Rheinische Rotenburg": Zons - mittelalterlich eng, von bedeutsamer Vergangenheit als winzige Zollstation. Pfeifen und Tuten, Poltern und Stampfen; schwarzer beißender Qualm aus Fabrik- und Schiffschornsteinen. Braunweißgraue Dunstglocke Tag und Nacht. Nebelschwaden wachsen mit pausbäckigen Wolken zusammen. Hunderte Schiffe dicht gedrängt im dennoch sonnenfunkelnden ölig-regenbuntem Wasser zu Duisburg im größten Binnenhafen Europas. Rheinhausen bei Nacht. Farbige Feuer flackern im violettschwarzen Himmel. Gespenstische Schiffsleiber. Lichterbänder zieren Hüttenwerke am Ufer. Strahlenketten verschwimmen im Zerrspiegel des Stromes.

Der Niederrhein
Polderlandschaft: Wehende, lohende Pappeln, buschige Kopfweiden, geruhsame Herden in stiller Einsamkeit. Fischerkähne hängen Riesennetze in die Luft. Erste Windmühlen treten auf den Plan. Der Rhein dehnt sich aus. Immer breiter und weiter bleiben die Ufer zurück. Inmitten ein Kleinod: der Xantener Viktor-Dom; Hort deutscher Sagen. Rote Backsteinstädte gesellen sich zum alten Vater Rhein: Wesel, Rees und Emmerich, Kleve mit der Schwanenritterburg. Letzte Hügel am Reichswald,und endlich Nijmegen,schon westlich der Landesgrenze.

Niederländischer Rhein

Wassergräben durchfurchen Niederungswiesen, alleinstehende Bauernhöfe; Heideland - Mooreinsamkeit. In viele Arme teilt sich der Strom; ungezügeltes Delta. Endlose, sehnsuchtsvolle Weite, seelisch kaum zu bewältigen von Fremdlingen, die im Gebirge, im Walde beheimatet sind. Unendlicher Himmel und niederrheinisches Holland verwachsen im Fernblick, Wolken und Wellen vermischen sich.

Welthafen Rotterdam; goliathische Hafenanlage mit zahllosen Dampfern, Schleppkähnen und Booten. Weltstadt am Westrand Europas; Sprungbrett zu fernen Kontinenten.

Erfüllt und glorreich strömt der Rhein, königlich, unbesiegbar, nach über dreizehnhundert-kilometerlanger Reise in die ewigen Fluten des Nordmeers hinein.

Früher Herbst im Rheinland

Schönheit der Stromlandschaften

Wenn der Wind kühler weht und sich erste Drachen über spitze Stoppeln hoch in die Lüfte schwingen, wenn Halme zaghaft zum dritten Male sprießen und die Astern und Dahlien in den Bauerngärten blühen, dann ist es eine Freude zu wandern. Diese Frühherbsttage, durchsponnen von zierlichen Geweben des Altweibersommers, darin blanker Tau blitzt, sind vielleicht die zauberhaftesten im Jahr.
Wandern wir zum Niederrhein, zur breiten Ebene mit den großen, schier endlosen Rübenfeldern und Kartoffeläckern. Mattgrüne Auwälder, wo in den Kronen schon das Spätjahr gilbt. Weites Land der Reifezeit und Erntefülle. Versteckt im Gebüsch träumen malerische Wasserburgen, weinlaubumrankt, Trutzige Türme, Ziegelsteinmauern, Treppengiebel und alte Tore spiegeln sich wider, verzerrt im windbewegten Gewässer. Und über allem spannt sich ein dunkelblauer Herbsthimmel. Zufriedenheit des sich rundenden Jahres atmet die Natur. Aus fruchtbarem Tiefland zieht uns ein Sehnen zum Strom. Sein wechselvolles Spiel der Wellen singt zeitlose Melodie. In erhabenen Bögen sucht er den Norden, windet sich durch wildes Gestein. Schon färbt sich das Rebenlaub scharlachen und golden. Winzer und Küfer rüsten zum Erntefest, denn zwischen Blattbüscheln versteckt leuchten blau- und grünbereifte Trauben, prallgefüllt mit sonniger Glut. Küche und Keller sind

leer geworden, und die letzten Fässer
prüfen fröhliche Zecher beim Straußenwirt.
Städtchen und Dörfer preisen ihre Weinber-
ge, laden zum Winzerfest ein. Jung und
alt sind beschwingt und heiter.
Rheinland - Weinland!
Was wäre der Herbst ohne Rhein und Rebe?
Doch auch auf Gebirgshöhen ist es jetzt
herbst-festlich schön. Ein Spaziergang
im Wingert in milder Oktobersonne, am
Waldrand des Westerwaldes oder des Huns-
rückens, wo Hagebutten sich in stachliger
Hülle röten. Ein paar Schritte durch die
Morgenstille, ein Gang der Besinnung,der
Erinnerung, ein Blick in sich selbst.
Stunden glücklicher Zufriedenheit und
Einsamkeit, die uns Menschen reich beschen-
ken, uns wappnen für Unbill der lauten
Welt des Alltags von morgen.
Und dann schauen wir, an einen Felssturz
tretend, hinunter ins Tal und lächeln.Wie
klein sind die Menschlein dort unten gegenüber der erhabenen Natur. Eilig und rastlos
flitzen sie in ihren Wagen durch schöne
Landschaften. Sehen sie nicht die Sonne,
die sich über dem Teufelskädrich emporhebt?
Ist heute der Himmel nicht klarer über
dem Berg? Duftige Nebelschleier breiten
sich über das Tal, scheinen in den Rhein-
fluten zu schwimmen, folgen dem grauen
Lauf und schwerbeladenen Schleppkähnen,
den großen Städten entgegen.

Niederrheinisches Städte-Dreieck

Dülken - Süchteln - Viersen

Östlich der über tausendjährigen Münster-
stadt Mönchengladbach, im Bruchland von
Niers und Schwalm, führt ein Pappelfeld
am Kanal entlang, zwischen einsamen Feldern
und Auwäldern, wo sich das alte Schloß,
an malerischen Reizen der Massen unüber-
troffen, mit dem geheimnisumwobenen Namen
Myllendonck verbirgt, halb verfallende
Ruine, teils mühsam erhaltendes Burgfrag-
ment. Seine Blütezeit ist vorbei, wohl
für immer, ein Schicksal wie viele in
der neueren Zeit.
Einst zählte Myllendonck zu den mächtigsten
Besitztümern niederrheinischer Adelsge-
schlechter, aber nun kann es sich nicht
mehr mit dem benachbarten Schloß Dyck
messen, das prächtig und romantisch wie
im Märchenbuch, von Wassergräben und Tei-
chen begrenzt, zwischen uraltseltenen
und merkwürdigen Parkbäumen versteckt,
wie eine Insel in spätherbstbrauner Ebene
träumt. Die Mauern der dreiteiligen Anlage
sind wildweinberankt. Schon seit dem
14.Jahrhundert gehört es den Herren von
Reifferscheidt und war auch im 20.Jahrhun-
dert in adligem Besitz.
Weithin sichtbar, wie eine Lanze in den
blaugrauen Himmel stoßend: der gotische
Turm der domartigen Viersener Josefskirche.
Doch gerühmt wird in dieser Stadt am Alten
Markt, wo noch Häuser des 17.und 19.Jahr-
hunderts zu finden sind, vor allem die
kulturgeschichtlich bedeutsame Remigius-

kirche, die leider im letzten Krieg ihre
einstige Schönheit einbüßte: Fenster und
Deckengewölbe sind nicht mehr so, wie
der Gast sie nach alten Kunstführern erwartet, dennoch schön genug, um mit dem Erhal-
tengebliebenen und mühselig Neugefügten
zufrieden sein zu dürfen.
Süchteln liegt nur ein paar Kilometer
nordwärts, und das durch seine "Narrenmüh-
le" bekannte Dülken, dessen Markt noch
sehenswerte barockgeschweifte Backsteingie-
belhäuser zieren, nur wenig westlicher.
Es ist eigentümlich, ja überlegens- und
nachforschenswert, in der niederrheini-
schen Geschichte zu blättern, um zu ergründen, warum hier zwischen Nette und Niers
drei ebenbürtige Orte sich bildeten: Viersen, Süchteln und Dülken, die sich bis
in die Gegenwart zwar ähnlich entwickelten,
aber ohne daß einer von ihnen Großstadt
wurde.Bis in die zweite Hälfte des 20.Jahr-
hunderts hatte auch keine der Städte versucht, durch Eingemeindung der Schwestern
"Alleinherrscher" zu werden. Erst durch
Gemeindereformen wurde Süchteln dem größeren Viersen zugeordnet. Vielleicht verdankt Dülken seine weitere Selbständigkeit
der Autobahn 61 (Mönchengladbach - Venlo)
welche es von beiden anderen Städten hinter
der Süchtelner Höh trennt.
Auch Süchteln, die "Stadt im Grünen",
beherbergt noch malerische Bauten in wink-
lig mittelalterlichen Gassen und Wallstra-
ßen, sowie am Marktplatz beim schlichten
Backstein-Rathaus. Gepflegte Wanderwege
erschließen das kleine, aber stark zer-
klüftete laubwaldreiche und von Tälern
durchfurchte Gebirge der Süchtelner und

Viersener Höhen den Feierabend- und Wochen-
end-Spaziergängern, die gern aus den nahen
Städten durch die Mulden oder auf den
Treppen zu den Aussichtspunkten hinauf-
steigen.
Blendendweiß leuchtet das Irmgardis-Kapell-
chen auf dem Heiligenberg. Wallfahrtsstätte, im September, aus Waldesdunkel, zu
Ehren der Heiligen Irmgardis, Tochter
des Grafen von Zütphen und Geldern, im
17.Jahrhundert errichtet. Irmgardis soll
im 11.Jahrhundert hier als Einsiedlerin
gelebt, anderen Quellen zufolge jedoch
im 13.Jahrhundert Süchteln an die Abtei
St.Pantaleon in Köln geschenkt haben.
Wenige Fuß tiefer sprudelt das Heilquell-
chen aus einer Grotte.
Spätnachmittag auf der Wilhelmshöhe: Von
Deutschlands westlichstem steinernen Bismarckturm blicke ich über das Baumwipfel-
meer und die Dächer von Viersen weit über
die niederrheinische Ebene bis nach Holland
hinein.

Auf dem Hochwasserdamm

Am Grenzpunkt zweier Welten

In der letzten Stromkurve vor der Stadt
ducken sich die beiden Dörfer schutzsuchend
hinter den Hochwasserdamm.Ein langgestreck-
ter Sattel, zieht das Bollwerk im kühnen
Bogen vom Schloß bis zur Stadtgrenze quer
durch das Niederland, frei, ohne Bäume
und Sträucher. Nur unten am Ufer wächst
dichtes Gebüsch. Gras wuchert zerzaust
und gilb am Boden. Weiße Körbchenblüten
von Schafgarben leuchten hervor. Auf den
Feldern wachsen saftige Rüben. Maisstauden
recken sich auf mit dicken Kolben,versteckt
in den Hüllblättern. Einige Äcker liegen
schon gepflügt oder gefräst zur Winterbra-
che bereit. An der sonnenabgewandten Damm-
front kühlt es am Grunde schon merklich.
In jenen Mulden bildet sich bald der erste
Reif.
Schiefergrau glänzt der Strom im frühen
Abend. Doch die tagmüde Sonne badet ihr
Horizontgesicht in den zum Strand quabbern-
den Wellen, so daß Himmel und Wasser schar-
lachgolden zusammenfließen. Lastkähne
tukkern. Ihre Laternen funkeln am Mast
in der nun rasch eintretenden bleiernen
Dämmerstunde. Licht blinzelt aus den Kajü-
ten. Mächtig schaufeln die Räder eines
uralten Dampfers. Gischt sprüht, Fahrspuren
treiben das Wasser wie ein Schneepflug
auseinander. Der Schloßpark lädt mit weißen
Feierabendbänken zum Blick in die friedsame
Landschaft ein. Drüben am Nachbardamm
reihen sich Chausseebäume zur Kette; es

scheint als wanderten sie nordwärts der
Ebene zu.
"Auf dem Deichweg Fahren und Reiten verboten", verkündet die Deichwacht auf Sperr-
schildern. So genießt der Spaziergänger
den stillen Hochweg, der ihn über das
Land ringsum erhebt. Einsamkeit beruhigt,
regt zu besinnlichem Denken und Träumen
an.
Bei einbrechender Dunkelheit nehme ich
die Umwelt mit allen Sinnen wahr: Es riecht
nach Wasser, nach Schlick, Sand, Fischen
und Wasserpflanzen. Vereinzelte Vogellaute
im Wiesengrund. Eine Grille zirpt noch;
letzte Erinnerung an die milde Jahreszeit.
Eisenbahnrattern dringt ans Ohr, Hundege-
bell. Kartoffelfeuergeruch schwelt von
den Herbstgärten herüber. Rötlich flackern
die Flammenzungen, wenn Wind den Qualm
vom noch feuchten Kraut abdrängt. Häuser
mit erleuchteten Fenstern lugen hinter
kugelförmigen Bäumen am Deichweg hervor.
Glut lodert wie ein Fackelbrand aus einem
Fabrikkamin. Einige Pappeln stoßen schwarz
in den schmalen azaleenfarbigen Streifen
am Westhimmel, mit dem sich dieser Tag
verabschiedet. Von einer fernen Kirche
klingen acht Schläge, und die hiesige
Turmuhr gibt feierlich Antwort. Jenseits
des Stromes verstreut das Industriegebiet
seine tausend Lichter:Flimmern und Gleisen,
Glimmen und Funkeln. Darüber Halbmond
und Abendstern.
Der hohe Dammweg scheint mitten ins Lich-
termeer hineinzuführen. Manchmal kreuzt
ihn ein Weg, läuft vom Dorf herüber,erklet-
tert die Erhebung, sinkt wieder ab, Ufer
und Wasser zu. Nun siedeln sich Büsche

an, Obstgärten, Gemüseplantagen. Bohnen-
stangen, umwickelt von Schlingschnüren
mit welken Blättern, ragen gespenstisch
auf. Häuser dringen vor; dazwischen Later-
nenzeilen einzelner Straßen. Dunst braut
über den Dächern im fahlen Lichtschein.
Im Hintergrund grüßt die dunkle Spitze
der Dorfkirche.
Gegenüber rückt die aufstrebende Industriestadt ins Blickfeld. Am Dammende riecht
es schon nach chemischen Extrakten, herb
oder betäubend süßlich. Zischen und Stampf-
fen erschallt. Eine Werkslokomotive tutet,
faucht und dampft. Nun breitet sich das
riesige Werk aus: Rauschen und Dröhnen.
Kamine, Kessel, Industriegebäude; Signale,
Schienen und ödes Baugelände in bunter
Mischung. Alles in geisterhaftes Licht
getaucht. Hier wandelt Arbeit die Nacht
zum Tage. Ich stehe am Grenzpunkt zweier
Welten: hier der ländliche Ort, da die
Stadt der modernen Zeit.

Wenn die Lerchen tirillieren...

Vorfrühling in der Erftniederung

Zartgrün, gelblichbraun und bläulich sind die Farben des Vorfrühlings. Hecken glitzern feucht vom getauten Reif. Silbertropfen zieren die Zweige und Ästchen. Die Sonne steigt wieder höher in den ätherischen Lenzhimmel, und die Erde will grünen und blühen.
Der Bergrücken am Horizont scheint sich im Morgendunst aufzulösen, wird zum schiefergrauen fernen Schatten. Über der gepflügten Erde trillern schon erste Lerchen. Die zarten Seelchen breiten weit ihre schimmernden Flügel aus, steigen hoch in das märzblaue Licht und stehen zeitweilig beweglos als winzige Punkte in der Luft. Wieviel Sehnsucht nach Leben, Wärme und Wonne klingt aus ihren Liedern, daß auch des Menschen Herz freudig bebt.
Wintersaat funkelt frischgrün in der Sonne. Der Auwald in der Ebene glänzt gelblich im Ostererwarten. Nur die Schornsteine des Industriewerkes dampfen mächtig und greifen ernüchternd in die wiedererwachende Natur ein. Seitlich auf dem Hügel rattern und pfeifen Lilliputwerkbahnen. Ein Bagger steht wie ein Saurier vor dem blanken Himmel. Die Welt der Arbeit dringt hier störend in die Naturstille ein. Zwischen Feldern, auf denen noch Porree und Kohlköpfe aus dem Altjahr übriggeblieben sind, führt der Fahrweg zum Fluß im nahen Wald. Sonnenhungrig strecken Bäume ihre Zweige in die milde Luft. Eine grüngeländerte

Brücke turnt keck von Ufer zu Ufer. Bläulichbraun schießt das Wasser darunter hin und wirft flache Wellen zum Strand. Stämme und Äste spiegeln sich deutlich im Fluß wider. Ein "zweiter Wald" blickt geheimnisvoll aus der Tiefe.
Wie im Reigen wandeln Pappeln in gewundenen Reihen oder in Gruppen gepaart. Baumkronen zeichnen Filigrane an den Mittagshimmel. Ein Bild von Sisley, dem englischen Impressionisten, gemalt: Der Blick wird perspektivisch mitten hinein in die Weite der Niederung gelenkt. Das Gras der Auwiesen ist meist noch winterlich abgestorben,doch der Föhn streicht lockend darüber hin,bis erste Hälmchen vorsichtig hervorsprießen. Das Scharbockskraut traut sich als erste Waldpflanze seine Blättchen zu entfalten. Maulwürfe haben Erdhäufchen geworfen. Es regt und bewegt sich überall. Nur die krächzenden Krähen erinnern noch an den Winter. Bruchholz aus dem Altjahr wird verbrannt. Meisen läuten aus nahen Gärten, wo dottergelbe und violette Krokusse schon ihre Kelchblüten öffnen. Lenzbeginn in der Erftniederung.

Da ist meine Heimat, mein Bergisches Land

Damals in den 50er Jahren - Erinnerungen an eine liebenswerte Landschaft

Bereits zehn Jahre waren vergangen, seitdem ich die Stadt meiner Kindheit am Rande des Erzgebirges verließ, um mit meinen Eltern im Rheinischen eine neue Heimat zu finden. Herzlich wurden wir von den Kölnern aufgenommen.
Auf meinen Streifzügen allein oder mit Jugendfreunden lernte ich rasch die Eigenarten und Wesenheiten der Rheinlande kennen und schätzen. Doch von Anfang an räumte ich dem Bergischen Land eine Sonderstellung ein. Von der Domstadt ist es in kurzer Zeit mit den Vorortbahnen zu erreichen. Seine langgestreckten Hügelkämme wachsen aus lieblichen Tälern. Nur selten hebt sich ein Bergkopf über seine Nachbarn empor. Sie sind es zufrieden gleich zu sein, nicht mehr zu scheinen als die anderen. Es ist ein ebenmäßiges Land. Der Wanderer muß lernen, es zu verstehen.Oft scheint ihm zunächst das Bergische Land zu gleichförmig zu sein. Freilich ähneln sich die laubwaldreichen Höhenzüge, die einsamen Wiesengründe, die Obstbaumhalden, Weiden und Holzwege. Aber beim genaueren Beobachten nahm ich bald die Feinheiten der Verschiedenartigkeit wahr, begann das Bergische Land um seiner schlichten Schönheit willen zu lieben.
Beim Blick auf die geographische Karte erkannte ich rasch die dichte Besiedlung des Bergischen Landes. Es liegt rechtsrhei-

nisch vor den Toren der großen Städte
Köln, Leverkusen und Düsseldorf, breitet
sich zwischen Sieg und Agger bis zur Ruhr
hin aus, mit seinen hunderten Städtchen,
Dörfern, Weilern und Gehöften. Im Norden
bahnt sich die Wupper mit der sich weiträumig ausbreitenden Großstadt Wuppertal
ihren Weg zwischen grünenden Hügeln zum
Vater Rhein.
Bewundernswert bewahrte sich das"Bergische"
wie selten ein Industrieland seinen Wald,
seine Äcker und Wiesen. Ja selbst in größere Städte wachsen die Wälder mitten hinein,
wie in Remscheid oder Solingen, umranken
mit erquickendem Lebensgrün düstere Fabrik-
viertel, verschenken ein Stück Naturseele
stiller und besinnlicher Schönheit einer
anderen Welt. Am häufigsten vertreten
im Land der schier zahllosen Orte sind
jedoch die Kleinstgemeinden, Bauernhöfe
und Zwergweiler. Der bergische Mensch
liebte schon immer eine gewisse Abgeschiedenheit, seine Freiheit im kleinsten Reich.
Er schätzt nicht das um die Kirche zusam-
mengedrängte Haufendorf, wie es Menschen
in anderen Gebieten - oft aus Schutznot -
bevorzugten. Immer einige Schritte vom
Nachbarn entfernt baut er sein Fachwerkhaus
- einst aus Lehm und Rohr, später auch
aus Mauerwerk - vertünchte es säuberlich
mit Kalk, bräunte die Balken und deckte
das Schieferdach. Jede kleine Häusergruppe
weist ihren eigenen Namen auf; oft sind
sie lustig und vielsagend. So gibt es:
Durchmarsch, Altehufe, Schnappe,Königreich,
Knoppenbissen, Kotzfeld, Schlagbaum,Müller-
sommer, Dreispringe, Schmalzgrube, Gründe-
mich, Katzemich, Kleinbalken u.a. Manche

Gemeinden singen vom Waldreichtum wie: Grünenbäumchen, Buschhorn, Nußbaum, Birkerhöhe, Rodenberg, Rodemich, Grünenwald, Pantholz, Tannenbaum, Kaiserbusch, Forsten oder sie verkünden Quellen und Brunnen: Hebborn, Milchborn, Heiligenborn, Bornen, Asselbornerhof u.a. mehr. Es gibt aber auch Namen wie Landwehr, Hunger, Totenmann, welche an Zeiten der Not und Entbehrung erinnern.

Das Bergische Land ist nicht reich. Aber Arbeitswille, Zufriedenheit, Selbstvertrauen und Gläubigkeit schenken den Bewohnern eine gesegnete Heimat. Bergwerke, Textil- und Metallindustrie, Land- und Forstwirtschaft, natürlich auch das Handwerk, bieten dem bergischen Volk vielseitige Existensmöglichkeiten.

Beliebt ist an bergischen Häusern die sogenannte "Oberbeleuchtung". Schmiedeeiserne Laternen prangen über der Haustür oder zur Seiten an den Eckwänden. Wenn sie abends ihr Licht verstrahlen, sind diese Wohnbauten Sinnbild heimeligen Friedens. Man fühlt sich geborgen auf der Feierabendbank vorm niedrigen Fenster im matten Lichtschein und schaut träumerisch in die Nacht.

Zahlreiche Flüsse und Bäche winden sich durch das Bergische Land. Die Mutter aller aber ist die Wupper. Mit mächtigem Bogen schwingt sie sich nach Norden, um Barmen-Elberfeld kennenzulernen, sinkt schmutzgeschwärzt wieder südwärts, gekrönt vom stolzen Schloß Burg - einst Besitztum der Herren von Berg, denen das Land seinen Namen verdankt -, welches sich über dem malerischen Städtchen gleichen Namens

mit Toren und Türmen aus dem Laubwald
hervorhebt.
Die Dhünn strebt getreu ihrem Vorbild
der Wupper nach Westen und vereinigt sich
nahe dem Rhein im Leverkusischen mit ihr.
Sie verliert ihre unschuldige Schönheit
in den Fluten des Industrieflusses. Doch
eine Gnade ist der Dhünn vor ihrem Ende
beschert. Sie darf im Odinsthale die weiß-
grauen Gemäuer des Altenberger Domes um-
fließen, und ein Hauch der heiligen Stätte
weiht auch ihr Wasser. Sülz, Agger und
Wahn entspringen im Nordteil des Landes
und durchschlängeln je nach Temperament
in großzügigen oder verspielt kleinen
Hufeisenrunden das "Bergische" bis hin
zum Einflußgebiet der Sieg.
Sagen und Legenden durchweben das Bergische
Land. So wird von Dieben erzählt, die
einst das Altenberger Kloster beraubten,
und, da sie verfolgt wurden, ihren Schatz
in einer Hecke versteckten. Bald schwirrte
ein Bienenschwarm darüber, so daß Bauern
ihn fanden. Zur Erinnerung an jene Begebenheit wurde aus Dankbarkeit eine "Immen-
kapelle" erbaut. So entstand Immekeppel
im Sülztal. Weithin ragt heute der Turm
des Sülztaler Domes - so nennt ihn der
Volksmund - über Ort und Fluren.
Bensberg müssen wir erwähnen, die bergische
Stadt am Hang. Siedlungen und Villen staffeln sich übereinander. Hochdroben thronen
altes und neues Schloß, einst Sitz des
beliebten Landesherrn Jan Wellem. Daneben
scheint die katholische Kirche mit ihrem
Spitzturm bald in den Himmel zu stechen.
Der Königsforst rauscht herüber mit Harz-
duft uralter Baumbestände. Nahebei grüßt

der sagenumwobene Lüderich. Verlandete
Weiher, einsame Pfade voller Naturgeheim-
nisse, schattige Winkel, in denen es sich
herrlich ruhen läßt.
Am "Hexenhäusel" vorbei führt der Weg
hinüber nach Bergisch Gladbach, zum Rathaus
mit der Sonnenuhr und dem bergischen Löwen.
Herrenstrunden, der alte Ordensrittersitz,
wäre noch nennenswert, Odenthal mit seinem
romanischen Kapellchen, Kürten und Bechen,
Overath, Rösrath und Gummersbach - alles
Gemeinden mit malerischen Gäßchen, mit
Fachwerkgebäuden, spitzen Kirchtürmen
und gemütlichen Gaststätten rheinischer
Fröhlichkeit, umgeben von lichten Buchen-
wäldern und ernsteren Fichtengruppen.Durch
sonnige Landschaft plätschern klare Bäche;
Wassermühlen und alte Bergwerke fügen
sich ein ins beschwingte bunte Bild und
tausende Wanderwege führen in alle Richtungen durchs gelobte Land. Ich kann nicht
alle Städte und Dörfer des Bergischen
Landes nennen. Es dürfen aber Wipperfürth,
Radevormwalde, Hückeswagen und Wermelskir-
chen nicht fehlen, Marienheide und Halver
im Talsperrenparadies. Lindlar,Wiehl,Wald-
bröhl und Rupprichterroth in einsamer
Waldesstille dürfen auch nicht vergessen
werden.
Doch das Bergische Land ist zu schön und
groß, um alle Kleinodien aufzählen zu
können. Reise am besten jeder selbst einmal
dorthin, lasse sich überraschen und sicherlich auch beeindrucken, denn nur so kann
er/sie dieses Land wirklich kennen und
lieben lernen.

Abschließend möchte ich wenigstens zwei

kleine Areale aus dieser liebenswerten Landschaft auswählen, die mir besonders viel bedeuten:

Im Scherftal
Viele Jahre sind vergangen, seitdem ich auf jener schmalen Waldbrücke stand, beide Arme auf die Eisengitter gestützt, und in das munter glucksende Wasser schaute, das über Steine im Bachbett turnte, um sich dann in sanfteren Wellen fortzubewegen. Hier ist die Mündung der Scherf in die größere tiefere Dhünn, ein beliebter Tummelplatz der Jugend. Oft hockten wir hier des Sommers am Bachrand, schwammen in den kühlen Fluten oder warfen geschickt flache Steine über den Wasserspiegel und freuten uns, wenn sie nach etlichen Sprüngen sicher das andere Ufer erreichten. Diesmal stand ich allein und lauschte dem Zwieklang der Gewässer: dem hellen Plätschern der Scherf und dem dumpferen Murmeln der Dhünn. Mir war, als erzählten sie aus vergangenen Zeiten vom schönen Bergischen Land und den Grafen von Berg, von den Mönchen des Altenberger Doms.Sie plauderten aber auch von wundersamen Wald- höhen, wo irgendwo ihre Quellen entsprin- gen, von bergischen Fachwerkhäusern, von Bergleuten und Schmieden und vom Fleiß der Menschen, die einst hier ihre Heimat sich schufen.
Ich folgte der Scherf, wanderte an ihrem Lauf entlang zwischen Brombeerranken und Urgestrüpp, kroch mühselig durch Weidezäu- ne, die mir den Weg versperrten. In sanften Kurven windet sich der Bach durch Feld und Hain, umspült die Wurzeln der Auenge- hölze. Erlen und Buchen begleiten ihn,

wachsen an allen Windungen, standen ent-
laubt im Novembertag. Bald lugte zwischen
halbhohen Tannen ein hübsches Fachwerkhaus
mit frischgrünen Fensterläden, einer hell-
braunen Tür und behaglichen kleinen Fensternischen hervor. Eine alte Scheune,eben-
so wie das Wohnhaus mit roten Schindeln
gedeckt, stand behäbig dahinter. Ich war
am Funkenhof, dem ersten Gehöft diesseits
der Mündung. Fast bis zur Erde neigte
sich das morsche Wetterdach über den bau-
fälligen Schuppen, darunter Holzscheite
für den Winter lagernd.
Die Scherf schlingt hier eine größere
Schleife, fließt im Halbkreis ums Gehöft
und sucht zwischen Weidengestrüpp ihren
Weg. Riesige Pestwurzblätter und -blüten,
zerfressen von Kleingetier, schmutzig
vom Straßenstaub, sproßten sie aus dem
Wasser. Ein morscher hohler Baumstamm
lagerte mitten im Flußbett. Pilze schma-
rotzten an der rauhen bemoosten Rinde,
Efeu umrankte ihn sorgsam,seine lockeren
Wurzeln umspülten die Wellen. So ragte
der Alte empor, scheinbar tot, dennoch
umwoben von grünendem Leben.
Das Tal öffnet sich. Drüben an den Hang
schmiegt sich ein einsames Gehöft. Äcker
ruhen am Hügel, Bäume beleben das Land.
Schlanke Birken heben sich malerisch vom
rotbraunen Buchenwald ab. Bald erreichte
ich ein schlichtes Balkenhaus mit flachab-
fallendem Dach. Aus dem Kamin stieg gemächlich der Rauch. Noch zwei, drei Häuser
gesellten sich zum ersten. Niederscherf:
ein Bild häuslichen Friedens.

Auf dem Hölzerkopf

Gern erinnere ich mich an ein Erlebnis, das mir und meinen Kameraden einen schönen Spätjahrstag in der Köttinger Gegend bescherte. Wir standen bei der Schmidthöher Kapelle auf einem kleinen Hügel, blickten über bunte Herbstwälder, hinter denen,von schwarzen Streifenwolken verdeckt, soeben scharlachen die Sonne hervorbrach. Letzte Wolken jagten dahin, lösten sich auf. Wir stiegen aufwärts nach Hohkeppel auf der Höhe mit seiner eckigen Kirche. Vor dem Tor wächst eine uralte Linde. Ihr knorriger Stamm ist mit Zement verputzt, um ihr Dasein noch lange zu erhalten.Wir faßten uns an den Händen. Viereinhalb Mann waren nötig, um den mehr als fünfhundert Jahre alten Recken zu umspannen.

Brache Felder weiteten den Horizont. Niedrige Büsche, Schonungen junger Baumkinder folgten, endlich Hochwald in manigfaltigsten Farben. Rot glühten Eichen und Ahorn, goldgelb schimmerten Pappeln und Linden. Dazwischen mischte sich braunglänzendes Buchenlaub und in Schattierungen grüne Sommerblätter vieler noch ungefärbter Gehölze. Mit kinderfrohem Blick erfreuten wir uns an den Gaben des bergischen Herbstes.

Wenig später standen wir auf dem Hölzerkopf, dem höchsten Berg der Umgebung. Weit sahen wir über Fichtensetzlinge ins Land. Lindlar liegt drüben wie hingestreut am Hang. Jenseits verschwammen die Kuppen des Südsauerlandes im Dunst. Einsamer und stiller ward der Weg, echte Novemberlandschaft, durch die wir gedankenverloren schritten. Zuletzt verblieb nur ein schma-

ler Waldsteig, der durch urwüchsige Waldeinsamkeit führte. Hier lebt die Natur
ungestört in ihrem ewigen Kreislauf des
Werdens, Bestehens und Vergehens, unbeein-
flußt menschlicher Eingriffe. Einen seltsamen Zauber strömte jenes Fleckchen Erde
aus. Es verzauberte auch uns, erhellte
unsre Seele. So ist wohl auch die dunkels-
te Jahreszeit zu verstehen: der Mensch
soll ungeachtet der Finsternis um sich,
in Herz und Sinn ein Licht anzünden, auf
daß er seine Seele zum Leuchten bringe,
sein Wesen erkenne und sein Ich erneue.
Zufrieden nach diesen Naturerlebnissen
stapften wir heimwärts über abgeerntete
Felder, über Sturzäcker, durch raschelndes
Laub im Aggertal. Herbstastern blühten
gleich bunten Sternen in den Gärten. Ein
Regenschauer überraschte uns am Schloß
Ehreshoven - doch was kümmerte es uns?
Wir hatten dem bergischen Spätjahr für
alles was es uns an jenem Tag offenbart
hatte, zu danken. Schon entzündeten die
Hohkeppeler ihre Lampen. Im Westen ver-
glühte letztes Rot der verschwundenen
Sonne. Schon funkelte am Himmel Stern
um Stern neben der Schmalsichel des Mondes
im Lennefertal...
Und es kam uns in den Sinn das innige
schöne Lied echter Heimatliebe: "Da ist
meine Heimat, mein Bergisches Land". Möge
es immer wieder erklingen, durch alle
Zeiten fort...

Walddom im Herbst

Betrachtung des Altenberger Domes

Zwischen bunten Laubbäumen taucht aus der Morgenstille der grauweiße Steinbau des Altenberger Domes auf. Zacken der Gotik streben wie Tannenspitzen ins Licht. Die alten Dächer sind grün bemoost, und vorwitzig lugt das Türmchen darauf, der Dachreiter, über alles ringsum hinweg, als rufe er den Pilgern und Wanderern schon in der Ferne zu: "Tretet her zum Gotteshaus, verweilt und nehmt Stärkung der Seele mit Euch!"
Der Eingang zum Walddom im Bergischen Land wird von einem riesigen Fenster beherrscht. Scheint es den Augen vom Wald her blaugrau zu sein, birgt es im Innern überraschend die hellsten Töne in Gold. Der Herbstwald scheint hier zwischen den schlanken Säulen hereingewachsen zu sein. Herbstgelbe Flut leuchtet, breitet sich aus wie ein Buchenhain im Oktobergewand. Heilige wandeln in güldener Lichtfülle, segnen den weihevollen Raum. Hoch oben im Gewölbe schließt sich der Bogen des Fensters, gleich betenden Händen zum Himmel erhoben. Ahornförmige Blätter, purpurn umgürtet, gesellen sich zu den Kleeblattrosetten zwischen den Fensterkreuzen.
Matt schimmern Kapitelle, Nischen und Streben im einströmenden Sonnenglanz. Nun kennt der Jubel des Farbspiels keine Grenzen mehr.Eine stumme Symphonie erklingt in stärksten Akkorden, wahrnehmbar im freudigen Herzen. Säulen, wie mächtige

Baumstämme, wachsen aufwärts, schlank, kerzengerad, ästeln sich in schwindelnder Höhe wie Lindenkronen, durchweben das Mittelschiff und finden ruhenden Pol in den Schlußsteinen unter dem Dachfirst. Breit fällt das Herbstleuchten durch die Scheiben, malt Kringel auf die Fliesen und überhaucht die Kirchenhalle mit himmlischer Zauberkraft.
Langsam gleitet der Blick die Fensterfront entlang. Mehr und mehr schwindet die Harmonie der Farben. Bald sind es nur noch Fünkchen, wie letzte Blätter in Wipfelzweigen zur Allerheiligenzeit, versteckt zwischen dem gotischen Klee der Rahmung.Im Chor schließlich sind die Scheiben getreu den Klosterbestimmungen im milchigen Weiß eingesetzt. Sie stammen aus der ältesten Epoche der Kirche. Ihre Meister beugten sich noch ehrfürchtig dem Gesetz: Schlicht und einfach zu bauen. Dämmerung atmet der Saal; ein Wald im Spätjahr, von Nebel durchsponnen. Hier im Chor ist die Zeit des Ernstes, der Dunkelheit, Besinnung und innerer Einkehr. Im Westen beim Riesenfenster: Reich des Lichtes, Stunden der Freude und Seligkeit. Die beiden herbstlichen Kontraste, die das Spätjehr so wundersam gliedern, prägen die Wesensstimmung im Altenberger Dom.
Reich beschenkt steht der Wanderer wieder auf der Straße, folgt mit seinen Augen den flammenden Linien der bunten Welt. Über grauen Stämmen wirbelt gelb und scharlachen der Laubschmuck der Bäume. Ist es nicht der Farbklang jenes Westfensters, der sich hier im Walddom widerspiegelt?

Leise rauschen die Wipfel; brausende Wald-
orgel. Sie beflügelt die Seelen der Menschen und ein Sehnen erwacht in ihnen,
zieht sie weiter, immer weiter durch die
herbstliche Schönheit dieses Landes.

100 Jahre Schwebebahn

Lieblingskind der Wuppertaler

Eben biegt wieder ein Doppelwagen der Schwebebahn in enger Kurve zur westlichen Endhaltestelle in Vohwinkel. Neugierde und Verlangen locken jeden Fremden, nach gebührender Bewunderung der Anlage, einmal durch das Industrietal der Wupper zu schweben. Auch wir lösen Fahrkarten im Treppenhaus und warten auf dem Bahnsteig. Schon rattert eine der blauorangenen Bahnen heran, wendet im Halbkreis, hält dicht vor uns, Gleittüren springen auf. Das Gefährt schaukelt gemächlich hin und her wie ein Uhrpendel. Es ankert mit mehreren Rädern am Eisenschienendach, erkenne ich noch flüchtig beim Einsteigen. Die Kastenwagen sind hell erleuchtet, erinnern an Straßenbahnen der Großstädte. Vorn beim Fahrer ist der beste Ausblick.

Das stählerne Band strebt die Vohwinkler Gassen entlang, 8 Meter über der Straße, hinein in die abendliche Talstadt. Blitzblank gleißen die Rippen des Tausendfüßlers, der sich durch die Häuserenge und bald in 12 Meter Höhe über den Fluß hinwindet. Die mächtigen Gerüstträger - tarantelartige Greifarme - bedürfen bester Pflege.
Die Fahrt beginnt. Den Ungewohnten übermannt zunächst leichtes Schwindelgefühl; es kribbelt im Magen. Doch schnell gewinnen wir Freude am luftigen Spiel, dem raschen Vorwärtsjagen - auch wenn die Reisegeschwindigkeit kaum 30 km/h beträgt.

Wir stehen dicht hinter dem Wagenlenker und blicken aus der Vogelperspektive erstaunt und belustigt auf und in die bunte Stadt. Als wir das Sonnborner Autobahnkreuz überqueren - einer der größten Verkehrsknotenpunkte Europas -, dämmert es. Türme ragen in Himmelsgrau. Fern, strichartig, die Höhenzüge des Bergischen Landes. Lichterfunkelnde Hänge. Wir fahren ins Wuppertal ein, gleiten zwischen Häuserzeilen, vorbei an Mietswohnungen, wo das Abendbrot auf dem Tisch steht. Und immer neue Reklamestreifen, grellflatternde Spruchbandfetzen, im Vorüberschweben zu wildfarbigen, ständig wechselnden Einheitsbuntstreifen zusammengeknüpft.
Am Zoologischen Garten kreuzt die Eisenbahnlinie Düsseldorf-Hagen unsere Spur. Der Wagen pendelt schief in die Biegung, folgt nun dem Lauf der abendtrüben Wupper. Das Blickfeld ändert sich filmartig. Die Gerüstträger spreizen sich wie steife Stelzfüße, stützen und balancieren die schwere Last von den Ufermauern aus über dem munter dahinsprudelnden Wasser.Häßliche alte,zweckmäßig neue Gebäude hingewürfelt. Fabrikgelände zu beiden Seiten; Riesenanlagen... Überall wuchern, auch heute noch in Wuppertal Schlote wie Pilze aus dem Boden der Arbeit. Die Fabrikhallen schweigen heute, dunkeln in die Wochenendnacht. Häuserreihen staffeln sich übereinander, verweben sich mit den Waldboten, den Baumgruppen, die von allen Hügeln bis in die Großstadtenge hinunterklettern.Tausende Lichter, wie von großmütiger Hand ausgestreut, gewähren auch dieser Kesselmetropole die notwendige Helle. Licht ist Quelle des Lebens.

Das alte Elberfeld nimmt uns auf. Eine
Brücke schiebt sich aalglatt zwischen
uns und die Wupper. Autos kreuzen, stoppen,
hupen, eilen weiter. Wir in unsrer "himmlischen Höhe" haben ständig freie Fahrt,bewe-
gen uns in einer eigenen Welt.

Die Wuppertaler Schwebebahn feierte 2001
ihr 100jähriges Bestehen, ist technisch
gesehen, "uralt" im blitzartigen Wandel
der Verkehrserneuerungen und ist doch
- es ist bewundernswert - genau so zeitge-
mäß und modern wie jedes andere Verkehrs-
mittel an der Schwelle des 3.Jahrtausends.
Dies beweist die Weitsicht des Kölner
Ingenieurs Eugen Langen. "Ich habe das
'Ding' Schwebebahn getauft", sagte der
Vater dieser ungewöhnlichen Bahn, dieser
genialen Idee und Konstruktion. Und das
stählerne Wunder der Technik wurde vom
vermeintlichen "schwebenden Satanswerk",wie
Kritiker das "wahnsinnige Unterfangen"
zu Baubeginn im Sommer 1898 bezeichneten,
rasch zum "Lieblingskind der Wuppertaler".
Die erste Probefahrt der Schwebebahn er-
folgte bereits am 5.Dezember 1898. Auf
der Premierenfahrt von Döppersberg (Hauptbahnhof Wuppertal) nach Vohwinkel am 24.Ok-
tober 1900, nahmen Kaiser Wilhelm II.und
seine Gemahlin Auguste Viktoria teil.Sie
reisten im "Kaiserwagen", welcher auch
heute noch in seiner leuchtend roten Farbe
und seiner stilechten Ausstattung die
Herzen der Fahrgäste freudiger schlagen
läßt. Der nun schon rund 100 Jahre alte
Prachtwagen kann für Feste und sonstige
Vergnügungen im Informationszentrum am
Döppersberg gebucht werden. Zeitgenossen

berichteten damals von der Fahrt des Kaiserpaares: "Ruhig und sicher glitt der Wagen mit seiner theuren Last auf dem vielfach gewundenen Schienenwege dahin - und ihre Majestäten jeruhten mehrmals huldvoll und jnädigst Jrüße nach unten an die treuen Unterthanen zu senden..."
Seit der Betriebseröffnung der Schwebebahn am 1.März 1901 überschritt die Zahl der beförderten Fahrgäste bereits in den 60er Jahren des vorigen Jahrhunderts die Milliarden-Grenze - bis gegenwärtig sind schon mehr als 1,5 Milliarden Menschen hier über die Wupper geschwebt. Und dies bis vor wenigen Jahren ohne nennenswerte Zwischenfälle. Erst in den 90er Jahren ereigneten sich zwei erste Unglücksfälle.Während ein Auffahr-Unfall 1997 mit 14 Verletzten noch glimpflich ablief, wurden beim Sturz eines Zuges in die Wupper durch Fahrlässigkeit von Bauarbeitern am 12.April 1999 5 Menschen getötet, 47 verletzt. - Eine Sensation war es, als der Elefant Tuffi 1950 aus der Schwebebahn in die Wupper sprang und mit einer Schramme am Po davonkam.
Rund 70 Jahre schwebten die 1901 eingesetzten Wagen täglich zigmal am stählernen Band die 13,3 km lange Strecke von Vohwinkel nach Oberbarmen in reichlich 30 Minuten Fahrzeit - und wieder zurück. Erst zwischen 1972-1974 wurden sie durch 28 moderne Gelenkzüge ausgetauscht. Pro Tag befördert jetzt das verkehrssicherste Fahrzeug der Welt bis zu 75000 Personen. Anzumerken ist noch,daß die Schwebebahn in den letzten Kriegsjahren bei wiederholten schweren Luftangriffen durch die Bombergeschwader

der Alliierten auf Barmen und Elberfeld zum Teil stark beschädigt wurde. Erst zu Ostern 1946 konnte der Fahrbetrieb der Schwebebahn wieder vollständig aufgenommen werden.

Lichterstreifen fallen flach in die Wupper, flimmern im Fließenden, spiegeln sich, kreisen, scheinbar wellend fortgerissen bilden sie sich ununterbrochen neu, verzerrt. Auch hier in Elberfeld gab es noch in den ersten Jahrzehnten nach dem Zweiten Weltkrieg Fabrikwinkel und Arbeiterhäuser aus vergangenen Zeiten, die den Bombenkrieg überstanden hatten. Doch mußten sie ständig mehr den hellen, ästhetischen Arbeitshallen und Verwaltungsgebäuden weichen. Im Hintergrund locken nun freundliche Lichter der Wohnsiedlungen und Geschäftsviertel. Beim Robert Daum-Platz öffnet sich das Wuppertal. Schöne Ausblicke auf Elberfelds Stadtkern. Neuklassizistische Bauten wie die St.Laurentiuskirche, der Wuppertaler Hauptbahnhof oder das Landgericht werden im Vorbeigleiten bilderbuchartig wahrgenommen. Auch markante Gebäude des 20.Jahrhunderts mischen sich dazwischen: die Stadthalle, die Bergische Universität, "Schwimm-Oper"(Stadtbad) und Schauspielhaus, die Eisenbahndirektion aus der Gründerzeit und das moderne CinemaxX-Großkino.

Die Haspeler Brücke trennte einst die Städte Barmen und Elberfeld. Botanischer Garten und Hardtanlage mit Bismarckturm - ein grünes Tor nach Barmen. Wir schweben über die Loher- und Adler-Brücke zum Engelsgarten mit dem alten Opernhaus. Hier stehen auch das Historische Museum mit Ausstellungsstücken über Friedrich Engels und andere Wuppertaler Persönlichkeiten; daneben das Museum für Frühindustrialisierung. Am "Alter Markt" - das Lichtzentrum Barmens. Kreuzungspunkt vieler Verkehrsadern; prächtiges Farbspiel, starke Kontraste zwischen hell und dunkel erfreuen das Auge. Schon taucht der Turm der Wupperfelder Kirche auf. Den Übergang nach Oberbarmen bildet ein Streifen stillerer Landschaft. Aber hier ist bereits die Ostendhaltestation der Schwebebahn. Abendläuten wird vom Geräusch der Radrollen in der Schlußkurve, vom Poltern des Lenkhebels übertönt. Wir steigen treppab zur Stadt. Das große "S" am Bahnhof blickt magisch noch weit hinter uns drein in die erleuchteten Geschäftsstraßen.

Nächtliches Siebengebirge

Ein Gang in den Mai

Etwa zwei Stunden nach Sonnenuntergang verließen wir - eine Gruppe junger Menschen - die Jugendherberge in Bad Honnef, stiegen mit frohem Gesang zur Mundharmonikabegleitung aufwärts, dem einsamen Himmerich, schon am Rande des Siebengebirges stehend, entgegen. Silbern leuchteten winzige Laternchen der Glühwürmchen aus dem Grase, erlöschten aber beim Heranschleichen blitzschnell. Schweigend ruhte der schwarze Wald. Kein Laut durchdrang die Stille. Nicht einmal die Baumwipfel bewegten sich. Niedriges Gebüsch zu beiden Seiten strömte tagsüber aufgespeicherte Sonnenwärme aus. So froren wir trotz der Nachtkühle nicht. Auf der breiten Tafel des abgeschiedenen Himmerichs setzten wir uns nieder. Hier im Steinbruch vor der mächtigen Wand - er wirkte wie ein Naturtheater - hatten wir manche Sonnenwende gefeiert. Wir schauten hinüber zum erleuchteten Rheintal, wo sich Licht an Licht reihte; eine glänzende Perlenschnur. Weit reichte jedoch in jener Nacht die Sicht nicht. Am Horizont hingen graue dichte Nebelschwaden. Kalte Schauer rieselten uns über Rücken und Nacken. Es hatte merklich abgekühlt. Bald war Tagwechsel.
Irgend ein Waldweg wies uns durch dichten Tann. Er war aufgeweicht vom letzten Regen. Plötzlich sprang ein Wesen vor uns ins Gebüsch. Wahrscheinlich ein Reh. Wir verharrten still, lauschten in den finsteren

Wald, woher jetzt deutlich Gebell an unser Ohr klang. War es ein Fuchs, ein wildernder Hund? - Später löste uns ein Förster das Rätsel: es sei ein Rehbock gewesen. Zwei alte verwitterte Holzbänke neben einer Waldkapelle lockten zu kurzer Rast. Drüben hinter hohen Fichten stieg matt der Vollmond hervor, erhellte den Nadelboden für kurze Zeit, verkroch sich aber wieder hinter graumilchigen Wolken.

In der ersten Stunde des neuen Tages - der Mai hatte also begonnen - liefen wir talwärts, quer durch den Westerwald. Ein leises melancholisches Flöten lenkte unsere Aufmerksamkeit dem Forst zu. Aus dem Dikkicht tönte das Schlagen der Nachtigallen. Liebliche Melodien drangen aus goldenen Kehlen jener kleinen begnadeten Vögel, erquickten unsere Seele, erfreuten unser Ohr. Gebannt lauschten wir dem zauberhaften Klang. In der Ferne schrie eine Unke; tropfendem Wasser ähnlich ertönt ihr dumpfer, oft auch glockenheller Ruf.

Auf einmal tauchten aus dem Dunkeln strahlende Lichter auf. Zwei Burschen vom nahen Dorf kamen mit Grubenlampen. "Wir schlagen Maibäume", sagte einer der Männer. "Bei uns gilt der Brauch, daß die Burschen ihrer Liebsten in der Nacht vor dem ersten Maisonntag Birken oder Buchen als Maibaum vor das Fenster stellen!" Wir lachten und freuten uns mit ihnen, wünschten viel Gutes für sie und ihre Mädchen für die Zukunft.

Vor Tau und Tag schritten wir durch die ruhigen Gassen Rheinbreitbachs, an alten Fachwerkhäusern mit gewölbeähnlichen Eingängen vorüber, dem Vater Rhein zu. Grau

und trüb blinkte das dunkle Wasser. Einzelne Lichter benachbarter Orte spiegelten sich darin. Langsam und träge floß der Strom den rheinischen Großstädten zu.
Auf einer steinernen Brücke, die die Insel Grafenwerth mit dem Festland verbindet, setzten wir uns nieder, erwarteten den Morgen. Schon graute es im Osten. Rosenroter Schimmer umgab die sieben Bergkuppen. Rot und röter färbte sich der Himmel. Scharlach, purpurn loderte der Horizont. Nebelschleier wallten zwischen schattigen Tälern des Gebirges, umwoben die Höhen. Leise und zaghaft sang ein früherwachter Vogel. Noch klang sein Stimmchen allein in den jungen Tag. Bald folgte ein zweiter, dritter Sänger. Überall regte und bewegte es sich, jubilierte, tirillierte in den hellgrünen Wipfeln.
Unterdessen verlor sich die Himmelsröte. Orangefarbige Streifen lösten die Feuerglut ab, diese wichen sanften gelben Schattierungen. Ringsumher wurde es lichter, klarer. Die Natur erwachte. Strahlend stieg die Sonne hinterm Himmerich empor, rollte hinein in den neuen Tageslauf.

**Sankt Servatius in der Stadt -
Sankt Michael auf dem Berg**

Erinnerung an einen Ausflug nach Siegburg

"Am linken Ufer tritt das Gebirge in einer
schlanken Linie zurück; am rechten verliert
es sich ins breite Tal der Sieg: bis über
ihrer Mündung ein Kegel fern und bescheiden
aus der Ebene wächst: Siegburg." (Wilhelm
Schäfer)
Es war für einen Besucher Siegburgs nicht
leicht, gleich beim ersten Mal die richtige
Einfahrt zum Stadtkern zu finden. Die
oft holprigen Straßen der im Sieg-Agger-
winkel gelegenen Stadt winden sich kurios
in mittlere Bezirke, als wollten sie auch
heute noch sorgsam die lärmende, große
Welt von der abseits des Rheinstroms in
einem Nebental gelegene ländliche Stadt
abwehren. Doch plötzlich befinde ich mich
mitten auf dem langgestreckten, geräumigen
Marktplatz. Junge Bäume säumen ihn ein.
Die rechte Seite ist zum Parken bestimmt.
Die Taxometer stolzieren wächterhaft in
einer Reihe sanft bergan. Überall erfreuen
uns Blumengefäße mit Hortensien, Violen
und Koniferen.
Neben der Löwenapotheke steht das stolze
Denkmal zu Ehren der Kämpfer von 1870/71,
Von Hainbuchen und Mahonien eingefaßt.
Auf hoher Säule, efeuumrankt, der Sieges-
engel, den Siegeskranz in der erhobenen
Hand. Ein Spruchband verkündet: "Gott
war mit uns, ihm sei die Ehre!" Darüber
lese ich in großen Lettern Namen von Städte-
te, in denen einst schwere Schlachten

tobten: "Metz - Amiens - Paris - Sedan."
Vor dem Ehrenmal blühen sinnvoll Vergißmeinnicht. Die kleinen zartblauen Blüten
gemahnen uns nach weiteren grausamen Kriegen daran, daß wir die Tapferen, die für
die Heimat, für uns Lebende sich opferten
nie vergessen und ihnen gebührende Treue
bewahren.
Am unteren Markt präsentiert sich das
Amtsgericht in neuklassizistischem Stil,
mit Kreuzblumen auf der Tür und alten
eisernen Klopfern. Hier wurde am 1.Septem-
ber 1854 der Komponist der beliebten Mär-
chenoper "Hänsel und Gretel", Engelbert
Humperdinck geboren. Seine Büste - der
Kopf mit weiter, offener Stirn über freundlichen väterlichen Augen, etwas humorvoll-
blitzenden Augen, dazu der üppige Bart
und die rundliche Nase, die lustig in
die Welt hineinstrebt - wurde an der Hauswand zum Gedächtnis angebracht.
Gleich gegenüber lockt das Verkehrsamt
mit bunterlei Prospekten: sonnige Sommertage am Meer, in den Bergen, in romantischen
Städten des In- und Auslandes. Am Eck
hebt sich die alte Stadtapotheke hervor,
glänzt mit goldverziertem schmiedeeisernen
Gitter. So fügt sich stetig Neues zum
Altehrwürdigen. Jedes Jahrhundert prägt
das Bild einer Stadt, einer Landschaft
neu, und - wenn es durch Taten verantwor-
tungsbewußter Menschen geschieht - wird
es meist zur Zierde und zum Vorteil der
Gemeinde geschehen.
Abwechslungsreich sind die vielseitigen
Formen der Häuser rings um den Siegburger
Markt. Kleine spitze, gerundete oder kantige Giebel wechseln mit Flachdächern der

Verwaltungsgebäude. An der Klausengasse
ist besonders das Gasthaus "Zur Glocke"
mit seinen großen Butzenscheiben - die
die Welt im Zerrspiegel zeigen - und dem
trapezförmigen Eingang erwähnenswert.
Die dunkle Glocke auf hellem Wandgrund
lädt zur Einkehr ein. Ein wenig höher
gastronomieren die größeren "Geschwister":
Hotel Reichenstein, der "Stern" und die
Gaststätte Hagen mit gewaltigen Oberbe-
leuchtungslampen nach bergischer Art.
Die Melodie eines Glockenspiels klingt
samstäglich-nachmittags geruhsam herüber.
Und der Besucher merkt rasch, daß sich
Siegburg als Knotenpunkt zwischen den
rheinischen Städten Köln und Bonn und
der Autobahn, sowie als Scheide zwischen
Siebengebirge und Bergischem Land, ja
Grenze zwischen sauerländisch-westfälischer
und rheinromantischer Landschaft, seine
friedlich-gemütliche Eigenart bewahrte
- ohne dabei kleinbürgerlich zu wirken.
Als wir langsam über den Platz schlender-
ten, kamen wir bald zur Madonna auf dem
Marktbrunnen mitten im Stiefmütterchenbeet.
Wenige Schritte weiter erhebt sich der
Schandpfahl, ein steinernes Standbild
aus dem 14.Jahrhundert. Zwei Personen
scheinen mit ihrem Rücken aneinandergewach-
sen zu sein, sind aus einem Stück gehauen
und versinnbildlichen, wie im Mittelalter
Ehebrecher mit eisernen Ringen zusammenge-
kettet wurden, bis sie sich wieder vertru-
gen. Denn "was Gott zusammenführte, durfte
der Mensch nicht scheiden". Damals galt
die Ehe noch im wahrsten Sinn allgemein
als "Lebensbund" - auch wenn er für sie
oder ihn oder für beide nur unter Qualen
möglich war!

Das neuzeitliche Rathaus ist ein unschein-
barer Bau, abseits verloren steht es,hinter
dem Markt in der Schulgasse. Allein die
leuchtenden Pelargonien in den Fenstersimsen vermögen eine erste Enttäuschung der
Augen, die Formschönheit und Farbe an
Rathäusern lieben, zu mildern.
Im Hintergrund schlängeln sich noch Alt-
Siegburger Gäßchen, schmal, düster, bucklig
und krumm, u.a. die Burg- und die Sternen-
gasse, dazu verwitterte, halbzerfallene
Mauerreste.
Schon im Jahre 1182 wurde Siegburg zur
Stadt erhoben,gehörte zunächst zum Erzstift
Köln, 1803 bis 1806/1814 zum Herzogtum
und Großherzog**tum Berg** und wurde 1815
preußisch. Seine handwerklich-wirtschaftli-
che Blütezeit lag im 16.und 17.Jahrhundert.
Damals waren besonders die Geschirre aus
weißem Ton, die Ullner (Töpfer)anfertigten,
weithin berühmt. Die große Brandkatastrophe
kurz vor Ende des Dreißigjährigen Krieges
vernichtete fast die gesamte Altstadt
bis auf die Stadttore, die aber später
nach und nach verfielen.

St.Servatius in der Stadt
Noch überragt der markante romanische
Turm von St.Servatius mit seinem Spitzhelm
den Markt, ruft mit Kreuz und Wetterhahn
- weithin in der Stadt sichtbar - die
Gläubigen zum Gottesdienst. Der gotische
Chor wurde Ende des 13.Jahrhunderts errichtet, reichlich hundert Jahre später als
der romanische Grundbau von 1169. Der
Blick aus dem düsteren Langhaus zur zart-
bunten Glasmalerei der Chorfenster beeindruckte mich so stark, daß ich die Kirche

abends noch einmal aufsuchte. Geheimnisvoll dämmert es schon in den Seitenschiffen. Ich möchte den Atem anhalten, um die Feierstille nicht zu stören. Die Apsis ist noch ein wenig erhellt, letzter Lichtschimmer streift durch die schlanken Fenster. In ihrer Farbvielfalt, ihrer filigranen Feinheit erinnern sie an die Punktmalerei von Signac. Der breite Flügelaltar sinkt in nächtliche Einsamkeit, doch die Vergoldung zeichnet noch klarblinkende Konturen. Äußerlich wurden St.Servatius im Stilwandel gotische Teile angefügt. Die obersten Apsisnischen zieren tierische Wesen, die an die berühmten Schweinerschen Fratzen der Kilianskirche in Heilbronn errinnern. Beim Renovieren nach dem Zeiten Weltkrieg wurden Lücken im Bauwerk, die von Zerstörungen stammten, mit neuzeitlichen Materialien ausgebessert. Ansprechend wirken aus dieser jüngsten Epoche die "Mandelfenster". Gleich schweren Tränen tropfen sie in doppelten Zweierreihen am Mauerwerk. Die Fenster der oberen beiden Bänder durchfurchen mehrfach geschattete schlichte Kreuze. Die erste untere Reihe trägt sich öffnende Blüten, die in durchsichtiger Zartheit reinen Augen das Geheimnis des Kelchgrundes offenbaren. Auf den letzten Fenstertropfen sind die Zeichen des Heiligen Abendmahles: Traube und Ähre, dazu das göttliche Licht des Geistes, als Stern, dargestellt.

St.Michael auf dem Berg

Bergauf wandelt es sich gut unter leuchtenden Kerzenzweigen weißer und roter Kastanien zum Siegberg, wo einst die "Siegburg"

des lothringischen Pfalzgrafen Heinrich des Wütenden stand. Er unterlag im Kampf dem Kölner Erzbischof Anno und mußte von seiner ehemaligen karolingischen Residenz im Auelgau weichen. Anno aber gründete 1064 das Kloster St.Michael auf dem Siegberg, dem auch die mit Kölner Stadt- und Befestigungsrecht ausgezeichnete Stadt ihren Namen verdankt. Der Berg jedoch ward immermehr in vieler Munde als "Michaelsberg" des Schutzpatrons der Abtei bezeichnet.
Jetzt im Hochfrühling ist er ein blühender, grünender Märchenhügel. Selten kann sich eine Stadt eines ähnlichen Paradieses mitten im Kernpunkt rühmen. Dicke Tropfen schlagen auf die fertigentfalteten Maiblätter, aber der Regen ist warm und die Luft erfrischt. Weg und Wiesen sind mit abflatternden Kastanienblütchen weiß bestreut,wie an verspäteten Reiftagen. Ein Rondell mit bunten Bänken und schützendem Blätterdach läßt die Menschen Ruhe und Frieden finden. Goldregen pendelt von den erbsenblättrigen Sträuchern. Noch klappern vom Vorjahr altersbraune trockene Hülsen daran. Das Gras treibt saftig hoch, und erste Schirmchen der Doldenblütler künden den nahenden Sommer an. Drei Fichten mit zarten Maispitzen und Dornröschensträucher prangen mitten darin.
Immer wieder findet sich ein Auslug auf bräunliche und rote Schindeldächer der Stadt, denn die Häuser scharen sich wie Kinder zur Mutter im weiten Kreise um den alten Vulkankegel. Die Straße schraubt sich in großem Bogen zum Kloster St.Michael hinan. Durch mehrere dicke Mauern ist

das burgartige Gebäude wie eine Festung mit dem Berg verwachsen. Mitten darin als Bergfried der wuchtige Kirchturm fügt sich erst in ziemlicher Höhe zum Achteck, wird zierlicher, rundet sich barocken und endet mit einer kleinen vorwitzigen Spitze, die als höchster Punkt im Land ringsum alles überschauen kann.
Von St.Michael hallen drei Schläge, ein Viertel vor sechs. St.Servatius im Tal hebt fast gleichzeitig zu läuten an; ein wohlklingendes Duett. Die Talkirche verkündet zuletzt nur noch allein den kommenden Sonntag. - Wenn ein Mensch inneren Frieden sucht, findet er ihn gewiß in jener feierlichen Abgeschiedenheit des Siegberges, besinnt sich hier in geweihter Natur auf sein eigenes Ich, erahnt den zukünftigen, sicheren Weg für das eben noch zweifelnde, verzagte Herz.
Droben vor der Klosterburg tragen die Löwenzähne noch Silberlaternchen. Aber schon versuchen die kecken Kugeln des Rotklees und die spaßigen "Vetter Jaköble" - die Spitzwegerichblüten - den Aprilbruder zu verdrängen. Durch ein tunnelförmiges Tor treten wir in den Innenhof, sehen erst jetzt richtig die Bedeutung der romanischen Kirche, mit der sich beachtlich über die Seitenschiffe emporhebende Mittelhalle. Die Klostergebäude gliedern sich hufeisenförmig. Rechts führt eine braunglänzende Tür zur Abtei. Darüber weiße Dornranken als Zierrat. Aus schieferigem Dächergrau lugen weißglänzende Mansardenfenster. Rundbogige Arkaden begleiten die Treppe zum Gottesraum. Leise variiert die Orgel zum Abendgesang der Mönche.

Die silbernen Pfeifen schrägen wie zwei
Segel am Mast empor. Dahinter kupferfarbene
wie Sonnenstrahlen über dem Meer. Sechs
Kerzen erhellen den Hauptaltar. Gotische
Chorfenster schimmern azurblau wie ein
blanker Spätsommerhimmel. Warmes Scharlach-
rot glüht darin, gleich der sinkenden
Sonne, die mit letztem Licht die Erde
grüßt. Vorn an der Turmmauer streckt St.Mi-
chael sein Schwert empor, tritt unbesiegt
dem wildschnaubenden Drachen auf den Leib.
Die Benediktinerabtei auf dem Michaelsberg
diente zunächst bis 1803 ihren Bestimmun-
gen, wurde dann Kaserne, 1824 Irrenanstalt,
nach 1879 Zuchthaus und gelangte erst
1914 wieder in die Hände des Kirchenordens.
In den folgenden Jahrzehnten diente sie
in Notzeiten als Kriegslazarett. Auf dem
Platz des Innenhofes steht, fürstlich
die Äste spreitend, ein kleinblättriger
Ahorn. In der Nische nahe der Hofkastanie
sehen wir von der Brüstung über den üppiggrünen Baumhügel bis zu fernen Höhen,über
die Stadt, die im Abenddunst mehr und
mehr verschwindet. Gelingt es die Autos
zu übersehen, fühle ich mich in verflossene
Zeiten zurückversetzt.
Parkwege schlängeln sich abwärts, gabeln
sich, treffen einander, laufen nebeneinander her, durch kleine Kurven oder Treppen
verbunden. Ein Junghase erschrickt vor
uns, hoppelt ängstlich den Kiesweg hinab
ins Gebüsch. Goldgelbes Schöllkraut schießt
spillrig aus den Hecken hervor. Weißdorn
betäubt mit weißem Blütenrausch. Da zer-
reißt Jahrmarktslärm die Traumwelt.Stimmen-
gewirr, Echo gellt wider, schrille Töne,
Knallerei, Sirenenheulen. Wütend jagt

die Schlange eines Berg- und Talkarussells
im Kreise, in den eigenen Schwanz verbis-
sen. Das Riesenrad dreht sich hinter Zweigen. Klingeln zur nächsten Runde. "Einsteigen!" dröhnt es durch den Lautsprecher
und aufs neue tollt die Fahrt durch die
Lüfte, von sentimentalen Schlagern begleitet. Unsere Zeit in ihrer Realität: "Ge-
schwindigkeit - Lärm - Betäubung", ist
wieder gegenwärtig. Nach diesen besinnli-
chen Stunden auf dem Siegberg spüren wir
den Unterschied doppelt stark. Im großen
Bogen umgehen wir diese Stätte.Was andermal
vielleicht Vergnügen bereiten würde, erregt
heute Widerwillen.
Ein Brückchen geleitet über das grünbraune
angeschwollene Wasser des Mühlgrabens.Noch
einmal schaue ich zum Kloster zurück,
wo jetzt auch das Johanniswürmchen aus
seinem Versteck hinter den Büschen hervor-
blinzelt. Durch nüchterne, aber gepflegte
Straßen, gelangen wir in die Siegburger
Innenstadt, am städtischen Forstamt vorbei. Die alten Werksgebäude und Mühlen
am Bachufer mit ihren Giebeln und Giebel-
chen, ihren Fachwerkidyllen sind malerisch,
wie die Trauerweiden im Park. Die Glocken
im Campanile der evangelischen Auferste-
hungskirche in der Mahlgasse lassen die
siebente Stunde erklingen. Das Schieferdach
der quadratischen, 1956/57 erbauten Kirche
ist von allen Seiten gleichmäßig zur Mitte
zugespitzt, ein harmonischer Anblick in
unserem Zeitstil. Das breite Hauptportal
mit dem vorkragenden Dach und der gläsernen
Mittelfront erinnert an ein Theater. Gleich
im Vorraum dreht sich schwungvoll eine
schöne Stiege zur Empore. Dort oben übt

ein Chor gerade "Lobe den Herrn, meine Seele!" Beim Verlassen der Kirche blicken wir in den geöffneten Wolkenhimmel. Metallisches Licht ergießt sich auf das abendliche Siegburg, als schicke der Schöpfer noch einmal die Sonne, für die aus dankbarer Seele zu ihm gedrungene Lobpreisung.

Die glühenden Kohlen

Eine alte rheinische Sage neu erzählt

Lorch liegt etwa eine Tageswanderung nördlich vom weltbekannten Weinort Rüdesheim entfernt. Vom Taunus herab fließt die Wisper hurtig dem Rhein zu und muß noch kurz vor der Mündung die Räder der alten Mühle nahe der Stadtmauer treiben.
Eines Nachts erwachte des Müllers Magd und meinte, da es draußen taghell war, sie habe es verschlafen. Schnell sprang sie aus dem Bett und in die Küche, um das Feuer im Herd zu entzünden. Da sah sie plötzlich voll Verwunderung durch das Fenster im Hof einen Berg glühender Kohlen liegen. Ohne sich zu bedenken, lief sie die Treppen hinab, um sich eine Schaufel voll davon zu holen. So brennt mir das Feuer rascher an und ich gewinne die verlorene Zeit wieder, dachte sie bei sich. Um die Glut hockten ein paar fremde Männer. Doch die Magd kümmerte sich nicht darum, sprach auch nicht mit ihnen, sondern schaufelte sich beherzt von den rotleuchtenden Kohlen und trug sie in die Küche.
Auf dem Herd waren sie jedoch erloschen und kalt. Da rannte die Magd noch einmal hinaus, und da ihr das gleiche geschah, versuchte sie es noch ein drittes Mal. Diesmal rief ihr aber einer der Männer mit dunkler Stimme zu: "Höre, jetzt ist es genug!"
Der Magd war plötzlich ängstlich und sie lief, so flink sie konnte ins Haus zurück.

Aber auch diesmal waren ihre Kohlen restlos erloschen.
Doch ehe die Magd darüber nachgrübeln konnte, hallten plötzlich mehrere Schläge vom Kirchturm aus der Innenstadt herüber. Sie lauschte am Fenster, um zu erfahren, wie spät es eigentlich sei, und zählte mit: "fünf, sechs, sieben..." Nein, so spät konnte es doch gar nicht sein! Aber die Turmuhr schlug immerfort bis zwölf. Da verschwand der ganze Spuk im Hof. Die Männer waren nicht mehr zu sehen, das Kohlenfeuer war wie weggeblasen. Keine Spur von Asche war übriggeblieben.
Jetzt grauste es der Magd so fürchterlich, daß ihr die Haare zu Berg standen und ihr aus allen Poren kalter Schweiß hervorbrach. Sie stürzte in ihre Kammer, verriegelte Tür und Fenster, und verkroch sich ganz unter ihrer Bettdecke und betete in ihrer Angst lang und inbrünstig alle Gebete, die ihr gerade einfielen.
Am folgenden Morgen verschlief sie sich um fast zwei Stunden. So stand der Müller vor ihr auf und betrat zuerst die Küche. Er glaubte, seinen Augen nicht zu trauen, denn auf dem Herde lagen statt glühender Kohlen blinkende, blanke Goldtaler. Da weckte der Müller seine Magd, zeigte ihr das Wunder, baute sich ein feines neues Haus in Lorch und heiratete das Mädchen, dem er sein Glück durch dessen Mut und Schweigsamkeit verdankte.

Mitternacht in Heidelberg

Erinnerung an eine liebenswerte Stadt

Mitternacht in Heidelberg. Die schmalen Hauptstraßen der Innenstadt sind noch belebt. Pärchen und Studenten promenieren überall. Die Geschäfte sind teilweise noch hell erleuchtet. Manche Straßenstücke liegen jedoch in friedlicher Nachtstille in völliger Dunkelheit. In den Nebengassen spärlicher Laternenschein. Alte Weinstuben und Studentenkneipen wie "Maxim", "Rotes Lämpchen" und "Eisernes Kreuz" sind noch geöffnet. Lärm, Gelächter und Musik hallen durch die Fenster auf die Straße. Am Marktplatz träumt ein romantischer Brunnen im Schatten des Rathauses und der zwiebeltürmigen Heiliggeistkirche. Aus ihr entwendete Tilly im Feber 1623 die berühmte Pfälzer Universitäts-Bibliothek. Die Kirche ragt weit über die alten Häuschen, von denen bei einigen der Verputz abbröckelte, und die Fachwerkgiebel des dichtgedrängten Stadtkerns empor. Autos parken zur Nacht unter Bäumen auf stillen Plätzen.Im Hintergrund steigen als Kulissen schwarze Berge auf, buckeln sich zum Gebirgszug. Dort oben ruht nachtunsichtbar das prächtige, von allen Fremden geliebte Schloß.
Das Karlstor ragt plötzlich vor einem auf, schemenhaft im Finstern der Abgeschiedenheit. Nur ein Innenbogen ist in kühles Licht getaucht. Seitlich der zur späten Stunde verwaiste Vorstadtbahnhof und rechts der Tunnel, ein Schlund im Bergmassiv, das Tor der Eisenbahn zur Heidelberger

Welt. Dort im Südwesten, zwei, drei Kurven
weiter, liegt Neckargemünd, wo der Weg
ins Württembergische nach Sinsheim an
der Elsenz und nach Heilbronn führt. Nur
ein Lichtstreif über den Wäldern weist
die Richtung.
Mitternacht am Neckarufer. Gespensterhaft
fesselt die Staustufe den weinbergtrunke-
nen, schwäbisch-lieblichen Fluß, der nun
Nordbaden durchquert und dem Vater Rhein
entgegenströmt. Von fern schon erklingt
das Rauschen des Gehemmten. Wieder befreit,
im überschäumenden Glücksgefühl, ergießen
sich die Wasser mit hastigem Schwall ins
tiefere, zu neuer Kraft vorbereitete Bett.
Drüben am Nordufer strecken sich lange
und runde Odenwaldhügel behaglich aus.
Einzelne Lichter blinken aus dem Walde.
Grelle Uferbeleuchtung markiert die Stra-
ßenzeile zwischen Fluß und Gebirge. In
den Fluten spiegeln sich parallele Leucht-
reihen und verzerrt und verschwommen die
Häuser, die sich in der Neustadt am Hang
übereinanderstaffeln.
Schiffe und Schlepper rasten am Beckenrand.
Eisenanker lugen weit aus dem flachen
Wasser. Die alte Steinbrücke spannt sich
mit mehreren Bogen über den Neckar, die
Innenstadt mit den Vororten an der Bergstraße und vorm Odenwald zu verbinden.
Trutzig wirken die helmbesetzten Türme
neben den winkligen Gäßchen. Brücken waren
hier schon jahrhundertelang Verbindung
der wichtigen Neckar-Main-Route. Schon
zu Anfang des 14.Jahrhunderts wurde die
erste Holzbrücke über den Fluß geschlagen.
Mehrfach durch Feuer, Krieg oder Hochwasser
mit Eisgang zerstört, mußte sie immer

wieder ausgebessert oder erneuert werden, bis gegen Ende des 18.Jahrhunderts die erste Steinbrücke errichtet wurde.
Die Uferstraße wird zur Allee. Leise raschelnde Blätter fallen hörbar in stiller später Stunde. Kaum ein Mensch ist zu sehen. Doch in den Wirtshäusern brennt noch Licht. "Vater Rhein" lockt mit orangefarbener Reklame beinahe aufdringlich. Die zweite Brücke bringt noch einige Wagen zum Zentrum. Straßenbahnen fahren zur späten Stunde nicht mehr, aber etliche Leute pilgern zum Bahnhof.
Nach Mitternacht am Stadtrand. Auf der schnurgeraden neonbeleuchteten Rennstrecke - der neue Heidelberger Hauptbahnhof steht am Stadtrand - ist wenig Verkehr. Rechts im Hintergrund ein Gasometer und Fabriken. Lichter blinken versteckt. Rauchdunst; Maschinensurren. Die Nachtschicht werkt.

Von der Rheinebene zu den Schwarzwaldhöhen

Eine Reise mit der Bahn

Orangegelbes Morgenleuchten zwischen jahresmüder Landschaft und wolkenschwerem Regenhimmel. Spätes Verglühen welkender Blätter; wehmutfestlicher Abschied. Nur noch bräunliche Symphonie: siena, beige, sandfarben, kupfern; aber warmes Licht ausströmend. Markant wie Schatten grüßen die einsamen Burgen von den Hügeln der Bergstraße. Langgestreckte Maulwurfshügel sind die gepflügten Äcker, dazwischen saftiggrüne Wiesen und Weiden in der Rheinebene, die Augen und Gemüt wohltun in dieser blumenlosen Zeit.
Benachbart: Fabriken mit Schornsteinen, Rohren, Abraumhalden, Schuppen; Container, Kisten, Bauteile, bunte Autofelder und Wagen mit Zuckerrüben. Dann der Neckar: lehmig, von feinen Wellen überkräuselt. Das Gleisfeld verbreitert sich: Mannheim-Friedrichsfeld, von Hugenotten erbaut. Der Odenwald weicht zurück, wird zur schwarzgrauen Silhouette am östlichen Horizont. Trotz düsterer Wolkenkrallen belebt die Sonne den Tag freundlicher. Die Eisendoppelspuren und elektrische Drähte zielen dem Heidelberger Hauptbahnhof zu. Lichtstrahlen dringen ins Zugabteil, vermögen dennoch kaum die Traurigkeit des Herzens zu lindern.
Gegensätze der Natur: Beete mit üppiggrünen Pflanzen - wohl für Gründüngung - lassen schon jetzt einen Hauch vom künftigen Frühling erahnen und junge Laubwälder,

die noch erstaunlich viele Altjahrsblätter
tragen. Das Schlößchen mit dem bemerkenswerten abgestuften dunkelroten Zeltdach
am Rande des Kraichgaus kurz vor Bad Schön-
born zieht meine Blicke immer wieder an,
wenn ich nach Süden reise. Regenverwaschen
sind die Wege, teils schlammig mit Pfützen
bestückt. Struppige, zerzauste Pappeln
stehen am Straßenrand, ähneln Rauhhaardak-
keln im Sturm.
Der Zug holpert nun nach Bruchsal hinein.
Wind ist aufgekommen. Das Schild mit der
Nr.4 über dem Gleis am Dach des Bahnsteiges
fängt rhythmisch zu tanzen an. Ein Blick
durch die Häuserzeilen auf das prächtige
Barockschloß.
Allmählich gibt mir das besinnliche Betrachten der friedlichen Landschaft die
innere Ruhe zurück. Ein Seelenausgleich
zwischen feiner Schwermut und stiller
Freude, des sich eingebunden, ja Geborgen-
fühlens im unermeßlichen Garten Gottes,
pendelt sich das Waageherz zum inneren
Ausgleich ein. Häßliche Lagerplätze, Klein-
gärten zwischen Bahnschienen, Wildgestrüpp
und Brombeerranken. Dahinter erheben sich
Häuser im Vorstadtstil um einen spitzen
Kirchturm. Entzückend ist das wiedererstan-
dene Schlößchen Gottesau mit seinen zierlichen Türmchen bei Durlach. Wenig später
hält der D-Zug in der mächtigen Karlsruher
Bahnhofshalle. Auf dem Bahnsteig begrüßen
sich Taubstumme mit Lächeln und Gesten.
Sie verstehen einander sichtbar gut.
Im Süden und Osten werden erste Schwarz-
waldrücken sichtbar. Die nassen Wege der
der fruchtbaren Oberrheinebene glänzen
im fahlen Licht wie die Silberleiber der

Fische. Hier und da stehen noch dürre
Maisstauden wie ein Heer von Zinnsoldaten
auf den Äckern, abgedankte Veteranen,sich
selbst und dem Sturm überlassen. Die Nadel-
wälder an den Berglehnen hinter den Obst-
hainen haben das Federschwarz der Winter-
krähen angenommen. Stiefmütterchen blühen
voreilig frühjahrsgelb in einer Betonschale
auf dem Bahnsteig in Rastatt. Eine rauchen-
de Frau in Hosen und grellrotem Anorak
stolziert wie ein Hahn auf und ab. Das
Murgflüßchen fließt trüb unter der alten
Steinbrücke zum Rhein hin. Auwälder,schein-
bar noch voller Lebenskraft. Ist auch
bei ihnen schon der schleichende Tod zu
Gast?
Baden-Baden. Mein freundlicher Holländer
verläßt das Abteil:"Schwarzwald ist schön",
sagt er: "Auf Wiederseh'n." Die Staatliche
Kunsthalle wirbt auf Plakaten für eine
Ausstellung. Schafe rupfen Hälmchen von
einer verfilzten Weide, mühsam-geduldig,
zufrieden. Die Yburg späht von ihrem Kegel-
thron herab. Krähen schwärmen lärmend
vorbei, suchen auf den abgeernteten Fluren
ihre Mahlzeit. Der Schwarzwald wirkt aus
der Sicht der Rheinniederung eigentlich
nicht wie ein hohes Mittelgebirge. Erst
bei der Einfahrt ins Kinzigtal entfaltet
er seine stattliche Größe und Erhabenheit.
Offenburg ist erreicht. An einer grünbe-
moosten Quader-Sandsteinmauer entlang,über
der Kastanien ihre Kronen entfalten. Ihre
dicken Astarme mit den klebrigen Knospen
scheinen der vorübergleitenden Eisenbahn
zuzuwinken. Stadtauswärts zwischen Obstplantagen, jungroten Weidenruten,Kahläckern
und Winterwiesen fahren wir hinein in

die sanften Hügelwellen des schwarzen
Waldes. Bald hält der Zug neben dem Backsteinbau der Rubinmühle in Gengenbach,
einst stolze freie Reichsstadt, mit Kirchtürmen und buntem Stadttor. Am Berge in
luftiger Freiheit klebt ein Kapellchen.
Das Bett der Kinzig wurde begradigt, nach
künstlichen Maßen. Der hellgraue Fluß
droht dennoch über die Ufer zu treten.
Allmählich strecken die Berge ihre Buckel
höher in den jetzt wieder bleiernen Winterhimmel. Ein Steinbruch hinter Biberach
wirkt bizarr und klotzig, dennoch ist
es ein waidwunder Berg, wird Schlag um
Schlag weiter seiner Substanz beraubt.
Erste Schwarzwaldhäuser im Wiesengrund.
Ich liebe diese malerisch-romantischen
Häuser, die so viel Geborgenheit und innere
Kraft vermitteln. Ein anderer, noch ärger
geschundener Berg erhebt sich bei Hausach,
halbiert, Torso. Nahebei Burg Hausach,
düster und verlassen, Geschichte von vorgestern. Güterwagen aus Finnland und Schwe-
den verbinden die Bergwälder Skandinaviens
mit Deutschlands Süden. Riesige Bretterhal-
den kennzeichnen Wohlhabenheit der Säge-
werke.
Und dann das Freilichtmuseum bei Gutach
mit den schönen alten Schwarzwaldhöfen.
Die mächtigen, oft bemoosten Dächer sind
wie Pelzmützen über Haus, Stall und Scheuer
gestülpt, alle Räume schützend vereinend.
Seitlich sind diese Häuser mit dem typisch
nach vorn geschrägtem Giebeldreieck verziert. Hornberg ruht im schmalen Tal zu
Füßen der trutzig historischen Burg mit
Bergfried. Dämmert sie jetzt in Winterträu-
men, ist sie sommers belebt von fröhlichen

Gästen, welche die Mär vom "Hornberger Schießen" zur Festspielzeit erleben möchten. Ein Wildbach rauscht sein Urlied. Schwefelgelbes Schaumwasser sprudelt keck über den Grabenrand und hurtig zwischen Steinen talwärts. Die berühmte Tunnelstrecke beginnt. Die Tore an den Schlünden, die in die Bergnacht hineinlotsen, sind aus Basalt gemeißelt, glitzern regennaß wie Silber. Netze über Felsen gespannt verhindern Steinschlag von den Steilwänden auf die durch enge Hohlgassen geleitete Gleisspur. Ab und zu gigantische Schau aus schwindelnder Höhe in tiefe Schluchten. Flüchtige Blicke nur werden den Reisenden auf Triberg vergönnt. Wechsel zwischen kohlschwarzen Schächten im Leib des Gebirges und dämmriger Wildnis aus Wäldern und Felsen in rascher Folge. 30- bis 35mal oder mehr. Wer hat die genaue Zahl je richtig gezählt? Die Strecke der Schwarzwaldbahn ist ein geniales Werk vollendeter technischer Möglichkeiten, verdient Bewunderung und Anerkennung. Hier gelang es, landschaftliche Urschönheit mit dem Reiz kunstvollen Schaffens des menschlichen Geistes zu verbinden.

Frühlings Einzug

Noch immer knistert der kristallene Winter im Schatten des Freudenstädter Marktplatzes unter den Schritten der alten Mutter Rheinschmidt. Doch die Macht des Eiskönigs ist gebrochen. Überall ist Schmelzzeit; Vorfrühling; Ringen zwischen Frostnacht und Lenzlicht, zwischen Totenstarre und Auferstehung.
Es ist angenehm warm. Der Schnee rutscht von den Maulbronner Giebeldächern des Klosters lawinenartig abwärts, platscht sprühend und spritzend auf holperiges Pflaster. Flink trocknet die Sonne die Schindeln. Nach dem Winter sind sie reingewaschen und blinken hell wie die Wäsche der Vaihinger Häuslerin im Hof an der Leine im Wind, als stimme jene einen Frühlingsreigen an. Die Regentraufen in Gengenbach können das Schmelzwasser kaum fassen. Viele Bäche fließen quicklebendig die Straßen entlang, sammeln sich, schwemmen Ästchen und faules Laub fort - letzte Reste eines vergangenen Jahres. Munter eilen die Rinnsale der Kinzig zu. Sie schwillt vor Stolz, füllt ihr Bett bis zum Rand und sprudelt aufgeregt dahin. Das Tauwetter brachte ihr Schneewasser vom hohen Gutachtal, vom Triberger Wasserfall. An einigen Stellen droht sie wild über ihre Ufer zu treten. Heimtückisch bespült sie die Gärten in der Ortenau, weckt rücksichtslos die vom Frühling träumenden Obstbäume. Manch armer Maulwurf fährt erschrocken aus seinem Winterbau, um eine neue Behausung zu suchen. Sonst lernt er das Schwimmen.

Schneeglöckchen läuten in den Kuranlagen Baden-Badens. Rein wie weißes Linnen sind ihre kleinen Spitzenröcke, saftiggrün die wächsernen Blätter, die es schützen, wenn der rauhe Wind saust.Doch die Mittagssonne ist mild.

Auf den Wiesen in Rüppurr trauen die Gänseblümchen als erste Blumen der Sonne, in alten Gemäuern die Huflattiche. Schutzlos, ohne Blätter sprossen sie. Aber vorsorglich haben sie die Füße in derbe, braunrote Schuppenstiefel eingepackt. Ist ihre goldgelbe Blüte mit den Strahlen nicht selbst eine kleine Sonne?

Die Hasel am Waldrand beim Altrhein ist auch ein Lenzbote. Ihre gelblichen Blütenpendel hängt sie als Laternen dem Lenzföhn aus, damit er auf seiner rastlosen Fahrt bei ihr einkehrt und etwas vom Goldstaub mitnimmt. Er tut es auch gern. Wer widersteht dem Lächeln, dem bezaubernden Blick eines holden Wesens? Und gar im stürmischen Frühling? Doch muß er bald weiter ins obere Murgtal, zur Schwarzwald-Hochstraße. Trunken reißt er sich los, greift eine Handvoll Blütenstaub und schenkt sie liebevoll als Dank dem nächsten Haselbusch. So sorgt er für das Fruchten der Nüsse, wie sein Bruder Sommerwind für unser Brot, wenn er die Blütenähren der Kornfelder wiegt. Die alemannischen Bauern sagen im Hornung - wenn sie den Goldstaub wie einen hauchdünnen Schleier vorbeiwehen sehen: Die Hasel stäubt, da ist der Frühling nimmer weit!

Der Föhnwind jagt weiter. Er ist der Bote, den Junker Lenz durch das oberrheinische Land schickt, seinen Einzug zu verkünden.

Er rauscht dahin: Ein loser Gesell, der gern Schabernack spielt. In Ettlingen bläst er den Winterschmutz im Kreis herum, wackelt in Durmersheim an den Schindeln, bis sie klappern, setzt sich auf einen Kamin in Muggensturm, daß der Rauch zum Entsetzen der Büdnerin aus allen Löchern des Herdes quillt.

Lachend flitzt er hinweg, pfeift wie ein Gassenjunge um die Ecken des Karlsruher Schlosses, reißt einer Bäuerin, die gerade vor dem Freiburger Münster ihren Marktstand aufbaut, an der Schürze, an den Röcken. Den locker sitzenden Hut eines Hagsfelder Fuhrknechts stülpt er vom Kopf, rollt ihn geschwind über die Schwetzinger Straße, schleppt ihn noch mit bis zu den Weiherwiesen und läßt ihn endlich in einer Lache liegen. Der Mann ist wütend. Nicht einmal die Pfeife will ihm mehr schmecken; und das heißt viel. Der Wind ist längst im Kurpark, raunt den Bäumen zu; Bald ist Frühling! Er klopft auf die noch winterharte Erde am Turmberg in Durlach, damit die neuen Triebe es drunten im Erdreich hören und nicht mehr so zaghaft und ängstlich sind.

Hier hilft der Föhn der Sonne beim Schneetauen. Auch versteckt er sich gern zwischen bärtigen Schwarzwaldtannen und heult in in ihren Wipfeln, wenn ihm traurig zumute ist. -

So geht es immerfort im tollen Tanz durch badische und elsässische Städte und Dörfer, durch den Schwarzwald und die Vogesen, zum Feldberg und Belchen, zwischen Schluchten des Höllentals hinab zum Breisgau und nach Straßburg, zum stolzen Münster und stromaufwärts zum Bodensee. Immer vorwärts auf des Frühlings Einzugsstraßen.

Auf dem "deutschen Rigi"

Gewitter im Schwarzwald

Ein sonniger Augusttag lockte uns vom Gutachtal zum einsamen Farrenkopf, dem "deutschen Rigi", wie der Waldberg volkstümlich genannt wird.Dornengestrüpp wuchert am Wege, Buchen strecken Ästekrallen nach dem Wanderer aus. Gebückt kriechen wir unter dem grünen Baldachin dahin. Selten scheint sich ein Mensch in diese Abgeschiedenheit zu verirren. Aber beglückende Wildromantik verwandelt sich schnell in bedrückende Gespenstischkeit. Donnergrollen fernher zerstört die Waldesstille. Die Sonne ertrinkt im Wolkenmeer.
Auf dem Berggipfel trotzt die verwitterte "Hasemannhütte" Regen und Sturm schon jahrzehntelang. In ihr suchen wir Schutz. Im stockdunklen Raum riecht es muffig nach faulem Stroh. Doch durch das rasch geöffnete Schiebefenster strömt regenerfrischte Luft, fällt ein breites Lichtband ein.
Himbeer- und Brombeersträucher ranken sich um das Blockhaus. Tannenwald umrandet den kleinen Platz, bedeckt Halden und Höhen - soweit das Auge schaut. Manche Tannenspitzen haben Nadeln verloren, zeigen traurig kahle Zweige, wie wir sie vom ausgedienten Weihnachtsbaum kennen, wenn der zwei Wochen zuvor liebevoll Geschmückte die nun wieder vom Alltag geprägte Stube des jungen Jahres verlassen muß... Der Waldtod hält Einkehr.
Düster unheimliche Stimmung. Nebel quillt

aus Tälern und Schluchten, umhüllt die Wälder, frißt Berge und Büsche, schleicht schlangenheimlich näher, hängt einen undurchdringlichen Vorhang auf. Bäume und Blumen neben uns verschwinden wie eine Fatamorgana. Bald ragt unser Gipfel allein wie eine rettende Insel im Meer aus milchigem Nebelnichts hervor. Totenstille ringsum. Kein Hauch ist zu spüren. Angestrengt lauschen wir in die Weite, gebannt vom Zauber dieser Minuten. Irgendwoher muß doch ein Laut unsere Ohren erreichen! Sind wir die letzten Menschen einer versinkenden Welt?
Es regnet. Dicke schwere Tropfen fallen. Langsam erst, bald schneller, und prasseln dann wie Geschosse hart auf die Erde. Wir treten wieder in die Schutzhütte, beobachten durch das Schiebefenster das Naturschauspiel. Donnerschläge hallen wider. Die Blitze verbirgt der Nebel.
Später jagen einzelne Wolken am bleigrauen Himmel. Geisterschwaden steigen aus den Tiefen. Der Wald dampft. Weißer Qualm wächst empor, bildet neue Regenwolken.
Im Westen erheben sich Bergkuppen aus dem Dunst, andere folgen. Schorerkopf und Michelsberg scheinen unwirklich zu sein. Der Regen rinnt jetzt gleichmäßig in langen Fäden. Da nützt weder Zögern noch Zagen. Auf aufgeweichten Böden rutschen wir vorsichtig abwärts und erreichen bis auf die Haut durchnäßt den Gutacher Bahnhof.

Begegnung mit der 'Konstanzer Malerin'

Erinnerung an eine Begegnung auf dem Bodensee

Mehr als vier Jahrzehnte sind nun vergangen seit jenem Abend im Konstanzer Hafen. Wir saßen auf Klappstühlen auf dem Außendeck der "Schwaben", einem großen schönen Schiff, und blickten über den See, in dem sich der leicht bewölkte Himmel blaugelb spiegelte. Neben uns saß eine altehrwürdige Dame in schwarzer schlichter Kleidung. Sie trug eine Brille, und ihre mütterlichen Augen sahen uns gütig an. Meine Schwester im Dirndlkleid und ich in kurzer Lederhose mochten ihr gefallen, denn sie fand rasch einen Anknüpfungspunkt zum Gespräch:
"Wenn die Sprache nicht norddeutsch wäre, würde ich glauben: Sie kämen aus Tirol. Sie sind doch sicher aus Norddeutschland?" "Wir stammen aus Sachsen, leben aber im Rheinland, in Köln." "Köln am Rhein, die heilige Stadt! Ich habe Verwandte in Lindenthal im Karmeliterkloster. Es ist sicher auch zerstört?" "Die Kölner Innenstadt wurde im Krieg fast total durch die zahllosen Bombenangriffe zerstört, in den letzten Jahren wurden aber viele Gebäude wieder aufgebaut."
Nach diesem kurzen Gespräch schwiegen wir ein Weilchen. Es dämmerte. Möwen flatterten heran, schwebten kreisend, mit gleichmäßigen Flügelschlägen. Ferienzeit. Geruhsame Abendstunde auf dem Bodensee. Wen erfreut da nicht eine Plauderei? Die

alte Dame sprach nun von den Möwen: "Sie sind schön. Ich mag sie gern. Wenn sie nur nicht so schreien würden." Ich lächelte zustimmend, denn diese Vögel sind ein liebes, wenn auch arg krakeelerisches freßgieriges Völkchen. Schwäne ruderten heran, stolz den Hals vorgereckt - leuchtendes Weiß auf dunklem Wasser. "Sie ahnen, daß es hier etwas zu fressen gibt. Sie haben die Möwen gesehen", meinte unsere Begleiterin.
"Als mein Mann noch lebte, sahen wir einmal am Schweizer Ufer zwei Schwäne miteinander kämpfen. Hell hoben sich die weißen Tiere vom blauen Himmel ab. Ein farblich schönes Bild. Es ging um eine Schwänin. Der Sieger verließ mit ihr den Kampfplatz, ohne sich um den gerupften Verlierer zu kümmern."
Wir sprachen dann von der Landschaft am Bodensee. Immer mehr ahnte ich, daß diese alte weise Dame ein besonderer Mensch sein müßte. "Fragen Sie ruhig, wenn Sie etwas über dieses Land wissen möchten", ermunterte sie uns freundlich. "Ich kenne mich hier sehr gut aus, bin in Konstanz zu Hause. Jetzt fahre ich zur Abendandacht nach Meersburg. Kennen Sie das kleine Kirchlein in der Unterstadt? Ich fahre oft hinüber, nur im Winter nicht! Kennen Sie Meersburg?"

"Ja, gewiß. Meersburg ist mir der liebste Ort am See. Wir waren erst vor einigen Tagen wieder dort - im Fürstenhäuschen der Droste. Leider regnete es!" - "Wenn man arbeitet und keine Ferien hat, stört der Regen nicht. Es gibt immer zu denken und zu tun. -
Waren Sie schon in Birnau?"Ich verneinte,

denn ich kannte die herrliche barocke Klosterkirche damals noch nicht. "Sie sollten es unbedingt kennenlernen. Vielleicht sonntags einmal zur Messe hingehen. Es ist ein unvergeßliches Erlebnis!"
Die alte liebenswürdige Dame deutete nun über das Häusergewirr am Konstanzer Hafen zum schmalen Fingerturm. "Dort drüben,der graue schmale Turm, gehört zum Bahnhof. Man hat ihn Siena nachgebaut, im italienischen Stil. Dagegen hat der Kuppelturm der Hauptpost überhaupt keinen Stil."
Da die Herbstabende oft recht kühl sind, suchten wir uns im gemütlichen Innendeck ein warmes Plätzchen am Fenster. Während der Überfahrt nach Meersburg färbte sich der Himmel rosenfarbig, wurde stahlblank und der Horizont diesig. Das Wasser dunkelte, war aber metallisch glänzend übergossen vom Lichtschein. "Diese Himmel der Bodenseelandschaft habe ich schon oft gemalt. Hier in der Bucht bei Konstanz, drüben bei Meersburg, auch die Insel Mainau. Man nennt mich die 'Malerin von Konstanz'."
Erstaunt hörte ich zu und war nun noch aufmerksamer. Die alte Dame erzählte, daß Bilder von ihr in der Konstanzer Gemäldegalerie hingen, daß beim Stadler Verlag vor einigen Jahren ein Selbstporträt in einem Kalender erschienen sei. Auf meine Frage: ob es von ihren Bildern auch Kunstpostkarten gäbe, erfuhr ich ein bedauerndes "Nein". Frau Zimmermann-Dursch - so hieß die Konstanzer Malerin - legte früher keinen Wert darauf "Im Breiten bekannt zu werden!" Würde jemand jetzt wieder an sie herantreten, willigte sie gern zum Druck ihrer Gemälde auf Karten ein.

Natürlich wollte ich damals wenigstens ein Gemälde der Malerin kennenlernen. Frau Zimmermann-Dursch erzählte uns, daß im Café Jacobs zu Konstanz, nahe am Markt, ihr "Magnolienbild" zu sehen sei.
Inzwischen sank die Sonne hinter den Schweizer Bergen nieder. Der Bodensee glühte rotübergossen wie eine Blutorange. Und begeistert rief die Künstlerin: "Sehen Sie, diese Farben!"
Auch ich war bewegt von diesen Lichtfluten. "Wenn man solche Stimmungen auf Bildern sieht, glaubt man kaum, daß es in der Natur wirklich derartig bezaubernde Buntheit gibt." "Ich malte viel in solchen Farben. Es lag mir besonders, die flammenden Himmel mit dem glänzenden Wasser darzustellen. Schon als Kind lag ich oft auf dem Rücken und guckte in den Himmel. Es muß wohl ein Vorahnen, ein Aufnehmen für Zukünftiges gewesen sein!"
"Ja", erwiderte ich, "es war eine Bestimmung. Sie haben diese besonders starken Empfindungen für die wunderschönen Farben jenes Landes mit auf ihren Erdenweg bekommen. Es ist ein Geschenk Gottes, die Welt schön empfinden und bildhaft wiedergeben zu dürfen!" Sie nickte, frug nach meiner Arbeit und sagte, als sie erfuhr, daß ich auch als Schriftsteller tätig bin: sie habe mir gleich angesehen, daß ich einen besonderen Beruf habe, da ich alles mit anderen Augen ansähe, anders denke und wiedergäbe.
Wir sprachen noch von den Bodenseedichtern Ludwig Finckh auf der Höri und Wilhelm von Scholz zu Seeheim auf der Halbinsel Eichhorn. (Beide lebten damals noch, und

ich stand mit ihnen brieflich in Verbindung. Den "Rosendoktor"(Finckh) kannte ich persönlich und verehrte ihn sehr.) Zuletzt zeigte mir die 'Malerin von Konstanz' noch einige Fotos ihrer Gemälde und einen Zeitungsartikel. So bekam ich einen kurzen Einblick in ihr Leben und Schaffen. Sie ist in jüngeren Jahren viel gereist. Zum Abschied reichte mir Frau Zimmermann-Dursch freundlich die Hand. Mir war ganz eigen zumute, denn ich war freudig erregt über jene unerwartete Begegnung. Sie aber schritt über den Landesteg zur Abendmesse in der Meersburger Kapelle und winkte uns noch einmal zu.
Eine Woche später weilten wir noch einmal in Konstanz, suchten das Café Jacobs am Markt auf und fanden das von der 'Konstanzer Malerin' erwähnte "Magnolienbild". Es ergab sich so, daß wir gerade vor ihm einen Platz erhielten und es in Ruhe betrachten konnten. Und so möchte ich gern meine Gedanken darüber dieser Erzählung anfügen: "Aus dunklem gebräunten Kelch sind die Blüten rosenzart wie Flocken hervorgehoben. Das Blättergezweig ist wie in Dämmerung unscheinbar zurückgehalten vorm blauen wolkenartigen Hintergrund.Einige Triebe herniedergleitend, die Blüten edel geformt, gleich tropischen Schmetterlingen. Die Knospen der äußersten Zweige dringen stark ins Düstere ein, als tasten sie mit ihren lichten Spitzen ins Geheimnisvolle des Raumes. Dieses Gemälde in seinem schlichten Goldrahmen wirkt plastisch, hat die Form der Fläche überwunden. Es strömt Leben aus, und ich glaubte:die Magnolienblüten schweben zu sehen.

Quer durch Ostfriesland

Norden - Dornum - Aurich - Jever

Ostfriesland ist eine Reise wert. Nicht nur am Anblick wild rollender Wellen an stürmischen Tagen oder am Sonnenglitzern des geruhsameren Wasserspiegels der Nordsee kann sich der Freund von Natur und Landschaft erfreuen, sondern auch während Fahrten im Binnenland von Stadt zu Stadt, beim Entdecken und Betrachten historischer Bauten oder malerischer Winkel.

Norden

Von Norddeich kommend, wo die Kinder in der Seehund-Aufzucht-Station die "süßen Tierbabys" bewundern durften, besuchten wir die westlichste ostfriesische Küstenstadt Norden. Den geräumigen Markt säumen mehrere schöne, jahrhundertealte Bauwerke. Da sind die drei wiedererstandenen malerischen Renaissance-Giebelhäuser nahe der Mennonitenkirche (1662), das burgartige Alte Rathaus (Anf.16.Jh.) mit seinem vorgebauten Giebelturm und Dachreiter. Darin befindet sich auch das lehrreiche "Teemuseum". Dominierend am Platz aber ist die Mitte des 13.Jahrhunderts erbaute Ludgerikirche, genannt nach dem Bischof und Missionar Frieslands und Westfalens Ludger (8.Jh.)
Die Ludgeri-Basilika ist zur Besichtigung nur durch das Küsterhaus zu erreichen. Im Langhaus ist jede Bank seitlich zum Gang durch eine Türschranke abgesperrt. Im Kreuzungspunkt prangt die Kanzel mit

den Evangelisten und anderen Jüngern Jesu.
Ungewöhnlich ist die mehrteilig gegliederte
Arp-Schnittger-Orgel (17.Jh.), die sich
bis zum Lettner ausdehnt. Im Schiff hinter
ihm steht der Hochaltar. Statt mit Bildern
geschmückt, sind seine Flügel nur beschrif-
tet.

Dornum

Nächste Station: Dornum. Bald stehen wir
im Hof des ursprünglich "Osterburg" genannten Adelssitzes ostfriesischer Häuptlinge.
Die St. Bartholomäuskirche, ein beachtli-
cher Backsteinbau der Gotik, umgeben von
hohen alten Bäumen, beherbergt die berühmte
Barockorgel von G.von Holy (1711).
Dann stehen wir vor dem prächtigen neu
renovierten Dornumer Schloß, der früheren
"Norderburg". Ein Wassergraben umrahmt
die in weiß und dottergelb leuchtenden
Trakte. Durch Prunkportale gelangen wir
in den Innenhof. Beliebt ist die Stätte
auch als Freilichtbühne. Die "Westerburg",
einst dritte der Häuptlingsburgen, ist
verschwunden. Erhalten geblieben ist hingegen die Synagoge von 1841 und das Geburtshaus des Dichters Erno Hektor. Er
schrieb das ostfriesische Nationallied.

Aurich

Nachmittags treffen wir in Aurich ein,
in der lebhaften Kreisstadt am Ems-Jade-
Kanal.Der Marktplatz dient dreimal wöchent-
lich als "Bauernmarkt". Rasch erkenne
ich in dem massiven Ziegelturm mit dem
hochaufragenden Helm, den Glockenturm
der Lambertikirche. Schräg gegenüber das
stattliche langgestreckte Schiff des 1832-

1835 neu erbauten Gotteshauses, in dem sich der vergoldete "Ihlower Altar" (um 1500) befindet, ein Flügelaltar aus dem früher südlich der Stadt gelegenen Zisterzienserkloster. Neuerdings sollen nach Grabungen wieder Grundmauern der einstigen Anlage im Ihlower Forst zu sehen sein. Der Saal der Lambertikirche erinnert an einen Betraum, wie er den Gotteshäusern der Herrnhuter Brüdergemeine eigen ist. – In der Fußgängerzone entdecken wir noch Reste des alten Schlosses, jener Residenz des Geschlechtes der Cirksena. Hier stand früher eine Wassermühle.

Besonders interessiert uns in der Vorstadt Aurichs jene alte, noch bestens erhaltene Stiftsmühle in der Oldersumer Straße. Sie beherbergt fünf Stockwerke. Unterhalb der Umgangsbühne ist sie ungewöhnlich hoch und stattlich. Als Museum eingerichtet, bietet Ostfrieslands größte windbetriebene Kornmühle (28,7m hoch) zahlreiche Sehenswürdigkeiten, sowohl aus dem handwerklichen Bereich mit Mahlwerk und Geräten, aber auch mit etlichen Modellen verschiedenster Mühlentypen sowie kulturgeschichtlichen Dokumenten. Die Mühle ist noch immer betriebsfähig. Sie kann wie in alten Zeiten durch Windkraft, die die vier Flügel dreht und die bis zu drei Meter großen Holzzahnräder bewegt, Korn zu Mehl mahlen. Wir steigen auf auf steilen Treppen hinan, von Etage zu Etage und bewundern diese grandiose Anlage. Mit etwas Unbehagen treten wir auf die Rundum-Bühne und schauen auf die alte Residenzstadt Ostfrieslands.

Jever

Den Abend verbringen wir in Jever. Unter friesischen Häuptlingen der Papinga entwikkelte sich die Stadt zum Hauptort der "Herrschaft Jever". Schon bei der Einfahrt sehen wir die mächtige moderne Anlage der Brauerei. Durch ihr süffiges, etwas herb würziges Bier ist sie weithin in deutschen Landen bekannt.
Unseren Stadtgang beginnen wir bei der Gaststätte "Haus der Getreuen".Hier hockten zu Bismarcks Zeiten preußenfreundliche trinkfeste Stadtväter, die den Reichskanzler verehrten. Politisch betrachtet,gehörte Jever eigentlich nie zu Ostfriesland, doch zählen sich die friesisch Platt sprechenden Bewohner der Stadt, die später wechselweise zu Oldenburg und Anhalt-Zerbst gehörte, zu den Friesen. Immerhin ist heutzutage Jever Kreisstadt des niedersächsischen Landkreises Friesland.
Sehenswert ist in Jever vor allem das maßgeblich im 15./16. Jahrhundert errichtete Schloß in einem großen Park mit mancherlei alten Bäumen. Hoch überragt der wunderschöne Turm mit welscher Haube, Laterne und Zwiebel den Haupttrakt des Vierflügel-Baus. Am Markt das Rathaus mit Renaissance-Giebel von 1609. Ein Glockenspiel zeigt Persönlichkeiten der wechselhaften Geschichte des Jever Landes. Beim Läuten erscheinen u.a. Katharina die Große von Rußland (gebürtige Prinzessin aus Zerbst) oder Maria von Jever, Häuptlingstochter und starke Herrscherin. Ein moderner Brunnen auf dem Marktplatz gefällt uns besonders. Hübsche Figuren, deren Glieder sich bewegen lassen, zieren ihn, u.a. ein Hase

oder ein vornehmer Herr mit Schlapphut
(Anton Günther Graf von Oldenburg).

Von der Sielmühle zum Dornumer Siel

Ferien am Nationalpark Niedersächsisches Wattenmeer

Südöstlich von Dornumersiel, nur eineinhalb Kilometer von der Nordsee entfernt, steht eine alte Windmühle. Eigentlich streckt sie ihre Flügel in die Luft von Westerbur, doch wurde das Dorf Anfang der siebziger Jahre des 20.Jahrhunderts dem Kurbadstädtchen zugeordnet. Der wie mit einem braunen Pelz reetverkleidete sechseckige Oberturm der Mühle trägt den Haubenkopf mit den mächtigen Flügeln. Nur zwei blieben erhalten. Die alte aus Ziegelsteinen gemauerte Sielmühle lädt mit ihrer flaschengrünen Tür nicht nur zum Eintreten in das Gehäuse ein, sondern zum Verweilen, denn sie wurde in jüngerer Zeit zu einem ungewöhnlichen Feriendomizil ausgebaut. Den hier für eine Weile einziehenden Urlaubern vermittelt sie ein völlig neues Raumgefühl.Zwar wurden zwei Waschzimmer mit WC und Duschkammern eingefügt, sonst aber bildet der Mühlenturm mit seinen starken dicken Balken eine Einheit über drei Etagen, die mit Holztreppen verbunden sind, d.h. jedes Stockwerk ist nur durch Außenwände begrenzt, nicht aber in Räume unterteilt.
Im Erdgeschoß dient der ehemalige steinerne Mühlstein als großer runder Tisch, geschmückt mit kornblumenblauer Decke.Darüber schwebt ein hölzernes Mahlrad mit Häubchenlampe. An einer Seite befindet sich die Küchenzeile mit Herd, Spül- und Waschmaschine. Es ist erfreulich viel Hausrat

vorhanden, genügend Töpfe, Tassen, Teller, Besteck usw. Im ersten Obergeschoß schwingt sich halbmondförmig eine Bank um einen rohen Mühlstein. Auf einem Podest ruht das Doppelbett, umgeben von Sesseln und Kommoden. Die Tür zur Außenbühne der Mühle ist verschlossen, das Betreten wegen Baufälligkeit streng untersagt. Kleine Fenster erhellen den Raum ausreichend. Auf dem Oberboden wie im Unterraum wurden weitere Betten aufgestellt. Durch das breite verglaste Hintertor gelangen die Gäste zur Terrasse und dem Grasgarten. Liegestühle, ein Tisch mit Stühlen laden zur Erholung ein. Büsche und Bäume beschließen das Grundstück.

In der Ferne erheben sich aus dem flachen Weideland einige weiße Pfähle der hier in Friesland häufig anzutreffenden"modernen Windmühlen". Treffender würden sie als "Windflügel" bezeichnet. Die bei Windstille unbeweglichen dreiteiligen Propeller beginnen sich auch schon bei schwachem Wind zu drehen und werden bei Sturm zu rasenden Rädern, die auf natürliche Art und Weise Strom erzeugen.

Im September waren wir (fünf Erwachsene, zwei Kleinkinder und ein Hund) fröhliche Bewohner der Sielmühle. Nach einer geruhsamen Nacht im alten Turmgemäuer, in der stillen weiten Landschaft der norddeutschen Niederung des Harlinger Landes zwischen Norden und Esens, Frühstück am Mühlstein- tisch, dann Aufbruch zum ersten "Schnupper- gang" auf der Suche nach dem Meer. Pferde - ein Fuchs und ein Schimmel - grasen auf der Koppel hinter hohen Hecken:Weißdorn und Holunder. Stellenweise haben Weidetiere

- meist bunte Rinder - Gras und Kräuter
kurz gefressen. Nur die verschmähten kräftigen Blätterstöcke des großen Ampfers
(im Volksmund "Ochsenzunge" genannt) mit
ihren rostbraunen Fruchtstengeln, lugen
wie kleine Hügel aus dem "maulgemähten"
Rasen hervor. Orangebraune Stoppelfelder,
raschelnde Blätter der Maisstauden,zwischen
denen die Körnerkolben noch geheimnisvoll
den Blicken verborgen sind. Schilf und
Röhricht; ein veralgter Wasserarm, der
"Südenburger Zuggraben". Freundliche Häuser
aus rötlichen Klinkern gefügt.
Tafeln warnen im Gründschungel vor kaum
wahrnehmbaren "Düken" (Landgräben). Ein
Schild am Vordeich an der Störtebekerstraße
vor Westeraccumersiel erinnert an einen
Durchbruch des Deiches Anno 1625 in der
zweiten Fastnachtsflut. Der vermutlich
damals entstandene "Kolk" (altfriesisch
für Wasserloch) wurde danach in einem
großen Bogen umdeicht. Eine Dammpolder
durchquert das eingedeichte Land, spurt
zu einem Gehöft, in dessen riesigen Hallen
vorwiegend Schweine gezüchtet werden.
Kätzchen sonnen sich vor dem Wohnhaus.
Hinter dem Wall erahnen wir die Weite
des Meeres...
Doch erst am Nachmittag erreichen wir
tatsächlich die Nordsee, den "Nationalpark
Niedersächsisches Wattenmeer". Im Nordsee-
bad Dornumersiel haben sich einige Ostfriesische Restaurants angesiedelt, dazu kleine
Läden und ein Supermarkt. Sie alle sorgen
für Verpflegung und Alltagsbedarf, für
das Wohl der Gäste in Pensionen und Ferien-
häusern. Ein Kanal,das "Dornumer Siel",
führt beim Hafen ins Meer. Ein "Siel",

eine schmale Öffnung im Deich, dient zur Entwässerung des Binnendeichlandes.
Leider ist wieder einmal "Ebbe" - "wieder einmal", weil ich bei früheren Kurzaufenthalten die Nordsee stets nur als aschgrauen Schlick mit wenig Wasser kennenlernte. So sehen wir auch heute nur dünne silbergraue Wasserschichten zwischen dunklem Schlemmland. Und dort, im Norden, wohin sich das feuchte Element zurückgezogen hat, verschwimmt der Fernblick im Dunst. Immerhin leuchten ein paar Schiffe hell inmitten der Grautöne. Sie fahren zu den Ostfriesischen Inseln, die wir nur schwach wie schwarze Strichbänke wahrnehmen.
Ein Wald aus Masten, der zur Zeit im Hafen abgeflaggten Segelschiffe, strebt in den Himmel empor. Leider dürfen wir im Hafen von Dornumersiel nicht an den abgezäunten Strand - wegen unseres Dackels! Zwar haben wir Verständnis, daß Hunde nicht auf den Sandflächen umherlaufen dürfen, wo Leute barfuß gehen oder sich in Strandkörben erholen, daß wir aber mit dem braven Vierbeiner nicht einmal die Buhne betreten können, erscheint uns als zu strenge Anordnung. So setzen meine Frau und ich uns auf eine Damm-Bank und betrachten das bunte Gewimmel der Menschen am Ufer und im Hafen, kucken hinüber zum Meer, das jetzt, im Sonnenschein, deutlicher erkennbar wird, während die jungen Mütter mit den Kindern zum Strand pilgern, wo die Kleinen mit Förmchen, Eimer und Schäufelchen im Sand buddeln. Auch ein geräumiger Spielplatz ist vorhanden.
Ehe wir zurück zur Sielmühle fahren, probieren wir noch die frischgefangenen Herin-

ge, die hier im Hafen mit Brötchen und Zwiebeln verkauft werden. So köstlich hat uns Fisch lange nicht mehr geschmeckt.

Sommertage an der Ostsee

Mosaik einer imaginären Reise

Freundlich grüßten die Spitzdächer von Ribnitz zwischen dem Sommergrün der Bäume. Wir fuhren vom Bahnhof mit dem Pferdewagen durch die Morgenstille zu unsrer Pension. Glückliche Ferientage erwarteten uns.Dann standen wir an der Ostsee. Breit,kristallig rollten die Wogen an den Strand. Schon von fern hatten wir das Rauschen des Wassers vernommen. Am Westufer jagte die Brandung weit aufs Land hinauf,warf Steine, Muscheln und andere unerwartete Dinge (vielleicht auch Bernstein?) ans Ufer. Manchmal kletterten die Wellen bis zur Steinküste empor. Wir faßten uns an den Händen und liefen hinein in die kühle Flut. Schaum sprühte um unsere Beine, spritzte bis in die Gesichter. Wir fühlten uns herrlich frei zwischen Himmel und Wasser.
Noch schöner ist es zweifellos weiter draußen, wo die Wellen höher schlagen, das Wasser bis zur Brust reicht. Doch mußten wir uns gegenseitig gut festhalten, um nicht in den Wogentanz hineingerissen zu werden. Ein gefährliches, aber berauschendes Vergnügen.
Wie ein wildes Tier springt die Ostsee gegen das Land, nagt, spült, bohrt, bis wieder ein Teil des Uferbodens ihr Eigen geworden ist. Unersättlich ist sie, ewig hungrig nach dem Besitz des Menschen,unermüdlich im Angriff, so sehr sich der Mensch mit seinem Wissen und mit Hilfe der Technik

auch wehren mag, früher oder später bleibt doch meist das Meer nach zähem Ringen Sieger. Zum Glück erlebten wir jedoch keine solche Katastrophe. Aber die Fischer und Bauern wußten genug davon zu berichten.
In mühsamer Anstrengung wird fieberhaft an der Errichtung von Wehrdämmen gearbeitet, die die Küsten vor neuen Meer-Übergriffen schützen sollen. Ob es gelingt,der Gewalt des Wassers eine dauerhafte Grenze zu setzen? Steinstege laufen weit ins Meer hinein. Die herantobenden Wellen werden dadurch gebrochen, neuer Sand lagert sich an. Die Gefahr wird verringert.
Doch ist die Ostsee auch schöpferisch und gnädig. So trug sie den fortgespülten Sand weit hinweg und formte neues Flachland, die Bernsteininsel. Wir bewunderten dieses eigenartige, urhafte Naturwerk.
Sonnengolden glänzte es im Ostseeland überall. Sei es der feine sanfte Sand am Strand oder waren es die großblütigen Sonnengesichter der Bauerngarten-Sonnenblumen im blauen Krug auf der selbstgewebten Tischdecke. Und "Goldenes Harz" der Vorzeit - Bernstein genannt - erfreut das Herz jedes Mädchens. Auch Flüsse, breit wie Seen, gibt es im Lande der Ebene. Sonnenfunken tanzten mit den Mücken im heiteren Spiel um die Wette. Riedgras raspelte leise, Halm geigte an Halm, eine zeitlose herbe Melodie.
Wir gondelten auf dem blanken Wasser, saßen leicht zurückgeneigt und ließen die Hände spielerisch durchs Wasser gleiten, träumten in den duftigen Wattewolkenhimmel. Der dunkle Wasserspiegel bewegte

sich kaum. Nur wenn ein Fisch luftschnappend zur Oberfläche stieß oder ein aufgescheuchter Wasservogel aus dem Röhricht strich, bildeten sich jene Zauberringe,die immer größer werdend nach allen Richtungen in die Weite eilen; wie von unsichtbarer Kraft getrieben, dehnen sie sich ins Unermeßliche und vergehen, wie sie entstanden sind...
In einer Bucht ankerte unser Boot. Wir rasteten am Schilfsaum. Obstbäume säumten den Uferstreifen, griffen mit struppigen Astarmen in den Dunst des Nordlandhimmels. Auch ein Spaziergang ins Küstenland blieb unvergessen. Sandige Wege führten durch die Einsamkeit, zwischen Wiesenhügeln und Weiden dahin, stundenlang. Dann schritten wir durch den Wald. Die Kiefernstämme schimmerten orangegelb in der Sonne. Regen hatte die moorigen Böden aufgeweicht. Dunkle Lachen spiegelten unheimlich-schön die Wälder wieder. Ein schattenspendender Pappelpfad führte zu einem Bauernhaus. Behäbig hockte es da, mit Fachwerkgebälk, Strohdach und mächtigen Fensterläden.Die Bäuerin lud uns zu erfrischender Milch und Schwarzbrot ein. -
Es gibt breite Dorfstraßen mit hohen Bäumen, die sich unter dem Himmel, sonnendurchtränkt, zur lebenden Hallenkirche formen. Manch schmuckes Holzkirchlein entdeckten wir bei unseren Streifzügen. Schlicht und feierlich fügen sie sich in die Landschaft ein, bergen meist nur Innenschmuck. Sie wollen lediglich ein"Haus Gottes" für frieden- und heilsuchende Menschen sein. So auch das Kirchlein zu Born mit seinem lustigen Dachreiter.

Besonders gefiel uns die neue Kapelle in Ahrenshoop. Ihr Dach umschließt sorgsam behütet den leichtgerundeten dreieckigen Bau. Wir dachten an betende Hände, gläubig zum Himmel erhoben. Hier können Menschen Frieden finden. Da stiegen auch wir die drei Stufen zum Weiheraum hinan und das Geheimnis der Gottesnähe durchströmte wundersam unsere Seelen.

Die alte Dorfkirche von Prerow sei noch erwähnt. Ihr Turm ist gänzlich aus Holz gefügt und trägt eine Spitzkappe mit einem Hahn, welcher den Pilgern schon von weitem Willkommen entgegenkräht.

Gern tummelten wir uns auch am Ufer, träumten im Strandkorb mit halbgeschlossenen Lidern, ließen uns bräunen und waren sommertrunken selig. Wir bauten uns Burgen oder gruben uns Mulden in den heißen Sand. Darinnen lagen wir behaglich und weich,wie im schönsten Bett.

Es ist schwer zu sagen, zu welcher Tageszeit es am Strand am schönsten ist. Wir spazierten eines Abends barfuß durch den lockeren Sand und sahen drüben hinter dem Wald und den violettschwarzen Wolken die Sonne sinken. Der Himmel färbte sich zitronengelb über orange bis weinrot - eine Farbenharmonie, die uns ehrfürchtig verstummen ließ, vor der Größe und Schönheit des Göttlichen.

Mondnacht am Ostseestrand. Die milden hellen Sommernachtstunden ließen uns keine Ruhe finden. So gingen wir noch einmal hinaus ans Meer und ließen die Stärke der Naturkräfte auf unsre erregten Herzen einwirken. Der Vollmond goß sein Silberlicht über den Wasserhorizont. Ein Boot pendelte gespenstisch im Mittelpunkt. Wir saßen eng umschlungen und kehrten erst in den frühen Morgenstunden seligmüde in die Pension zurück.

Dünen sind die Berge des Küstenlandes. Braungolden buckeln sie sich zwischen Meer und Weiden. Nur kärgliche Pflanzen finden hier Halt und Nahrung. Die Kiefer ist der einzige Baum, der die sandige Einöde liebt, ihr überallhin folgt, wie ein Jüngling seiner Jugendgeliebten. Furchterregend wirkten die krummgebogenen Wipfel sturmbedrohter Bäume. In ständiger Flucht vor den Angriffen vom offenen Meer, wichen sie aus und bogen sich ängstlich im Winkel landeinwärts. Aber mancher tapfere Baumrecke mußte sich schließlich ergeben, stürzte kraftlos, stöhnend, ins ihn empfangende Dünengrab. Trauer legte sich schattengleich auf unsere Seelen, als wir durch den "Totenwald" bei den Dünen schritten. Hohe, prachtvolle Bäume hielten klagend die abgestorbenen Äste ins Himmelsgrau. Eilig entflohen wir dieser entsetzlich-trostlosen Gegend, das Werk von Meer, Sturm und Sand.

Der Sand ist stets in Bewegung, baut ganze Hügel ab und meterlange Dünen auf; ein scheinbar harmloses Spiel, in Wirklichkeit ewiger Wandel von Leben und Tod. Selbst unsere Fußstapfen hatte der Wind bald zu kleinen Mondkratern aufgeblasen und an den Rändern Häufchen aufgetürmt. Die besten Freunde des Menschen, des Lebens überhaupt, sind hier die zähen, widerstandsfähigen Gräser. Sie halten mit erstaunlicher Zähigkeit den Sand fest, erschweren seinen Drang zum Wandern.

Auch Gräser sind schön in ihrer schlichten Vollkommenheit. Mögen sie noch so hart und zierlos sein. Wir knieten nieder in den Sand und betrachteten eine solche Pflanze aus der Nähe. Die Halme strebten strahlenförmig nach allen Himmelsrichtungen auseinander, dem Licht entgegen. Ihre Würzelchen ruhten im kargen Boden. Von diesem zufriedenen Pflanzendasein könnten wir Menschenkinder mancherlei lernen. Wir brauchten nur etwas selbstloser, etwas verständnisvoller für andere zu sein,um selbst auch glücklich sein zu können.

An einem Wolkentag, bei leichter Brise, waren wir im Hafen von Althagen im Fischland und schauten den Fischern beim Spannen der Segel zu. Die Schiffe hoben sich hell vom grüngrauen Meer und dem bläulichen Himmel ab.
Mit den Fischern sind wir in die Ostsee hinausgefahren, durften am Fischfang teilnehmen. Eigentlich bemitleideten wir die hilflos zappelnden Silberlinge im Netz. Aber Nahrung muß sein, und ein leckrer Hering war auch nicht zu verachten. Die Fischer waren rauhe aber herzliche, oft humorvolle Menschen. Wir konnten viel von ihrer Weisheit lernen. Sie sprachen wenig, wenn sie aber redeten, hatten ihre Worte auch Gewicht. Die Gesichter der Fischer sind wettergezeichnet, ihr Blick ist weltoffen und wissend, manchmal auch andächtig in sich gekehrt, heimatverwurzelt, weiterschauend in Vorahnung. Viele tragen ein keckes, borstiges Bärtchen.Die Pfeife ist beliebt und überbrückt manche einsame Zeit draußen auf See bis zur Heimkehr.

Manche Leute sprechen scherzhaft von "kleinen Fischen". Die Einwohner sind hier von Jugend an größere gewöhnt. Doch ein zwanzigpfündiger Lachs von knapp einem Meter Länge war auch dort ein besonderes Ereignis. Der Fischer lachte über den guten Fang und zeigte uns gern den "kapitalen" Burschen. Der Rachen war halb geöffnet und sein Auge blinkte starr und gefährlich. Nach dem Fischfang müssen die Netze sorgfältig getrocknet werden. Die Fischer hingen sie ins Freie auf Stöcke und dicke Äste. Ihr feinmaschiges Gewebe erinnerte uns an silbergraue Spinnweben des Altweibersommers oder an unbeschwerte Waldstunden in schwebender Hängematte.
Die Bauern sind ebenso schweigsam wie die Fischer, aber hellwach und bedächtig. Die Natur ist ihr täglicher Lehrmeister.Sie sind mit Himmel und Erde von Kindheit an verbunden, verstehen ihre Zeichen und richten sich danach. Auch den Bäuerinnen sahen wir bei der Arbeit zu, beim Spinnen und Weben. Sie sind bis ins hohe Alter rüstig und gesund, gingen einfach gekleidet, denn sie sind bescheiden und benötigen keinen Prunk. Doch am Sonntag legten sie ihr Festgewand, ihre Tracht an. Dann erfüllten sie mit ihrer mütterlichen Innerlichkeit den ganzen Hof mit Frieden und stiller Freude.
Wie schwer es die Bauern hier im Küstenland haben, erfuhren wir im Gespräch. Entwässerungsgräben müssen gezogen werden, um den Boden trocken und fruchtbar zu bekommen. Dennoch werden die Felder wiederholt während der Regenperiode überschwemmt, daß sie wie ein verlandender See aussehen.

Doch diese Menschen tragen ihr Los ohne Klage und beginnen ihre Arbeit unermüdlich von vorn.

Dann war der letzte Tag gekommen. Noch einmal erlebten wir den Zauber dieses Landes. Wir erfreuten uns an den barocken Sommerwolken über Meer und Strom, nahmen Abschied von unseren gastfreundlichen Bauern und Fischern, aßen und schliefen zum letzten Mal in unserem liebgewonnenen Küstenhaus, und es schien uns, als rauschte die Pappel vorm Fenster uns "Ade". Am Abfahrtstag erlebten wir noch einmal die Ostsee in ihrer wilden Schönheit und die Sonne verschwendete schon herbstelnd ihr goldenes Licht.

Rheinsberg und Gransee

Auf Spuren Friedrichs des Großen und der Königin Luise

Von Jugend an sind mir Friedrich der Große und Fürst Bismarck ideale Vorbilder, bewundere ich die Königin Luise und die Dichterin Bettina von Arnim. An einem sonnigen Sommertag in Brandenburg gelang es mir gleichermaßen auf den Spuren des großen Monarchen, sowie der im Volk geliebten Königin von Preußen zu gehen. Die Stätten Rheinsberg und Gransee erzählen davon.
Lang wünschte ich mir: Rheinsberg, die kleine Residenzstadt im Stechlin-Ruppiner Land, kennenzulernen, in der Friedrich, der junge Preußenprinz, seine glücklichsten Jugendjahre erlebte, und in der Kurt Tucholskys Liebespärchen Wolf und Claire – im Film entzückend dargestellt von Peter Kraus und Cornelia Frobös – wunderschöne Tage erlebten.
Es war mir nicht bewußt, wie weit Rheinsberg von Küstrin-Kiez, wo wir bei Verwandten weilten, entfernt liegt, sonst hätte ich den Vetter nicht um eine Fahrt ins nördliche Brandenburg gebeten. Liegen aber nicht auch Welten zwischen Küstrin, jener einst stolzen Festungsstadt, in der Kronprinz Friedrich nach seiner Flucht die Hinrichtung seines Freundes Katte miterleben mußte und eben jenem Rheinsberg, in dem der junge Ehemann mit seiner Elisabeth Christine fern jeglicher Etikette des Berliner Hoflebens in einer gewissen Freiheit sein Leben selbst gestalten konnte?

Da in jener Gegend, westlich der Oder, keine Autobahn von Süd nach Nord existiert, dauerte die Reise von Küstrin über Seelow nach Bad Freienwalde, zwischen "Märkischer Schweiz" und "Oderbruch" auf ländlichen Straßen und weiter über Löwenberg und Herzberg zum Anfang der Mecklenburger Seenplatte rund zweieinhalb Stunden. Die zweite Hälfte des Tages begann bereits als wir in Rheinsberg am Markt eintrafen. Hier an der Schloßstraße steht das senfgelbe Haus des einst sehr alten Gasthofes "Ratskeller". Bei dem jetzigen Gebäude handelt es sich nicht mehr um den ehemaligen "prinzlichen Keller", den Kronprinz Friedrich 1744 seinem Kammerdiener Fredersdorf schenkte und der reichlich 30 Jahre später von einem Chronisten gewürdigt wurde. 1832 wurde ein Teil des Hauses zum Rheinsberger Rathaus erkoren. Erst 1886 gewann das Hotel unter Franz Otto seinen guten Ruf wieder. Es war bekannt, daß es "vorzügliche Bequemlichkeiten aufweise". Rund 100 Jahre später wurde das baufällig gewordene Gasthaus abgerissen. Doch der neu erbaute "Ratskeller" läßt an Gastlichkeit, an feinen, auserlesenen Speisen und guter Bedienung nicht zu wünschen übrig. Gebratener Wels mit Linsengemüse und Bratkartoffeln schmeckten vorzüglich.Reichlich ist die Auswahl an Gerichten aus der preußisch-brandenburgischen Küche, an Fischen aus dort heimischen Gewässern. Nicht weit ist der Weg vom Markt, vorüber am Kronprinzen-Denkmal, zum Schloß Rheinsberg an der Mündung des Flüßchens Rhin, dem die Stadt ihren Namen verdankt, in den Grienericksee. Farbfreudig und bewun-

derungs-anziehend ist der Ausblick auf
die Zwillingstürme, die Baumeister Knobels-
dorff, langjähriger Freund Friedrichs,
durch eine Kolonnade miteinander verband.
Hinter ihr breitet sich der Schloßhof
aus, begrenzt von den Seitenflügeln, welche
die Stadtseite des Schlosses anbinden.Im
Gegensatz zu den fast zierlich anmutenden
Rundtürmen vor dem See, wirken die massiven
Vierecktürme, die zur Stadt blicken,wuchtig
und bodenständig. Die Mitte prägt, wie
ein leicht vorgezogener Erker, eine Attika
mit den Musen-Skulpturen der Rhetorik,
der Musik, der Malerei und der Bildhauerei.
Durch die Kolonnaden schritt Friedrich
der Kronprinz, wollte er von seiner Wohnstätte im Südflügel zum Konzertsaal im
nördlichen Trakt.
Bei der Innenbesichtigung des Schlosses
begannen wir unseren Rundgang im Nordturm.
Eine Treppe geleitet hinauf zum Spiegelsaal
(auch Musiksaal), dem größten Saal im
Schloß Rheinsberg. Das Deckengemälde schuf
der Hofmaler Antoine Pesne. Einige Räume
bewohnten später auch Prinz Heinrich von
Preußen, der Bruder Friedrichs II., bzw.
die Schwester Prinzessin Amalie, bekannt
als Geliebte Friedrichs Freiherr von der
Trenck. Neben einigen Kammern und Schlaf-
zimmern fällt die "Rote Kammer" mit Gemäl-
den hoher preußischer Offiziere auf(Zieten,
Knesebeck, der 'alte' Dessauer, von Schwe-
rin, Prinz Heinrich). Es gibt ein Baccus-
und ein Lackkabinett, ein Audienz-Zimmer
und ein Schreib-Kabinett. Bedeutend der
Rittersaal im "militärischen Ambiente",
eine Bildergalerie (Gemälde aus der Mitte
des 18.Jhs.) und die Bibliothek, in welcher

jetzt Bilder des Vedutenmalers Wilhelm Barth (1779-1852) zu betrachten sind (naturgetreue Landschafts-Darstellungen).
Freude bedeutet es nicht zuletzt, durch den schönen großräumigen Schloßpark zu "lustwandeln", nahe des Grienericksees, aber zwischen Bäumen und Hecken, bis zur Mühlenstraße oder der Warenthin-Allee,zum Orangerie-Rondell, zur Feldsteingrotte oder zum Gartenportal und dem Heckentheater.
Eine besonders sehenswerte Attraktion in Rheinsberg ist das Tucholsky-Museum im Schloß. Der Besucher erfährt mancherlei über Leben und Werk des Dichters anhand von Tafeln, Dokumenten, Fotos, Texten und Karten. Seine aphorismenhaften "Geistesblitze" sind vortrefflich wie bissig, zum Beispiel: "Nur der Geist kann die Streitaxt begraben - aber freilich: man muß einen haben!" oder "Die Grausamkeit der meisten Menschen ist Phantasielosigkeit und ihre Brutalität Ignoranz!"
Natürlich werden Besucher Rheinbergs überall im Ort auch an "Claire und Wölfchen" erinnert, Tucholskys sympathisches Liebespärchen.

Auf der Rückfahrt ein unvergeßliches Erlebnis: Südöstlich von Rheinsberg liegt der Ort Gransee am gleichnamigen See. Dort, mitten auf dem langgestreckten Marktplatz, erhebt sich ein ungewöhnliches Denkmal für die auch von mir hochverehrte preußische Königin Luise. Ein Sarkophag mit goldener Krone, auf hohem Sockel ruhend, umgeben von acht zierlichen, ein langes Zeltdach tragenden Säulen. Den Entwurf

für diese würdevolle Gedenkstätte stammt von Karl Friedrich Schinkel, gestaltet wurde sie von der Königlichen Eisengießerei Berlin.
Als die 34jährige Königin am 19.Juli 1810 in Hohenzieritz an einer Lungenentzündung starb, wurde sie im königlichen Trauerwagen in die preußische Residenz überführt; in der Nacht vom 25.zum 26.Juli parkte er hier auf dem Markt zu Gransee. Nach diesem bewegenden Geschehnis baten die Bürger König Friedrich Wilhelm III.,Luises Gemahl, ein Denkmal für Luise in ihrer Ortsmitte aufstellen zu dürfen. Er willigte gern ein, ordnete aber an, daß die Kosten dafür aus freiwilligen Spenden erfolgen sollten. Ehrfürchtig, in Gedanken versunken, stand ich vor der Gedenkstätte, umschritt sie und las die Inschriften: "dem andenken der koenigin louise aug.wilh. amalie von preussen" - "an dieser stelle hier ach flossen unsre thränen als wir dem stummen zuge betäubt entgegen sahen - o immer sie ist hin..."

Wir kehrten im benachbarten "Café Luise" ein; klein aber nett eingerichtet. Die freundliche Bedienung lächelte uns wohlwollend zu. An einer Wand hängt das berühmteste Portrait der Königin Luise (Kopie) von Joseph Grassi (gemalt 1802).

Im Oberharz will es Frühling werden

Kampf der Naturgewalten

In Gedanken vertieft erhebe ich mich.Rund eine halbe Stunde ist vergangen. Jetzt erst merke ich deutlich wie kalt es "Auf dem Acker" geworden ist. Vom Osten rücken graue Nebeldämpfe heran. Sie fressen Täler und Höhen, den Ort und den Wald. Streifen aus Schnee wirbelt der Sturm herbei. Blitzschnell vertreibt er mir meine Träume.Ich stehe wieder mitten in der rauhen Wirklichkeit des Winters, welcher sich schon längst hätte verabschieden müssen. Zwar scheint hier noch die Sonne, aber dort drüben tobt Flockenwirbel; ein wilder Tanz. Der Winter ist wieder im Lande und sät mit seiner Eishand Verderben über die Fluren. Schnee bedeckt die Fahrbahn, dicker harter Altschnee, überzuckert mit dem Weiß dieser Stunde. Ich stapfe vorwärts, klappe den Mantelkragen hoch, denn schon ist das Unwetter da. Graupelschnee peitscht der Wind, unbarmherzig. Immer vorwärts, nicht viel denken, wenn ich auch immer wieder strauchele und oft bis über die Knie im tiefen Schnee versinke. So ein Wintersturm im Harz ist ein bleibendes Erlebnis.Fichten rauschen, Äste schwingen und stöhnen.Zapfen poltern zu Boden, gleiten durch vereistes Gezweig, reißen Schneelast mit sich.
Rasch ist das Unwetter vorbei.Eilig wandern die Wolken davon. Der Himmel reinigt sich, blaufrisch gewaschen strahlt das Firmament. Die Sonne befleißigt sich mit doppelter Wärme das Ereignis vergessen zu lassen.

Weiß glitzern die Baumstämme, weiß blinken Zweige und Kronen. Schnell entsteht Wasser aus der Schönheit, tropft gleich Freudentränen, daß nun doch bald Frühling wird, ins vergilbte Gras...
Die Straße "Auf dem Acker" aber führt immer höher, ist immer stärker verschneit und schneeverweht. Zum Glück ist jedoch der Schnee meist verharscht und begehbar. Doch oft liegt hier im April noch bis zu einem halben Meter Altschnee, besonders an den Waldschneisen, wo der Wind ihn zu Dünen zusammenfegte. Noch stiehlt sich die Sonne zwischen Wolkenflug hindurch, verschwindet, taucht wieder auf. Der Schnee glitzert kristallisch, bald verschwimmt er mit dem Nebelgrau der Schattenfetzen. Dann dunkelt es. Schwarze Wolkenmassen drohen der Sonne. Mit riesigen Wasserflokken prescht Sturm über Felder und Tannengipfel. Und abermals verlöscht der Spuk in den Strahlen der Nachmittagshelle.Der Himmel flimmert in märchenhafter Bläue.Das ist der Kampf der Jahreszeiten. Selten erlebte ich solches Ringen zwischen dem scheidenden Düsteren und dem kommenden Licht um das Regiment der Macht in der Natur. Der Wald kocht vor feuchter Wärme. Weiße Dämpfe schweben empor, geistern im Wald, brauen zwischen Stämmen. Waschküchentag der Brockenhexen. Hier und dort entflieht bläulicher Dunst dem in der Sonne bratendem Gras, steigt gespensterhaft auf, streicht als unfaßbares Gebilde zwischen den zottigen Bartbäumen davon.
Weiter stapfe ich durch den Schnee. Einsam verbleibt meine Spur, verlorenes Zeichen eines Naturpilgers. Die Sonne lacht mich freundlich an. Ich öffne meinen Mantel...

Ostern im Harz

Aus dem Reisetagebuch

Am Ostersonntagmorgen beim Frühstück eine besondere Überraschung: Unsere Pensionswirtin in St.Andreasberg hat uns nicht nur buntbemalte Ostereier, sondern sogar ein Nest mit Hasen und Zuckereiern auf den Tisch gestellt. Außerdem gibt es leckere Hörnchen und Zuckergußbrot.
Nach dem gestrigen strengen Auf-und Abstieg zum Brocken möchten wir heute lediglich Städte besichtigen.
Zunächst fahren wir nach Braunlage und erneut über den ehemaligen Grenzübergang nach Elend, folgen dann aber der Harz-Quertal-Bahn bis zur kleinen Station: Drei-Annen-Hohne. Einige der alten Wagen aus längst vergangener Zeit sehen wir hier, denn das historische Bähnle ist bei jung und alt sehr beliebt.
Am Vormittag erreichen wir die schöne alte Stadt Wernigerode. Beim Westerntor betreten wir den Kern und gelangen durch eine Fußgängerzone direkt zum Markt, wo das malerische Rathaus steht. Mit zwei spitzen Türmchen und kunstvollem Fachwerkgebälk zählt es zu den schönsten Rathäusern Deutschlands. Am gotischen Haus daneben wird gebaut. Seitlich die ehemalige "Alte Waage" beherbergt heute eine Sparkasse. Gegenüber im ehemaligen "Gasthaus zur Forelle" übernachtete Goethe im Dezember 1777, ehe er zu seiner Brockenbesteigung mitten im Winter aufbrach.
Die Oberengengasse führt zur Pfarrkirche

Unserer Lieben Frau. Sie ist heute, 1991,
noch im bekannten graubraunen"DDR-Farbton",
welcher durch jahrzehntelange Vernachläs-
sigung entstand, gekleidet und leider
verschlossen...
Bergan zum alten Schloß, in dem ein soge-
nanntes "Feudalmuseum" eingerichtet wurde.

In Wernigerode ist der Frühling eingekehrt.
Neben Forsythien, Krokussen, Märzenbechern
und anderen Lenzblühern in den Gärten,
finden wir im Walde schon blühenden Lerchensporn und Blätter vom Aronstab und
Scharbockskraut. Auch wilde Stachelbeeren
wachsen hier.

Das Schloß ist in erstaunlich gutem Zustand. Nachdem wir von der Terrasse den
Ausblick auf die Stadt genossen haben,
schließen wir uns einer Führung durch
das Schloß an. In den verschiedenen Räumen
bezeugen Tafeln, Urkunden, Gegenstände
von der jahrhundertealten Geschichte
der Grafen und späteren Fürsten von Wernigerode und Stolberg-Wernigerode. In einzelnen Gemächern sehen wir Schlafstätten,
einen großen Festsaal, in dem selbst der
Kaiser tafelte; auch Ahnenbilder, Waffen,
Gobelins, Lüster und mancherlei Hausrat.
Doppelfenster gewähren Blicke in den Innenhof, wobei eine Fassade durch besonders
kunstvolle Schnitzereien auffällt.
Beim Abgang vom Berg sehen wir das Gebäude
der Orangerie, wo sich auch der Lustgarten
befindet, von der Johann Sebastian Bach-
Straße die Oberpfarrkirche St.Silvester...

Zu Gast im Selketal

Spätherbsttage im Unterharz

Das Selketal im Unterharz gilt als eines der schönsten Naturschutzgebiete Deutschlands und ist eines der reizvollsten Täler des Harzes überhaupt. Die Selke entspringt auf einem Hochfeld bei Stiege, südöstlich von Hasselfelde, durchfließt einsame wilde und beschaulich stille Landschaften auf ihrem Weg nach Osten, bis sie schließlich bei Meisdorf das Gebirge gen Norden verläßt und bei Hedersleben, nordöstlich von Quedlinburg, im Harzvorland,in die Bode mündet. An vielen Stellen bildet die Selke sogenannte Mäander, d.h. Flußschlingen in Auwäldern. Erstaunlich ist die Vielzahl geschützter Pflanzen, die hier beheimatet sind. Auf Bergwiesen blühen u.a. Trollblumen, Arnika und Knabenkräuter, auf Feuchtwiesen Schwertlilien und Orchideen, an Wegsäumen Eisenhut und seltene Glockenblumen, im Walde Hasenlattich, Türkenbund, Akelei und Seidelbast, um nur einige der namentlich bekannten Blumen zu nennen. Ebenso reich ist die Anzahl verschiedener Tiere, die im NSG Selketal anzutreffen sind, wie u.a. Wasseramseln, Siebenschläfer, Libellen, Salamander, Molche, Eidechsen, Nattern und Ottern.

Es dämmert schon, als wir an einem trüben, regnerischen Herbsttag in den Unterharz hineinfuhren, über Straßberg, Alexisbad und Silberhütte und schließlich bei Mägdesprung erst beim zweiten Versuch den Ein-

gang ins schmale grüne Selketal fanden,
eingeengt zwischen ·üppig bewaldeten Bergrücken. Abgesehen von den vier Friedrichs-
hammern steht hier auf 5 Kilometer Länge
kaum ein bewohntes Haus. Es war stockdun-
kel, als wir endlich die"Selkemühle" erreichten. Mit ihren Gebäuden, benachbart
zu Gasthof, Hotel und Pension (ehem.Forst-
haus), wirkt das Anwesen wie ein Weiler.
Wir wurden im Gastraum, wo unsere Verwandten vom Oderbruch uns erwarteten, von
den Wirtsleuten freundlich empfangen.
Die "Selkemühle" ist Ausgangspunkt für
Wanderungen im mittleren Selketal, des
nördlichen Mansfelder Berglandes. Schon
im Mittelalter war ein Gasthaus am Großen
Hausberg, auf welchem die Stammburg des
Geschlechts derer von Anhalt thront, bekannt. Die Besitzer der heutigen Selkemühle, deren Bauten meist im 18.Jahrhundert
entstanden, bieten Ferienwohnungen und
Tagungsräume an. Für Kinder gibt es Pony-
Kutschfahrten und einen Streichelzoo.Alle
Gäste können Wild· im Gehege beobachten
oder in einer Hütte Würstchen grillen.
Von der einstigen Wassermühle, die von
namhaften Reisenden früherer Zeiten in
Berichten und Briefen erwähnt wurde, blieb
nur der alte Mühlgraben erhalten. Eine
Straße, die von Ballenstedt zur Selkemühle
führt, wird "Leimuferstraße" genannt.Aus
Leim (=Lehm), welcher hier an den Flußufern
gewonnen wurde, formten einst die Maurer
Ziegelsteine für den Bau der Burg Anhalt.

Am nächsten Morgen, nach vorzüglichem
Frühstück mit reichlich Kaffee, gingen
wir im strömenden Regen zunächst zum Wild-

gehege, wo sich bei diesem tristen Wetter nur wenig Damwild tummelte. Sanft kommt die Selke hinter der Mühle hervor, fließt unter der Waldbrücke hindurch, jagt dann wild auf der östlichen Seite, angeschwollen vom Regen der jüngsten Tage, umspült die Stämme der Bäume. Hinter dem Fluß bilden abgerundete gilbende Laubwaldhügel eine lange Kette. Auf einem von ihnen versteckt sich die Burgruine der Anhaltiner. Obgleich wir unterm Blätterbaldachin wandern, regnet es so heftig, daß mindestens ein Jackenärmel, den der Schirm nicht abdecken kann, naß und nässer wird. Doch wir sind froher Stimmung, da das Herbstleuchten selbst einen feuchtdüsteren Tag heiterer erscheinen läßt. Nur noch wenige Pflanzen blühen jetzt am Wegrand: roséviolette Lippenblütler, weinrote Disteln, immerhin auch noch Frauenflachs und sogar eine Schwarze Nachtkerze.

Der Nachmittag ist freundlicher. Erneut durchs Selketal, südlich zum "Gartenhaus", ein Ausflugslokal am Weg zur Burg Falkenstein. Durch den Wald auf dem etwas weiteren, aber bequemeren "Wirtschaftsweg". Plötzlich taucht hinterm Geäst der Bäume der hohe Bergfried mit Helm und Laterne auf. Wenig später stehen wir vor den mächtigen hohen Mauern, der im 12.Jahrhundert durch die Konradsburger gegründeten und auch heute noch großenteils gut erhaltenen spätromanischen Burg mit ihren alten Wehranlagen und Wohntrakten mit hübschen Giebeln und Schieferdächern. Mehrere Tore führen zu Höfen, bis schließlich durch ein letztes Tor der Innenhof mit der Kernanlage betreten wird. Ein wunderschöner

Fachwerkturm fällt sofort auf, sowie als Mittelpunkt der tiefe Brunnen. Sogar die Walze mit Drehkurbel ist noch vorhanden. Daran gewickelt die rostige Kette, mit welcher einst der leere Kübel in gruslige Tiefe hinabgelassen und wassergefüllt wieder empor geleiert wurde. Interessant ist die verrußte Küche mit hohem Rauchfang, Geräten zum Kochen und Braten usw. Es gibt einen Bier- und einen Weinkeller, Räume für Vorräte (Speisen und Gewürze), sogar einen kleinen Waschkeller.
Im Obergeschoß befindet sich der Rittersaal mit festlich gedeckter Tafel, ein Biedermeierzimmer mit Flügel. Vom Jungfräuleingang gelangen wir ins Fräuleinzimmer mit prächtigem Bett. Wir besichtigen Schaukästen mit Waffen, Weid- und Wildbesteck, Silbergefäßen. Gemälde erinnern an Ahnen früherer Jahrhunderte. Die Hauskapelle ist stark vom lutherischen Glauben geprägt. Die Deckengemälde wirken etwas plump, streng, wenig künstlerisch. Eine Rarität der Burg ist eine Druckausgabe des berühmten "Sachsenspiegel". Ein Lehensmann der Falkensteiner, Eike von Repgow aus Reppichau bei Dessau, schrieb ihn Anno 1569.
Burg Falkenstein war einst Wohn- und Jagdsitz der Falkensteiner Grafen, diente im Dreißigjährigen Krieg als Einquartierungsstelle. 1945 wurde sie "dem Volk" übergeben und als staatliches Museum eingerichtet. Nachdem der letzte Graf, Buchard V.von Falkenstein, die Burg 1332 dem Hochstift Halberstadt schenkte, gelangte sie im 15.Jahrhundert an die Herren von Assenburg. Die uns heute vorwiegend erkennbare Burganlage stammt aus dem 15. und 17.Jahr-

hundert. Da sie im 18.Jahrhundert verfiel, ließ sie Ludwig I.Graf von Assenburg-Falkenstein im 19.Jahrhundert als Jagd- und Sommersitz erneuern. Letzte bauliche Veränderungen erfolgten in den 30er Jahren des 20.Jahrhunderts.

Am letzten Morgen stiegen wir vom Selketal durch dichten Laubwald steil bergauf zur Burgruine Anhalt auf dem Großen Hausberg. Nur noch wenige Ziegelmauern sind zu sehen, überwuchert von Gras und Gebüsch, bedeckt mit Erde und verrottetem Laub. Ein Gewölbe mit Fenster zwischen Bäumen erinnert an die einstige Wohnstätte der Ritter, sowie ein dicker runder Turmsockel. Ein Zeitpunkt der Errichtung der Burg der Fürsten von Anhalt ist nicht genau festzustellen. Wer gründete die Stammburg? Esico IV.von Ballenstedt oder Otto der Reiche? Immerhin ist bekannt, daß ein stattlicher (Wohn?) Rundturm schon im 11.Jahrhundert bestand. Nach der Zerstörung während einer Fehde ließ Albrecht der Bär 1150 eine größere romanische Burg errichten. Hundert Jahre später wurde Anhalt weiter ausgebaut.Obgleich die Burg bereits 1315 zum letzten Mal als bewohnt gemeldet wurde, scheint sie erst im 15.Jahrhundert verlassen worden zu sein. Anfang des 20.Jahrhunderts wurde die Ruine wieder ausgegraben und restauriert. Die dabei gefundenen Gegenstände können im Ballenstedter Heimatmuseum besichtigt werden. Erwähnenswert ist noch, daß der Minnesänger Herzog von Anhalt (1170-1252) von dieser Burg stammen soll und daß sich in der Nähe einst ein Dorf namens Anhalt befand.

Schloß Falkenstein und die Tidianshöhle im Harz

Nach alten Sagen neu erzählt

Über dem Selketal im nordöstlichen Unterharz steht trutzig das stattliche Schloß Falkenstein. Schon im frühen Mittelalter war es der Sitz eines alten Harzgrafengeschlechtes, der Herren von Falkenstein. Auf diesem Schloß, so heißt es, spukte öfters ein Burggeist.
Es ergab sich, daß bei einem Fest, zu dem mehrere adlige Herren aus der Nachbarschaft geladen waren, diese nach trefflichem Mahl mit einem Trunk beim Spiel saßen. Auch ein Graf von Anhalt war Gast. Er war aber an jenem Tage so vom Pech verfolgt, daß er all sein Geld, seine Gewänder und sonstige Kostbarkeiten, die er bei sich trug, verlor. Zuguterletzt setzte er noch einige seiner Barthaare als Pfand aus, welche er ebenfalls verspielte. Natürlich getraute sich niemand dem Grafen diese Haare auszureißen!
Längst waren die Zecher zur Ruh gegangen. Das Schloß lag totenstill in nächtlicher Finsternis. Da erklangen auf einmal kurz nach Mitternacht leise Schritte im Saal, die alte Eichenstiege knackte und die Kammertür wurde geräuschlos geöffnet. Der Graf von Anhalt fuhr jäh aus seinem tiefen Schlaf, drehte sich im Bett um und sah entsetzt im Dämmerschein eine seltsame Gestalt vor sich stehen. Ehe er sich recht besinnen konnte und vor

Schreck wie gelähmt war, schnarrte der Burggeist mit rostiger Stimme:
"Graf von Anhalt, du hast gestern abend im Spiele einige deiner Barthaare als Pfand gesetzt und verspielt. Du bist sie schuldig geblieben. Willst du dein Wort brechen? Wehe dir! Doch kenne ich dich sonst als Edelmann." Der Geist wartete jedoch keine Antwort ab, sondern griff mit derber knochiger Hand in den üppigen Bart des Ritters und zauste ihn so wild, daß er glaubte, seine letzte Stunde habe geschlagen. Doch ehe sich seiner Brust ein befreiender Schrei entringen konnte, war der Spuk vorbei, der Burggeist war plötzlich vom Erdboden verschwunden und die Kammer war wieder duster und ruhig wie zuvor.

Einen anderen Edelmann soll der Geist mitten im Schlaf aus dem Bett geschleudert haben. Doch sagen spitze Zungen: er könne sich nach starkem Weingenuß im Rausch so im Bett gewälzt haben, daß er dabei selbst herausgefallen sei!

Nicht weit vom Schloß Falkenstein entfernt befindet sich der Wald Tidian. In ihm ist eine unheimliche tiefe Höhle verborgen: die Tidianhöhle. Die Sage weiß von ihr mancherlei Seltsames zu erzählen. Es sollen dort hinter einer Eisentür wertvolle Schätze ruhen, unter anderem wird auch ein "goldener Mann" erwähnt, welcher aus solch reinem und feinsten Golde sei, wie es sonst nirgendwo gäbe. Eines Tages fand ein Schäfer, dem das Glück hold war, die von jedermann erträumte und begehrte Wun-

derblume. Sorgsam hielt er sie mit beiden Händen fest, ging mit ihr in den Tidianswald zur Höhle, und siehe da: die mächtige Eisentür sprang auf. Beherzt trat der arme Mann ein. Er wurde vom Glanz des Goldes schier geblendet und nahm sich ein gut Teil der Schätze mit, so viel er tragen konnte, ohne daß es ihm jemand verwehrte. In Quedlinburg verkaufte er den Schatz an einen Goldschmied. Dieser erkannte sofort den hohen Wert des Goldes, staunte und fragte neugierig, woher der Schäfer es denn habe.
"Aus der Tidianshöhle", sagte vertrauensselig der Mann.
"Bringe mehr", forderte der Goldschmied.
"Ich will es versuchen!" Da er noch immer die Wunderblume besaß, lief er wieder zur Höhle, wählte neue Schätze und brachte sie dem Goldschmied.
Es wollte aber der Zufall, daß ein Graf von Falkenstein zu jenem Quedlinburger Goldschmied kam, um einen kostbaren Schmuck zu kaufen. "Vom feinsten reinsten Golde", verlangte er.
"Das wertvollste Gold stammt aus dem Tidianswald."
"Aus meinem Wald?" rief verwundert der Graf.
Da erzählte ihm der Schmied die Geschichte des Schäfers. Als der Graf von Falkenstein dies erfuhr, wurde er böse, habgierig auf das Gold und neidisch auf den Schäfer, ließ ihn zu sich kommen und schrie ihn barsch an: "Warum stiehlst du die Schätze aus meinem Walde? Wer hat dir das erlaubt? Sofort zeige mir den Berg, worin du das Gold gefunden hast!"

Dem bedauernswerten Mann, der das Gold als Geschenk guter Berggeister angesehen und an ein Unrecht nicht gedacht hatte, ward es bei solcher Rede angst und bange. Vor Erregung entglitt seiner zitternden Hand der schäbige Filzhut, den sofort das Äffchen des Grafen ergriff und fröhlich damit spielte. Dabei fiel aber die Wunderblume heraus. Und ehe es jemand verhindern konnte, hatte sie das Tier zwischen den Zähnen und zerpflückte sie in wertlose Stückchen. Dennoch führte der Schäfer seinen Herrn wie befohlen in den Tidianswald. Aber statt der eisernen Tür entdeckten sie einen riesigen Felsen, der den Eingang zur Höhle fest verschloß.

Die Sage berichtet weiter: Erst wenn auf Schloß Falkenstein einmal drei Herren geboren würden und aufgewachsen seien - und zwar müsse es ein Blinder, ein Lahmer und ein Stummer sein -, erst dann würde die Tidianshöhle ihre Schätz wieder freigeben. Doch bisher ist dergleichen leider nicht vorgekommen.

Jungfrau Ilse

Eine Sage aus dem Oberharz

Hoch oben im einsamen Oberharz, dort wo
der mächtige Brocken sein Haupt stolz
und kühn wie ein Fürst über alle Berge
Norddeutschlands emporhebt, und von dessem
Gipfel der Wanderer weithin in die Ebene
bis zu den großen Städten sehen kann,dort
wo noch vor kurzem die unselige deutsch-
deutsche Grenze unser Land teilte, entspringt ein klarer kalter Gebirgsbach,
die "Ilse" genannt. Aus fast tausend Meter
Höhe muß sich die zarte Ilse mutig eine
Waldschlucht - die Ilsefälle - hinunter
in die unheimliche Tiefe stürzen.
Kurz bevor die Jungfrau den schützenden
Wald verläßt und das freie leichthügelige
Land bei dem alten Klosterstädtchen Ilsen-
burg betritt, ragt rechter Hand ein Felsen
mit einem eisernen Kreuz steil auf. Es
ist der "Ilsenstein".
Ilse, das liebliche Nixlein, wohnt in
diesem einsamen Versteck. Wenn es einem
Wanderer in einer Mondscheinnacht oder
beim ersten sanften Morgenrot vergönnt
war, sie beim Baden in den hellen, reinen
Fluten zu sehen - es geschah allerdings
nur sehr selten - jenen Glücklichen be-
schenkte die gütige Jungfrau reich.
Ilse soll einst die Tochter eines mächtigen
Harzkönigs gewesen, und, da sie wunderschön
und gut war, von einer neidischen bösen
Hexe in diesen Felsen verwünscht worden
sein. Die Sage erzählt weiter: nur ein
edler hübscher Jüngling, der noch nie

ein Mädchen liebte, und dessen Seele Ilse vom ersten Augenblick an begehre, könnte die Jungfrau zu gegebener Zeit und Stunde vom Zauber erlösen.
An einem frühen Sommermorgen wanderte ein Köhlerbursche durch den stillen Wald am Ilsebach entlang gen Norden. Dabei sah er die Jungfrau und grüßte sie artig. Sie winkte ihm zu und bat ihn, ihr vertrauensvoll zu folgen. Sie führte den jungen Mann zum Ilsestein, hieß ihn an einer Pforte, die er nie zuvor gesehen hatte, warten, hob ihm sein Felleisen vom Rücken und verschwand vor den Augen des verdutzten Köhlers im Felsen.

Nach einigen Minuten trat Ilse wieder ans Tageslicht, reichte ihm sein Gepäck mit den Worten: "Sei nicht neugierig,sei klug! Öffne deinen Ranzen erst, wenn du wieder daheim in deiner Stube bist!"
Der Bursche bedankte sich, schnallte sich den Ranzen über und schritt lustig pfeifend fürbaß. Doch bald drückte ihn die Last im Rücken immer ärger, ward immer schwerer. Schließlich konnte er seine Neugier nicht mehr zügeln, dachte, das Mädchen habe ihn zum Narren gehalten und ihm Feldsteine zum Tragen aufgebürdet.
Als er die Ilsenbrücke überquerte, konnte er es nicht mehr aushalten, warf das Felleisen vom Buckel, öffnete hastig den Deckel und griff hastig hinein. Siehe da, seine Hände wühlten in Eicheln und Tannenzapfen. Unbesonnen schnappte er sich sein Bündel und schüttete den Inhalt über das Brückengeländer hinunter in den Ilsebach. Doch, was da unten auf den Grund sank, waren ja gar keine Waldfrüchte. Es blinkte im

Wasser und glitzerte in der Morgensonne wie eitel Gold. Fluchs riß der Köhler sein Ränzlein zurück, schnürte es reumütig zu und trug einige übriggebliebene Eicheln und Zapfen klappernd nach Hause.Und erfreut sah er: die Jungfrau Ilse war ihm dennoch gut gesinnt gewesen. In seiner Kammer fand der Glückliche noch so viele Goldstük-ke im Ranzen, daß er fortan ein angenehmes Leben als wohlhabender Mann führen konnte.

Ein Sonntagmorgen im Frühling

Ein fast zeitloser Spaziergang

Es ist ein kühler, aber lebensfroher Frühlingsmorgen. Nach regenreicher Nacht blinzelt die Sonne zaghaft hinter dem Wolkenvorhang hervor. Der Wehrübergang beim Inselwall führt zur Oker, welche nach Vereinigung der beiden Stadtarme ein ansehnlicher Fluß geworden ist. Ich folge der Uferstraße im Wind. Überall blühen österliche Blumen und Sträucher in den Gärten; lenzseliges Vogelzwitschern, sonntägliches Glockenläuten. An den Zweigen einiger Apfelbäume sitzen versteckt erste Blüten - rosaweißer Hauch -, lassen sich nach dem Regenbad von der Sonne trösten.
Ich nehme diesen Frühlingsmorgen mit allen Sinnen wahr. Es riecht gut und herb nach Wasser und Schlick. Rasengrün und Heckengrün tun den wintergeschwächten Augen wohl. Es ist eine Lust: in das lichtfrische Grün zu schauen. Weiden und Birken lassen sich vom Wind kämmen. Rhabarberstiele strotzen voll saftiger Üppigkeit, und die Pfingstrosen-Blattstengel greifen wie Finger in die Sonnenwärme, zärtlich verlangend. Primeln und Stiefmütterchen lachen in kindlichem Übermut, gelb und violett, wie Dotter und Samt. Aber die Hochzeit der Forsythien ist vorbei. Schon vertropfen ihre Goldglöckchen. Sind es Tränen um den gekreuzigten Christus - über das Leid in der Welt?
Die "Wendenmasch" ist ein sumpfiges Wiesengelände, liegt in einer Mulde vor der"Sied-

lung am Schwarzen Berge", ähnelt einem
verlandenden Rheinarm. Ried- und Sauergrä-
ser überwuchern den Grund, große Lachen
bildeten sich darin, die in dem wasserüber-
sättigten Boden nicht absickern können.
Brutstätten der Mücken und Schnaken,Liebes-
paradies der Frösche. Mitten hindurch
kriecht ein schlammiger Weg, zu gefährlich,
um nachts von Fremden beschritten zu werden. Leicht könnte jemand seitlich ins
Ungewisse, in "sein Ende"treten.Aber jetzt
im Sonnenschein sieht die Landschaft friedlich, ja schön aus, wie ein Uferstreifen
der Bodensee-Insel Reichenau.
Über die Hamburger Straße gelange ich
zum Rühmer Weg, gehe vorbei am Hauptschul-
garten und dem "Bullenteich"-Park zum
Turn-Sport-Platz am Daweseeweg und bin
mitten im Grünen, glaube mich fernab der
pulsierenden Stadt, wie es erfreulicherweise rings um Braunschweigs Herz, in
allen ländlichen Vororten der Fall ist.
Allein die stolzen hohen Gotiktürme der
Kirchen grüßen manchmal am Horizont. Am
Tostmannplatz in der Schuntersiedlung
befindet sich eine schöne moderne Kirche
neben schmucken Fachwerkhäusern, ein "Zelt
Gottes", mit zierlichem Dachreiterlein.
Stufen steigen hinan zur schlichten,gekalk-
ten Weihehalle. Die Mansardenfenster und
das über dem Altar schwebende Kruzifix
sind bemerkenswert. Die Orgel ertönt gerade
als ich in die Kirche eintrete, mich auf
einer Bank niederlasse und andächtig dem
klangvollen Spiel lausche. -
Herbschön ist das Naturschutzgebiet an
der Schunter. Alte krumme Weiden säumen
den Weg. Ried raschelt zu beiden Seiten,

von klaren Bächlein durcheilt. Es nieselt
und der Wind bläst eisig, doch läßt sich
die Sonne nicht ganz verdrängen.
Nur langsam kommt der Lenz heuer ins Land.
Südlich des Bahnhofs Querum verbirgt sich
zwischen Bäumen auf einer Anhöhe bei einem
Teich das Müttergenesungsheim. Auf diesem
stillen grünen Fleckchen Erde können sich
Mütter wirklich erholen und neue Kräfte
sammeln für Ihre Aufgaben im Alltag.
Eine sanfte Erhebung mit aparten Siedlungshäusern in idealer Lage - mitten im Grünen,
umgeben von blühenden Obstbäumen und Zier-
sträuchern - nennt sich "Margaretenhöhe".
Dieser Mädchenname scheint für reizvolle
Wohnviertel beliebt zu sein, denn es gibt
auch andere Städte, die ihn wählten, wie
Bensberg im rheinischen Bergischen Land.
Hinter der Siedlung dehnt sich der Querumer
Wald aus. Ein Schild weist zum"Braunschwei-
ger Zoo". Einige Tiere grunzen, blöken
oder schnauben. Es ist ein Vergnügen zuzu-
hören.
Das "Waldhaus" schimmert zwischen erstem
zarten Waldgrün hervor, ist lebhaft gelb
gestrichen. Im Sommer ist es ein beliebtes
Ausflugsziel. Ebenso lockt das "Waggumer
Weghaus" am Hügel, wenige Minuten vom
nördlichen Waldrand entfernt, zur Einkehr.
Daneben dehnt sich der Braunschweiger
Flughafen aus. Bei kräftigem Wind herrscht
reger Verkehr. Großartig schwirren die
Sportflieger über die weite Hochebene.
Viele Spaziergänger stehen am Zaun und
sehen sehnsüchtig ein Weilchen dem friedvollen Spiel in den Lüften zu. Beneidens-
wert sind jene Menschen, denken sie. Dies
möchte ich auch erleben: königlich wie ein
Adler nahe den Wolken zu schweben.

Rote Kirche - Totenkirche

St.Markus bei Rothenkirchen im Haunetal

Im Haunetal, zwischen Bad Hersfeld und Hünfeld, nicht weit entfernt der 1397 erstmals erwähnten trutzigen Burg Hauneck, erhebt sich am Wiesenhang vorm Walde, oberhalb des Flusses, inmitten eines Friedhofes, eine uralte frühromanische Kirche, aus rötlichen Quadern gefügt; daher stammt wohl der Name "Rote Kirche". Da jedoch die ehemalige St.Markus-Kirche heute als "Totenkirche" bezeichnet wird, ist zu vermuten, daß sie einst Dorfkirche eines längst verschwundenen Ortes war. Vielleicht lag das sich heute am anderen Ufer der Haune ausbreitende Rothenkirchen (Rote Kirche!) ursprünglich hier am Bergsaum und wurde zerstört, so daß die letzten Einwohner die Wüstung verließen und ein neues Dorf in der Talebene gründeten.
St.Markus am Berge wurde erst in spätgotischer Zeit zur Wehrkirche ausgebaut. Da in das einschiffige Langhaus sogenannte Schlüsselschießscharten eingefügt wurden, ist anzunehmen, daß die (Neu-)Rothenkirchener in Zeiten der Gefahr das alte Gotteshaus als Flucht- und Schutzstätte aufsuchten, zumal es von einer Kirchhofs-Wehrmauer umgeben war. Reste von ihr sind noch immer vorhanden. Auf dem hügeligen Gelände finden wir auch noch Grabsteine des 17.und 18.Jahrhunderts.
Bemerkenswert ist außerdem, daß die Rothenkirchener Bürger noch heute ihre Toten dem Bergfriedhof anvertrauen. Der Weg

zur "Totenkirche" führt vom Dorf über
die "Totenbrücke",welche im 17.und 18.Jahr-
hundert über die Haune gespannt wurde.
Aus diesem Grunde wird die Annahme: das
alte Rothenkirchen lag früher am Hügel,
noch wahrscheinlicher. Hinzu kommt, daß
die Evangelische Barockkirche von Rothenkirchen im Tal in der Mitte der vierziger
Jahre des 18.Jahrhunderts, eine ehemalige
Kirche der Spätgotik verdrängte, wie der
noch stehende Chorturm bezeugt. Und spätgotische Kirchen wurden auch in dieser
Gegend noch in der Mitte des 16.Jahrhun-
derts errichtet. Dies deutet zusätzlich
darauf, daß "Alt-Rothenkirchen" im Mittelalter Wüstung wurde (vielleicht im Bauernkrieg oder gar schon 1469, als die Ritter
von Buchenau Burg Hauneck auf dem Stoppels-
berg zerstörten), und das jetzige Dorf
- getreu der einstigen Heimatstätte geden-
kend - nach der "Roten Kirche" Rothenkirchen genannt wurde.
Ja, vielleicht wurde dieser Ortsname überhaupt erst bei der Neugründung am Fluß
gewählt, so daß die Vorfahren der Rothenkirchener in einem Dorf anderen Namens
auf dem Hang vorm Walde lebten. Eine Orts-
bezeichnung "Hauneck" läge nahe, da die
Herren von Hauneck ihre Toten im Chor
der alten Wehrkirche beerdigen ließen,
zumal der jetzige Ortsname Hauneck erst
in jüngerer Zeit durch das Zusammenfügen
einiger selbständiger Gemeinden wie Bodes,
Sieglos,Ober-und Unterhaun,entstanden ist.
Die tatsächlichen Vorgänge in jener Landschaft zwischen den Flüssen Fulda und
Ulster, sowie die Zusammenhänge zwischen

der "Totenkirche/Rote Kirche" St.Markus und dem heutigen Rothenkirchen an der Haune, wären eine Erforschung wert.

Kirchen in Fulda

St.Michael - Franziskanerkloster - St.Peter

Betrachtungen eines Kunstfreundes

Die ehrwürdige Bischofsstadt an der Fulda gehört zu jenen Städten, deren Bildnis seit Jahrhunderten geprägt ist von bedeutenden Kirchen, die jeden Kunstfreund begeistern. So erging es auch uns als wir anläßlich eines Ausfluges drei dieser Juwele deutscher Baukunst kennenlernen durften.
Zum ersten Erlebnis an jenem Tage wurde die Besichtigung der 822 vom Mainzer Erzbischof geweihten Michaelskirche, benachbart dem berühmten prächtigen Bischofsdom, welcher uns von früheren Aufenthalten in Fulda wohlvertraut war.
Wie eine mächtige uralte Burg mit hohen Spitzhelmen auf beiden Türmen thront **St.Michael** auf einem Hügel. Überrascht hält der Besucher inne, wenn er einen kleinen Vorraum durchschritten hat und im Rondell einen Kranz von acht Säulen erblickt,die den Altar in der Mitte umkreisen. Nach vier Himmelsrichtungen gelangt der Pilger vom Außenring - also vor den Säulen ,- in kapellenartige Nischen. In einer befindet sich der Sarkophag des Abtes Eigil, unter dessen Leitung die Benediktiner die ursprünglich karolingische Anlage,eine "ecclesia rotunda", errichteten, welche als älteste deutsche Nachbildung der Grabeskirche in Jerusalem angesehen wird.
In der darunter befindlichen Krypta kamen

wir durch Portalöffnungen in niedrige
Kammern, in die nur winzige Luftlöcher
Tageslicht einfließen lassen. Sie dienten
früher als Beinhaus. Die Krypta in St.Mi-
chael gehört noch der karolingischen Bau-
epoche an. Eine gewaltige rohgemeißelte
Säule trägt das Gewölbe. Der im 9.Jahrhun-
dert lebende Mönch Candidus Bruun deutete
sie als Christus, der die Welt trägt.

Durch einen Park stiegen wir auf einem
Pflastersträßchen hinauf zum **Franziskaner-
kloster auf dem Frauenberg,** vorbei an
Passions-Bildstöcken aus dem Jahre 1678,
die schon recht verwittert ausschauen.
Die äußerlich einfache Kirche (1758-63)
mit kleinem Dachreiter und die sie umgeben-
den Klostergebäude (1762-65) sitzen inmitten von Laubbäumen wie Vögel in einem
Riesennest, erhaben auf der Kuppe des
weithin sichtbaren, früher "Bischofsberg"
genannten Stadthügels.
Bei der Einkehr in dieses Gotteshaus verharrten wir freudig überrascht, denn ihre
harmonisch ausgewogene Ausstattung, überstrahlt von wohltuendem Tageslicht, ist
eine religiöse Kunststätte besonderer
Art. Die Altäre, die Kanzel und Orgel,alle
Werke wurden hier mit liebevollem Kunstsinn
und feinem Humor geschaffen. So streckt
zum Beispiel ein Arm eines sonst nicht
sichtbaren Predigers, seine Hand, die
ein Kruzifix hält, in den Raum hinein,als
wolle er den Bösen bannen. Barockengelchen
lassen von Altarbildern ihre Beinchen
herabbaumeln. Und die vier Symbolfiguren
der Evangelisten (Engel, Stier, Widder,
Adler) blicken so freundlich von der Kanzel
herunter, daß ich lächeln mußte.

Im Hochaltar, das Gnadenbild: eine schöne vergoldete Madonna, das Jesuskind tragend; beide gekrönt; ursprünglich gotisch, wurde es im Barock überarbeitet.

Erstaunt waren wir, beim Verlassen der Kirche auf dem Frauenberg, noch einen Kalvarienberg zu entdecken, nachdem wir aufgangs ja schon Bildstöcken gefolgt waren, und nun die Stationshäuschen den Pilger abwärts geleiten, denn die erste Betstätte:Christus wird zum Tod verurteilt, erhebt sich hier an höchster Stelle, also genau umgekehrt, wie sonst üblich. Allgemein befindet sich die "Kreuzigungsgruppe" am Gipfel (manchmal folgt freilich noch die Darstellung der Abnahme des Corpus Christi, die Grablegung oder die Schmerzensmutter, ihren Sohn in den Armen bergend).

Durch den Bergfiedhof erreichten wir wieder die Stadt, überquerten den Fuldafluß,wanderten bergauf, schirmbewehrt im strömenden Regen, nach Petersberg, einer kleinen Gemeinde am Rande Fuldas.

Schon aus der Ferne erkannten wir deutlich das ehemalige **Benediktinerkloster St.Peter,** das auf einem vierhundert Meter hohen Basaltkopf die Landschaft ringsum überragt. Trotz des häßlich-düsteren Grauhimmels war die Rundumschau dort oben beeindruk-kend.

Da St.Peter verschlossen war, klingelten wir bei der Mesnerin und bekamen nach mehrfachem treuherzigen Bitten die Schlüssel zur Klosterkirche ausgehändigt. Sie wurde um 800 erstmals auf dem Eulenberg unter Abt Baugulf aus Fulda errichtet. Später gründete hier der berühmte Abt

Rhabanus Maurus ein Kloster. Wiederholt zerstört, verwüstet und immer wieder aufgebaut, wurde die Propstei zu Napoleons Zeiten aufgelöst. Neben den sehr alten rötlichbraunen Fresken in der Krypta, die leider arg verblaßt und beschädigt waren, befindet sich aus alter Zeit der Sarkophag der heiligen Lioba (Mitte 9.Jh.) Im Kirchenschiff darüber fallen dem aufmerksamen Betrachter rasch die aus dem 12.Jahrhundert stammenden Stein-Reliefs auf. Eine dieser romanischen Plattenskulpturen soll St.Bonifatius, eine andere Pippin darstellen.
Ein früheres, sehr gut erhaltenes romanisches "Blendfenster" (Scheinfenster) aus dem 12.Jahrhundert dient heute als Lesepodium (Ambo). An der Wand wurde 1970 ein Renaissance-Gemälde in erfreulich gutem Zustand freigelegt. Es stellt den heiligen Christophorus dar.
Zu beiden Seiten des Triumphbogens vor dem Barock-Hochaltar (um1750) mit Statuen des Abtes Rhabanus, welcher bis zur Ernennung zum Erzbischof in Mainz 847 im Kloster Petersberg lebte, und des heiligen Bonifatius, Geistesgefährte der heiligen Lioba, hängen ebenfalls zwei steinerne Reliefs: Christus als Weltheiland und Maria als Himmelskönigin mit dem Jesuskind auf dem Schoß.

Linden schwingen sich rhythmisch im Winde

Nachmittags auf der Friedrichstraße

Fliederbüsche hängen ihre süßduftenden violetten und weißen Blütentrauben in den sonnigen Maitag und begrüßen den Spaziergänger wie freundliche Pförtner, wenn er am Grüneburgpark bei der großen Bank die Vorstadtstraße betritt, die sich kaum von ihren benachbarten Schwestern unterscheidet. Es ist eine stille, grüne Straße, ein wenig vornehm sogar, mit mächtigen neuklassizistischen Häusern und Villen, mit wohlgeformten Säulen, Giebeln und Schneckenbalken und naturalistischen Pflanzen- und Tierformen jugendstilistisch verziert.
Eigentlich ist die "Friedrichstraße" doch mehr, als nur eine einfache Straße im Herzen der Großstadt. Sie ist eine Allee mit hellgrünen fröhlichstimmenden Linden, die sich rhythmisch im Winde schwingen.
In den Vorgärten grünt und blüht es jetzt zur Maienzeit, daß es eine Lust ist hier spazierenzugehen. Eine Amsel flötet hoch im Wipfel der Kastanie. Sie hat ihre Blütenkerzen aufgesteckt, die auch in den dämmerigen Abendstunden noch weithin leuchten. Doch schon gleiten erste Blütenblättchen wie Schnee leise zur Erde und bilden ein täglich dichter werdendes Mosaik auf dem Fußsteig.
Libellenhaft zartblau öffnen sich geheimnisumwobene Blüten der Schwertlilien.Sie lösen die goldgelben Gemswurzsterne - Lieblinge der Aprilwochen - ab. Maiglöck-

chen läuten, an langen Stengeln sich feierlich verneigend. Feurige und gelbe Tulpenkelche haben sich in der Wärme weit geöffnet, so daß sie flachen Schalen gleichen. Pfingstrosen zeigen schon pralle Knospen, werden aber kaum bis zum Fest der Ausgießung des Heiligen Geistes aufblühen. Farnblätter stehen wie Bischofsstäbe im Garten, rollen sorgfältig ihre Wedel auseinander. Blaue Blütenaugen gucken aus Immergrün-Verstecken. Ihr botanischer Name "Vinca minor" klingt wie der Name einer Märchenprinzessin aus Tausendundeiner Nacht. Efeu und Buche bemühen sich eifrig alte Ziegelmauern und Eisengitter zu verdecken. Und an der "Unterlindau" lockt schon der erste Goldregenstrauch mit seinen Honigtränen-Schmetterlingsblüten. Einige Blumenfreunde haben gar schon gewagt vor den "Eisheiligen" Balkonkästen mit Pelargonien zu bepflanzen. Nun hat der Frühling wirklich seine "Hoch-Zeit" erreicht.

Doch neben der Blütenseite gibt es auch realistischere Darbietungen auf der"Friedrichstraße", die zu den Bedürfnissen des täglichen Lebens beitragen. So finde ich hier eine "Modestube", die Niederlassung einer Nähmaschinenfabrik und die "Friedrichsgarage". Der Landesverband der Haus- und Grundbesitzer" und eine "Hausbesitzer Versicherung" haben sich angesiedelt, auch eine "Kreditanstalt für Wiederaufbau". Imposant ist der Glaskasten des "Amerikanischen Konsulats"am Straßenende beim Palmengarten. Und an der Mündung einer Gasse befindet sich der Eckbau der Synagoge mit seiner aus roten Schindeln bedeckten Kuppel der Israelischen Gemeinde.

Schloßpark Wolfsgarten

Ein Kleinod der Großherzogsfamilie von Hessen und bei Rhein

Jahr für Jahr öffnete Margaret Prinzessin von Hessen und bei Rhein die Pforten zu ihrem Schloßpark Wolfsgarten. "Öffnete", denn am 26.Januar 1997 verstarb die im Volk wegen ihres sozialen Wirkens und ihrer Herzlichkeit verehrte alte Dame in der ehemaligen Residenzstadt Darmstadt, in der sie seit ihrer Hochzeit mit Ludwig Prinz von Hessen und bei Rhein eine neue Heimat gefunden hatte. Doch ihr Adoptivsohn Landgraf Moritz, seit Ludwigs Tod "Chef des Gesamthauses Hessen", pflegt die schöne Sitte weiter, interessierte Menschen aus nah und fern an bestimmten Tagen in den Wolfsgarten eintreten zu lassen.
Mitten "im Waldesgrün und Waldeinsamkeit", zwischen Langen und Egelsbach, nördlich von Darmstadt, ließ Ernst Ludwig Landgraf von Hessen-Darmstadt das auch heute noch malerische Jagdschloß Wolfsgarten zwischen 1721-1724 erbauen. Nachdem jedoch schon 1769 Möbel und Bilder aus Wolfsgarten nach Darmstadt gebracht wurden, begann das Schloß, Ende des 18.Jahrhunderts zu verfallen. Doch dank der späteren Großher-zöge Ludwig III. und Ludwig IV. konnten die Gebäude erneuert werden und erlangten unter Großherzog Ernst Ludwig eine neue Blütezeit, ja, sie dienten schließlich der großherzoglichen Familie als Sommerre-sidenz. Viele hohe Staatsgäste wurden hier empfangen, unter ihnen der russische

Zar Nikolaus II., Heinrich Prinz von Preußen, das Prinzenpaar von Griechenland und der Erbgroßherzog von Baden. Im Mai 1965 besuchte sogar Elisabeth II. Königin von England ihre Verwandten.

Etliche Autos parken an diesem sonnigen warmen Frühsommertag am Straßensaum der Luderschneise vor dem Tor. Zahlreiche Radler haben ihre Stahlrösser unter Bäumen abgestellt. Meist pilgern die Leute in Gruppen zum nahen Schloß - einst "Fest-Lusthaus" genannt - an der Kalbschneise. Hohe Hecken, Wildschutzzäune und Mauern mit heiteren Putten besetzt, schützen es vor neugierigen Blicken und unliebsamen Eindringlingen. Doch heute darf jeder durch die weitgeöffneten Pforten auf schmalen Gängen zum geräumigen Hof gehen. Das Herrenhaus mit Freitreppe, offenen Arkaden und Mansarddach steht dem malerischen Gebäude mit dem Uhrturm gegenüber. Einst waren hier die Stallungen. Niedrigere Trakte, die sogenannten "Zwerchhäuser" (= Querhäuser), schließen die Nord- und Südseite ab. Blumenbeete, Bäume, zwei Ziehbrunnen und in der Mitte eine gewölbte Naturlaube mit Brunnen. Wolfsköpfe speien das Wasser ins Becken.
Von der Rückseite wirkt das Herrenhaus noch beeindruckender in seiner Breite. Jeweils 13 Fenster zählt jede Etage. In einem großen langgezogenen Becken sprüht eine Fontäne mehrere Wasserstrahle in alle Himmelsrichtungen. Bänke laden zum geruhsamen Schauen ein. Hier - wie an manchen anderen Stellen im Schloßpark auch - scheint die Zeit still zu stehen.

Wohltuendes Empfinden, hier noch ein Fleckchen gesunder,schier unberührter Landschaft
gefunden zu haben.
Südlich der Kalbschneise steht eine kleine
Kapelle: Gedenkstätte für Verstorbene
der großherzoglichen Familie zu Hessen
und bei Rhein. Unter anderen erinnert
eine Tafel an das tragische Unglück im
Jahre 1937,als bei einem Flug von Darmstadt
nach England mehrere Familienmitglieder
aus drei Generationen zu Tode kamen, als
das Flugzeug im Nebel bei Ostende abstürz-
te. In England fand danach die Hochzeit
des letzten Prinzen aus dem Geschlecht
der Großherzöge von Hessen und bei Rhein
Ludwig mit Margaret Geddes, Tochter des
schottischen Anatomie-Professors Lord
Auckland Campbell Geddes, in gebührender
Stille statt. Prinz Ludwig und seine Gattin
sorgten in den folgenden Jahren in Darmstadt für etliche soziale und kulturelle
Aktivitäten.

Auf dem Weg zum Teich kommen die Besucher
an prächtigen Rhododendren- und Azaleenbü-
schen vorüber. Vom gewölbten Brückchen
blicken sie auf das Baum-Wasser-Idyll
mit wunderschönen gelben Teichrosen. Ein
nördlich strebender Weg führt zum 1900
im englischen Stil entstandenen Tee- oder
Tennishaus mit Spielplatz. Hier ist die
Sonder-Kindertagesstätte untergebracht.
Östlicher finden wir schließlich das ge-
suchte entzückende Prinzessin-Häuschen.
Josef Maria Olbricht, führender Jugendstil-
Künstler, entwarf die Pläne für das archi-
tektonische Kleinod, welches 1902 für
die siebenjährige Elisabeth erbaut wurde.

Das Spielhaus soll nach einem Traum der Prinzessin entstanden sein.
Es steht in einem Gärtchen. Der Zaun ist mit goldenen Hühnchen verziert. Am Giebel in einer Girlande sowie auf dem Dach bekunden vergoldete Kronen und der Buchstabe "E", daß dieses Idyll einem fürstlichen Mädchen gehörte. Durch die Fenster sehen wir eine kleine Stube mit Tisch und Stühlen, eine Küche mit Herd und Kochgeräten. Stofftiere, Puppen und Porzellanfigürchen sowie alte Familienfotos der großherzoglichen Familie erinnern noch immer an das vor rund hundert Jahren verstorbene Prinzeßchen Elisabeth. Hinter dem Häuschen befindet sich ein Tierfriedhof. Die Grabsteine lassen erkannen, daß hier vorwiegend Hunde begraben liegen.

Prinzessin Margaret erzählte einmal, daß Wolfsgarten im 2.Weltkrieg ihre Wohnstatt geworden sei. Gemeinsam mit ihrem Gemahl habe sie hier "unter Arrest" gelebt,nachdem Prinz Ludwig "wegen politischer Unzuverlässigkeit aus der Wehrmacht entlassen worden sei". In beiden Kriegen diente das Schloß als Lazarett für verwundete Soldaten,wurde zeitweilig als Krankenhaus, anschließend als Altersheim der Inneren Mission von der Prinzessin zur Verfügung gestellt. Sie bemühte sich um Jugendliche, welche in benachbarten Strafanstalten inhaftiert waren. Nach dem 2.Weltkrieg fanden Flüchtlinge und Heimatvertriebene in Wolfsgarten Unterkunft und Betreuung. Ja, Prinzessin Margaret gab später behinderten, vor allem spastisch-gelähmten Kindern in ihrem Anwesen eine Heimat, zunächst als Erholungsheim unter Fürsorge des Deutschen Roten Kreuzes, dann als Kindertagesstätte für praktisch Bildbare. Außerdem bemühte sie sich redlich um Versöhnung zwischen Deutschen und Engländern. Den Darmstädtern hatte sie rasch "die Hand zur Versöhnung" gereicht, denn ihre "Herzensangelegenheit" war es: den "Menschen zu dienen". Dies alles brachte ihr nicht nur Anerkennung und Zuneigung der Bevölkerung wie einer "Landesmutter" ein,sondern sie wurde für ihre Hilfsbereitschaft auch mit dem Großen Bundesverdienstkreuz ausgezeichnet. Ihre Liebenswürdigkeit war weithin bekannt. So begrüßte sie ihre Gäste mit "Herzlich Willkommen auf Schloß Wolfsgarten. Ich freue mich sehr, daß Sie gekommen sind!"

Wo Königin Luise ihre Brautzeit verbrachte

Schloß Braunshardt bei Darmstadt

Die ersten Häuser Braunshardts erreichen die aus den drei Weiterstädter Nachbargemeinden kommenden Besucher an der Ludwigstraße, welche sie geradenwegs zum Schloß geleitet: ein olivfarbiger Bau mit hohen grünen Fensterläden und Mansard-Schieferdächern. Doch gehen wir nun links neben den neuen schöngestalteten Giebelhäusern, die Wohnungen für Menschen im Lebensabend beherbergen, welche mit öffentlichen Mitteln von Land, Kreis und Gemeinde gefördert und erst in jüngerer Zeit fertiggestellt wurden, in den Park hinein, werden wir beim genaueren Betrachten der älteren Hofgebäude überrascht bemerken, daß wir einer Täuschung erlegen sind, denn die Straßen- und Seitentrakte des Bauwerkes sind nur geschickte Anbauten, die in den zwanziger Jahren des 20.Jahrhunderts im Neo-Rokokostil errichtet wurden, nachdem das Schloß aus Privatbesitz 1926 in die Hände des Caritasverbandes übergegangen war.

Das eigentliche Schloß zu Braunshardt, das Georg Wilhelm Prinz von Hessen und seine Gemahlin Marie Luise Albertine (von Leiningen-Heidesheim) - die Großeltern der Preußenkönigin Luise - 1760 durch Jakob Friedrich Hill, einen Ing.Leutnant, erbauen ließen, bildet lediglich der heuti-Nordflügel und kann vom Park aus noch gänzlich in seiner bescheidenen architektonischen Schönheit bewundert werden - wenn-

gleich freilich ein Neuverputzen der Mauern und Streichen der Fensterläden und -rahmen dringend erforderlich wären. (In den 90er Jahren begannen Renovierungsarbeiten.) Im Vergleich zu den anderen Bauten sind im Schloß die Fenster verfeinert und oben abgerundet. Das Dach besitzt neben den Mansardgauben noch winzige Fensterluken dicht unterm First. Außerdem gelangen die Bewohner aus drei Türen über niedrige Freitreppen zum Garten und dem glücksklee-blättrigen Brunnen.
Bereits 1318 in einer Urkunde als "Brunis-hart" bezeichnet, gehörte Braunshardt mit einer Mühle den Grafen von Katzeneln-bogen und gelangte nach Aussterben des Geschlechtes in hessisch landgräflichen Besitz. 1627 übertrug Georg II.seinem Kanzler Anton Wolff von Todenwart den herrschaftlichen Meierhof samt der Schäfe-rei als Erblehen. Doch löste Landgraf Ludwig VIII. ihn im 18.Jahrhundert von dessen Erben wieder ein und betraute damit August Friedrich von Minigerode. Dieser Oberjägermeister war durch seine zügellosen Parforcejagden, die furchtbare Wildschäden hervorriefen, ein vielgehaßter Mann. Eines Tages - so wird erzählt - fand man an einem Baum folgenden Wunschspruch: "Minige-rod wärst du tot oder hättest du die Schwerenot."
Zum Glück gelangte das Hofgut jedoch bald wieder an den Landgrafen zurück, und Ludwig VIII.schenkte es seinem zweiten Sohn, dem Reichsgeneralfeldmarschall Prinz Georg Wilhelm, eben jenem Erbauer unseres Rokoko-schlößchens. Er ließ auch den - trotz späterer Schleifung - heute noch recht

reizvollen Lustgarten nach dem Muster, wie sie der französische Gartenarchitekt Lenotre entwarf, anlegen. Der Rest einer Kastanienallee durchquert das Zentrum des Parks und führt zu uralten Eichen, die mit schlangenartig verdrehten Ästen himmelwärts streben, ähnlich van Goghs wie Flammen gemalten Zypressen. Eine Mauer mit Pappeln beschließt das Gelände im Norden. Davor gedeihen gepflegte Obstbäume. Ein Lärchen-Fichten-Birken-Wäldchen geleitet zur kleinen Pappelallee, die am Tor endet. Ein Wegweiser: "Drückt dich ein Weh - zur Mutter geh", weist in einen stillen Hain.
Zwischen Tuja- und Eibenhecken finden wir eine von Roßkastanien umstandene Wiese und Kreuzwegstationen, die die Pilger zur kleinen Kapelle mit der Schmerzensmadonna führen. Der innere Einkehr zum Beten und Frieden für die Seele suchende Mensch wird hier gewiß Trost und Segen empfangen. Und spätestens an dieser Stelle muß nun berichtet werden,daß Schloß Braunshardt und die nach dem Erwerb durch den Caritasverband der Diözese Mainz neuangefügten Bauten fortan das Altenheim St.Ludwig beherbergen. Inmitten der Gebäude entstand damals auch eine Kirche.
Seit 1936 wurden die Bewohner des St.Ludwig-Heimes durch Johannesschwestern vom Leutesdorfer Johannesbund betreut, welcher neben dem Altenheim auch eine Exerzitienstätte einrichtete. Zwar wurde das frühere prächtige Inventar des Schlosses nach Darmstadt überführt (zum Teil ins Prinz Georg-Palais und ins Schloßmuseum), doch verblieben in den Räumen herrliche kostbare

Stukkaturen und Marmorkamine. Kehren wir aber in den Lustgarten zurück, wandeln geruhsam vom Koniferenhain wieder dem Schloß entgegen und stehen bald vor einer der noch erhaltenen Gitterlauben, einem Oktogonpavillon mit feinstgliedrigen Holzgitterwänden, von sieben Pyramidenpappeln beschützt. Von der Mitte der siebenteiligen Bank, genau gegenüber der Achtelöffnung, ist einer der schönsten Ausblicke auf den Park und zum Schloß.
Ich stellte mir vor, daß hier vielleicht vor mehr als 200 Jahren Luise Prinzessin von Mecklenburg-Strelitz (die später so berühmte und im Volk geliebte preußische Königin), als 17jährige Braut in dieser Laube gesessen und an ihren Verlobten Kronprinz Friedrich Wilhelm III.(von 1797-1840 preußischer König), gedacht hat. Oft ritt er damals vom nahen Mainz, wo er an der Belagerung der von Franzosen besetzten Stadt teilnahm, über die Ginsheimer Brücke herüber nach Braunshardt. Luise fuhr ihm gern im offenen Pferdewagen auf der Groß Gerauer-Landstraße entgegen. Daß das Brautpaar trotz kriegerischer Zeiten so glückliche Sommerwochen erleben durfte, verdankte es Luisens toleranter Großmutter Luise, die in Darmstadt liebevoll "Prinzessin George" nach ihrem Gatten Georg Wilhelm Prinz zu Hessen-Darmstadt, genannt wurde. Sie fühlte sich nie an adlige Grundsätze und Etiketten gebunden und führte die Begegnung der Brautleute herbei, indem sie mit ihren Enkelinnen Luise und Friederike im Juli 1793 das Schlößchen bezog. Kronprinz Friedrich Wilhelm bedankte sich dafür sehr herzlich bei ihr.

Luise schrieb ihm kurz nach der Ankunft in Braunshardt von ihrem Zimmer, es sei "so nett, so traulich und gut". Und sie schildert weiter, daß sie vom Kampf um Mainz vom Fenster aus "jede Feuerbombe, jeden Kanonenblitz sehen" könne, und"angeblich sind sogar die Trommeln vernommen worden, woran ich einen untertänigsten Zweifel habe". Luise läßt den Freund auch wissen, wie sie sich nach ihm sehnt:"Mein Lieblingsgedanke, Sie bald hier zu sehen, verläßt mich nicht", und sie fügt schelmisch hinzu: "Aber früher müßten Sie aufstehen, mein lieber Prinz..."
Wenn dann Friedrich Wilhelm in Braunshardt eintraf, wurde ländlich kräftig gefrühstückt: Schwarzbrot mit Butter. Sie lustwandelten im Garten, saßen wohl auch auf der oder jener Sandsteinbank, die heute noch zu seiten der Pappelallee stehen. Sie genossen das Glück der Zweisamkeit wie jedes bürgerliche oder bäuerliche Liebespaar ohne steife hemmende Hofzeremonie und bummelten allein durch das Dorf, wie es in dieser Art und Weise wohl selten jungen künftigen Fürsten vergönnt war.

Als ich in solchen Gedanken an die Königin Luise, die ich neben Bettina von Arnim von allen Frauengestalten vergangener Epochen am höchsten verehre und bewundere - ihr 225. Geburtstag jährte sich im Jahre 2001 am 10.März - wieder zur Brunnenanlage kam, wo ich bei den halbmondförmigen Bänken die Steinfiguren betrachtete - einen Löwen und ein lustiges Fabelwesen - und mich auch an den bereits blühenden Stiefmütterchen erfreute, beobachteten mich zwei

ältere Damen hinter dem Fenster eines
jener neuerrichteten Wohnheime aufmerksam
und wohlwollend. Als ich sie, mich freundlich verneigend, begrüßte, lächelten sie
und nickten mir zu.
So fand ich in die Jetztzeit zurück und
begab mich, reich beschenkt von Gegenwart
und Vergangenheit, von dannen.

Harmonie zwischen Kunst und Natur

Spaziergang über die Mathilden- und Rosenhöhe

Es war ein von der Herbstsonne durchgoldeter Sonntagvormittag inmitten der siebziger Jahre, als ich beim Glockenläuten der Stadtkirchen meinen ersten Darmstädter Spaziergang antrat, zur Mathilden- und Rosenhöhe, die mit ihren Villen und Alleen einen großen schönen Park bilden. Darmstadt ist eine südliche Stadt hinsichtlich ihres Fluidums, der Lebensgewohnheiten seiner Bürger wie auch von seiner Bauweise und der Landschaft her, in die sie eingebettet ist. Hier, im Jugendstilzentrum, wirkt sie gar südosteuropäisch mit dem"Hochzeitsturm" und der russischen Kapelle. Ja, selbst ein Hauch von Fernost weht herüber beim Betrachten von Bernhard Hoetgers Reliefs und Plastiken im Platanenhain. Die hinter schmiedeeisernen Gittern aufgestellten mächtigen Skulpturentafeln mit asiatischen Menschengruppen wirken wie christlich-chinesische Altäre. Steingefäße, getragen von bärtigen Köpfen in romanischer Manier, sind beidseitig von aufrechtstehenden Fabeltieren henkelartig verziert. Betrüblicherweise wurde in jüngster Zeit ein Gefäß beschädigt, ein zweites bis auf den Sockel zerstört.
Tiefinnerlich berührte mich das von Löwen emporgehobene Monument einer sterbenden Mutter mit ihrem ahnungslosen kleinen Kind auf dem Schoß. Und ich las den Spruch:

> "Geboren nimmer
> gewesen nimmer
> Beständig ewig
> zerfällt es nicht
> nimmer mehr gestorben
> nimmer mehr zu werden
> unerzeugt von jeher
> wenn auch der Körper hinfällt."

Liebliche Frauengestalten (Skulpturen) vor einer Weißdornhecke sprachen mich besonders an; mögen es Nymphen sein, Sibyllen, Göttinnen oder irdische Mädchen. Drei dieser graziösen Frauen zieren die Rückwand eines von Löwen bewachten Brunnens. Und der Sinnspruch von Goethe lautet hier:

> "Des Menschen Seele
> vom Himmel kommt es
> und wieder nieder zur Erde
> muß es ewig wechseln
> gleicht dem Wasser
> zum Himmel steigt es."

Auf der Mathildenhöhe werden Natur und Kunst zur Einheit, wie es Professor Otto Heuschele, der große schwäbische Essayist, sich wünschte. Er war stets bemüht, "Natur und Geist" miteinander zu versöhnen. Die vielen herrlichen Bäume - hier und später auf der Rosenhöhe - begeisterten mich. Schon flammten erste Büsche orangerot über dottergelben gekrausten Tageteskugeln.
An den Ausstellungsgebäuden wurden damals - wie auch an der russischen Kapelle - Renovierungsarbeiten vorgenommen. Besonders die weinbergähnlichen Laubengänge waren

stark vom Verfall bedroht. Und ich dachte
darüber nach: Sind Bauwerke unsres Jahrhunderts (20.Jh.) anfälliger, kurzlebiger?
Liegt es an der Wahl des Materials, an
der Zeit, die so hektisch ist, daß stets
Neues das Gestrige verdrängt? Vermögen
etliche Künstler nicht mehr für die Zukunft
zu schaffen? Oder wollen sie es gar nicht?
Viele, viele Fragen stellen sich dem Betrachter.

Durch ein Tor, auf dessen Säulen sprungbe-
reite Bären-Löwen hocken (so sehen diese
Tiere aus), gelangen wir in einen stillen
Hain: die Rosenhöhe, eine Mischung aus
Park und Wald, ein "verwilderter Park"
- und doch behutsam gepflegt. Ich liebe
Grünanlagen, in denen Blumen und Bäume
sich großenteils aus sich selbst entwickeln
können und das Wachstum nicht streng nach
Plan der Gärtner gelenkt wird.
Die auf der Rosenhöhe errichteten Künstler-
häuser sind von exakter Nüchternheit,eher
häßlich als ansehnlich zu nennen.Allerdings
verrät ein Blick durch die Riesenfenster-
wände, daß die Besitzer ihre Räume angenehm
wohnlich mit Büchern, Pflanzen und Kunstwerken ausgestattet haben. Freilich ist
es auch eine völlig andere Welt, in die
der Spaziergänger nun eintritt, nachdem
er zuvor so prächtig eigenwillige und
phantasiereiche Bauten wie das Peter Beh-
rens-Haus, das Glückerthaus oder das Ernst
Ludwig-Haus auf der Mathildenhöhe bewundern
konnte. Es wachsen fast alle wichtigen
Koniferen auf der Rosenhöhe: Tuja, Zedern,
Mammutbäume, Zypressen, Tannen, Kiefern,
Eiben und Fichten. An Laubgehölzen fand

ich vor allem: Blutbuchen, Edelkastanien, Birken, Trauerweiden, mehrere Ahornarten und gar einen kräftigen Tulpenbaum sowie einige mir fremde Bäume wie der Zürgelbaum und die Kanadische Hemlocktanne. Holunder, Rhododendron und Flieder bilden das Unterholz.

Mitten in dieser grünen Einsamkeit entdeckte ich Gräber der hessischen Großherzogfamilie, die die Geschichte eines Jahrhunderts bezeugen: Von Ernst Ludwig (geb. 1868) bis Ludwig von Hessen (gest.1968), darunter einige Kindergräber. Schmerzlich bewegte mich das von einem anmutigen Engel beschützte Grab der etwa zehn Jahre alten Elisabeth. Leider wurde in jüngerer Zeit durch Ausroden des Efeus und durch Kalken der Steine der wohltuende Friede, welcher von dieser Gedächtnisstätte des"Darmstädter Prinzeßchens" ausstrahlte, gänzlich zerstört.

Wohl ahnte ich beim Lesen des gleichlautenden Datums auf mehreren Grabsteinen, daß hier ein ungewöhnlicher Schicksalsschlag die Geschlechter derer von Hessen und bei Rhein getroffen haben mußte. Doch wußte ich damals noch nichts von jenem Flugzeugabsturz im Jahre 1937, bei dem mehrere Mitglieder der Großherzoglichen Familie tödlich verunglückten, sonst hätte mich der Anblick der letzten Ruhestätte dieser Menschen noch stärker erschüttert. Erfreut bemerkte ich aber schon bei meinem ersten Besuch im Park auf der Rosenhöhe, mit welch rührender Liebe Darmstädter Bürger die Gräber ihrer ehemaligen Fürsten schmücken und pflegen.

Die Schöne Eiche von Harreshausen

Mutter der Pyramideneichen

Nördlich des heute zu Babenhausen gehören-
den Dorfes Harreshausen im Dieburger Land
erhebt sich nahe der Kreuzung alter Han-
delsstraßen, zwischen dem Rennweg, welcher
den Forst Obereichen begrenzt, und dem
Gersprenztal mitten im freien "Neufeld"die
"Schöne Eiche". Sie ist nicht nur ein
Natur-Denkmal ersten Ranges, sondern die
Mutter aller Pyramideneichen.
Bis 1821 stand der auch "Hessische Eiche"
genannte Baum noch inmitten eines großen
Waldes, in welchem neben Eichen auch Buchen
und Birken wuchsen; nahe der Wüstung des
ehemaligen Ortes Hildenhusen, am Eingang
des Heidewiesenweges.
Schon um 1800 wird die "Schöne Eiche"als
"merkwürdige Abart der Stieleiche" bezeichnet. In der "Oekonomisch-technischen Flora
der Wetterau" wird sie wie folgt beschrie-
ben: "Sie hat vollkommen den Wuchs der
Pyramidenpappel, ihre Äste und Zweige
streben alle aufwärts und legen sich nah
an den Stamm an; selbst wenn Äste abgerissen werden, so bekommt der neutreibende
Zweig gleich dieselbe Richtung wieder".
Ehrfürchtig bestaunt der Wanderer den
nun mehr als 560 Jahre alten seltsamen
Baum. Auf dem rund 8 m hohen dicken Stamm,
welcher am Boden einen Durchmesser von
1,35 m aufweist und im Umfang etwa 4 m
mißt, breitet die "Schöne Eiche" wie aus
einem riesigen Nest stolz ihre sperrigen,
in den Himmel gerichteten Äste mit gebün-

delten Zweigen aus, ähnlich einem Straußen-
busch an einer Heurigen-Wirtschaft. Wiederholt wurde die Eiche vom Blitz und von
heftigen Stürmen in ihrer jahrhundertealten
Lebensgeschichte heimgesucht, am Stamm
verwundet und ihrer Krone beraubt. Doch
sie war stets stark genug, die Amputierun-
gen und Verletzungen durch gesunde Wachs-
tumsströme zu verkraften und bildete einen
neuen Wipfel, so daß sie bis heute wie
eine im Winde lodernde Fackel weithin
sichtbar die Bewunderung jedes Betrachters
hervorruft.
Das überraschende Bildnis der "Schönen
Eiche" ist völlig anders, als wir uns
sonst eine alte Eiche vorstellen: mit
knorzigen Ästen und breitausladender Krone.
Selbst im Vergleich mit wesentlich jüngeren
gleichmäßig gewachsenen Pyramideneichen
ist der Wunderbaum in seiner prächtigen
Wildheit einmalig.
Während Superintendent Johann Christoph
Stockhausen, Herausgeber des "Hanauischen
Magazins", 1781 in der ältesten bekannten
Beschreibung der "Schönen Eiche" kund
gibt: Sie hat "kleinere Blätter und schmä-
lere und mehr längliche Eicheln als die
andern, ohngefehr wie die Eis-Eicheln",
urteilt Wilhelm Gottfried von Moser wenige
Jahre später im "Forst-Archiv" zur Erweite-
rung der Forst- und Jagd-Wissenschaft
und der Forst- und Jagdliteratur" hingegen:
"Blätter, Rinde und Früchte sind von der
Stieleiche (Quercus foemina Linn.) in
nichts unterschieden..." Und die englische
Zeitschrift "Gardeners Chronicle" vermerkt:
"Die Schöne Eiche" behalte die Blätter
länger als die anderen Eichen im Wald,

am 3.Oktober 1841 seien sie noch ganz grün gewesen...
Neben der "Schönen Eiche" stehen Linden, die sich wie Hofbedienstete ihrer Königin zuneigen, halb sie schützend, und bilden so mit ihr eine Natureinheit harmonischer Schönheit. Auch eine Prinzessin, eine junge, schon einige Jahrzehnte alte Eiche, finden wir hier; etwa 4 m östlich von ihrer Mutter entfernt soll sie einst, wenn deren Lebenszeit vollendet ist, an die erste Pyramideneiche erinnern, welche vermutlich durch eine Kernmutation entstand, und ihre Nachfolgerin werden.
Ende des 18.Jahrhunderts, als die "Schöne Eiche" noch mitten im Walde stand, berichtete Stockhausen schon von einem "kleinen Gärtchen","worin der Baum steht und welches schon alt und oft erneuert worden seyn mag..." Dies "zeugt von der Aufmerksamkeit, die man ihm früh zur Beschützung und Sicherheit gegönnt hat".
Im 19.Jahrhundert ist gar von einer Mauer die Rede, auf der ein Lattenzaun befestigt war. Der Schlüssel zur Tür konnte beim Ortsvorsteher in Harreshausen geholt werden. Heute umsäumen Heckensträucher die Bauminsel mitten auf dem Acker. Im Frühling ziert ein gelbgrüner Teppich aus zahllosen Sternblüten und Blättchen des Scharbockskrautes den Boden.
Gewiß überrascht es niemanden, daß sich um einen außergewöhnlichen Baum wie die "Schöne Eiche" manche Legende und Sage rankt. Eine der schönsten und am häufigsten erzählten Sagen berichtet, daß einst der Bischof von Mainz im Mittelalter während einer Jagd im Eichenwalde seine Monstranz

verlor. Sie fiel auf ein kleines Bäumchen, umschloß es, und so mußte es fortan, aus der Enge heraus, begünstigt auch durch die Dunkelheit seiner Kinderstube, zwischen den mächtigen Stämmen seiner Verwandten, zügig emporwachsen, um ins Licht zu gelangen. Durch die Monstranz gesegnet, entwickelte die Eiche eine für ihre Gattung bislang unbekannte pyramidale Form und wurde so zur Mutter der Pyramideneichen.
Alte Überlieferungen bekunden: Die "Schöne Eiche" stecke in einem Brunnen, der bereits in vorchristlicher Zeit in einer keltischen Kultstätte errichtet worden sei. Später vernichtet, hätten Soldaten - wohl im 14.Jahrhundert - erneut einen Brunnen gemauert, um reines Wasser zu gewinnen. Doch auch er wurde wieder aufgegeben. In dem zugeschütteten Trog sei anschließend eine Eiche als "Heiliger Baum" gepflanzt worden. Da Wurzeln und Äste eines Baumes sich im allgemeinen gleichweit ausbreiten, kann der Brunnen nur sehr eng sein, wenn er die Eiche zu einem so hohen schlanken Wuchs zwang.
Gegen Ende des 19.Jahrhunderts äußerte Petzold, königlich-prinzlich-niederländischer Park- und Garten-Direktor in Muskau, zu diesen Überlieferungen: "Dies ist jedoch nur Hypothese und in keiner Weise festgestellt..."
Aber der hainburgische Rutengänger Hanns Schako konnte in jüngerer Zeit die Annahme der Vorfahren bestätigen. Er stellte bei seinen Untersuchungen u.a. fest, daß die "Schöne Eiche" auf einer Kreuzung zweier Wasseradern wächst und ein aus Feldsteinen erbauter Brunnen durchaus vorhanden sei.

Und da ihn lediglich im Osten Wurzeln verlassen können, ist es begreiflich, daß der Baum nur dort immer wieder seitliche Äste treibt.
Die "Schöne Eiche" wurde schon Anfang des 19.Jahrhunderts als "Wunderbaum" angesehen. Wallfahrer, die auf ihrer Pilgerreise nach Walldürn und zum Kloster Engelberg durch das Dieburger Land kamen, oft zur Fronleichnamszeit, umschritten in Prozessionen den Baum und rasteten im Garten zu Füßen seines mächtigen Stammes. Sie brachen Rindenstücke ab, von denen sie sich heilende Kräfte erwarteten und trugen sie als Talisman, der sie vor Stich und Hieb unterwegs bewahren sollte, bei sich. Ja, es sollen sogar schlaue, geschäftstüchtige junge Leute zu diesem Zwecke Eichenrinde, die angeblich vom "Wunderbaum" stammte, verkauft haben. Daß sich solche Beschädigungen für den Baum nachteilig auswirkten und Fäulnisstellen entstanden, braucht wohl kaum betont zu werden.
Die "Schöne Eiche" wurde schon vor Jahrhunderten als "Heiliger Baum" verehrt. Wann ihr seltsamer Wuchs erstmals bemerkt wurde, ist freilich nicht bekannt. Immerhin ließ um 1700 Graf Johann Reinhard abstehende Äste, die das Schönheitsbild der Pyramide "störten", entfernen. Anno 1761 erwähnte J.J.Müller bereits auf seiner Landkarte der Grafschaft Hanau die "Schöne Eiche",und schon fünf Jahre später entstand die älteste bislang bekannte Abbildung von ihr.
Als im Siebenjährigen Krieg französische Soldaten ins Dieburger Land eindrangen, ordnete ihr General Pichegru, ein großer Naturfreund, an, diesen merkwürdigen schö-

nen Baum zu bewachen, damit ihm kein Schaden geschähe, und ließ Triebe zur Veredelung abschneiden.
Die "Schöne Eiche" war inzwischen so bekannt geworden, daß viele Menschen, auch
hohe Persönlichkeiten, sie aufsuchten,um
sie mit eigenen Augen bewundern zu können,
u.a. auch Mitte des 19.Jahrhunderts Ludwig
III.Großherzog von Hessen mit seiner Gemahlin Mathilde und dem bayerischen König.
Nachdem bei einem heftigen Gewitter im
Juli 1928 ihre Krone zerstört und um etwa
fünf Meter ihrer Gesamthöhe gekürzt worden
war, stellte man die zäh um ihr Überleben
ringende "Eiche vom Pyramidenhorn" als
Natur-Denkmal des Kreises Dieburg unter
Denkmalschutz.
Schließlich wurde 1978 die "Schöne Eiche",
welche sicherlich noch ihren 600.Geburtstag
erleben wird, von einem Baumchirurgen
kunstvoll verarztet. Dabei wurde die Höhle
im Stamm gesäubert, mit einem Baum-Holz-
Schutzmittel gestrichen sowie mit einem
Drahtgitter vorsorglich gegen eventuellen
Unrat verschlossen. Eine Langzeitdüngung
soll der "Schönen Eiche" dienlich sein,
damit sie nicht wegen Nahrungsmangel früh-
zeitig dahinsiecht.
Lange Zeit mißlangen Versuche: Pyramideneichen durch Eicheln der Ur-Mutter oder
durch Veredeln heranzuziehen; immer wieder
entwickelten sich die jungen Bäume zu
gewöhnlichen Eichen.
Erstmals konnte Ende des 18.Jahrhunderts
im Park Wilhelmshöhe bei Kassel Hofgärtner
Mohr eine Pyramideneiche pflanzen, die
einem Edelreis entsprungen war, das Forst-
meister G.L. Hartig von der "Schönen Eiche"

bei Harreshausen für Wilhelm IX.Landgraf
von Kurhessen mitgebracht hatte.
Zwar gelang es nun auch, Pyramideneichen
- Dendrologen nennen sie "Säuleneichen" -
aus Früchten zu gewinnen; doch nur 2%
der gesteckten Eicheln nehmen die Form
der "Schönen Eiche" an. Dies mag wohl
auch daran liegen, daß Eichenblüten durch
den Wind bestäubt werden. Gartendirektor
Siebold vom Schönbusch bei Aschaffenburg
äußerte sich gegen Ende des 19.Jahrhunderts
so:"Dass dieselbe Eiche nur gepropft ihren
schlanken, schön pyramidenförmigen Wuchs
beibehalte, kann ich nur bestätigen, in
dem ich selbst viele Versuche mit Samen
dieser Eiche machte..." Längst treffen
wir nun überall in Europa Pyramideneichen
an, viele in Deutschland und - besonders
die 150-200jährigen - in ihrer Stammheimat
im Dieburger Land.
Die Harreshäuser Bürger sind stolz auf
ihre "Schöne Eiche", verehren sie dankbar
und mit Freude. Der Baum wurde zum Wahrzeichen des Ortes, Symbol im Vereinswappen
und schmückte manche alte Ansichtskarte;
ja, es existierte früher sogar eine Gaststätte "Zur schönen Eiche", in deren Saal
jahrzehntelang Feste gefeiert wurden.
Noch heute steht dort im Hofe eine stattliche Tochter der "Schönen Eiche".

Perle des Odenwaldes

Pfingsttage in Lindenfels

"Zum Raupenstein", heißt ein Wirtshaus
im Höhendörfchen Winterkasten, oberhalb
des bekannten Sommerfrische-Ortes Lindenfels, wo wir für drei Pfingsttage gast-
freundliche Aufnahme fanden. Es ist nur
einer der zahlreichen Gasthöfe in der
anmutigen Wald- und Wiesenlandschaft des
nördlichen Odenwaldes, wo Erholungsuchende
auch heute noch wohltuende Ruhe und ländliche Naturromantik finden.
In Winterkasten spielt sich das Landleben
noch so ab, wie es sich viele Städter
vorstellen. Durch die Fenster des Speise-
saals blicken wir auf das langgestreckte
Straßendorf oder auf die hügeligen Frühsom-
merwiesen und die Waldhänge am Birkenberg.
Pferde mit ihren Fohlen galoppieren auf
der Koppel, lebensfroh und kraftbewußt.
Eine Bäuerin und ein Hütebub treiben die
Rinder von der Weide unter den Obstbäumen
heimwärts zum Stall. Manchmal brüllt ein
Tier, blefft ein Hofhund, gackern "glückliche" Hühner im Grasgarten. Schwalben fliegen eifrig hin und her, haben ein Nest
unters Dach geklebt. Die Luft ist von
munterem Vogelzwitschern erfüllt.
Abendbummel durch Lindenfels, die "Perle
des Odenwaldes", durch enge hellerleuchtete
Gassen, den kleinen gepflegten Kurpark,
zur Burgruine. Süßbetörende Düfte verströmt
der Jasmin; brennendes Mohnrot auf den
Beeten. Der bleiche Mond, fast vollrund,
scheint gespenstisch in den dunklen Garten,

umhüllt die alten Mauern mit weißgrauer Patina. Die Gebäude der vermutlich unter Pfalzgraf Konrad von Hohenstaufen um 1200 errichteten Burg Lindenfels, sind von künstlich rotorangenem Licht magisch angestrahlt. Wir sind allein in der Innenburg, glücklich, wie in freudiger Erwartung,als ob alles Erleben dieser Stunde noch schöner würde. Ein Igel duckt sich auf die unterste Stufe, ängstlich äugt er herüber. Fühlt er sich bei seiner Nachtjagd gestört oder gar bedroht? Vom oberen Wandelgang sehen wir durch die Fensterhöhlen und Nischen auf die noch immer lebendige nächtliche, bezaubernde kleine Kurstadt.

Strahlender Pfingsthimmel empfängt uns am Sonntagmorgen. Nach dem Frühstück wandern wir dorfaufwärts, am Gasthof "Kaiserturm" vorbei, hinein in die Felder, dem Walde entgegen. Steil steigt der Pfad durch maiengrünen Mischwald hinan zur Neunkirchener Höhe. Auf dem Gipfel (605m) steht der merkwürdig abgespitzte Aussichtsturm, der "Kaiserturm". Er beherbergt in seinen Quadern eine der höchsten Gaststätten des Odenwaldes. Die Mühe des Turmerkletterns lohnt sich. Grüne Wald-Wipfel-Wogen ringsum, bis hinüber zur Bergstraße. Weiteren Blick verwehrt heute der Dunst am Horizont über der Ebene. Dafür ist gutes Wetter zu erhoffen. Bei klarer Sicht glitzert der Rhein in der Ferne, schimmert graublau die Bergkette der Pfälzer Haardt.

Am Pfingstmontag fahren wir auf der "Nibelungenstraße" über Gadernheim nach Reichenbach und beginnen bei fast bedecktem Himmel

und Schwüle den Aufstieg zum Felsberg (515m). Nach einigen Kurven durch sanfte Feldlandschaft betreten wir den angenehm kühlen Wald und entdecken auch gleich die ersten großen Steine und Felsbrocken. Wenig später stehen wir mitten im "Felsenmeer": Granitblöcke, von zum Teil gigantischer Größe, bilden ein breites und langes Geröllbett. Ich erinnere mich an den Lusen im Bayerischen Wald, dessen Gipfel weithin mit Riesensteinen bedeckt ist. Doch das "Reichenbacher Felsenmeer" besitzt noch eine kulturhistorische Bedeutung. Vor ca. 1600 bis 1800 Jahren stand hier eine römische Steinmetzwerkstatt. Noch heute findet der staunende Wanderer mehrere sauber behauene Bausteine, von denen die 9 1/2 Meter lange "Riesensäule" am meisten Anerkennung der Kunst römischer Handwerksmeister verdient. Mein Töchterchen stellte sich neben die Rundsäule und war damals ungefähr so groß wie ihr Durchmesser.
Wir turnten über die Felsen aufwärts und kamen auf einen bequemen Weg, der nach wenigen Minuten zum Gipfel des Felsberges führte. Wie überrascht waren wir jedoch, als wir da oben einen geräumigen Parkplatz sahen, dachten wir doch, nur ein paar Wanderer anzutreffen, die im Höhengasthaus neben dem Forsthaus Rast und Erfrischung suchten wie wir oder Aussichtshungrige, die wacker dem Ohlyturm zustreben. Es ist schade, daß in unserer Zeit auf viele Berge Fahrstraßen gebaut werden, denn das tiefe Erlebnis des "Bergeroberns" geht dadurch verloren. Welch Glücksgefühl ist es doch für einen Naturfreund und Wanderer,nach mühsamem Aufstieg schließlich

auf dem Gipfel zu stehen, in erhabener
Höhe und Himmelsweite, über den Kronen
der Bäume, den Wolken nahe. Zu Füßen das
Land; Dörfer und Gehöfte spielzeugklein,
und die Menschen winzig wie Schachfiguren
im Tale auf irdischem Spielbrett.
Nach einem Trunk in der Wirtsstube pilgern
wir zum Ohlyturm und erfreuen uns an der
Rundumschau. Die Sicht ist heute besser.
Im Westen erkennen wir Schloß Auerbach
und den mächtigen Melibokus, den Fürst
der Bergstraße, den ich mit Freunden vor
vielen Jahren zum ersten Male erstieg.
Im Norden reicht der Blick zur Neutscher
Höhe bei Oberbeerbach, südlich grüßt der
Fernsehturm vom Krehberg, und im Osten
erinnert uns die Neunkirchener Höhe an
unseren gestrigen Pfingstmorgenspaziergang.

"Hier ist Deutschlands schönes Herz"

Inselsberg und Kickelhahn im Thüringer Wald

> "Der Morgen, das ist meine Freude!
> Da steig' ich in stiller Stund'
> Auf den höchsten Berg in die Weite,
> Grüß' dich, Deutschland, aus
> Herzensgrund!"

Diese Verse aus Joseph von Eichendorffs Gedicht "Heimweh" gehören zu den innigsten, mit denen sich ein deutscher Dichter zu seinem Vaterland bekannte. Wie gut kann ich das Gefühl des Glücks und der Freude nachempfinden! Von einem Gipfel weit hinaus ins Land zu schauen! Schon in Kindheitstagen träumte ich davon, einst auf hohen, mir bedeutsamen deutschen Bergen zu stehen. In den 50er-Jahren stieg ich auf den Feldberg im Schwarzwald und auf den Großen Belchen in den Vogesen. Nach der Wiedervereinigung der beiden deutschen Teilstaaten erlebte ich die Gipfel des Brockens im Harz und des Fichtelberges im Erzgebirge – nur die Schneekoppe im Riesengebirge wartet noch immer auf mich.

Doch seit "das grüne Herz Deutschlands" wieder schlägt, konnte ich endlich mit Verwandten über die Höhen des Thüringer Waldes wandern. Vor allem galt meine Sehnsucht dem majestätischen Inselsberg, auf dem einst Hjalmar Kutzleb das später bei der Bündischen Jugend beliebte Lied schrieb "Wir wollen zu Land aus fahren..."
Oft schon hatte ich den hoch in den Himmel

gereckten Buckel während einer Fahrt durch
Thüringen vom Eisenbahnfenster aus bewundert. Obgleich er nicht einmal zu den
zehn höchsten Gipfeln des Gebirges zählt,
"ragt er doch durch Form, Umfang und be-
herrschende Lage weit hervor" und gilt
als "beliebtester Aussichtspunkt des Thüringer Waldes" (Grieben).
An meinem Geburtstag fuhren wir vom Parkplatz "Grenzwiese" mit dem lustigen, luftigen blau-roten Inselsberg-Bähnle, auf
kurvenreicher holpriger Pflasterstraße
durch den herbstbunten Laubwald bergan
zum Großen Inselsberg(916m). Vom Gipfel
bot sich eine prächtige Weitsicht: Bergketten, teilweise zwischen Nebelbänken und
-feldern, und im Südosten bei Oberhof
die größeren Brüder: der Große Beerberg
(982m), der Schneekopf(978m) und der Große
Finsterberg(944m). Schon Goethe rühmte
die Rundsicht vom Inselsberg und Ludwig
Bechstein schwärmte, als der Nebel wich,
"zeriss der Schleier, zeigte wie ein
Fatamorgana-Bild auf Momente tief unten
hellbesonnte Gefilde, Städte, Dörfer,
Auen...und dem Auge war vergönnt das gross-
artigste Panorama ringsum zu überschauen".
Und der Dichter schildert in seinen "Wanderungen durch Thüringen", welche Landschaften ihm in der "Luft hell und klar" offenbart wurden, u.a. der Harz und der Kyff-
häuser, die Gleichberge bei Römhild, die
Rhön und der Meißner; sogar die Wartburg
grüßt herüber.
Da einst auf dem Inselsberg die Grenze
zwischen zwei Staaten verlief (Preußen-
Kurhessen und Sachsen-Coburg-Gotha), laden
auch heute noch zwei Gasthäuser zur Einkehr

ein: der ehemalige "Preußische Hof" -
heute "Berggaststätte Stöhr" und das Hotel
"Goth'scher Hof". Als gebürtige Sachsen
zog uns das thüringische Restaurant stärker
an, und wir erkannten beim Betreten der
rustikalen Gaststube und später beim Essen:
wir hatten gut gewählt. Die Küche serviert
neben einheimischen auch feine böhmische
Speisen. Wir labten uns an Hirschkeule
mit Thüringer Klößen, dazu Rotkraut und
Birne mit Marmelade. Den Durst stillten
wir mit "Raubritter Dunkel", ein Bier
aus Schwarzburg.
Natürlich fehlt auch auf dem Inselsberg
der Aussichtsturm nicht. Doch stärker
beherrscht der Sendemast mit anderen tech-
nischen Einrichtungen das weiträumige
Plateau inmitten naturbelassener Landschaft. In diesem "Totalreservat" findet
weder forstliche Bewirtschaftung noch
Pflege statt. -

Zwei Tage später wandern wir von einem
Waldparkplatz oberhalb Ilmenaus auf steini-
ger Straße bergan zum "Kickelhahn", berühmt
durch Goethes "Wandrers Nachtlied".Zunächst
erreichen wir jedoch das einst weimarische
Jagdhaus Gabelsbach, ein schlichter Bau
mit hellbraun bemalten Holzwänden und
Laternen neben der Tür. Hier tagte einst
die "dichtende Tafelrunde". Die beiden
bekanntesten Dichter J.V.von Scheffel
("Ekkehard", "Trompeter von Säckingen")
und Rudolf Baumbach ("Lieder eines fahren-
den Gesellen") wurden von der kleinen
Gemeinde Gabelsbach zu "Gemeindepoeten",
die berühmten Staatsmänner Bismarck und
Hindenburg gar zu "Ehrenschulzen" ernannt.

Ein Gedenkstein vor dem Haus erinnert noch heute an Baumbach.
Seitlich am Fahrweg informieren Lehrtafeln über Waldverschmutzung, kranke Bäume und Ursachen des Waldsterbens (vor allem auch durch Autoabgase).
Kurz vor dem Gipfel des"Gückelhahns"erkenne ich jenes Wegstück wieder, auf dem ich vor rund 60 Jahren (1943) mit meiner Mutter und Schwester gegangen bin und tief ins Ilmtal blicken konnte. Wenig später stehen wir vor dem "Goethehäuschen". Es ist nicht mehr die ursprüngliche Hütte, in der der "Dichter tagelang hauste, malte, träumte, Briefe schrieb an die geliebte Frau von Stein" (August Trinius) - sie brannte 1870 ab. Doch schon vier Jahre später entstand eine neue, stilgerecht der alten nachgebaut. Ob Goethe am 6.September 1780 sein wunderschönes Gedicht an die Bretter- wand schrieb, wie es Eduard Engel verkündet oder am Abend des 2.September 1783, wie Friedrich Lienhard meint, vielleicht gar schon 1777, wie Georg Ried sagt, ist letzt- endlich weniger wichtig, als jene Tatsache, daß der greise Dichter kurz vor seinem Tod (1832) noch einmal auf dieser beglük- kenden Waldhöhe stand und in die Abendstil- le hinein lauschte.
Heutzutage ist der Berg mit niedrigen Pflanzen und Bäumen bedeckt, u.a. Heidel- beergestrüpp. Und des Dichterfürsten"Nacht- lied" können wir gegenwärtig sowohl an der Außenwand der Bretterhütte so wie als Faksimile in Goethes Handschrift hinter einem Glasrahmen im Innenraum lesen:

"Über allen Gipfeln
Ist Ruh.
In allen Wipfeln
Spürest du
Kaum einen Hauch;
Die Vöglein schweigen im Walde.
Warte nur, Balde
Ruhest du auch."

Auch damals fand Goethe "Ruh' über allen Gipfeln" und "die Vöglein" schwiegen "im Walde". Da wurde ihm plötzlich der tiefere Sinn der letzten Zeile seines Liedes bewußt: "Warte nur, balde, ruhest du auch! - Rund siebzig Jahre später schrieb Friedrich Lienhard in seinem "Thüringer Tagebuch": "Über allen Wipfeln ist Ruh' - auch heute.Aber die Fichten auf dem Kamm... sind ungewöhnlich wetterzerzaust...dieser Gipfel ist offenbar sehr den Stürmen ausgesetzt... So und nicht anders muß... ein Berggipfel aussehen, auf dem das berühmteste deutsche Abendlied vom größten deutschen Dichter erlebt worden" ist.

Im Obergeschoß sind diese lyrischen Zeilen in verschiedenen Sprachen an die Wand geschrieben worden. Übrigens wurde das "Goethehäuschen" als "Pirschhaus für Jagdzwecke" von Karl August Herzog von Sachsen-Weimar anstelle eines 1740 errichteten kleinen Forsthauses durch Großherzog Ernst August erbaut, nachdem ersteres abgerissen worden war. Zur Nutzung dieses neuen Jagdhauses entstand die Jagdanlage Kickelhahn.

Auf dem Bergsattel gelangten wir in wenigen Minuten zum hohen steinernen Aussichtsturm und einer kleinen bescheidenen Gaststätte.

An der sonst hier geschätzten Aussicht auf "ein schön Stück Thüringer Land"mangelte es leider an jenem Herbsttag, da aus den Tälern Nebel hervorquollen und die Höhen verschleierten. Trotzdem waren uns beim Heimgang auf dem längeren aber bequemen "Panoramaweg" Ausblicke auf die Landschaft bei Ilmenau und auf die Burg Gleichen bei Arnstadt vergönnt. Und gern bestätigen wir auch nach hundert Jahren Lienhards Aussage: "Hier ist Deutschlands schönes Herz!"

Winter im Erzgebirge

Erinnerungen an die Kindheit

Ich lebe heute in einer schneearmen Gegend.
Da denke ich gern an meine Kindheit im
schönen Erzgebirge. Dort sind Schneewinter
fast regelmäßig.
Eines Morgens staunen die Kinder über
die in der Nacht beinahe zugeschneiten
Fenster und Türen. Die Häusler schippen
einen schmalen Steig zur nächsten Straße.
Diese ist nur noch erkennbar an den Kronen
der Vogelbeerbäume, die sie zu beiden
Seiten säumen. Bei starkem Schneefall
sind oft die Dörfer von einander abgeschnitten. Wehe den einzelnen Gehöften
abseits der Waldsiedlungen. Schneepflüge
mit sechs bis acht Pferden können die
Massen des Schnees oft nicht bewältigen.
Holzfäller, Bergarbeiter und hilfsbereite
Dörfler schaufeln Verkehrspfade. Nun türmen
sich meterhohe Wände zu beiden Seiten
der Fahrbahn. Uralte Fichten grüßen in
die Schneegassen mit ihren ewiggrünen,
schwer schneebeladenen Zweigen. In Feld
und Flur erinnern nur noch die Spitzen
von Sträuchern und Zäunen an die unter
der Schneelast schlafende Erde. Sparrige
Stangen weisen dem einsamen Wanderer den
Pfad; hier und da auch eine Skispur.
Hat sich der Schneesturm ausgetobt, ist
die Nacht über das Land gekommen. Vom
tief schwarz-blauen Himmel strahlen Stern
um Stern. Der Mond schickt sein mildes
Silberlicht zu Mensch und Tier. Am anderen
Morgen ist es dann bitterkalt. Der Schnee

knirscht unter den Füßen, quietscht unter den Ketten der Holzfuhrwerke.
Für Kinder in einsamen Waldarbeiterhäusern, Sägemühlen und Landgasthäusern ist der Schulweg oft sehr beschwerlich; besonders mühsam im Winter. Wir wohnten etwa sechs Kilometer von der Schule im Talort entfernt, auf einer Lichtung des Waldes,einige hundert Meter höher gelegen. Bei geeignetem Wetter glitt unser Schlitten in toller Fahrt ins Tal nach Sosa. Heimwärts freilich - da mußten wir den hölzernen Freund ziehen, fast drei volle Stunden. Wie freuten wir uns, wenn wir die Bretter (Skier) nehmen konnten, statt zu rodeln. Durch stäubenden Pulverschnee flogen wir abwärts, stiegen wir im beschaulichen Schneewandern gegen Mittag wieder nach Riesenberg.
Schneewandern! Was haben jene Menschen versäumt, die dies noch nie erleben durften. Schweigend ruht die Natur um uns. Sonnenstrahlen huschen über glitzernde Schneepracht. Kein Laut der aufgeregten Welt dringt an unser Ohr. Die Zeit scheint stillzustehen. Hier turnt ein Eichhorn am hohen Baumstamm. Der Schnee stiebt herunter, gleich einer feinen Wolke. Dort hoppelt Mümmelmann eiligst über den Weg. Selbst die sonst so scheuen Rehe äugen, noch immer ängstlich, zwischen dem Dickicht hervor. Hast du nicht eben Meister Reineke gesehen? Er schnürte vorsichtig am Waldrand entlang. Nun ist er schleunigst entwischt. Ich glaube, der Wind trug ihm unseren Geruch zu.
Unsere Winternachmittage waren erfüllt vom Üben auf den Skiern: Schneepflugfahrt,

Springen und Slalomlauf. Am schönsten
dünkte uns aber, wenn wir den Revierförster
begleiten durften. Er führte uns auf engen
Schneisen und schmalen Steigen zur Wildfüt-
terung. Wir füllten die Krippen im Walde
mit duftigem Heu und knusprigen Kastanien,
von uns im Herbst zu diesem Zweck gesam-
melt. Still verließen wir die Futterplätze,
wollten wir doch das nahende Wild nicht
verängstigen.
Auch die Winterfreuden nehmen einmal ein
Ende. Um die Osterzeit, beinahe wieder
über Nacht, streicht der Tauwind von den
böhmischen Tälern herauf auf die Höh,
um die Hütten. Er kündet den Frühling
an. Eigentlich freuten wir uns immer auf
ihn.

"Mein Leipzig lob ich mir..."

Eine moderne altehrwürdige Stadt und ihre Deutsche Bücherei

"Mein Leipzig lob ich mir. Es ist ein Klein-Paris und bildet seine Gäste." Mit diesen Worten hatte Goethe schon im 18. Jahrhundert die alte Handels- und Kulturstadt an der Pleiße gerühmt.
Nachdem ich Mitte der neunziger Jahre erstmals nach der Wiedervereinigung der beiden deutschen Teilstaaten Leipzig wiedersah, erkannte ich erfreut: die größte Stadt Sachsens ist auf gutem Wege nicht nur wirtschaftlich mehr und mehr an Bedeutung zu gewinnen, sondern sie hat sich auch schon wieder in Bereichen der Kunst und Kultur einen beachtlichen Platz unter den deutschen Großstädten erobert. Erwähnen möchte ich vor allem, daß die City Leipzigs mit ihren Geschäftsstraßen,blumengeschmückten Plätzen und Straßen-Cafés ein gewisses Flair ausstrahlt, das beim Gast ein vergnügliches Wohlbehagen auslöst.
Gründe genug, um sich zu freuen, daß ich als "alter Bibliothekshase" kurz vor Eintritt in den sogenannten "Ruhestand" mit fünf Kolleginnen der Deutschen Bibliothek in Frankfurt am Main als "Quotenmann" die Studienreise nach Leipzig genehmigt bekam. Damit erfüllte sich auch der langjährige Wunsch: einmal die Deutsche Bücherei, das Ur-Haus der deutschen Nationalbibliothek, kennenzulernen.
Im September 1995 fuhren wir mit dem IC, welcher den unserer Reise so sinnvoll

passenden Namen "Johann Sebastian Bach"
trug, von Frankfurt am Main durch die
dunkelgrüne Spätsommerlandschaft Hessens
und Thüringens nach Leipzig. Straßenbahn-
fahrt vom größten Kopfbahnhof Deutschlands
zum Deutschen Platz. In der Eingangshalle
der Deutschen Bücherei neben der Pförtner-
loge hieß uns Frau F., unsere Betreuerin,
herzlich willkommen.
Die Bibliothek befindet sich in einem
prächtigen Jugendstilbau (erbaut 1914-
1916). Kunstvolle gediegene Vornehmheit
in den Treppenaufgängen, Fluren und Sälen.
Die Räume der Kataloge und die Zimmer
der Bediensteten sind meist bescheiden
eingerichtet, lediglich das Zimmer der
Erwerbungs-Leiterin wirkt mit Polstermöbeln
gemütlich wie eine Wohnstube. Zunächst
geleitete uns Frau F. in die Kantine zum
Mittagstisch. Überall wurden wir freundlich
begrüßt. Das Essen schmeckte gut: Sächsischer Sauerbraten mit Rotkraut und Klößen
für DM 4,95. Eine Tasse Kaffee kostete
nur 50 Pfennige, guter echt sächsischer
Kaffee, kein "Bliemchen"+), wie es den
Sachsen falscherweise nachgesagt wird.
Anschließend Besichtigung der Buch- und
Zeitungs-Restaurierung und -Entsäuerung
in riesigen Kellerräumen. Herr O.berichtete
uns von den Restaurierungsarbeiten und
-methoden. Fachkundlich und sorgfältigst
werden, zum Teil in Handarbeit, aber auch
mit modernsten Maschinen,vergilbte Papiere,
die oft schon an den Rändern zerbröseln,
mühsam dem Zerfall entrissen und wieder
zu brauchbaren,haltbaren Blättern erneuert.
Dies geschieht teilweise sogar durch Spalten und Neuzusammenfügen von **Blättern.**

Hier wie auch in der Papier-Entsäuerungs-
Anlage, wo in einem riesigen Rohr Büchern
die zerstörerische Säure entzogen wird,
werden wir von Fachpersonen, vor allem
von Dr.L., über die Arbeitswege und ihre
Wirkungen durch die Behandlung verständlich
und interessierend informiert. Zunächst
wird den Büchern in der Röhre Wasser entzogen, dann werden sie in ein Säurebad gelegt
und anschließend getrocknet. (Alle Vorgänge
geschehen in einer Röhre, nacheinander,
versteht sich!)
Nachmittags stellte uns Frau F. den in
der Deutschen Bücherei zuständigen Mitar-
beiter(inne)n der Bücher- und Zeitschrif-
ten-Erwerbung vor. Wir freuten uns sehr,
uns endlich persönlich zu begegnen, nachdem
wir bereits seit rund fünf Jahren dienst-
lich miteinander arbeiteten, korrespon-
dierten und telefonierten. Wir unterhielten
uns natürlich auch über die politische
Vergangenheit, die Teilung Deutschlands,
und äußerten unsere gemeinsame Freude
über die Wiedervereinigung unseres Landes.
Schließlich entstand dadurch ja auch die
institutionelle Einheit der Deutschen
Bibliothek, der Deutschen Bücherei und
des Deutschen Musikarchivs in Berlin,unter
dem Namen "Die Deutsche Bibliothek".
Frau T. zeigte mir die verschiedenen Kataloge, u.a. gibt es einen Verlags-Katalog,
in dem alphabetisch jeder Titel eines
Verlages auf einem Zettel zu finden ist.
Kollegin U. und ich fuhren dann nach Anger-
Crottendorf, wo für uns in der Gregor
Fuchs-Straße Pensionszimmer reserviert
waren. Durch triste Vorstadtviertel gelangten wir zum Quartier. Viele Bauten der

Gründerzeit und des Jugendstils haben innerhalb der letzten Jahrzehnte arg gelitten, sahen trost- und farblos aus. Putz blätterte von den Wänden, ja, es waren auch noch Einschlaglöcher des Beschusses im Krieg zu erkennen. Etliche Häuser standen leer (vermutlich Eigentümer-Probleme) und verkamen weiter wie die verlassene Fabrik. Dazwischen entdeckten wir jedoch neurenovierte Fassaden, so daß die Schönheit der Architektur dieser Gebäude und ihr bildhauerischer Schmuck deutlich zutage trat. Frau Z., eine ältere Witwe, bewohnte ihre Vierzimmerwohnung allein. Sie begrüßte uns freundlich, zeigte uns die Zimmer,gab uns Wohnungs- und Haustürschlüssel.
Nach kurzer Rast fuhren wir stadtwärts zum Augustus-Platz. An der Universität vorüber gingen wir auf der Grimmaischen Straße zur berühmten Thomas-Kirche. Gegenüber vor dem "Bachstübel" saßen unsere Kolleginnen und vesperten. Wir schlossen uns an, sättigten uns an Käse-Stippchen, Oliven und Brot zum Radeberger Bier. Anschließend Stadtbummel, durch die Klostergasse zur Kleinen Fleischergasse. Doch der - vor allem durch Robert Schumann - berühmte "Kaffee-Baum" (17.Jh.) war geschlossen, die Häuserzeile durch Hüllen verhängt. Nicht einmal das Portal mit den rauchenden Türken war zu erkennen.
Zum Markt mit dem stattlichen malerischen Renaissance-Rathaus und einigen anderen hübschen alten Häusern, u.a. mit Erker, Gauben und Türmchen. Durch die Mädler-Passage: vornehme Geschäfte, Restaurants - unter ihnen "Auerbachs Keller", wo einst Mephisto auf einem Faß die Kellertreppe

hinab zum Schankraum geritten sein soll! Benachbart der Naschmarkt mit seinen verlockenden Verkaufsbuden und der prachtvolle Handelshof.
Abends sahen wir im bekannten Kabarett"Die Pfeffermühle" gut dargestellte Stücke zum Thema:"Wahnsteig D - Alles aussteigen". Freche, humorige und ernste Texte aus Gegenwart und Stasi-Vergangenheit; manche politisch boshaft, doch stets einfallreich und zielsicher und meist auch dann akzeptabel, wenn Politiker zu schwarz-weiß gezeichnet wurden. Zur "Pfeffermühle" gehören auch ein Hof mit Tischen und Bänken (im Stil der Frankfurter 'Äppelwoi'-Wirtschaften). In der kleinen Schankstube kehrten wir zum späten Trunk ein.

Am Mittwochmorgen nach dem Frühstück verließen Frau U. und ich nur wenig zufrieden die Pension und fuhren mit der Straßenbahn wieder zum Deutschen Platz. Etwas irritiert waren wir schon, als wir dann in der Deutschen Bücherei von den anderen Kolleginnen hörten, wie sie von ihrem Quartier schwärmten und das sehr gute Frühstück lobten und dabei noch preiswerter als wir übernachtet hatten.
Der aufmerksame Pförtner hatte uns die reichverzierte schmiedeeiserne Tür geöffnet, denn die Bibliothek war an jenem Tage geschlossen. Betriebsausflug der Leipziger Kolleg(inn)en zur Bundesgartenschau in Cottbus. Aber auch der Strom war wegen Bauarbeiten im Hause abgeschaltet. So war es in manchen Räumen nicht nur zu dunkel zum Arbeiten, sondern kein Computer, kein Buch-Transportband, keine Maschinen waren bedienbar.

Frau F.führte uns zunächst zu Herrn P.,dem Leiter des Schrift- und Buchmuseums, eine der besonders bemerkenswerten Abteilungen, auf welche die Deutsche Bücherei stolz sein kann. Das Museum entstand bereits Mitte des 19.Jahrhunderts und besitzt wertvolle Bücher, Schriften, Dokumente, Kunstmappen, Inkunabeln u.a. Das kostbarste Exemplar, eine der wenig noch erhaltenen Gutenberg-Bibeln (Schätzwert ca 15 Millionen Dollar), wurde nach dem Krieg als Beute ebenso entwendet und in die Sowjet-Union transportiert wie etliche andere bedeutende, jahrhundertealte Werke. Zwar wurden während zahlloser Kriege häufiger Bücher und Kunstschätze geraubt und in die Länder der Sieger transportiert - zum Beispiel die "Palatina", eine der wertvollsten Bibliotheken des Mittelalters, welche Tilly im 30jährigen Krieg aus Heidelberg nach Rom brachte -, aber im allgemeinen wurden solche Schätze am neuen Ort für die Öffentlichkeit ausgestellt und der Wissenschaft zum Studium zur Verfügung gestellt. Dies aber taten die Sowjets nicht, im Gegenteil: sie leugneten die Entwendung zahlloser Bücher aus deutschen Bibliotheken und eben auch aus der Deutschen Bücherei. Immerhin wurden die meisten sorgfältig aufbewahrt. Und in jüngerer Zeit bestätigten die Russen nicht nur den Besitz, sondern Professor Lehmann - damals Generaldirektor der Deutschen Bibliothek -, Herr P. und andere Bibliothekare durften in St.Petersburger Museen selbst nach entführten Bänden fahnden. Anhand von Listen wurden auch etliche Bücher, darunter jene Gutenberg-Bibel,

gefunden. Sie trugen noch sichtbar die Stempel deutscher Bibliotheken neben den russischen Signaturen! Ob es freilich gelingt die Kostbarkeiten wiederzubekommen (notfalls mittels Geldsummen) blieb weiterhin ungewiß.
Im Zimmer von Herrn P. stehen in hohen Regalen dennoch manche schöne und für bestimmte Kulturepochen beispielhafte Bücher, wie auch Drucke von Handpressen,die das poetische und künstlerische Schaffen in verschiedenen Jahrhunderten bezeugen. Übrigens befinden sich darunter auch wichtige Werke aus verschiedenen Fachgebieten. Leider blieb uns keine Zeit zur Besichtigung des Buch- und Schriftmuseums. Doch waren damals ohnedies nicht alle Exponate zu sehen, durch Renovierung einiger Teile des großen Bibliotheksgebäudes. Das Museum wurde 1996 im Frühjahr zur Leipziger Buchmesse für alle Interessierte neu eröffnet. In jener Zeit fand auch die Eröffnung des "Haus des Buches" statt. Wir bedankten und bei Herrn P. für die interessante Einführung und versprachen wiederzukommen.
Frau F. begleitete uns anschließend zu Dr.Rost, dem Direktor der Deutschen Bücherei. Er begrüßte uns herzlich und erzählte uns aus der Geschichte der Deutschen Bücherei, der Entstehung des Baues, vom Aufbau und der Entwicklung zur Nationalbibliothek, die sowohl die Nazi- wie auch die Stasi-Zeit überdauerte. Im Gespräch teilte er u.a. auch meine Meinung, daß bei Stromausfall - vor allem wenn dies einmal tagelang der Fall sein sollte - ein Chaos entstünde, weil niemand mehr bestimmte Bücher in den Magazinen finden könnte! Dies wäre

bei den ursprünglichen Zettel-Katalogen nicht möglich gewesen. So hat eben auch die modernste und sinnvollste Technik ihre Schattenseiten. Gemeinsam stellten wir auch fest, wie wichtig gegenseitige Besuche von Mitarbeiter/innen im jeweils anderen Bibliothekshaus zu bewerten seien, denn nicht nur das Kennenlernen der zum Teil anderen Arbeitsweise oder jener Abteilungen, die im eigenen Haus nicht vorhanden sind, sondern auch das persönliche Begegnen mit Kolleg(inn)en des Geschwisterhauses ist für die Zusammenarbeit zwischen Leipzig und Frankfurt am Main wichtig und vorteilhaft. Und nicht zuletzt dienen solche Reisen dem Abbau von Vorurteilen zwischen West- und Mitteldeutschen und helfen ein wenig mit, daß - wie Willy Brandt es so trefflich formulierte - "zusammenwächst, was zusammengehört!"
Da an jenem Tag die Kantine der Deutschen Bücherei geschlossen blieb, führte uns Frau F. in die benachbarte Frauenklinik, wo wir in einem Lädchen Eßwaren und Getränke kaufen und diese im dortigen Speiseraum verzehren durften.
Wenig später begrüßte uns Frau B,. Leiterin der Buchausleihe. Bevor sie uns durch die Bibliothek führte, erzählte sie einiges Wissenswerte aus der Geschichte der Deutschen Bücherei, die vor allem Dank einiger aktiver Buchhändler gegründet wurde. Im Sitzungssaal, der an den Rittersaal einer Burg erinnert, saßen wir am Riesentisch, umrahmt von Regalen mit Büchern aus der Zeit von Mitte des 19.Jahrhunderts - zu einer Zeit also, da es noch kein Pflichtabgabegesetz gab und Verleger freiwillig Bücher ablieferten.

Frau B. zeigte uns dann die verschiedensten Kataloge. Sie sind in zwei Hauptgruppen nach Jahren gegliedert. Die älteren Bestände von 1913-1973 und von 1974 bis zur Gegenwart (d.h.bis zur Einstellung der Sammlungen). Es gibt Buch- und Zeitschriften-Kataloge, Schlagwort-Kataloge und sogar einen Katalog, in dem Zeitschriften-Aufsätze registriert wurden. Wir betrachteten die Bücher-Ausleihe und die schönen Lesesäle. Begeistert waren wir vom Großen Lesesaal mit Galerie-Obergang, aber auch vom Zeitschriften-Lesesaal. Hier lagern in flachen Regalfächern viele neueste Ausgaben von Zeitschriften, die von jedem Besucher an Ort und Stelle ausgeliehen werden dürfen. Die Büchertransportanlage ähnelt einer Achterbahn. Die Bänder gelei-ten kurvenreich zu den einzelnen Magazinen, steigen steil bergan oder fallen steil abwärts. Die Bücherwagen passen sich dem Gefälle an, so daß kein Buch während der Fahrt herausfallen kann.
Inzwischen war der Strom wieder eingetrof-fen. Die elektrischen Uhren begannen, wie von Geisterhand bewegt,ihre Zeiger zu drehen, um die seit Morgen verronnene Zeit aufzuholen.
Wir verabschiedeten uns mit herzlichem Dankeschön von Frau B. und Frau F., verlie-ßen die Deutsche Bücherei und fuhren mit der Straßenbahn zur Thomas-Kirche. Sie war ursprünglich Leipzigs berühmtestes Gotteshaus, nicht nur durch den Thomaner-Chor, sondern auch durch Johann Sebastian Bachs Wirken (1723-1750) in dieser Kirche. In jüngerer Zeit mußte sie ihre Bedeutung mit der Nicolaikirche teilen, als diese

durch die Montags-Gottesdienste und als
Ausgangsort der Demonstrationen gegen
das SED-Regime, weithin bekannt wurde.
Letzter Abschiedstrunk im Straßen-Café
Corso. Café au laite in breiten Schalen
zum ausgewählten Kuchen. Dann Gang zum
Hauptbahnhof, vorüber an der damals leider
wegen Renovierung geschlossenen Nicolaikirche. 19Uhr59 startete der IC zur Rückfahrt
über Weißenfels, wo der Unstrut-Wein an
steilen Hängen reift, durchs Saaletal
mit seinen stolzen Burgen, und weiter
durch Thüringen und Hessen der Mainmetro-
pole entgegen.

+) "Bliemchen": Kaffee, der so dünn ist,daß
die Blümchen des Porzellans durch die Flüssigkeit erkennbar sind.

In frühen Morgenstunden

Lauda im Taubertal

Wundersame Fahrt mit dem IC im Morgengrauen durch die schweigsame, herbschöne Rhön nach Würzburg. Nebeldämpfe brauen über Tälern, einzelne Häuser und Gehöfte träumen tief unten im Grund oder suchen Schutz am Hang eines kahlen steilen Berges in waldarmer Gebirgslandschaft.
In Würzburg rötet sich der Himmel. Weinberge und die Türme der alten Bischofsstadt sind noch farblos, nur als grobe schwarze Umrisse erkennbar; feinere Linien und Einzelbilder hält noch die Nacht in ihren Mantelfalten verborgen.
Ruhig fließt der Main durch das Frankenland, grau, undurchsichtig, ein angelaufener Spiegel. Der Zug steht im Würzburger Hauptbahnhof. Es ist noch früh am Tag. Erste Arbeiter eilen zu den Zügen. Güterwagen rattern vorüber. Gepäckverlader fahren mit Karren geschäftig hin und her. Roter Mohn und blaue Kornblumensterne lachen aus dem Ährenversteck. Heupuppen hocken wie brütende Glucken auf gemähten Wiesen.
Das ist Unterfranken, anmutig zwischen Main und Tauber gebettet, fruchtbares Land, abseits schneller Fremdenverkehrsstraßen. Malerische Städte mit verspielten Nischen, mittelalterlichen Fachwerkhäusern; heitere, weinselige Dörfer, Wegbilder und Brückenheilige.
Eines jener romantischen Städtchen ist Lauda an der Tauber. Freundlich empfängt es den Gast mit glühenden Rosen in den

Gärten, mit kunstvollen Fachwerkschnitzereien, sauberen Gassen, durch die in der Morgenstille meine einsamen Schritte hallen.
Ich bin allein in der Stadt. In dieser Morgenstunde gehört Lauda mir. Beglückt gehe ich durch idyllische Winkel zur katholischen Pfarrkirche auf einer Anhöhe, zum Rathaus am Markt mit dem keck plätschernden Brunnen. Einen alten Turm betrachte ich, eine Heiligengrotte, das schlichte Kapellchen und die Marienkirche im Friedhof an der Bahnhofstraße. Dann trete ich vor die Tore der Stadt: Gemüsefelder, Obstplantagen und Rebhügel am Tauberfluß. Heiterkeit, Besinnlichkeit weit und breit. Augenblicke des Glücks.

Sommer im Hassgau

Von Königsberg nach Zeil am Main

Vom Königsberger Schloßberg, unterhalb der Burg,führt der Hohlweg, dem Turmzeichen folgend, hinauf zur Wart. Wildkirschen, Kastanien, Robinien und Ahorn, erfreuen den Baumfreund, auch Kiefern gesellen sich dazwischen. Hasel, Holunder und Weißdorn bilden das Unterholz. Ein Schild warnt vor leichtfertigem Umgang mit Feuer: "Ein Wald ist bald zu Asche gemacht - daran denken!" Schöne Aussicht von der Kastanienhöhe (334m) auf Wiesen und Äcker, über den Sportplatz und Baumgruppen bis zu den grauen Höhen des Brambacher Waldes. Schafe, vom schwarzen Hund bewacht, grasen und blöken auf den Matten. Vögel zwitschern nach der Regennacht vergnügt im Sonnenlicht. Es riecht nach Dung und frischgemähtem Gras.
Die schmale Fahrbahn spurt zwischen Wiesen am Nadelmischwald entlang südwärts. Die Geräte zum Turnen und Klettern auf dem Spielplatz neben der Kirschallee sind erfreulicherweise aus Holz gefügt. Links am Horizont: die sanftgewellte Hügelkette der waldbedeckten Haßberge.
Apfelbäume säumen das Feld. Der Weg ist teilweise schlammig und steinig. Löwenzähne haben Laternchen aufgesteckt. Kartoffel- und Rübenpflanzen sind kräftig gewachsen. Die Weißdornbüsche sind verblüht. Buchen verwandeln die Maitriebe in dunkleres Grün. Ihre Wipfel rauschen ein Lied vom Sommer.Ein"Trimm-Dich-Pfad"lockt zur Prüfung von Kraft und Geschicklichkeit.

Auf einer Freihöhe surrt leise ein Flieger über dem Pferch mit dem Schäferkarren. Düstere Wolken lassen dem Himmel nur wenige Blauflecken. Jenseits des Mains grüßen Höhen des Steigerwaldes. Im rechten Winkel dem kalten Ostwind entgegen. Er kämmt das kniehohe, schon Blüten bildende Gerstenfeld. Erste Margeriten und Glockenblumen blühen neben Wicken und Rotklee. Auch der Wiesensalbei zeigt schon seine violetten Lippenblüten. Die noch vor kurzem blendendgelben Tücher aus zahllosen Hahnenfuß- und Rapsblüten sind am verglimmen. Jemand hat sich ein Gärtchen am Straßenrain angelegt. Flieder, Weißdorn und roseblühende Sträucher mit Erbsenblättern.
Ein plötzlicher Regenschauer erschreckt mich auf schutzloser Flurweite. Kuckuckslichtnelken und Kuckucksblumen, Hornkraut, Labkraut und der seltene Körnersteinbrech wachsen auf den Feldern zwischen dem in einem Waldpelz eingehüllten Regelberg (327m) und dem sich mit Wildkirschen schmückenden Alteberg (352m). Steil und kurvig gleitet das Sträßchen bergab, wandelt sich erneut zum Hohlweg. Die Esparsette, eine der schönsten Kleeschwestern, blüht jetzt. Es regnet heftiger, als ich die Walnußbäume oberhalb Prappachs erreiche. Weiden, Goldregen und Flieder am Sportplatz, rote und weiße Schwarzwurz diente früher als Heilmittel bei Verstauchungen und Knochenbrüchen; deshalb heißt sie auch Beinwell.
Weithin sichtbar ist die Prappacher katholische Pfarrkirche. Sie thront auf einem Hügel; ihr Namenspatron ist der Heilige Michael. Breite flache Stufen führen zum

Portal. Das schlichte Langhaus mit feinge-
schwungenem Giebel von 1781 fügt sich
gut an den Chorturm des 16.Jahrhunderts
an.
Ich betrete das Gotteshaus. Das Deckengemälde: Erzengel Michael kämpft mit einer
Engelschar gegen den Teufel, ist beeindruckend; desgleichen die wunderschöne
goldene Madonna. Den klassizistischen
Hochaltar flankieren barocke Seitenaltäre
(um 1700). Im Zentrum: Christus am Kreuz;
in stummer Trauer verharren Maria und
Johannes bei ihm. Über ihnen Gott Vater
in Seiner allumfassenden Weisheit. Vor
dem Altartisch erfreute mich eine schöne
Michaelstatue: der Himmelsbote auf dem
besiegten Drachen stehend. Eine Zahl am
Chor verrät das Enstehungsjahr der Kunst-
werke: 1792. Den rechten Altar ziert ein
Bild der 14 Heiligen Nothelfer, den linken
eine Madonnenfigur. An der Orgelempore
hängen ansprechende Bilder der Kreuzwegstationen; rechterhand die Kanzel. Die Kirch-
hofbefestigung des 15./16.Jahrhunderts
ist noch gut erhalten. Mauern und Nischen
sind mit kreuzförmigen Schießscharten
und Beobachtungsluken versehen. Ein offenes
Türmchen mit Glockenhaube gefällt mir
besonders.
Gegenüber St.Michael stand früher die
St.Marcus-Kapelle; 1512 erbaut, wurde
sie leider 1792 abgetragen. Der 1879 aufge-
fundene Grundstein wurde in die Kirchenmau-
er eingefügt. Begeistert haben mich die
mit Weißdorn geschmückten Gräber. In reinem
Weiß neigen sich zur Maienzeit die Blüten-
zweige über die Grabsteine. Dies ist ein
schönes Symbol des Trostes für das Weiter-

leben der hier zur letzten Ruhe gebetteten Angehörigen.
Mehrere Prappacher Häuser - oft aus Fachwerk gezimmert - beherbergen Schutzheilige in ihrem Giebel. In jüngerer Zeit entstanden jedoch viele neue hübsche Siedlungshäuser. Zwischen ihnen zielt der Weg, durch Büsche an den Böschungen begrenzt, Richtung Sechstal. Horn- und Wundklee am Wegsaum. Die Wolkendecke reißt auf, und die Sonne spendet einen trockenen und warmen Nachmittag. Öfters schau ich zurück auf das wie aus einem Baukasten aufgestellte, immer kleiner werdende Dorf. Weinberge und Obstplantagen schenken der Landschaft Anmut. Guter Fernblick vom Rappberg (343m) auf die Haßberge. Gamander-Ehrenpreis strahlt himmelblau aus dem Grase. An einer Ameisenburg wimmeln große rote Waldameisen geschäftig hin und her.
Von einem Feldhügel sehe ich das blinkende Band des Mainstromes, einige Häuser, und wie eine Nadel, einen Kirchturm von Zeil. Sechstal und Altershausen lagern jetzt im Osten von meinem Standplatz, südlich taucht Haßfurt vorm Steigerwald auf. Eine Bank, beim Bildstock der 14 Heiligen Nothelfer lädt unter einer Linde, deren Äste die mächtige Krone wie einen Schirm aufspannen, zu besinnlicher Rast ein. Die Windorgel tönt nun gelinder als am Vormittag.
Die Waldkuppe der Hohen Wann (387m) ist der Mittelpunkt dieser Region. Wiesen, Felder, Büsche und Wäldchen, alle ringsum huldigen ihr. Zum Turm hat sich ein Vogel als Wanderzeichen gesellt. Futterwicken, Nickendes Leimkraut,Habichtskräuter blühen.

Durch die kalte Witterung ist das Sommerkorn niedrig geblieben. Die 1979 vom Landkreis Haßberge erbaute Brücke geleitet Wanderer sicher über die Autostraße. Aus dem Tal ragt der Kirchturm von Krum. Am Hang in herrlicher Lage steht das Naturfreundehaus Hohe Wann. Bergan klettert der rutschige Pfad, von schwarzen Schnecken bevölkert, durch den Mischwald. Anemonen, Waldmeister und Veilchen sind hier beheimatet.
Der Gipfel der Hohen Wann ist eine Wildnis: Holunder- und Brombeergestrüpp, gestürzte Bäume; Kiefern- und Robinienwipfel schweben erhaben darüber. Im Kastanienhain verharre ich andächtig still vor dem Kruzifix. Dem leidenden Christus wurden hier auch noch die Arme abgebrochen. Bildnis wahren Jammers. Doch ER hätte gewiß auch diese Qualen für uns noch erlitten.
Ein trockener Nadelpfad, bald eine angenehme Stiege gen Osten - vermutlich von den Naturfreunden der Hohen Wann angelegt - geleiten den dankbaren Pilger abwärts und aus dem Wald hinaus.
Von einem Wiesen-Trampelpfad sehe ich Krum friedlich im Grunde liegen. Sonntagsglocken läuten vom Main herüber. Vorbei an der Kleinen Wann (348m), später an einem Marien-Bildstock. Am Wege leuchten häufig kleine rote Nelken. Ja, ich finde sogar wilden blühenden Meerrettich.
Krum, im gleichnamigen Tale, ist ein freundlicher, sauberer Ort. Die katholische Pfarrkirche St.Peter und St.Paul mit ihrem dicken grauen Chorturm - er wurde im 15. Jahrhundert gemauert, im 18.Jahrhundert erhöht und mit einem Spitzhelm abgedeckt

- besitzt eine prächtige Kanzel mit den vier Evangelisten. Sie stammt aus der Barockzeit (1753-57),wie auch der Hochaltar mit der Schmerzensmutter, welche den vom Kreuz abgenommenen Gottessohn in ihren Armen birgt. Diese Kunstgegenstände wurden 1804 von dem ehemaligen Dominikanerkloster in Bamberg erworben. Links vor dem Altar beglückte mich die anmutige, ernste goldene Strahlenmadonna; rechter Hand wachen die Apostel: Petrus mit Buch und Schlüssel, Paulus mit dem Schwert. Die Empore trägt die einfache Orgel. Die von Joh.Peter Hellmuth Mitte des 18.Jahrhunderts geschaffene Deckenstukkatur ist ein erstaunliches Meisterwerk für die Kirche einer kleinen Gemeinde. Doch damit nicht genug. Ich fand hier noch ein schönes Vortragsschild mit den Heiligen Drei Königen und der Taube. Nach Verlassen des Weiheraumes betrachtete ich das 1758 erbaute Langhaus mit seinem harmonisch geschweiften Giebel. Das Uhrenblatt ist mit der Sonne verziert. Vor der Kirche wurde ein eindrucksvolles Ehrenmal aufgestellt.
Hübsche Gärtchen schmiegen sich an die Krumer Häuser. Lupinen, Vergißmeinnicht, Stiefmütterchen, Gemswurz und andere Blumen erfreuen das Auge. Auf der Straße schreite ich zwischen Wiesen und Obstbäumen, Getreidefeldern und Waldhöhen, durchs sommergrüne Krumbachtal nach Zeil am Main.

Eine liebenswerte Kleinstadt

Erinnerungen an das fränkische Königsberg

Als ich im Frühling 1983 erstmals einige Tage im heute fränkischen Königsberg weilte, um wandernd Land und Leute der Haßberge kennenzulernen, war ich beim Spaziergang durch die Gassen und über die Märkte berauscht von der künstlerischen Schönheit der ehemaligen sächsisch-thüringischen Exklave, habe ich doch selten auf meinen Reisen ein ähnliches romantisches Städtchen gesehen, in dem ich so gut erhaltene, farbenfrohe und idyllische Winkel und Plätze in geschlossener Kern-Einheit mitten im 20.Jahrhundert wie in einem aufgeschlagenen Bilderbuch des Mittelalters geruhsam betrachten konnte.
Vom Bahnhof kommend laden die roten Schindeldächer der übereinander gestaffelten Häuser am Hügel und die diese hoch überragende Marienkirche den Fremdling zur Einkehr in die freundliche Stadt ein. In früher Abendzeit - der erste Stern begrüßte mich vom noch sanftgrauhellen Himmel - schritt ich durch das prächtige Haßfurter Tor auf holperigem Pflaster bergan zum Markt. Alte Laternen an Hauswänden wiesen mit heimeligem Schein den aus der erleuchteten Marienkirche ihren Wohnstätten zustrebenden Menschen sicheren Weg. Wieviel Friede barg diese Stunde, in der der späte Tag von der Dämmerung in die Dunkelheit der Nacht hinüberglitt.
Der Salzmarkt - sein Name erinnert an das Privileg, mit Salzunger Salz handeln

zu dürfen - zeichnet sich durch beidseitige Begrenzung kunstvoll reichgestalteter Fachwerkhäuser aus, von denen das Geburtshaus des Astronomen und Mathematikers Johannes Müller, welcher sich später nach seiner Vaterstadt Joann de Monte Regio nannte, besonders zu erwähnen ist. Schräg gegenüber fand ich ein Gebäude, in dem 1632 - nur wenige Wochen vor seinem Tod - der bedeutende Feldherr der kaiserlichen Truppen im Dreißigjährigen Krieg, Graf von Tilly, übernachtet hat.

Den Hauptmarkt umsäumen sehenswerte Bauwerke, von denen die Marienkirche,ursprünglich St.Kilian geweiht, und das Rathaus (Mitte 17.Jahrhundert) mit Fachwerkobergeschoß, Dachreiter und zwei Toren, die stattlichsten sind. Den Südteil des Platzes nimmt der "Goldene Stern" ein, früher als Gaststätte, später als Pension bekannt, wo Familie Seybold ihre Gäste liebevoll betreute. Vor der hübschen Fachwerkfassade können sie auf der überdachten und mit Rankenpflanzen umwachsenen Terrasse bei köstlichem Frankenwein sitzen und dem Wasserplätschern des Vierröhrenbrunnens lauschen.

Dieser Brunnen, mitten auf dem Marktplatz, unter vier hohen Kastanien, deren Kerzenzweige sich im Winde wiegen, ist von einem schmiedeeisernen Gitter umgürtet und wurde 1869 als Denkmal für Regiomontanus (6.6. 1436-6.7.1476) errichtet. Der berühmte Königsberger Sohn steht auf einer gekrönten Säule und grüßt die Bürger wie ein Schutzpatron. Löwenmäuler speien das Wasser in Schalen; durch lange Rohre fließt es schließlich in das Becken. Eine besondere

Zier bietet die Fachwerkgruppe, welche vom Unfinder Tor den gesamten östlichen Markt flankiert. Wandert das Auge weiter, reihen sich die Häuser des Salzmarktes wie Perlen einer Kette aneinander. Und so gesehen bilden beide Märkte im rechten Winkel eine Einheit, so daß die Frage, welcher der beiden Plätze der schönere sei, sich erübrigt.

Königsberg in Franken ist allgemein reich an Fachwerkhäusern; viele sind mit Blumen geschmückt, manche mit Weinreben berankt. Vom Salzmarkt stieg ich den steilen Waldweg hinan zum Schloßberg. Von der ehemaligen Reichsveste sind fast nur noch die Zwing-mauern und Reste der Bastion erhalten geblieben. Diese sind jedoch so imponierend wie die Brücke über den Graben zum Innen-hof, in dem sich der 80m tiefe Brunnen (überdacht) und das Burgrestaurant befin-den. Die Ruine wird unter Leitung des Schloßbergvereins sorgsam gepflegt und zum Teil auch neu aufgebaut.

Die Marienkirche, welche liebevoll "Blume Frankens" genannt wird, schenkte mir das Zentralerlebnis in Königsberg. Ich sah sie morgens beim Erwachen, wenn ich aus dem Fenster des "Goldenen Sterns" schaute und bedachte sie mit letzten Blicken vor dem Schlafengehen. Die anmutige Madonna mit ihrem göttlichen Kinde lächelte freund-lich von einer gotischen Strebe, wenn ich im Vorübergehen andächtig zu ihr hinauf grüßte.

Gleich bei meinem ersten Rundgang durch die Stadt betrat ich die dreischiffige Hallenkirche, während der Chor der Katholi-schen Universität Mailand unter Leitung

von Prof.Dott. Angelo Rosso für das abendliche Kirchenkonzert probte. Der Dottore
war zeitweilig unzufrieden mit seinen
Sängern und gestikulierte sehr laut, obwohl
der Choral für die Zuhörer mit erstaunlich
reinen, klangvollen Stimmen vorgetragen
wurde.
In der Apsis bewunderte ich die Glasmalerei, auf der Empore die kleine hübsche
Barockorgel, erfreute mich an der prächtigen Kanzel, von Moses getragen, stand
im rechten Schiff vor der Büste Martin
Luthers und betrachtete das riesige Bild
- ein Original-Abguß nach H.Eplers Werk,
Dresden 1900. Es stellt die erste protes-
tantische Abendmahlfeier in der Kreuzkirche
zu Dresden am 6.Juli 1539, in Anwesenheit
des Herzogs Heinrich der Fromme und Johann
Friedrich der Großmüthige mit ihren Gemah-
linnen dar; ernste würdevolle Männer,
edle Frauen in langen Gewändern mit Kappen
als Kopfschmuck. In der evangelisch-luthe-
rischen Marienkirche ist noch deutlich
der strenggläubige Protestantismus vergangener Zeiten zu spüren: Ehrfurcht, Würde
und ernste Frömmigkeit.
Die Abendsonne sandt warmes Goldlicht
in die im Kirchenschiff schon beginnende
Dämmerung, als ich still und beeindruckt
das Gotteshaus verließ. Wenige Stunden
später hatte ich das Glück, an einem bedeutenden Ereignis der hiesigen Gemeinde
teilnehmen zu können: Anläßlich der"Fränkischen Orgeltage" sang der Chor der Katholi-
schen Universität Mailand unter dem Motto:
"Der Geist des Herrn erfüllt den Erdkreis",
altitalienische Motetten von Palestrina
und Tomà Luis des Victoria, eine Kostbar-

keit für das himmlische Musik liebende
Ohr. Vor allem erfreuten mich die gregori-
anischen Choräle - nur von wenigen Mädchen-
stimmen vorgetragen -, Werke aus verschiedenen Epochen des Kirchenjahres, sowie
Marien-Kompositionen. Zwischen den einzelnen Abschnitten spielte Wilhelm Krumbach
an der Orgel Präludien und Fugen sowie
Choralvorspiele von Johannes Brahms, zu
Ehren des vor 150 Jahren geborenen Meisters, die in ihrer Kraftfülle, ihrem Ideen-
reichtum und Wohlklang die Hörer auf den
nahen Sonntag einstimmten. Dabei offenbarte
sich den aufmerksamen Augen eine selten
schöne Wahrnehmung: Die Glasblätter des
im Chor hängenden gläsernen Lüsters (auf
den manches Prunkschloß stolz wäre) glitzer-
ten während des Konzerts regenbogenfarbig
im Lichtschein wie Schneekristalle in
der Sonne.

Die Bettenburg

Über den letzten Ritter Frankens

Nordöstlich von Hofheim, dem schmucken unterfränkischen Städtchen, thront auf dem langgestreckten Höhenzug der Haßberge - ein Gebirge, das wie ein freundlicher Wächter die weite fruchtbare Hügellandschaft zwischen Maintal und Thüringen überschaut - die Bettenburg, seit 1343 Adelssitz der Truchsesse von Wetzhausen. Nach der Zerstörung im Bauernkrieg wurde das Schloß im Grünen auf dem Kamm neu errichtet und zieht seitdem schon aus der Ferne die Blicke auf sich, wurde zum Wahrzeichen des Haßgaues.
Schon im Mittelalter stand auf dem Haßbergplateau eine Wehrburg, da diese hier durch eine Senke einen natürlichen Pfad über das Gebirge und somit einen wichtigen strategischen Platz bot. Besitzer der alten Bettenburg waren die Grafen von Andechs-Meran, die sie vom Hochstift Bamberg zu Lehen erhalten hatten, aber Mitte des 13.Jahrhunderts nach einem Erbfolgekrieg an die Henneberger verloren.
Berühmt wurde die Bettenburg - weit über ihre heimatliche Region hinaus - in den Jahrzehnten um die Wende vom 18. zum 19. Jahrhundert, als in ihr Christian Freiherr Truchseß von Wetzhausen residierte, eigentlich Offizier, war er ein gebildeter,sensibler Mensch, der in seinem Schloß, wie im benachbarten Englischen Garten mit Geist, Herz und Hand stets bemüht war, die Künste zu fördern und sie in Harmonie

mit der Natur und Landschaft zu verbinden.
Ein Gang zur Bettenburg erfolgt am besten
entweder von den Pensionen "Forellenhof"
und "Burgblick" im Süden, bergauf zwischen
Eichen, Wildkirschen, Ahornbäumen und
Holunderbüschen, oder vom östlich schon
auf der Haßberghöhe gelegenen Dörfchen
Manau.
Zur Osterzeit wählten wir den Manauer
Feldweg. Der Wind blies kalt, aber früh-
lingsfrohe Lerchen tirilierten, stiegen
hoch in den Sonnenhimmel. Schlüsselblumen
leuchteten auf den Wiesen; am Waldsaum
blühten roter Lerchensporn und Frühlings-
feigwurz. Bedingt durch den Karfreitag
war es feierlich still im Park und Schloßhof. Nachdem die Bettenburg nach dem Krieg
ein beliebtes Restaurant war, befindet
sich seit jüngerer Zeit eine "Therapeuti-
sche Einrichtung der Drogenhilfe Tübingen"
im Schloß. Den Fahrweg bis zum Tor säumen
mächtige Kastanien. Wir betrachteten den
geräumigen Hofplatz und den Palas des
nach dem Bauernkrieg im fränkisch freien
Mischstil aus Spätgotik und Renaissance
neuerbauten Schlosses und gedachten dabei
jenes romantischen Ritters.
Wir umschritten die alte Burganlage,erkann-
ten, daß seit unsrem letzten Hiersein
einige Dächer mit hübschen roten Schindeln
neu gedeckt wurden. Auch jene Stelle,
wo früher Gülle in den Wald floß, (dies
wurde damals von mir in der Presse bean-
standet) war positiv verändert: ein instal-
liertes Auffangbecken sorgt nun für Sauber-
keit.(Es lohnt sich doch, Mißstände zu
melden!)
Vorbei an den Wirtschaftsgebäuden - teil-

weise mit Fachwerk-Obergeschossen -,Ställen und dem Hühnerhof. Das aus Natursteinen gefügte Mauerwerk der Burg wurde stellenweise mit Ziegeln ausgeflickt. Gut gefallen uns die geschweiften Volutengiebel, der mit graziöser Schieferhaube der Renaissance verzierte runde Treppenturm und der prächtige Erker auf der Rückseite der Burg, gegenüber der stattlichen alten Eiche.
Jenseits der Straße (westlich), welche von Hofheim nach Manau und weiter ins Baunachtal führt, finden wir noch heute den im ausklingenden 18.Jahrhundert unter Christian Freiherr Truchseß von Wetzhausen im englischen Stil von Gartenarchitekt Hirschfeld und Landschaftsgärtner Schwarzkopf angelegten Garten, welcher freilich in den bald 175 Jahren seit dem Tod des "letzten Ritter Frankens" von der Natur zurückerobert wurde und längst Teil des Bettenburger Waldes geworden ist. Dennoch ist es lohnenswert, diesen Landschaftsgarten und Dichterhain zu besichtigen, besonders nach der 1982-84 erfolgten Erneuerung durch Maximilian Freiherr Truchses von Wetzhausen, unter tatkräftigen Mitwirkens des Bayerischen Staatsministeriums für Unterricht und Kultus, der Bundesanstalt für Arbeit des Landkreises Haßberge, des Naturparks Haßberge e.V. und der Stadt Hofheim, sowie des Bezirks Unterfranken.
Eine Tafel am Parkplatz weist darauf hin, daß das Betreten des Geländes auf eigene Gefahr geschieht, Reiten verboten ist und Hunde an der Leine zu führen sind. Verständlicherweise sind auch Rauchen und Entzünden von Feuer - wie allgemein in Wäldern üblich - wegen Brandgefahr verboten.

Abgesehen vom Eintritt in den Landschaftsgarten - wenige Schritte vom Parkplatz
entfernt - oberhalb der Kapelle, lohnt
sich auch ein Spaziergang gegenüber des
kleinen trüblehmigen Sees mit seinen hellgrünen Wasserlinsen-Inseln auf der anderen
Seite in den Wald hinein, wo im feuchten
Grund manche hübsche Pflanze wächst. Der
nach längerer Regenzeit am Anfang aufge-
weichte Boden wird bald von neuangelegten
Treppen und grusbestreutem Pfad abgelöst.
Er führt zur ersten noch erhaltenen Gedenkstätte jenes einst berühmten Parkes, zum
"Denkmal der Geschwisterliebe", ein Ahnen-
stein der Truchsesse von Wetzhausen, eine
Säule mit Medaillons, die durch Ketten
miteinander verbunden sind und Namen der
Mitglieder des Geschlechts mit Geburts-
und Todesjahr nennen.
Über eine Holzbrücke gelangen wir zur
oben genannten "Totenkapelle". In ihr
erinnern Gedenktafeln an Persönlichkeiten,
die um 1800 lebten, u.a. auch Georg Herzog
von Sachsen-Weimar. Nachdem sich die Kapelle längere Zeit in einem baufällig-häßli-
chen Zustand befand, erhielt sie nun eine
Holzverkleidung und wurde innen farbig
getüncht.
Unter den Linden, Eichen, Fichten und
Hainbuchen blühen Goldnesseln, Sauerklee,
Anemonen und Maiglöckchen. Wieder überschreiten wir ein Holzbrückchen und kommen
an einem Immergrün-Teppich vorüber zu
einem Obelisk, dessen Blattverzierungen
zum Teil Gesichtern ähneln. Linker Hand
an ihm vorbei, erreichen wir bald das
Ehrenportal für zwei wackere Ritter, die
sich für Recht und bessere Lebensbedingun-

gen der Armen und Schwachen einsetzten: Götz von Berlichingen (1480-1562) und Franz von Sickingen (1481-1523).
Kehren wir zur Wegsäule (Obelisk) zurück, kommen wir nach wenigen Schritten (links) zum "Hutten-Denkmal", ein Tempelchen mit Treppengiebeln. Der Obelisk in der Mitte ist mit Harfe, Wappen und Lorbeerkranz geschmückt und "den Mannen Ulrichs von Hutten" gewidmet. Wenig später nähern wir uns einer poetischen Weihestätte: dem "Minnesängerplatz". Eine breite Freitreppe führt zum Plateau mit Steinbänken. Die Staffelgiebelwand zeigt Minnesänger mit Harfen und Edelleute, die ihren Liedern lauschen.
Wir sind begeistert und beeindruckt von diesem ungewöhnlichen Park mitten in der Waldeinsamkeit, der von edler Gesinnung, von der Liebe zu künstlerischem Wollen und Gestalten seines Begründers zeugt. Besonders erfreut uns, daß nach einer Zeit des Verfalls dieser Kulturdenkmäler die Wiederinstandsetzungsarbeiten eingeleitet wurden.
Ein paar Schritte südlicher finden wir die künstlich angelegte Ruine, "Altenburg" genannt. Im Bau einer künstlichen Ruine kann ich allerdings keinen Sinn wahrnehmen, denn: so wichtig und richtig es ist, ein Bauwerk, das zerstört wurde, bestmöglich als Zeichen der Kunst und Kultur einer bestimmten Epoche der Menschheit zu erhalten, so widersinnig erscheint es mir, willkürlich einen Bau zu errichten, der eine Zerstörung vortäuschen soll. Doch müssen wir wohl die Auffassung der Romantiker zu begreifen versuchen und dürfen

diese Dinge nicht allein mit dem Maß des
Kunstverständnisses und den wohl realisti-
scheren Ansichten unserer Zeit beurteilen,
zumal wir Menschen in der Wende vom 20.zum
21.Jahrhundert durch die furchtbaren Zerstörungen im Zweiten Weltkrieg zu nüchter-
nerem Urteil kommen müssen als jene, die
begannen, die Schönheit vergangener Zeiten
überhaupt erst richtig zu erkennen und
zu erfassen.
Auf den Fahrweg zurückgekehrt - er ist
hier gleichzeitig der "Friedrich Rückert-
Weg" - schreiten wir etwa 500 m in westlicher Richtung (links) bis wir bei einer
Holzhütte die Wegweiser "Huttenberg",
"Löwental" und "Fuchsbau" sehen. Hier
zweigt links ein Waldpfad ab, welcher
zum sogenannten "Dichterhaus" in einem
lichten Laubwald,abseits des oben beschrie-
benen Parkes, führt. War bis vor kurzem
der Anblick des Gebäudes beklagenswert,
so erwartete uns diesmal (im April 1992)
eine erfreuliche Überraschung: Das"Dichterhaus" strahlt nun in hellen Farben und
bekam ein neues Dach. An den getünchten
Innenwänden liest der Gast lyrische Texte
von Dichtern jener Zeit, u.a. von Friedrich
Schiller und dessen Freund Karl Philipp
Conz. Schön und beglückend ist noch immer
der Blick durch die Fensterhöhlen in das
sonnendurchstrahlte Grün. Vögel zwitschern
und ein Hauch jener Zeit, da von edlem
Wollen und Denken beseelte kunstsinnige
Menschen hier hausten, wirkt auch weiterhin
wie ein Gruß aus romantischer Vergangenheit
herein in unsere Tage.
Christian Freiherr Truchseß von Wetzhausen
war nicht nur ein Freund der Kunst und

der Natur, sondern auch ein bedeutender
Obstzüchter, unter anderem sorgte er für
die Veredelung und Verbreitung der Kirschbäume in Franken - so ist es nicht verwun-
derlich, daß er seinen Landschaftsgarten
möglichst naturgemäß gestalten ließ."Kulti-
vierte, aber nicht vergewaltigte Natur",
lautete sein selbstgewählter Grundsatz.
Und sein Wille war es auch, daß dieser
Park nicht nur dem Gutsherrn, seiner Familie und deren Gästen zur Freude und Erholung diente, sondern mauer- und zaunlos
blieb und jedermann darin spazierengehen
durfte.Wie sehr Christian Dietrich wirklich
sein Volk liebte, beweist, daß er wünschte:
"unter seinen Bauern" auf dem Manauer
Friedhof begraben zu werden.
Unter den Truchseßschen Gästen befanden
sich die Komponisten Ludwig Spohr und
Albert Methfessel und bedeutende Dichter
wie Jean Paul, Gustav Schwab, Heinrich
Voß, De la Motte Fouqué und insbesondere
Friedrich Rückert, für dessen Dichtungen
sich der Burgherr lebhaft interessierte
und stets bemüht war, dem jüngeren Freund
mit Rat und Tat zu helfen. Dieser geistes-
adlige Freundeskreis ging als "Bettenburger
Tafelrunde" in die Kulturgeschichte ein.
Selbst Goethe und Schiller sprachen voller
Anerkennung von dem gütigen, die Künste
fördernden Landedelmann.

Liebe zu Heilbronn

Erinnerungen an die Nachkriegszeit

Ein Pappelpfad führt am gestauten Neckararm
entlang. Dunkles Wasser, schilfbewachsen.
Herber Geruch entströmt ihm. Frühling
1955. Ich stehe am Hafen zu Heilbronn.
Die Neckarschiffahrt ruht. Sonntagabend
- Große schwere Kähne und Schlepper lagern
verlassen am Kai. Weißer Schaum schwimmt
träge auf dem Spiegel. Ein Schäfer treibt
seine Herde heimwärts, gemächlichen Schrit-
tes. Bedächtigkeit und Weisheit; Bildnis
des Friedens. Drüben im Industriegebiet
qualmen die Schlote. Bleierner Rauch glast
über Fabriken. Dort gibt es keinen Ruhetag.
Arbeit fordert Zeit, und Zeit ist wertvol-
les Gut.
Ein Sattelweg schmalt unter Bäumen am
Kanal entlang zur Stadt. Die ersten Straßen
überraschen. Moderne weiße Häuser und
hübsche Grünanlagen entstanden aus trostlo-
sem Ruinenfeld. Wenig Altheimatliches
überstand die schweren Stunden der Prüfung.
Beinahe die ganze Altstadt wurde Raub
der Flammen. Doch, wer kann heute noch
den Verlust, wer kann Elend und Kummer
von damals nachfühlen und ermessen? Die
Bismarckstatue an der steinernen Brücke
erlebte gewiß bessere Zeiten. Weshalb
wohl spähte der Fürst sonst so sinnend
in die Neckarfluten? Oder beobachtet er
nur das muntere Treiben der Lenzschwäne?
Die Kaiserstraße weist zur Kilianskirche.
Wahrzeichen, Würde und Stolz der Stadt.
Zeugnis gotischer Meisterkunst, von Hans

Schweiner für die Heilbronner Bürger geschaffen. Sie erbaten sich ein Werk, das keinem weit und breit im Lande gleiche. Der Meister wußte vortrefflichen Rat und schuf jenes seltsame schöne Bauwerk, dessen Ruf in ferne Welt drang. Erwartungsvoll eilte ich zum Marktplatz. Doch welch Graus! Auch die Kilianskirche wurde sinnloses Opfer des Weltkrieges. Stumm klagt sie die Kulturschande an. Noch nach Jahrzehnten wird die Geschichte davon berichten. Arg zerstört trauern Turm und Mauern. Mächtige Steinblöcke scharen sich am Boden, daseinsfremd. Ein Portal mit drei Engelchen erhebt sich seitlich aus dem Schutt. Anblick des Erbarmens. Säuberlich aufgestapelt lagern Schweiners Fratzen - hämisch grinsende Teufel und Hexen, furchterregende Drachen, wasserspeiende Ungeheuer - und träumen von kommender Zeit, da sie erneut den Turm zieren werden. Bombenhagel riß sie in grausamer Nacht aus schwindelnder Höhe. An der Chorfront klafft ein riesiges Loch. Pfähle, notdürftig eingefügt, hindern völligen Untergang der Kirche. Schmerzlich stimmt mich dieses Bild. Die Seele weint um verdorbene, mißhandelte Schönheit.Die leeren Fensterkreuze klagen an. Ein waidwundes Tier; die Augen im Todeskampf brechend.
Auf der anderen Seite des Marktplatzes prangt das historische Rathaus. Getreu alten Plänen in den letzten Jahren wiedererstanden. Die astronomische Uhr kündet Zeit, Vergänglichkeit und Ewigkeit. Sonnenstrahlen malen Stunden an die hellgetünchte Wand. Inmitten schwenkt ein Greis die Ratsglocke: Sinn bürgerlicher Gerechtig-

keit und Zucht. Daneben breitet der Stadt-
adler erhaben seine Flügel aus; Schutzkraft
und majestätische Ehrerbietung. Es ist
etwas Heimeliges und dabei Würdevolles
um dieses Rathaus. Gern folge ich den
beiden Freitreppen zum Tor, das mit reichem
Blumenschmuck festlichen Empfang bereitet.
Durch eine Ladenpassage gelangt der Gast
zur "Allee"; grünes Herz der Innenstadt.
Gepflegte Rasenanlagen, Zierhecken und
gestiftete Bänke locken die Spazierbummler
zum Verweilen. Manch Arbeiter genießt
pfeifchenschmauchend den Abend vorm Heimgang draußen in den Siedlungen der Vororte.
Hausfrauen gönnen sich ein Stündchen Erholung nach dem Einkauf oder eine Oma sitzt
strümpfestrickend neben dem spielenden
Enkel in der Nachmittagssonne...

Zwei Jahre später sah ich Heilbronn wieder,
im Sommer 1957. Kornfelder wogen im Sonnen-
tag. Bauern fahren letztes Heu in die
Scheuer. Schon reifen die Kirschen, runden
sich die Äpfel in den schwäbischen Gärten,
in den Wiesen. Oft hatte ich an Heilbronn
gedacht. Wie hatte es sich weiterent-
wickelt?
Diesmal erreichte ich die Neckarstadt
von Süden und wurde nicht enttäuscht.
Sauber und gepflegt, in Feststimmung,
nicht aufdringlich,eher feierlich gelassen,
empfing mich die Stadt, wie ein freundlicher Wirt, der darauf bedacht ist, daß
es den Gästen in seiner Stube gefällt.
Junge Baumbepflanzungen säumen die Vorort-
straßen. Überall wuchsen neue Wohnblocks,
Verwaltungsgebäude und Kaufhäuser ansehnlicher Art, gut eingefügt in das Landschafts-

wesen des Neckartales, ein Kranz, gewunden
zwischen saftigen Wiesen, sonnigen Weinbergen, Auwäldern und belebten Wogen städti-
scher Kultur. Manch malerischer Brunnen
ist Zierde Heilbronns. Grünanlagen und
Stadtpark; geruhsame Rastwinkel, verträumte Uferidyllen in der Flußebene. Schwung-
volle Brücken, breite Straßen, die hinaus
zu den hellen Siedlungshäusern mit den
bunten Vorgärten führen. Sportplätze;Kin-
derland mit Turngeräten, Sandkasten und
Rollschuhbahn,auf welcher winters Eiskunst-
läufer ihre Schleifenspuren ziehen. Welch
kunterbunte Freude.
Auch in der Innenstadt war Chronos weiter-
geschritten. An St.Kilian ranken Baugerüs-
te. Die Wunden werden behutsam geheilt.
Baufälliges wird erneuert. Bald sind auch
die Fensterhöhlen mit neuem Glas bespannt.
Es geht aufwärts. Die Tage, an dem die
Glocken wieder zum festlichen Kirchgang
läuten, rücken näher...

Nie aber erlebte ich die Schönheit Heilbronns eindrucksvoller, denn an jenem
Winterabend 1958. Durch Schneegestöber,
vom peitschenden Wind getrieben, ging
ich stadtwärts. Kohlschwarze Nacht auf
der Landstraße. Oft schienen Wald und
Himmel ineinander zu schwimmen. Später
lockerte sich die Wolkenschicht auf.Gespen-
stisch flitzten Wolken; hier und da funkelte ein Stern. Der Wald wich zurück. Da
lag sie vor mir: Die Stadt der zahllosen
Lichter. Heilbronn im späten Abend. Ein
Gleißen von tausenden Flämmchen; in der
Ferne zaghaftes Zucken. Dort brandendes
Meer der Farbtöne, sprudelnder Quell des

Leuchtzentrums. Schemenhaft hob sich St.Kilian in die Nacht, und manch Turm und Gebäude wanderte schattenhaft im Lichtkegel der Fahrzeuge zur Stadt hinaus...

Welch stille Liebe hegte ich immer zu dieser St**adt. Wesh**alb? - In dieser Stunde glaubte ich das Geheimnis zu ergründen: Heilbronn hat sich nach der Zerstörung im Krieg, in der Zeit des Wiederaufbaus und Fortschrittes, trotzig bewußt seinen Wesenskern bewahrt. Wandelnde Zeiten änderten das äußere Bild, nicht seine schwäbische Seele. Heilbronn ist gerade deshalb heute mehr denn je eine der modern-wohnlichsten und doch bildhaft-schönsten und heimelig-echtesten Städte des württembergischen Landes.

In Hermann Hesses Heimat

Calw und der nordöstliche Schwarzwald

Die Fachwerkhäuser um die frühgotische
Pfarrkirche in Leonberg träumten in der
Maimittagssonne, als wir durch den Wald
schattengrauen Bergen des nordöstlichen
Schwarzwaldes entgegenschritten.
Leonberg, Geburtsstädtchen des Philosophen
Friedrich Wilhelm Joseph von Schelling;
einst führender Vertreter des deutschen
Idealismus. Im Diakonatshaus wurde er
am 27.Januar 1775 geboren und schloß später
in der Klosterschule zu Maulbronn mit
Hegel und Hölderlin Freundschaft. Auch
Friedrich Hölderlin, wohl der größte deutsche Lyriker, durfte "glückliche Zeiten
in Leonberg" erleben, bevor er die Hausleh-
rerstelle bei Familie Gontard in Frankfurt
am Main antrat, wo sich seine schicksals-
schwere Liebe zu Susette, seiner Diotima,
wie eine zarte Blüte entfaltete.
Aus Leonberg schrieb Hölderlin 1789 an
seine Jugendfreundin Luise Nast, Tochter
des Klosterverwalters und Kammerrats in
Maulbronn: "Und Du erinnerst Dich auch
noch der glücklichen Zeiten in Leonberg
- denkst Du noch an all die seeligen Stunden?... Die Tage, die ich in Leonberg
zubrachte, waren zu schön, als daß ich
sie mir nicht oft wiederträumen sollte..."
Mauern mit Toren und trutzigen Türmen
umsäumen die Häuser der ehemaligen freien
Reichsstadt Weil der Stadt, an der Würm,
dem östlichsten Schwarzwaldfluß gelegen.
Sehenswert sind die Ende des 15.Jahrhun-

derts von Alberlin Jörg erbaute Peter-
und Paulskirche und das mit einem Renais-
sancegiebel verzierte Rathaus am Markt;
davor das Denkmal des berühmten Astronomen
Johannes Kepler - er wurde am 27.Dezember
1571 in Weil der Stadt geboren - und der
Brunnen mit dem Standbild Kaiser Karl V.
Wir aber liefen durch Frühlingswiesen,
die sich in zahllosen Blüten verschwende-
ten, ein Tal entlang nach Hengsbach, dem
Kiefernhochforst zu, traten bald in einen
lichten Buchenhain, wo der Boden mit tausenden Buschwindröschen und dottergelben
Frühlingsfeigwurzblüten übersät war. Die
Knospen schwillen jetzt an allen Zweigen.
Grünflor webt sich von Ast zu Ästchen.
Vogelzwitschern. Sonnenspiel zwischen
Baumstämmen im saftigfrischen Grase. Ein
lieblicher Maientag.
Abends erreichten wir nach rund dreißig
Kilometer Fußmarsch Calw, die Heimatstadt
des Dichters Hermann Hesse, stiegen treppauf, treppab, gingen wieder bergan und
hinab ins Tal der Nagold, am Ufer entlang,
in alle Winkel und Gassen. Von einem Hügel
blickten wir auf die erleuchtete Schwarz-
waldstadt mit ihren vielen Lichtern und
Lichtlein im Grund, auf den Hängen,zwischen
Büschen und Bäumen.
Dann standen wir auf der Brücke beim Niko-
lauskapellchen mitten über dem Fluß,spähten
in rauschendes Wasserdunkel und begrüßten
die malerischen Uferhäuser. Einst weilte
hier Hermann Hesse oft und gern, der am
2.Juli 1877 in Calw geborene und im August
1962 zu seinen Geistesverwandten ins ewige
Reich der Poesie heimgekehrte Erzähler
und Lyriker. Er sagte einmal: "Das ist

mir der liebste Platz im Städtchen; der
Domplatz von Florenz ist mir nichts dagegen."
Wie sehr Hermann Hesse die Nagoldstadt
liebte, offenbarte er uns in seinem Aufsatz
"Heimat": "Zwischen Bremen und Neapel,
zwischen Wien und Singapore habe ich manche
hübsche Stadt gesehen, Städte am Meer
und Städte hoch auf Bergen, und aus manchem
Brunnen habe ich als Pilger einen Trunk
getan, aus dem mir später das süße Gift
des Heimwehs wurde. Die schönste Stadt
von allen aber, die ich kenne, ist Calw
an der Nagold, ein kleines, altes schwäbi-
sches Schwarzwaldstädtchen."
Zwischen den Rathausarkaden gelangten
wir zum Marktplatz mit dem schönen aus
dem 17.Jahrhundert stammenden Vierröhren-
brunnen, wo ich das Geburtshaus des Dichters entdeckte, nicht weit von der alten
Stadtkirche entfernt. Hier spendete -
gerade als wir eintraten - der Pfarrer
das samstägliche Abendmahl.

Trompeter bliesen ein fröhliches Lied
vom Turm, als wir am anderen Morgen Calw,
die traute Stadt, verließen. Der Sonntagvormittag geleitete uns tiefer in den
Schwarzwald hinein. Wenige Menschen begegneten uns auf den stillen Pfaden. Das
Gebirge nahm uns in seinen Zauberbann.
Bald standen wir vor einer Richtstätte.
Düster thront der Steinkoloß des urzeitli-
chen Schafotts zwischen den Tannen. Eine
ausgetretene Treppe klettert hinan. Jahrhunderte überwucherten den grausigen Platz
friedsam mit Gras und Moos. - Wenn der
Wald aus der Vergangenheit erzählen könnte!

Lilablasse Schaumkräuter schmückten die Wiesen bei Zavelstein. Winzigste Stadt Württembergs, auf einem schmalen Bergsattel angesiedelt. Am Steilhang klebt trotzig die Ruine der ehemaligen Grafenburg der Herren von Calw, die wie so manche Burg Ende des 17.Jahrhunderts von Franzosen unter General Mélac verwüstet wurde. Aber der 27 m hohe kantige, aus Buckelquadern gefügte Bergfried überdauerte alle kriegerischen Epochen. Der neuromantische Dichter Joseph Victor von Scheffel hat der Stadt und Burg Zavelstein in seiner Gedichtsammlung "Gaudeamus" ein poetisches Denkmal geschaffen:

> "Kleine Burg für wenig Mannen,
> Städtlein rußig, eng und schmal,
> Rings des Schwarzwalds Edeltannen
> Unten tief das Teinachtal.
>
> Rauhe Lüfte, Wolkenflüge,
> Schneegestöber, Sonnenschein:
> Also wandernd im Aprilis,
> Schaut ich einst den Zavelstein.
>
> Nie von Riß und Sprung genötet
> Ragt sein schlanker Römerturm,
> Wie gegossen und gelötet
> Quaderfest im Zeitensturm."

Mühelos bezwangen wir den Turm, kletterten durch einen finsteren Treppenschacht zum Licht empor, standen auf der Aussichtsplatte; über uns der blaue Himmel. Weithin sahen wir auf die benachbarten Schwarzwaldhöhen und zur fernen Schwäbischen Alb, ins Tal der Teinach mit dem gleichnamigen Badeort. Wild fegte der Wind da oben.Die Bäume ächzten und schwankten rhythmisch

hin und her, kraftvoll, erhaben.Wir hielten
Brotpause im Hof am steinernen Tisch und
sprangen dann leichtfüßig die Stufen nach
Bad Teinach hinab.
Bad Teinach, im Mittelalter noch als "Te-
ginach" nach dem männlichen Namen "Tag"
oder "Dag" und nach "Ach", dem Wasser
benannt, und im 16.Jahrhundert gar als
"Vorstadt von Zavelstein" bezeichnet,
liegt anmutig zwischen Wiesen und Waldrük-
ken im Grund. Die Trink- und Badequellen
Teinachs - sie haben eine ständige Tempera-
tur von +8° bis +9° - sind schon seit
1345 bekundet. Berühmt geworden sind vor
allem die "Tintenquelle",ein reiner schwarzer Stahlbrunnen gegen Frauenleiden und
Blutarmut, die zu den kieselsäurereichsten
Sprudeln zählende "Dächsleinquelle" und
die erst im 19.Jahrhundert entdeckte,
kaltes Natronwasser spendende "Hirsch-
quelle".
Lang weilten wir nicht im Ort, erfreuten
uns im Vorübergehen an der hübschen Renais-
sance-Dorfkirche und an den Kuranlagen
mit den Badegebäuden, die der prunkliebende
Herzog Eberhard Ludwig, der Gründer Lud-
wigsburgs, errichten ließ.
Wir folgten dem Teinachtal durch ein Waldtal bis zur Mündung in die Nagold, kletterten oft am Wildhang, hockten auf Steinen
am Raine, an einer Quelle, bei Schlüsselblumen, saftstrotzenden Sumpfdotterblumen
und dreifarbigen Lungenkräutern.
Die Nagold ist ein flinker Fluß,hat unheimliche Stromschnellen, rauscht gischtschäu-
mend auf und ist fischreich. Forellen
soll es geben, sagten uns ein paar am
Ufer lauernde Angler und hielten geduldig

ihre Ruten ins Wasser. Der nächste bedeutende Ort talauf ist Wildberg, noch wehrhaft befestigt, schon am Schwarzwaldsaum gelegen, wohl eines der idyllischsten Bergstädtchen von allen, die wir auf Reisen kennenlernten. Die Nagold zieht hier eine Schleife, und der so gebildeten Felseninsel entsteigen im Halbkreis die bunten Häuser mit der Stadtkirche St.Martin und viele Sträucher und Bäume. Wildberg: welch ein liebliches Landschaftsbild.
Heiß war die Landstraße,die uns schließlich über die Felder-Hochebene des Oberen Gäu nach Sulz und zur Bahnstation Herrenberg brachte. Ein fruchtbares Land leitet es mit seinen Obstplantagen vom Schwarzwald hinüber zum Schönbuch.

Winter auf den Fildern

Eine literarische Landschaftsstudie

Sonntagvormittag-Winterspaziergang   "Auf
den Fildern" mit Seminarkameraden. Rauhreif
glitzert an Bäumen und Büschen. Festgefro-
rener, zweihanddicker Altschnee kristalli-
siert in der Sonne. Weitgespannter Himmels-
bogen. Gelb und blau, die Urfarben über
in reines Weiß gehüllter Landschaft. Milde
Februarluft. Noch zaghaft, aber frühlings-
sehnsüchtig locken die Meisen, als wir
von der Sillenbucher Endhaltestelle der
Vorortbahn über die Äcker zum "Naturschutz-
park Eichenhain" gehen.
"Filder", in alten Urkunden auch als"Gefilde" (das sind Felder) bezeichnet, heißt
die fruchtbare Hochebene zwischen dem
Stuttgarter Kessel und dem Schönbuch,die
ihre höchste Erhebung mit 485m in Degerloch
und den niedrigsten Punkt im Sulztal bei
Neuhausen mit 290m über dem Meeresspiegel
erreicht. Unter harter Schneematte ruhen
jetzt die Filder. Im Sommer neigen sich
hier körnerschwere Ähren im Winde, wachsen
zuckerhutförmige Spitzkohlköpfe,als Filder-
kraut bekannt und besonders geschätzt
als Sauerkraut, eine Lieblingsspeise der
Schwaben, dem sogar Ludwig Uhland ein
Loblied sang:
        "Auch unser edles Sauerkraut -
        Wir wollen's nicht vergessen;
        Ein Deutscher hat's zuerst gebaut,
        D'rum ist's ein deutsches Essen..."
Schon Friedrich Nicolai (1733-1811), Berliner Buchhändler und Vertreter der litera-

rischen Aufklärung, erwähnte in seiner
"Beschreibung einer Reise durch Deutschland
und die Schweiz im Jahre 1781" die Frucht-
barkeit der Filder: "Bald ging der Weg
wieder bergab durch unabsehnliche Felder
voll Getreide und Kohl, bis nach Echterdingen..." und Hermann Fröhlich rühmt neunzig
Jahre später die Filder: "Alle Feldfrüchte
gedeihen hier besser und kräftiger, als
sonst irgendwo im Lande." In manchen Gemeinden wurden jährlich dreißig- bis vier-
zigtausend Krautköpfe angebaut.
Wenngleich Fröhlich den "zwar nur langgestreckten Flachrücken" der Filder, zwischen
welchen sich sanfte Mulden und Einbuchtun-
gen hinziehen, "eine gewisse Einförmigkeit"
nachsagt, so erkannte er doch den Reiz
dieser Landschaft und die unbeschreiblich
schöne Aussicht und äußerte sich begeistert: "Dennoch verweilt das Auge gern
auf diesem an stattlichen Ortschaften
reichen Hochlande, denn es gewährt entzük-
kende Fernsichten an die nicht zu ferne
Alpenkette, in die herrlichen Esslinger
Thäler und in das fruchtbare Unterland."
Doch schwärmte schon in den dreißiger
Jahren des 19.Jahrhunderts der Dichter
Karl Gerok in seinen romantischen "Jugend-
erinnerungen"vom Weitblick von den Fildern:
"Über den Kornfeldern aber jubilieren
die Lerchen, und am östlichen Horizont
hinter den Kirchtürmen stattlicher Dörfer
zog sich die blaue Bergkette der Schwäbischen Alb hin mit ihren Burgen vom Hohen-
zollern bis hinab zum Hohenstaufen."

Wir aber wanderten, den graudiesigen Höhen-
rücken der Alb am Horizont vor Augen,am

Hang des Aspen entlang, am Dörflein Birkach
vorbei zum Schloß Hohenheim, dem einstigen
Landsitz des Herzogs Karl Eugen von Württemberg, Ende des 18.Jahrhunderts für
seine spätere Gemahlin Franziska von Hohenheim errichtet. Lang schon beherbergt
der schlichtschöne Barockbau eine Landwirt-
schaftliche Hochschule.
1774 schreibt Friedrich Schiller über
Hohenheim: "Der Weg von Stuttgardt nach
Hohenheim ist gewisser Maßen eine versinn-
lichte Geschichte der Gartenkunst, die
dem aufmerksamen Betrachter interessante
Bemerkungen darbiethet. In den Fruchtfel-
dern, Weinbergen und wirthschaftlichen
Gärten, an denen sich die Landstraße hinzieht, zeigt sich demselben der erste
physische Anfang der Gartenkunst entblößt
vor aller ästhetischen Verzierung. Nun
aber empfängt ihn die französische Gartenkunst mit stolzer Gravität, unter den
langen und schroffen Pappelwänden, welche
die freye Landschaft mit Hohenheim in
Verbindung setzen und durch ihre kunstmä-
ßige Gestalt schon Erwartung erregen.Dieser
feyerliche Eindruck steigt bis zu einer
fast peinlichen Spannung, wenn man die
Gemächer des herzoglichen Schlosses durch-
wandert, das an Pracht und Eleganz wenig
seines Gleichen hat, und auf eine gewiß
seltene Art Geschmack mit Verschwendung
vereinigt..."

Weiter schritten wir an jenem Wintertage;
über den Körschbach, durch Alt-Plieningen,
südlichster Vorort der Landeshauptstadt,
mit einem bemerkenswerten schiefdicken
Kirchturm, zum Stuttgarter Flughafen bei

Echterdingen. Zum ersten Mal sah ich aus der Nähe Passagierflugzeuge, riesige Silbervögel mit mächtigen Schwingen, auf dem Rollfeld landen und wieder emporsteigen. Eine Maschine kam aus Köln, eine zweite traf aus Amsterdam ein; startete nach kurzer Pause zum Flug nach Zürich. Mich packte die Reiselust. Freudige Erregung ließ das Herz schneller pochen. Brennend gern würde ich mitfliegen in eine andere Stadt, in ein unbekanntes Land. Schweben, hoch in den Lüften, neben, unter oder gar über den Wolken, im Lichte der Sonne. Ich träumte mit offenen Augen, war unsagbar glücklich nach diesem Erlebnis des Traumschauens, spürte ich doch einen Hauch jener Erhabenheit einer mir fremden Welt zwischen Erde und Himmel.
In Echterdingen - einst Sammelplatz herzoglicher Jagdgefährten - erfreuten uns schmucke, metallene Aushängeschilder an gepflegten Fachwerkwänden, die wie Arme den Fremden entgegengestreckt, zur Einkehr in freundliche Gaststuben winken. In einem dieser Wirtshäuser erdachte Justinus Kerner eines der trefflichsten Wanderlieder:

    "Wohlauf! noch getrunken
den funkelnden Wein!
Ade nun, ihr Lieben!
Geschieden muß sein.
Ade nun, ihr Berge,
Du väterlich Haus!
Es treibt in die Ferne
Mich mächtig hinaus..."

Und der Dichter notierte: "Zu Echterdingen schrieb ich es für die Langeweil auf, und als ich weiter ging, sang ich es auf der Straße vom Blättchen mit eigener Melo-

die ab. Da kam ein Handwerksbursche die
Straße her, der lief auf mich zu und bat
mich sehr höflich, doch ihm dies Lied
zu geben. Da vergaß ich, daß es noch nicht
gefeilt war, und gab es in die Welt hinaus." (1809)
Wir schauten noch in die evangelische
Echterdinger Pfarrkirche, deren Turm Meister Heinrich im 15.Jahrhundert schuf und
begutachteten das spätgotische Netzgewölbe
im Altarraum, bevor wir in der Weststadt
bei den Goldäckern zur Heimfahrt in die
Überland-Straßenbahn stiegen.

In den Bergwäldern am Neckar

Von Dichtern und Wildkräutern

Es war einer jener Tage, die uns wie durch Schleier etwas vom nahenden Frühlingszauber sehen lassen, und erstmals nach weißen, grauen und braunen Tönen des Winters mit gelben, hellgrünen und blaßblauen Aquarellfarben die grünende, blühende Lenz-Lichtzeit ankündigen, als wir, Ilse Gärtner und ich, uns zur Sonntagswanderung durch die Laubwälder zwischen Sillenbuch und den Eßlinger Vororten trafen; an der "Geroksruhe", einem nach dem Stuttgarter Dichter und Theologen Karl Gerok (1815-1890) benannten Gedenk- und Aussichtsplatz am Gablenberger Eck.
"Hier hat er (Gerok) öfters geweilt und hat den Blick an den Föhren vorbei nach Gablenberg und an die Waldwand der Villa Berg streifen lassen über viele stufenartig geformte Weinberge." So schrieb 1891 der aus Mützenow in Pommern stammende Stuttgarter Pfarrer Adolf Johannes Kleophas Zahn in seinen "Landschaftlichen Bildern aus der Umgebung von Stuttgart".
Wir gingen durch den Gänswald zum Frauenkopf(462m), wo der weithin sichtbare Fernmeldeturm aufragt. Neben dem Sillenbucher Fernsehturm ist er ein Wahrzeichen der Landeshauptstadt unseres Jahrhunderts. An lehmigen Ackerrändern fanden wir erste Huflattichblüten. Blattlos, doch gegen Kälte vorsorglich mit derben rotbräunlichen Schuppen wärmend umhüllt, heben die Stengel ihre Sonnenschüsselchen in den

blanken Vorfrühlingshimmel. Später erst, wenn die grauen Samenlaternchen angezündet sind, wachsen große, hufeisenförmige Blätter, die der Pflanze volkstümliche Namen wie "Hufele" oder "Hufblatt" einbrachten. Durch wundertätige Heilkraft bei Hals- Brust- und Lungenleiden wird sie auch schlicht "Brustlattich" genannt. Als wohlschmeckendes Wildgemüse werden Huflattichblätter gern mit anderen Frühlingskräutern als Salat, Spinat oder Suppe zubereitet. Die Blütenstiele ergeben ein gesundes spargelähnliches Gericht.

Einer in unserer Zeit in seltener Liebe den Pflanzen und Blumen sich verbunden fühlender Dichter, Friedrich Schnack(1888-1977), verrät uns im Gespräch zwischen Clarissa und ihrem Vater, dem Geometer, in seinem reizenden Büchlein "Clarissa mit dem Weidenkörbchen", noch manches Wissenswerte und Geheimnisvolle über den Huflattich. Eine Kostprobe möge hier als Leseleckerei angepriesen werden:

"Was aber gibt der Huflattich den Koch- und Speisekünstlern?" - "Von Mai bis September ein herzförmiges Blatt, doch nur ein zartes wird begehrt. Da wir nun im Mai sind und alles zart und mild ist, wollen wir es nicht verschmähen. Es ist reich an natürlichen Mineralien. Ein Blätterstrauß hat nahezu den Nährwert des Apfels." Clarissa beugte sich über die grüne Schar und wählte aus ihr die zartesten Herzblätter.

"In solch einem Blatt", sagte der Geometer, "sind Kleinodien an Lebenskraft verborgen: Pflanzenphosphor für unsere

Nerven, ein Lichtstoff, der auch im Obst, der köstlichen Gabe der Sonne, enthalten ist. Pflanzenschwefel für die Haut und gegen überschüssige Säuren, Pflanzenkalk, notwendig für Knochen und Zähne, und ein starkes Schutzmittel gegen zahlreiche Krankheiten. Mag das junge Blatt, feingeschnitten wie Endivie und als Salat zubereitet, deinem Zünglein auch ungewohnt schmecken, laß dich nicht enttäuschen! Erinnere dich vielmehr des heilsamen Bitterstoffs in den Blättern und der kräftigen Salze, die durch keine chemische Küche, sondern durch das gesunde Blut der Pflanze geflossen sind!"

Die ersten sonnigen Vorfrühlingstage locken in manchen Jahren schon zeitig, Mitte Februar, frischgrüne Wildgemüsetriebe aus den Wald- und Wiesenbeeten hervor. Ilse und ich probierten erste Blättchen vom Sauerampfer, dunkelgrüne, ins Licht schießende Pfeile,bittere Schafgarbefedern, Löwenzahnsägen, lederne Wegerichlappen, rauhe Brennesselspitzen und kinderhändchen-rundliche Rapunzelblätter, im Nußgeschmack dem Feldsalat im Garten ähnelnd.
Im Auenwalde spiegelten Leberblümchen Himmelsblau wider. Rostrotblühende Seidel-bastbüsche kündeten sich uns durch betäu-bend-schmeichelnden Duft schon an, bevor sie unsere Augen wahrnehmen konnten. Gänse-blümchen und Scharbockskräuter, später auch die Löwenzähne, typische Frühlingskin-der, werden bald die Fluren mit weißen und gelben Strahlenblüten besticken, denn jetzt schon reckten sich Tausende praller Knospen aus dem Blätterversteck.

Über die "Stelle", eine Wegekreuzung am Bopser - von hier führt ein Pfad zur Schillereiche, wo einst Friedrich Schiller seinen Jugendfreunden "Die Räuber" vortrug - wanderten wir durch den "Silberwald" und folgten dem Tiefenbach talwärts nach Rohracker. Linkerhand staffeln sich Weingärten an der "Burghalde"; bunte Rebhäuschen hocken darin wie Hühner auf der Stange. Winzer stutzten die Weinstöcke mit der Rebschere. Sie grüßten uns freundlich, ohne sich in ihrer wichtigen Arbeit stören zu lassen.

Südlich dehnt sich die Obstlandschaft des "Zinsholz" bis zur Sillenburger Siedlung aus. Noch sind die Bäume laublos, doch werden in wenigen Wochen ihre Kronen mit weißem und rosafarbenen Blütenschnee österlich geschmückt sein.

Vom Lederberg zu den Wäldern bei Heumaden und Brühl. Zwischen Buchenstämmen sahen wir im Neckartale Türme der alten Reichsstadt Eßlingen: Die spätromanischen Zwillingstürme der Stadtkirche St.Dionysius, den gotischen Frauenkirchturm, das zierliche Rathaus-Zwiebeltürmchen und mittelalterliche Tortürme der einst mächtigen Stadtfeste. Am Morgenufer trutzt die Burg mit Ringmauern und dem sogenannten "Dicken Turm". Noch immer überspannt die mehr als siebenhundertjährige "Äußere Pliensaubrücke" den Fluß.

So sehr uns auch die an Geschichte und Bauwerken reiche Stadt lockte, wir suchten sie an jenem Tage nicht auf, sondern bogen neckaraufwärts und standen wenige Minuten später am beliebten Ausflugs-Aussichtspunkt, wo einst die herrliche "Königseiche"

rauschte. Am Klebwaldrand stiegen wir
bergan nach Ruit auf den Fildern.
Ruit oder "Gereut" stammt von reuten oder
roden. Der Ort gehört somit zu den "Wald-
und Rodegemeinden" und wurde wohl schon
im späteren Mittelalter gegründet;er war
jedoch als Siedlungsflecken schon in uralter Zeit bevorzugt, wie Ausgrabungen beweisen. Hier, aber auch bei anderen Filderge-
meinden standen Steinzeitdörfer, wie uns
Bandkeramikfunde verraten haben. Spätere
Bodenfunde stammen von den"Rössener Bauern"
- so genannt nach dem Fundort bei Merseburg
- und die Urnengräber aus der späteren
Bronzezeit.
Südöstlich von Ruit, auf dem "Eichenweg",
nahe der Scharnhausener Grenze, wurde
1880/81 das Hauptgebäude eines römischen
Gutshofes ausgegraben, in dem einer jener
seltenen aus Eisenblech getriebenen Ge-
sichtshelme entdeckt wurde.
Wir traten noch kurz in die evangelische
Ruiter Pfarrkirche mit dem hübschen Dachreiter und schritten dann am 1608 von
der Propstei umgebauten alten Vogtshaus
- dem späteren Pfarrhaus - vorüber über
die Felderhochebene nach Sillenbuch.

Erinnerungen an Tübingen

Einige Jahrzehnte sind vergangen: Tübingen an einem Sonntagmorgen. In feierlicher Stille erwachte die Stadt nur zögernd. Märzsonne belebte das Neckarland mit wärmenden Strahlen. Wir - einige Jungen aus der Landeshauptstadt - waren zum ersten Male in Tübingen, bewunderten prächtige Fachwerkhäuser in verwinkelten Gassen. Plötzlich standen wir im Kern der Vergangenheit, vor dem bemalten, mit Blumen verzierten Rathaus. Der Neptunbrunnen auf dem Markt sprudelte heiter aus vier Röhren das Wasser in alle Himmelsrichtungen Eine Steige mit glattem Grund führte zum Schloß - eine Insel über den Häuserwogen, geprägt von verschiedenen Jahrhunderten. Hohentübingen, eine trutzige Veste mit starken Mauern und finsteren Toren. Der Brunnen des Innenhofes war noch zum Frostschutz mit Latten verkleidet. Am Boden blinkte milchiges Eis. Die Schloßlinde träumte vom neuen Blättergewand. Weit reichte der Blick von der Burghalde. Gebäude an Gebäude fügte sich im Tale zu langen Gebirgskämmen aneinander. Einzelhöfe kletterten jenseits an Hängen empor bis zum Waldsaum.
Ein Mauerdach lockte zum Klettern, bald aber zum Rasten und Schauen in den sinkenden Nebel, der Giebel und Dächer werbend umtanzte und Schönwetter versprach. Aus Kaminen quoll bläulicher Rauch. Wir glaubten, den Morgenkaffee zu riechen und zu schmecken.
Bevor wir Abschied von Tübingen nahmen,

schritten wir unter Platanen am Neckar
entlang. Bunt aufgebaut, wie aus einer
Spielzeugkiste: Die alte Stadt. Das romantisch ausschauende, aber von Traurigem
kündende Hölderlintürmchen. Hier mußte
Deutschlands begnadetster Lyriker - Friedrich Hölderlin - jahrzehntelang geistig
umnachtet dahindämmern. Das berühmte Stift,
in dem die meisten der bedeutenden schwäbischen Dichter, Philosophen und Theologen
für ihre Lebensaufgabe geschult wurden,
wie der genannte Dichter, der mit Hegel
und Schelling die Stube teilte. Die schöne
St.Georgskirche mit ihrem behäbig breiten
Dach. Und das zu Herzog Ulrichs Zeiten
neu errichtete, von dicken Ecktürmen flan-
kierte Renaissanceschloß.
Tübingen an einem Sonntagmorgen.
Bald ein halbes Jahrhundert ist vergangen!

Der Dreifaltigkeitsberg

Wächter der Schwabenalb

Am südwestlichen Rand der Schwäbischen Alb, zwischen Rottweil und Tuttlingen, schmiegt sich das freundliche Landstädtchen Spaichingen zu Füßen seines fast 1000 m hohen Hausberges. Von den Schwarzwaldhöhen durchs Neckartal kommend, welch imposanter Blick! Breit ragt der mächtige Buckel des Dreifaltigkeitsberges vor uns auf. Alten Bildern zufolge muß der nach dem Germanengott Baldur genannte "Baldenberg" noch vor reichlich hundert Jahren mit Wiesen und Äckern bedeckt gewesen sein, während ihn heute dichter Mischwald mit vielseitiger Flora einhüllt. Auch eine Burg Baldenberg erhob sich einst auf der südlichen Bergzunge. Durch die waldfreien Fluren muß der Berg damals noch grandioser gewirkt haben, wohl wie ein Gipfel eines hohen Mittelgebirges, etwa des Belchens im Südschwarzwald.
In Spaichingen eingetroffen, folgten wir zunächst Siedlungsstraßen, die dem Berg zustreben, bis wir die mit Apfelbäumen gesäumte Dreifaltigkeitsstraße erreichten. Vom Hochplateau grüßte wie vom Himmel selbst die Bergkirche, welche ab 1660 als stattlicher Barockbau anstelle einer Steinkapelle von 1415 errichtet wurde; daneben das Claretiner Missionshaus. Als wir den untersten Saum des Waldmantels erreichten, fanden wir eine Kreuzwegstation des Kalvarienberges und schritten nun

wie echte Pilger stetig bergan, von Kapelle zu Kapelle, von "Christus fällt unter dem Kreuz" bis zur Stätte "Es ist vollbracht". Auch ein hohes Kruzifix steht am Wege. Die Vielfalt der Blumen und Kräuter begeisterte uns, insbesondere die seltenen Arten wie Knabenkraut, Türkenbund und Graslilie, aber auch wunderschöne Glockenblumen, Kratzdistel, Weidenröschen, Fingerhut und Sumpfschafgarbe.
Schließlich standen wir auf dem Gipfel des Dreifaltigkeitsberges, auf einer erstaunlich langen und breiten Hochfläche, deren Weiden, auf denen die der heiligen Dreifaltigkeit geweihte Kirche und einige Gebäude stehen, von den Wipfeln der höchsten Bäume wie durch einen grünen Schutzwall begrenzt. Fürwahr ein "heiliger Berg"! An den massiven Turm, der eher einem Aussichtsturm denn einem Kirchturm gleicht, wurde das äußerlich schlichte Gotteshaus angefügt. Im Weiheraum aber entfaltet der späte Barock seine üppige Baukunst der Freude, jedoch ohne das Schiff Gottes durch Überfüllung mit Kunstwerken zu bedrängen. Durch Freilassen von weißen Mauerflächen entstand eine wohltuende Klarheit, die das Auge gern wandern läßt, von einem Hochaltar zum anderen, von einer Figur zur nächsten, wobei mir besonders die Erzengel Michael und Gabriel gefielen.
Lang verweilte mein Blick auf der Rokoko-Madonna mit ihrem Jesulein, sowie auf dem sichtbar leidenden Gekreuzigten. Die Altarbilder malte Franz Ferdinand Dent um 1765, während die Stuckdekoration und andere Malereien erst rund 120 Jahre später entstanden. Bei der Rückschau fällt die

bescheidene Schönheit der Kirche besonders
auf. An den Seitenwänden Kreuzwegstationen;
die gediegene getäfelte Decke verbindet
die Orgelbühne mit der Vierungskuppel,
die auf doppelt gepaarten Freipfeilern
ruht. Im Chor erhebt sich der prächtige
Rokoko-Altar, den Meister Josef Anton
Feuchtmayer hier als sein letztes Werk
vollendete.

1665 wurde der Baldenberg erstmals als
"Dreifaltigkeitsberg" bezeichnet. In der
Region Trossingen und Villingen wird er
der "Dreier" genannt und die Spaichinger
sprechen nur von "der Berg". Bedeckter
Himmel und Regenschauer verwehren uns
heute die sonst von hier oben gerühmte
herrliche Weitsicht auf die Alpen, von
der Karwendelspitze bis zum Montblanc,
auf die benachbarten Alb-Gipfel wie Lem-
berg, Krapfen und Lupfen, sowie auf die
Hochebene des Heuberges und die westliche
Kette der Ost-Schwarzwaldhöhen.
Schirmbewehrt schritten wir auf der Fahrbahn durch den Wald talwärts nach Spaichingen. Von den Bauwerken des 791 erstmals
urkundlich erwähnten Ortes, gefiel uns
vor allem die Stadtpfarrkirche St.Peter
und Paul, welche Richard Reich im neugoti-
schen Stil erbauen ließ. Am 22.Oktober
1900 weihte Bischof Paul Wilhelm von Kepp-
ler das neue Gotteshaus, eine dreischiffige
Hallenkirche. Ursprünglich war sie mit
vielen Heiligenfiguren ausgemalt, auch
im Kreuzgewölbe des Chores. Nach der Renovierung zwar schmuckärmer, kam die archi-
tektonische Schönheit nun deutlicher zur
Geltung. Übrigens kann der aufmerksame

Betrachter des Kirchturms noch am Sockel
erkennen, daß hier schon im 13.Jahrhundert
eine Kirche erbaut worden war. Albrecht
VI.von Österreich und seine Gattin Mecht-
hild schenkten diese 1455 dem St.Moritz-
stift in Rottenburg-Ehingen.
Spaichingen und die Grafschaft Hohenberg
gehörten ab 1381 zu Österreich und gelangten erst 1805 an Württemberg. Spaichingen,
dem zwar schon 1623 Marktrecht, aber erst
1828 Stadtrecht verliehen wurde, war im
17./18.Jahrhundert Ausgangsstation eines
bedeutenden "Hausierhandels" mit Sämereien,
Wollwaren, Uhren und anderen Dingen.

Sommerstunden auf der Fraueninsel

Frauenwörth im Chiemsee

Damals fuhr ich erstmals mit dem lustigen grünen Chiemsee-Bähnle vom Kurstädtchen zum Hafen in Prien-Stock. Die Wagen glichen noch jenen der dritten Klasse der ehemaligen Deutschen Reichsbahn, mit offenem Einstieg und einfachen Holzbänken. Ja, sie hatten noch glaslose Fenster. Lediglich bei Schlechtwetter konnten derbe Schutzvorhänge herabgelassen werden. Allerdings war es dann dunkel im Abteil und die Lampen mußten eingeschaltet werden.
Mit Schnaufen und Klingeln ratterte das Zügle durch Wiesen und Wald, schließlich zwischen Siedlungshäusern zum See. Der alte Schaufelraddampfer mit seinem dicken Schornstein wartete schon auf die Fahrgäste der Chiemseebahn. Kaum waren sie an Bord, begann die beglückende Reise über das "Bayerische Meer". Der Chiemsee ist mit 18km Länge, 16km Breite und 73 Meter Tiefe der größte See des Freistaates Bayern. Ich staunte und freute mich, am Chiemsee noch Dampfschiffe aus dem 19.Jahrhundert vorzufinden, denn am Bodensee waren sie längst schon abgeschafft. Sie schenken einer Landschaft, die noch nicht von überzüchteter Technik angekränkelt ist, anheimelnde Romantik.
Der Chiemsee war lebhaft bewegt. Lange Wellenschollen, perlschaumgekrönt, rollten, von der Ostbrise gejagt, an die Ufer. Seine Farbe war algengrün, an manchen Stellen auch moosbraun. Das Schiff stampfte

durchs Wasser der Herreninsel zu. Oft
mußte der Kapitän mit seinem Signalhorn
Boote und Schwimmer warnen, wenn sie zu
nahe in die Fahrtroute gerieten.
Herrenchiemsee trägt viel Wald. So erspähte
ich vom Dampfer aus nur wenige Gebäude
und einen Teiltrakt des berühmten Königs-
schlosses. Wenige Tage später besuchte
ich auch diese Insel, doch an jenem Tage
galt meine Reise der stilleren und kleineren Fraueninsel. Wir fuhren dicht an der
unbewohnten Krautinsel vorbei, auf der
Kühe weideten.Immer näher kamen wir Frauenwörth. Weithin grüßte der mächtige romanische Kirchturm mit seiner Barockhaube.
Das Schiff legte im winzigen Hafen beim
Klostercafé an. Sofort spürte ich beim
Betreten des Eilandes, auf dem es - welch
ein Segen! - keine Autos gab; eine eigen-
tümliche Atmosphäre in dieser sich abge-
schlossenen, aber lebensstarken, keines-
falls versponnenen Welt.
Mein Weg führte mich schnurstracks zum
Kloster. Auch wenn ich es nicht gewußt
hätte, ich ahnte sofort: Dies ist der
geistige Mittelpunkt der Insel, der die
christlich-abendländische Kultur vertritt,
von wo aus maßgeblich die Geschicke der
Bewohner durch Jahrhunderte gelenkt wurden.
Aber die Ausstrahlung der alten Mauern,
die hier jeder sensible kunstsinnige Mensch
fühlt, und die jener Stätte eine gewisse
Würde, Anerkennung, ja, eine freiwillige
Ehrfurcht abgewinnt, vor der tausendjährigen Geschichte, vor der Leistung der Bene-
diktinerinnen und den Künstlern, die diese
Bauwerke und vor allem das wunderbare
Gotteshaus schufen, diese Ausstrahlung

leuchtet auch in unserer Zeit noch weit
über Insel und See hin, über Dörfer und
Gemeinden des Chiemgaues.
Kloster Frauenchiemsee wurde schon im
achten Jahrhundert durch Herzog Tassilo
III.von Bayern gegründet und erlebte wenig
später unter den Karolingern seine bedeutendste Blütezeit, denn König Ludwig der
Deutsche setzte Mitte des neunten Jahrhunderts seine Tochter Irmengard, die Äbtissin
des Stiftes Buchau am Federsee, nun auch
als geistliche Herrin über Frauenwörth
ein. Während der Ungarnstürme wurde das
Kloster wiederholt zerstört und geplündert,
konnte aber dennoch die schweren Zeiten
überstehen und kam unter Äbtissin Gerberga,
der Schwester Kaiser Heinrichs, zu neuem
Wohlstand, verlor jedoch später durch
die Auseinandersetzung zwischen weltlichem
und geistlichen Reich seine Freiheit der
Reichsunmittelbarkeit,die ihr aber Heinrich
IV. erneut zubilligte.
Durch den Vertrag der Grenzregelung zwischen dem Herzogtum Bayern und dem Erzstift
Salzburg 1275 zu Erharting, wurde Frauenwörth ein bayerisch-landständiges Kloster,
durfte sich jedoch bis zur Säkularisation
1803 als "Königliches Stift" bezeichnen.
Neuer Aufstieg im 16.Jahrhundert und Ver-
schonung des Chiemgaues im Dreißigjährigen
Krieg ließ das Kloster unter Äbtissin
Magdalena eine neue Blüte-Epoche erleben.
Da schon 1837 Ludwig I.König von Bayern
die Wiederherstellung des Klosters ánord-
nete und die letzten Klosterfrauen aus
der Zeit vor 1803 noch darin wohnten,
kann sich Frauenchiemsee rühmen, mit St.
Walburg in Eichstätt zu den ältesten un-

unterbrochen bestehenden Frauenklöstern in Deutschland zu zählen.
Ich betrat durch das romanische Portal neben dem etwas abseits stehenden Kirchturm das dreischiffige Gotteshaus, dessen romanische Wände von gotischen Netzgewölbedecken überspannt werden und mit neun barocken Altären, davon der Hauptaltar, ein Hochaltar, im Presbyterium (Versammlungsraum) steht, ausgestattet ist. Gut erhaltene romanische Fresken fand ich in den Bögen der Mittelwand. Angebaut wurden zwei Kapellen, die je einen weiteren Altar besitzen, die Maria-Mitleid-Kapelle, welche durch Bitte um Hilfe vielen kranken Gläubigen geholfen hat, wie zahlreiche Votivtafeln beweisen.
Später verweilte ich auf dem kleinen Friedhof neben der Kirche, wo ich die letzte Ruhestätte von bedeutenden Persönlichkeiten entdeckte, u.a. von Prof.Dr. Max Haushofer, (23.April 1840-9.April 1907), dessen Verse über die Inkarnation "Das Dasein ist ja nur ein Flügelschlag der Zeit", auf dem Grabstein zu lesen ist, des Arztes und Schriftstellers Felix Schlaginweit (gestorben 1950 in Urfahrn) und des Generalobersts Alfred Jodl (1890-1946). Aber auch Gräber von ehemals bildenden Künstlern fand ich dort; so von Theodor von Gosen, Bildhauer (1873-1943) und Emil Lugo (1840-1902). Aber auch der bekannte Dichter Wilhelm Jensen (1837-1911), Freund Wilhelm Raabes und Schöpfer jener Werke: "Buch Liebe"und "Buch Treue", wurde hier begraben.
Zuletzt umschritt ich die Fraueninsel und freute mich über Idyllen und malerischen Zauber. Fischerhäuser mit farblodern-

den Bauerngärten. Jedes Häuschen hat seinen Miniaturhafen für die Fischfangkähne und Segelboote für die Gäste, mit Liegewiese zum Träumen am Wasser.
Eine Fischerin im Bikini, braungebrannt, die Pfeife im Mund, hing Netze zum Trocknen auf. Schwäne und Enten ließen sich von den Wellen in der Sonne schaukeln, und Möven segelten unermüdlich durch die Luft, stießen blitzschnell aufs Wasser und schnappten Bröckchen buchstäblich"im Flug". Geräucherte Fische wurden angepriesen. Es gibt mehrere Gasthöfe und Läden auf Frauenwörth. In der Mitte wölbte sich ein Hügel mit hohen Linden. Letzter Duft verblühender Blüten erfüllte den kleinen Hain mit der Gedächtniskapelle für die Gefallenen der beiden Großkriege des 20.Jahrhunderts.
Im Klostercafé wartete ich auf das nächste Schiff nach Prien. Über dem See hatte sich das Wetter geändert. Eine Wolkenwand im Südwesten versuchte die starke flachere Ostbrise zu überlagern. Berge hüllten sich in Dunst ein und die Sonne verabschiedete sich, als ich mich aufs Oberdeck der "Luitpold" setzte, um die Fahrt über den abendlichen Chiemsee zu genießen.

Zum   Ausklang

(Varia)

Wie die Sonnenblume entstanden ist

Ein Märchen

Es war einmal ein kleines Mädchen, das hatte Haare so hell wie das Korn und seine Augen waren braun und voll Glanz wie das samtige Fell eines Rehleins. Es wohnte bei einer steinalten Muhme am Ende des Dorfes. Die Muhme war Sanna - so hieß das Mädchen - eine liebe Mutter, denn die Eltern waren ihm längst gestorben. Sanna war ein Wildfang. Sie tollte gern durch den Garten ins weite Land, jagte den Bienen und Schmetterlingen nach, sang mit den Vögeln im Duett und kannte sich in Wald und Feld aus, als ob hier ihre Wohnstatt wäre. Wenn die ersten Blumen blühten, lief sie hinaus, um den Frühling zu suchen. Des Sommers schlief sie oft draußen im Heu oder zwischen Ährenpuppen, tanzte mit dem Blätterwirbel im Herbst und kehrte manchmal erst mit den Schnee- flocken zurück. Den Winter über saß sie bei der Muhme am Spinnrad. Dann war Sanna oft so traurig, daß sie glaubte, sterben zu müssen, denn sie liebte die Sonne über alles. Oft stand sie auf einer Anhöhe und schaute stundenlang in den tiefblauen Himmel, um die Sonne zu grüßen. Und sie sehnte sich so sehr nach ihr, daß ihr größter Wunsch war, immerfort zu wachsen, bis sie über den Wolken bei der Sonne wäre.
An einem sonnigen Augusttag sehnte sich Sanna wieder einmal besonders stark nach dem lieben Licht, denn es hatte sieben

Wochen geregnet. Sie zog ihr braunes Röck-
lein an, schlüpfte in das gelbe Blüschen
und sprang hurtig durch den Garten zur
Wiese. Eine Schwalbe segelte dicht vor
ihr nieder, um eine Mücke zu haschen und
setzte sich auf einen Weißdornbusch.
"Wie komme ich zur Sonne, du liebe Schwalbe?" fragte das Mädchen. "Du fliegst so
hoch durch die Lüfte. Weißt du mir keinen
Rat?" Der Vogel aber rief:"Ich fliege
im Glanze der Sonne, bade mein Gefieder
in ihren warmen Strahlen und bin glücklich.
Was brauche ich mehr? Den Weg zur Sonne
kenne ich nicht!"
Sanna dankte für die Antwort und ging
zu den dunklen Tannen, deren hohe Wipfel
weit in den Blauhimmel ragten. Und sie
sagte: "Wie komme ich zur Sonne, liebe
Bäume? Ihr seid so groß und mächtig. Könnte
ich so wachsen wie ihr, ich wollte sie
schon erreichen."
Die Tannen aber rauschten: "Die Sonne
gab uns die Kraft. Ihre Wärme und ihr
Licht hießen uns wachsen. So wurden wir,
was wir sind. Und das ist gut. Mehr bedürfen wir nicht. Der Weg zur Sonne ist uns
unbekannt."
Enttäuscht verließ Sanna den Wald und
lenkte ihre Schritte dem fernen Berg Son-
nenkopf zu. Und sie bat ihn:"Lieber Sonnen-
kopf, du trägst deinen Namen nach der
lieben Sonne und bist so erhaben an Kraft
und Größe. Bitte, weise mir den Weg zur
Sonne." Der Berg aber blieb stumm. Da
kletterte Sanna mühsam den Steilhang hinan.
Zwischen Dornenranken und Gestrüpp führte
der Weg aufwärts. Bald stand weit und
breit kein Baum mehr. Nur Steine türmten

sich in Hülle und Fülle übereinander. Die Füßchen schmerzten, Gesicht und Hände waren zerkratzt, das Gewand zerrissen. Endlich langte Sanna auf dem höchsten Gipfel an. Tief, tief unten, gleich Spielzeug breitete sich der Wald aus. Das Haus der Muhme lag so fern, daß sie es nimmer sehen konnte. Erschöpft blieb das kleine Wesen stehen, hob den Kopf zur Sonne empor und lächelte, denn es war ihr viel näher gekommen. Schmerz und Leid waren vergessen. Sie dachte weder an Essen noch Trinken und blickte nur immer zur geliebten Sonne, war glücklich und zeitlos.
So verrannen die Jahre und Sanna merkte es nicht. Die alte Muhme lag längst auf dem kleinen Friedhof bei der Kapelle und niemand im Dorf entsann sich mehr jenes Mädchens Sanna, das einst von zu Hause fortlief und nie mehr gesehen ward.
Wieder zog der Herbst ins Land. Die Sonne schien besonders mild, rötete Früchte in den Gärten und färbte das erste Laub an den Zweigen. Da erwachte Sanna plötzlich aus ihrem Tiefschlaf, schalt sich und dachte: Die Muhme wird auf dich warten. Du warst lange unterwegs. Fröhlich wollte sie hinab ins Tal springen, aber die Füße waren ungelenk und schwer. Entsetzt betrachtete sie sich und bemerkte, daß Hände und Gesicht voller Runzeln waren, wie welke Blätter. Sie glaubte zu träumen, kniff sich in die Wange, schrie auf - sie war uralt geworden.

Da erkannte Sanna auf einmal: sie hatte ihr Leben nutzlos vertan. Mit gesenktem Kopf schlurfte sie dem Heimatdorf zu.Kein

Mensch war ihr bekannt. Die Leute betrachteten sie fremd und verwundert. Das Häuschen der Muhme war zerfallen, der Garten überwuchert mit Wildkräutern. Da konnte sich Sanna nicht mehr beherrschen und weinte, daß es einen Stein erbarmen konnte. Sie hatte nur einen Wunsch, daß ihr Leben doch nicht gänzlich zwecklos gewesen sein mochte und sie den Menschen wenigstens etwas Gutes tun dürfe, bevor sie stürbe. Und siehe, da geschah etwas Wunderbares. Sanna spürte plötzlich ein Rucken in ihrem Körper, und sie wuchs und wuchs. Ihre Füße versanken im Boden, bekamen festen Halt. Die Beine verschmolzen zu einem dicken Stiel, die Arme formten sich zu großen saftigen Blättern, und der Kopf verwandelte sich in ein wundersames Blütengesicht, braun mit flimmernden Zipfeln, gelb wie die liebe Sonne. So stand sie im Garten der alten Muhme, wandte ihre Blüte der Sonne zu und blickte über den Gartenzaun zu den Menschen. - So steht sie noch heute. Alle haben sie gern und nennen sie "Sanna-Blume". Die Hummeln sind frohe Boten ihrer geliebten Wiesen, und manchmal fliegt auch eine Schwalbe vorbei zum Weißdornbusch, um eine Mücke zu fangen.
Im Spätjahr aber senkt die Sonnenblume noch immer in stiller Einkehr und im Gedenken ihres Erdenlebens demütig ihr Haupt. Sie hat erkannt: kein Dasein auf Erden ist umsonst, wenn man gewillt ist, der Menschheit zu dienen, ihr zu nützen oder sie zu erfreuen. Selbst wenn diese Erkenntnis erst in der letzten Stunde des Lebens geschieht.

Buchhändler Batzky lächelt

Humor im Alltag

Buchhändler Detlef Batzky stand vor seinem Laden am Hasenturm und lächelte. Seit mehr als dreißig Jahren beriet und bediente er schon seine Kunden. Sie kamen gern zu ihm, denn er sprach viele nicht nur mit Namen an, sondern wußte auch, welche Literatur sie besonders interessierte. Er bemühte sich, möglichst jeden Lesewunsch zu erfüllen und besorgte Bücher, die er nicht im Lager hatte, weil sie nur selten verlangt wurden.
Täglich kamen auch Menschen in die kleine Buchhandlung, die keinen Wunsch äußerten. Sie wollten ungestört in der Antiquariatsecke in alten Büchern schnüffeln, hoffend, unter ihnen aus längst vergangenen Zeiten einen Schatz zu entdecken. Wenn dann eine bejahrte Dame einen Folianten mit Jugendstilzeichnungen hervorkramte, der sie damals als Mädchen so beglückt hatte, oder der pensionierte Eisenbahner in einem Fotoband jene Lokomotive wiederfand, die er einst als Heizer mit Kohlen gefüttert hatte, freute sich Batzky, als sei ihm selbst dieses Glück widerfahren.
Doch heute lächelte er aus einem anderen Grund. Nein, dergleichen hatte er noch nie erlebt. Sicherlich, es kamen nicht nur Leseratten, Sammler, Freunde der Bibliophilie, Sach- und Fachkundige in sein Haus, Sonderlinge, Gelegenheitskäufer und Eintagsfliegen. Letztere waren Fremde, die ihre Reise in die Stadtmitte mit einem

Besuch in seinem 'Reich des Geistes' -
wie Batzky sich manchmal auszudrücken
pflegte - verbanden.
Während der Buchhändler sein Schaufenster
begutachtete und überlegte, welche Bücher er in die Lücke stellen könnte, die
durch den Verkauf eines mehrbändigen Lexikons aus den neunziger Jahren des 19.Jahr-
hunderts entstanden war, erinnerte er
sich an besonders lustige, wenn nicht
gar wunderliche Begebenheiten.
Da stand doch vor kurzem ein Schüler welt-
vergessen neben seiner Theke, hatte sich
rote Ohren angelesen und starrte wie die
Maus auf die Schlange auf ein Bild. Batzky
trat näher, wußte mit Kennerblick sogleich,
welches Buch den Knaben so stark beschäftigte und meinte väterlich: "Mein Junge,
das ist wohl nicht die richtige Lektüre
für dich!" Als er es zuklappte und zurück
ins obere Bord stellte, konnte er sich
ein Schmunzeln nicht verkneifen, denn
der Titel lautete: "Worüber eine Frau
sonst nicht spricht."
Und der Buchhändler mußte erneut lächeln,
denn nun fiel ihm jener Geschäftsmann
ein, der vor Jahren zum 80.Geburtstag
seines Onkels die originelle Idee hatte,
ihm ein Geschenk zu überreichen, das auf
dessen Geburtsjahr weisen sollte. Batzky
zeigte ihm einen Jahresband der Zeitschrift
"Die Rheinlande", schlug vor, Bücher von
Dichtern zu wählen, die wie der Verwandte
1900 geboren waren, wie Otto Heuschele,
Dorothea Hollatz oder Emil Barth. Aber
der Kunde blieb unschlüssig, griff blind-
lings ins Regal, erwischte einen dicken
Roman - es war Ina Seidels 'Wunschkind' -

und sagte: "Eigentlich ist es egal, was
ich ihm schenke;er liest es ja doch nicht!"
Batzky wußte nicht, ob er lachen oder
seufzen sollte - da entschloß er sich
zu einem feinen Lächeln.
Manchmal mußte er auch seinen Ärger verbergen. Das war nicht immer leicht, beispiels-
weise damals, als eine mondäne Dame unruhig
vor seiner Bücherwand hin- und hertrippelte
und auf die Frage: was sie denn suche,
rief:" Einen Roman, aber von einem englischen Autor. Die Deutschen können keine
guten Romane schreiben." Batzky runzelte
die Stirn. Doch ehe er antworten konnte,
hielt sie ein Buch in der Hand:"Die Monthi-
ver Mädchen." "Oou", sagte sie begeistert
"von Otto Fläik!" Der Buchhändler traute
seinen Ohren nicht, doch er hatte sich
nicht geirrt. Die Mondäne wiederholte:
"Von Otto Fläik! Das nehme ich." Batzky
bestätigte: "Es ist ein gutes Buch. Der
Autor heißt jedoch Otto Flake und zählt
zu den besten deutschen Romanciers." Die
Kundin sah ihn verblüfft an und schwieg.
Als er ihr das Buch einpackte, umspielte
seinen Mund ein sanftes Lächeln; diesmal
würzte es eine Prise Ironie.
Batzky wußte nun, welche Bücher er in
sein Schaufenster anstelle des Lexikons
setzen würde. Aus dem Nachlaß des Studien-
rates Meyer hatte er einige klassische
Werke erwerben können. Darunter waren
der hübsche dreibändige Mörike aus dem
Verlag Müller & Kiepenheuer und die vier-
bändige Ausgabe der 'Tagebücher' von Friedrich Hebbel,ein literarischer Leckerbissen.
Welcher Dichter würde wohl eher einen
neuen Liebhaber finden? rätselte der Anti-

quar und dachte besorgt: Hoffentlich gelangen sie in die Bibliothek eines Lesers,der diese Kostbarkeiten zu würdigen weiß.
Batzky blickte über den Karlsplatz zum Park. Dort hinten am Denkmal saß die Frau, die er vorhin bedient hatte, der er nicht nur Erinnerungen sondern auch sein heutiges Lächeln verdankte. Jene Frau - er hatte sie einmal im Kaufhaus Klink & Schnurz gesehen - hatte einen ungewöhnlichen Wunsch. Sie habe in ihrem Schlafzimmer wunderschöne goldgelbe Gardinen. Dazu suche sie einige passende Bücher. "Passende Bücher?" wiederholte Detlef Batzky. "Ja, Bücher mit himmelblauem Einband." Sie schwärmte:"Diese Farben! Es sieht so reizend aus, wenn die Bücher neben der Gardine auf dem Fensterbrett liegen. Wenn dann gar noch die Sonne vom blauen Himmel scheint..."
Der Buchhändler merkte, daß die Kundin ernsthaft meinte, was sie aussprach und führte sie zum Regal. Bunte Halbleder-Bände eines Buch-Clubs präsentierten sich hier dem farbfreudigen Blick. Die Verkäuferin von Klink & Schnurz war glücklich und stöhnte: "Aaaah, ist das schön", und fingerte eilig ein Buch in Augenhöhe aus der Reihe: 'Tobias Heider' von Christoph Heer. Der Roman des früheren"Gartenlauben"-Redakteurs hatte es ihr angetan, denn - er war in leuchtendblaues Leder gebunden. "Das ist so, wie ich es mir vorstelle", beteuerte die Frau und drückte Batzky die Autobiographie in die Hand. "Haben Sie noch mehr Bücher in dieser Farbe?" Verdutzt sah er sie an. Nur schwer begriff er: hier ging es nur um das Gewand des Werkes, nicht um seinen Inhalt. Zögernd

begann er ihr bei der Suche nach weiteren Prachtstücken zu helfen. Es blieb vergebliche Mühe. Ein so herrliches Himmelblau war ein zweites Mal nicht vorhanden. Die Kundin verzog das Gesicht, als wolle sie weinen; doch plötzlich strahlten ihre Augen. Ein Geistesblitz mußte sie entzündet haben. "Besitzen Sie noch mehr solcher Exemplare?" bat sie. "Sie meinen...?" Batzky getraute sich kaum auszusprechen, was er ahnte. "Sie meinen, ob ich noch weitere Exemplare..." Er stockte, doch sie frohlockte und beendete den Satz: "...von diesem Tobias aus der Heide... haben Sie davon noch mehr?" "Gewiß, es sind noch einige da, aber... wollen Sie denn wirklich? Möchten Sie den 'Tobias Heider' - mehrfach haben?" "Jaaa!" rief sie entzückt und bedankte sich überschwenglich, als ihr der Buchhändler noch vier Bücher dieses Titels auf den Tisch legte. Sie erwarb alle fünf Exemplare, die schon seit Jahren als Ladenhüter in einem Winkel ruhten. Die Frau schüttelte Batzky zum Abschied die Hände. Er war verlegen, schämte sich dieses bislang einzigartigen Geschäftes.
Als er sie nun aber drüben in der Sonne auf der Parkbank sitzen sah und merkte, daß sie das Paket geöffnet hatte und die Buchrücken zärtlich mit den Augen streichelte, sagte er sich leise: "Schön sieht das schon aus: die blauen Bücher neben der goldgelben Gardine" - und er lächelte zufrieden.

Inhaltsvereichnis

Verzeichnis der Abbildungen: Seite

Alle Fotos - mit Ausnahme der Nrn.36,49
+ 455b (Privatarchiv) - stammen vom Autor.

Stimmen zum Werk von Dittker Slark

zu Glaube Hoffnung Liebe
Ich habe das schon ästhetisch angenehme Gedichtbuch
'Glaube, Hoffnung, Liebe' in einem Zuge und ohne
aufzuhören heute Nacht gelesen. Das ist ein Gesamt-
werk, das man zusammenhängend lesen muß, um es
dann immer wieder zu blättern und einzeln zu erfassen... (Prof.Dr.Gudrun Höhl, Vizepräsidentin der
Humboldt-Gesellschaft...)

zu Unterwegs in Deutschland
(Ich) habe das schöne Buch im nonstop durchgelesen
- einfach wunderbar - bester und schönster Reise-
führer (für) die Länder, die einst 'hinter dem
eisernen Vorhang' waren. (Maria Stiefl-Cermak,
Schriftstellerin)

zu Sonne und Schatten
(Ich) fand schon eine Reihe tiefer Gedanken in
Deinen Haikus. Immer wieder schimmert auch Deine
Trauer durch und die Frage nach dem Tod, dem Unbe-
greiflichen. (Ingeborg Raus, Lyrikerin)

zu Karl Gerok - Dichter und Prälat
Diese Biographie...zum 100.Todestag eines der popu-
lärsten Gottesmänner aus dem Schwabenland...ist mehr
als nur Lebensbeschreibung: Sie leuchtet protestan-
tisches Denken und Leben in der 2.Hälfte des 19.Jhs
aus...Der Autor...ein Profi, läßt...Gerok selbst
zu Wort kommen; und weil dieser...ein guter Predi-
ger und ein begabter Dichter...war, läßt man sich
das mit Freuden gefallen...Der schlichte Leser
kommt ebenso auf seine Kosten, wie der anspruchs-
vollere, vom Theologen ganz zu schweigen. (Stuttgarter Bücherbrief Nr.4/1990)

zu Sehnsucht nach Liebe
Man muß den Gedichtband bejahen. Er atmet frohe Zu-
versicht aus einer positiven Lebensauffassung.Slarks
Aussagen sind klar. Seine Sprache ist phantasievoll
und reich an schönen neuen Wortbildungen sowie   an
duftigen Bildern, Früchten einer dichterischen Be-
obachtungsgabe... (Augustin Gutmann, Autor)